Nicki Fleischer

Breitachklamm

Das Buch

Der neue Fall für den PHK Egi aus Oberstdorf nervt, aber gewaltig.

Sakradi! Kaum hat PHK (Polizeihauptkommissar) Egi Huber seinen ersten Fall gelöst, taucht schon wieder eine Leiche im idyllischen Oberstdorf im Allgäu auf. Genauer gesagt schwimmt sie in der Breitach. Noch schlimmer: Die verhassten Kollegen der Kripo Kempten mischen sich wieder ein und der Chefmeier liegt ihm in den Ohren, den Fall schnell abzuschließen. Doch die Allgäuer sind ein eigenartiges Völkchen. Keiner scheint etwas über die Tote Annet Balder zu wissen, und wenns drauf ankommt haltens z'sammen, die Einheimischen. Da muss Egi seinen ganzen Charme und seine gewieften Kollegen alle ihre Ermittlungskünste spielen lassen. Denn von der Kemptener Kripo lässt sich der PHK nicht vorführen. Wenn schon in seinem Revier gemordet wird, will Egi denn Fall auch selbst lösen...

Von Nicki Fleischer sind bei Midnight erschienen:

Nebelhorn

Breitachklamm

Die Autorin

Nicki Fleischer, in den 1970er Jahren im Sauerland geboren, wuchs in nur 240 Metern Höhe auf. Schon früh wollte sie hoch hinaus und besucht seit Kindheitstagen die Alpen. Während ihres Informatik-Studiums beschäftigte sie sich mit IT-Forensik und Polizeiarbeit. Als Verwandtschaft aus dem Allgäu angeheiratet wurde, kam sie zu dem naheliegenden Schluss, Allgäukrimis zu schreiben. Dabei schaut sie mit viel Augenzwinkern in das mordsmäßig schöne Oberallgäu und auf dessen örtliche Gepflogenheiten.

Nicki Fleischer

Breitachklamm

Ein Allgäukrimi

Midnight by Ullstein

midnight.ullstein.de

Wir verpflichten uns zu Nachhaltigkeit
- Klimaneutrales Produkt
- Papiere aus nachhaltiger
  Waldwirtschaft und anderen
  kontrollierten Quellen
- ullstein.de/nachhaltigkeit

MIX
Papier
FSC FSC® C083411

Originalausgabe bei Midnight
Midnight ist ein Digitalverlag der
Ullstein Buchverlage GmbH, Berlin
Juni 2018

© Ullstein Buchverlage GmbH, Berlin 2018
Umschlaggestaltung: zero-media.net, München
Titelabbildung: © FinePic®
Innengestaltung: deblik Berlin
Gesetzt aus der Quadraat Pro powered by pepyrus.com
Druck- und Bindearbeiten: CPI books GmbH, Leck
ISBN 978-3-95819-945-3

Prolog

Sakradi, so a Graus, da lag ja eine Leiche in seinem Kofferraum! Dabei hatte er die drei leeren Bierkästen reinstellen wollen. Jetzt war gar kein Platz mehr dafür. Und besonders appetitlich sah das Ganze auch nicht aus, die war etwas angetaut und hatte ihre Körperflüssigkeiten in seinem Heck abgesondert. Pfützen gespickt mit winzigen Gewebefetzen schwammen auf dem blanken Stahl. Und es roch penetrant. Da hätte jetzt keiner mehr Ambitionen, etwas daneben zu platzieren, das später noch einmal Verwendung in der Nahrungs- oder besser Genussmittelkette finden sollte.

»Schätzele, worauf wartest denn? Pack die Kästen endlich nei«, rief seine Frau herüber. Sie stand an der Haustür und hatte noch zwei hinausgestellt. Ihre rote Lackhandtasche hing an ihrem Unterarm, und sie wollte gerade die Tür abschließen.

Was für eine verzwickte Situation. Die sollte besser nix davon mitkriegen, sonst würd die einen Riesenaufstand machen. Eine junge Tote in seinem Kastenwagen, halb nackt. Die würde doch wieder brutal eifersüchtig werden und denken, es wäre eine Beziehungstat vorgefallen. Eine, die er begangen hätt! Hatte er aber gar nicht.

Schweißperlen bildeten sich auf seiner krausgezogenen Stirn. Er hob sein altes *Das Höchste*-Cappy an und kratzte sich am glänzenden Köpfle. Er überlegte fieberhaft, woher er die Kleine kannte und was er jetzt mit der machen sollte. Einfach nur loswerden wollte er sie, aber wie nur?

»Weißt was, Mäusle, 's ist so schön heut, da fahr ich mit'm Rad. Kannst daheimbleiben.« Er knallte die Kofferraumtüren wieder zu und verriegelte fix sein geschändetes Gefährt. Zum Glück gab's aktuell nur einen Schlüssel dafür im Haushalt, und den hatte er. Wo der zweite grad war, wusste er genau.

»Bist jetzt total deppert? Fünf Kästen mit'm Rad?«, merkte seine Angetraute an und schloss die Tür wieder auf.

»Passt schon. Ich häng den Bollerwagen dran.«

Er holte sein klappriges Herrenrad aus der Garage und hängte den Bollerwagen dran.

»Du hast s' nimmer alle beisammen!« Sie schüttelte den Kopf, ging zurück ins Haus und warf ihr Handtäschle auf den Schuhschrank.

Erleichterung pur war das für ihn. Er stapelte das Leergut aufeinander und fixierte es mit Spanngurten am Bollerwagen. Er bestieg sein Rad. Das stammte noch vom Vatter und hatte nur drei Gänge. Man hörte von Weitem die Flaschen klimpern, als er anfuhr. Er trat in die verrosteten Pedale und machte sich keuchend auf den Weg zum Getränkemarkt FRISTO. Da musste er fünf neue Getränkekästen kaufen, eine schwere Sache würd's werden. Aber die Strapaze hatte ihren Wert, jede andere Alternative wäre erheblich unbequemer für ihn ausgefallen.

Noch schwerer würd jedoch das anstehende Gespräch wiegen, das mit dem Mann, dem er heute in der Früh den Kastenwagen geliehen hatte. Er trug den Spitznamen Beelzebub.

Mörderische Schlucht

Ihre Mutter hatte sie kurz nach ihrer Geburt vor der Tür des verdutzten katholischen Pfarrers in Bad Hindelang abgestellt. Der war vielleicht erschüttert gewesen! Er hatte damals bereits ein uneheliches Kind und konnte kein weiteres brauchen. So viel Aufwand war's gewesen, das zu vertuschen. Zig mal war er deshalb versetzt worden, weil ihm die Allgäuer Schäfle in seinen neuen Kirchengemeinden immer wieder auf die Schliche kamen. Er wollte seinen Sohn schließlich hin und wieder sehen. Letztendlich war er bis in die Oberpfalz versetzt worden, wo ihn niemand kannte. Als er nach zwölf Jahren endlich wieder im Allgäu predigen durfte, hatte sie auf seiner Fußmatte gelegen, mit winzigen blauen Lippen und rotem Näsle, eingepackt in Wolldecken, in einem geflochtenen Korb. Einige seiner kircheninternen Gegner wollten ihm sowieso an den Oratorianerkragen. Die würden bestimmt behaupten, dass es sein Bastard wäre, den er da loswerden wollte. Seine Tage in Bad Hindelang waren nach wenigen Wochen gezählt.

Das Neugeborene hatte trotz allem großes Glück gehabt, dass er sein Geschrei gehört hatte. Es war bitterkalt gewesen, damals im Februar 1992, und er hatte es dann doch hereingeholt. Der Herr würd's ihm hoffentlich beim jüngsten Gericht anrechnen. Um sicherzugehen, hatte der überrumpelte Pfarrer sich dreimal bekreuzigt, danach den Korb mit dem Schreihals kurz vor das Vordach getragen, das lautstarke Bündel hoch über den Kopf gehoben und ein emotionales Gebet empor-gesprochen. So könnt der Herr die Rettungsaktion gewiss nicht überse-hen. Denn hätte die Kleine länger dort gelegen, sie hätte vierundzwan-zig Jahre eher ihr Leben gelassen.

Nun lag sie, wie Gott sie geschaffen hatte, in der Breitachklamm. Nur ihre Füße ragten aus dem eisigen Bach, der Rest ihres Köpers befand sich unter Wasser. Ihre schwarzen Haarsträhnen wirkten in der tödlichen Strömung wie sich windende Schlangen. Die hellbraunen

Augen, immer noch weit aufgerissen, starrten leblos gen unschuldigen Azurhimmel. Die Sonne schlich gerade über die hohen, noch schneebedeckten Berggipfel und kroch langsam in die düstere Schlucht. Ihr Licht brachte die eben noch im Schatten liegenden Farben zum Vorschein. Sie entriss die grausige Szene der Dunkelheit. Ihre gnadenlosen Strahlen wanderten über die kräftig grüne Flora zur glitzernden Breitach und erhellten die leblosen Zehen.

...

Es war Anfang Mai. Die Breitachklamm war nach der Schneeschmelze bis Mitte April wegen Aufräumarbeiten für zwei Wochen gesperrt gewesen. Heute, am Montag um 10:00 Uhr, ging es los. Christian Berg hatte die Aufgabe, den Weg durch die Schlucht erneut zu inspizieren, da am Wochenende doch noch einige Bäume unerwarteterweise unnötigen Ballast abgeworfen hatten. Für die drohenden Touristenmassen, die den Allgäuer Bergfrühling begaffen wollten, sollte alles tipptopp sein. Die ersten von ihnen hatten sich am Sonntag unverzüglich in der Touristeninformation über den unzulänglichen Zustand der Breitachklamm beschwert. Also musste Christian sich jetzt schon wieder durch die Schlucht quälen. Es war das sechste Mal seit letztem Monat. Er kannte jeden Stein in- und auswendig. Aber der Boss wollte halt heute den finalen Abschlussbericht auf dem Tisch haben. Also schlurfte Christian wiederholt los, mit Rucksack, Klemmmappe, Checkliste und Kugelschreiber im Anschlag.

Er betrat die Breitachklamm am unteren Ende, folgte dem schmalen Weg, angelegt für die Massenabfertigung kraxelwütiger Besucher. Permanent so nah am Abgrund, das war nur was für Schwindelfreie. Christian grinste bei der Vorstellung, wie einige trotz des horrenden Eintrittspreises von vier Euro pro Erwachsenem nach einigen Schritten umkehrten. Meist kamen die Sandalenträger in knielangen Trekkinghosen und kariertem Hemd mit dem zur Verfügung stehenden einem

Meter nicht klar. Hinter dem Geländer ging's steil runter, unten der reißende Bach, das war nix für die schwachen Tourinerven.

Christian machte das nichts aus, er war ein Bergfex und lebte seit seiner Geburt am Abgrund. Er lief nun durch die offen stehende Holztür in den sparsam in den Fels gehauenen, dunklen Tunnel. Die Luft darin war feucht, an den unteren Teilen der Wände klebten vereinzelt Moosplacken, und es tropfte frisches Felswasser von der Decke. In regelmäßigen Abständen platschte es auf Christians Kopf und lief ihm kalt über die Wangen. Er schnallte seinen Helm vom Rucksack ab, setzte ihn auf und schritt tiefer in die Dunkelheit. Bald würde der Tunnel Tausende Touristen verschlucken und an seinem anderen Ende wieder ausspucken. Zumindest die, die nicht an Klaustrophobie litten und schon nach zwei Schritten kehrtmachten. Und damit einen Tumult verursachten, weil die Rentner mit Krückstock und Familienväter mit quäkenden Kleinkindern in den Kraxen keinen Platz machen wollten. War ja auch nicht ausreichend vorhanden, der Platz; der Tunnel war noch enger als die unzumutbaren Wege.

Jetzt war es aber noch ruhig vor dem Ansturm. Als Christian aus der Finsternis heraustrat, war er geblendet vom rücksichtslosen Sonnenschein. Er musste die vom Licht überforderten Augen zusammenkneifen, Falten eroberten sein junges Gesicht. Als er wieder besser sah, begutachtete er den Untergrund, prüfte die zurückgeschnittenen Äste, sah sich die Felswände an und schätzte den Wasserstand.

Die anderen Bergfexe hatten gute Arbeit geleistet. Die Breitachklamm war während des Jahreszeitenwechsels nicht sehr touristenfreundlich. Nach dem Winter warf sie mit allerlei Objekten natürlichen Ursprungs um sich. Die Kollegen hatten während mehrerer Einsätze die nach der Schneeschmelze abgestürzten Felsbrocken, Bäume und abgeknickten Äste weggeschafft. Das überflüssige Biozeug fristete nun sein Dasein in der Kompostieranlage. Der Weg war frei für die Banausen, die die Natur hier demnächst wieder verschandeln würden mit dem Verpackungsirrsinn der modernen Konsumgesellschaft.

Christian schrieb seine Beobachtungen fein säuberlich in den obligatorischen Abschlussbericht, der gleich heute Nachmittag auf Nimmerwiedersehen in einer Aktenmappe verschwinden würde. Es sei denn, es würde sich wieder jemand über den Zustand der Breitachklamm beschweren. Zum Beispiel, weil er über einen leicht zu übersehenden Baumstamm gestolpert wäre und sich den Fuß verstaucht hätte. Dann würde der Boss den Bericht hervorholen, um damit seine Unschuld zu untermauern oder zumindest zu beweisen, dass die Breitachklamm nach Vorschrift von hinterhältigen Fußangeln und Stolpersteinen befreit worden war.

Christian nahm sich nun den nächsten Abschnitt vor, begleitet von dem stetig dröhnenden Rauschen des in der Klamm herabstürzenden Wassers. Er ging einige Schritte weiter, begab sich dazu um eine vorragende Felswand und schaute auf der anderen Seite in den reißenden Bach. Verwunderung. Vielleicht hatte er sich getäuscht? Er schüttelte sein Haupt, um es von dem trügerischen Bild zu befreien, aber es verschwand nicht. Stattdessen wurde es noch deutlicher, als er erneut herüberschaute. Es schnürte ihm die Kehle zu, denn er blickte in zwei Augen. So gesehen nix Schlimmes, aber bei genauerem Hinsehen schon. Das aufgerissene Augenpaar befand sich unter glasklarem Wasser. Er wollte es nicht begreifen, schaute noch einmal hin. Da lag tatsächlich ein nackter Frauenkörper in den Fluten. Sie war noch jung, wahrscheinlich jünger als er. Aber ziemlich tot, so konnte sie ja nicht atmen. Als er verstand, sah er sich abrupt gezwungen, sich seines Mageninhalts zu entledigen.

. . .

Letztes Jahr im Juni hatten sie bereits die Vermutung gehabt, dass sie schwanger war, aber es war ein Fehlalarm gewesen. Drei Monate später war sie es dann wirklich. Völlig ungeplant, um genau zu sein, ungewollt. Der Egi hatte mit seinen sechsundvierzig Jahren schon eine enorme Last zu tragen. Seine zwei Kinder, der vierzehnjährige Tommi und die mittlerweile neunjährige Annabelle (die Belli) strapazierten sein Nervenkostüm ins Unermessliche. Ein Entkommen aus dem turbulenten Familienleben war nun vollends unmöglich. Wenn das dritte Kind erst einmal da wäre, sähe es schlecht aus um seinen Seelenfrieden. Er machte sich auf das Schlimmste gefasst: einen pubertätswütigen Sohn, eine zickige Tochter und ein rund um die Uhr schreiendes Baby, dazu eine Ehefrau, die ihn in unzumutbarem Maße Haushaltsaufgaben aufbrummte. Und bei alledem sollte er auch noch Hochdeutsch reden.

Nun, da die zweiundvierzigjährig Elli (seine Ehefrau Elisabeth) mit seinem dritten Kind schwanger war, kam des Öfteren seine Schwiegermutter aus dem Kleinwalsertal zu Besuch. Blöderweise hatte sie heute Geburtstag. Ellis Mutter Traude plante seit Wochen, ihren Geburtstag bei ihrer einzigen Tochter zu verbringen. Auch der Vater Konrad, der sich ansonsten nicht weiter als fünfhundert Meter von seinem Biohof entfernte, wollte ausnahmsweise mitkommen. Das war der Traude gar nicht recht gewesen, denn sobald Konrad einen gehoben hatte, wurde er ausfallend. Egi fand's total deppert, da hätten die auch bei sich im Nirgendwo feiern können.

Elli hatte sich etwas ganz Besonderes für ihre Mutter ausgedacht. Die liebe Alphorn-Musik, und die Elli hatte sich überlegt, dass ihr Sohn Tommi doch das Alphornlied für die Oma Traude blasen könnte. Der hatte sich vor einem halben Jahr zu einem Blasinstrumente-Karussell für Teenies in der Musikschule angemeldet und bereute es jetzt zutiefst. Eigentlich hatte er sich dort unbeobachtet von den Eltern mit seiner Freundin treffen wollen und hatte als Erstes das Alphorn zugewiesen bekommen, von Begabung keine Spur.

Egi hätte das ganze Geburtstags-Trara am liebsten auch ignoriert. Griesgrämig saß er jetzt am Küchentisch und blätterte in seinem eigenen Hochdeutsch-Ordner. Den hatte die Elli ihm zusammengestellt. Sie hatte bemängelt, dass er bei den Ermittlungen im letzten Sommer eine bessere Figur gemacht hätte, wäre er des Hochdeutschen mächtiger gewesen. Vor der Kripo Kempten sollte er nicht noch einmal den Dummbeutel geben, hatte Elli gemeint, auch wenn er davon ausging, dass die sich nie wieder in Oberstdorf blicken lassen würden. Also hatte

Elli dem Polizeihauptkommissar (PHK) Egi einige seiner Standardsätze ins Hochdeutsche übersetzt und niedergeschrieben, zum Beispiel »Jetz hock di da nei, du Saupreiß, sonst kriegst a Watschn, das sag i dir!« in »Bitte setzen Sie sich in den Streifenwagen, wir müssen Sie zur Polizeiinspektion Oberstdorf mitnehmen«. Egi las die Phrasen mit einem Kopfschütteln.

· · ·

Einige Kilometer entfernt saß er und dachte über seine Tat nach. Vor einigen Wochen hatte er sie am Abend wieder beobachtet, als sie auf dem Weg vom Geschäft zu ihrer Wohnung war. Er folgte ihr im Dunkeln. Er schlich sich hinter ihr her, musste sich aber in einem Busch verstecken, weil jemand mit ihr ins Haus ging. Als derjenige wieder verschwand, ging er durch die gerade zufallende Haustür und die Treppe hoch. Sie lag auf dem Bett, nur mit Unterwäsche bekleidet, und schien zu schlafen. Als er sie packte, öffnete sie benommen die Augen. Er drückte ihr das rote Kissen auf das Gesicht, bis ihre gepressten Schreie verstummten, ihre abwehrenden Schläge und Tritte nachließen und sie schließlich regungslos dalag.

· · ·

Es klingelte an der Tür, aber keiner hörte es. Die lärmende Feiergesellschaft saß am Montagmorgen um 10:00 Uhr bei herrlichem Frühlingswetter im Garten des feinen Mehrgenerationenhäusles vom Egi in Oberstdorf. Das stand in der Ebene in der Nähe vom Moorweiher. Mutter und Vatter hatten es Egi bereits überschrieben und seinen Bruder Volker ausbezahlt. Die Eltern lebten mit Uroma Bruni (Vatters Mutter Brunhilde Huber) im Erdgeschoss.

Seine Eltern waren heute aus gutem Grunde geflüchtet, in die atemberaubende Bergwelt. Aber Uroma Bruni hatten sie daheim im Rollstuhl sitzen lassen. Sie döste nun auf der Hauptterrasse vor dem Wohnzimmer. Die Gäste bestaunten das angerichtete Buffet vom Partyservice *Heiß & Scharf*. Der Tapeziertisch konnte die Geburtstagsbrunch-

Schmankerln kaum tragen, hier reihte sich eine Allgäuer Spezialität an die nächste. Es duftete nach deftigen Krautkrapfen, Kässpatzen, heißem Bergkäse, gerösteten Zwiebeln und Wurstsalat. Dazu gab es Allgäuer Schweineschnitzel für die Nichtvegetarier. Unter einer Glaskuppel wartete noch Zwetschgendatschi, und für die österreichischen Enklaven-Nachbarn gab es eine riesige Pfanne, in der ein XXXL-Kaiserschmarrn schmorte. Das alles für Traudes Feierlichkeiten. Egi hoffte insgeheim, dass er nicht mehr allzu viele Jahre mit ihr verbringen müsste. Als dieser Gedanke wieder hochkam, senkte er seinen Blick und hoffte, dass es ihm niemand ansah, ein bissle makaber war's ja schon. Traude hatte viele ihre Freundinnen mitgebracht, deren Männer bereits abgetreten waren. Das österreichische Bergleben war hart und die Frauen robuster, vermutete der Egi und befürchtete, dass auch die Traude steinalt werden würde.

...

Panisch hatte er in den Schränken nach einem geeigneten Stück Stoff gesucht. Erleichtert holte er einen hellgrauen Bettbezug aus dem Kleiderschrank, packte sie grob unter den Achseln, zerrte sie vom Bett und schob sie in den umfunktionierten Leichensack, zog dessen Reißverschluss zu und wartete, bis er draußen keine Geräusche mehr wahrnahm. Dann warf er sich das Bündel über die Schulter, schob seine Kapuze tief ins Gesicht, verließ das Haus und machte sich auf den Weg durch die Dunkelheit.

...

Es klingelte erneut, nun hörte Egi es. Er war erleichtert, dass es endlich losging, die Horde Senioren in seinem Garten nervte ihn, er sehnte den Abend herbei. Er stemmte sich am Küchentisch hoch und schleppte sich zum Flur. Zwei Kumpel vom Tommi standen vor der Tür und lieferten das Alphorn aus der Musikschule an. Vor einer Stunde, als der Egi noch unter der Dusche gestanden hatte, hatten sie bereits ein grässliches Gerät auf der Terrasse aufgestellt, mit zwei Boxen so groß wie Kühlschränke. Mit Sackkarren hatte Elli sie durchs Wohnzimmer fahren lassen, zum Glück war es das von Egis Eltern. Der PHK lebte mit Frau und Kindern im Obergeschoss. Tommi hatte seinem Vater später erklärt, dass das Gerät ein Karaoke-Player wäre, mit richtig geilen Songs. Egi ließ ihn gewähren. Hoffentlich würde die Halbstarken-Musi die Schwiegermutter und ihre kleinwalsertaler Feiergesellschaft vorzeitig vertreiben.

Der PHK öffnete den Halbwüchsigen die Tür und sprang erschrocken zurück. Die beiden Alphorn-Lieferanten trugen knallbunte T-Shirts in Übergröße mit grellen Skateboard-Aufdrucken, dass Egi die Augen wehtaten. Darunter baumelten Jeanshosen, die mindestens fünf Nummern zu groß waren und deren Schritt ihnen bis zu den Knien hing. Bruno, Egis Golden Retriever, stand schwanzwedelnd vor ihnen, er schien sie trotz der fürchterlichen Gewänder zu mögen. Tommi traute sich nicht an die Tür, er war nicht angemessen gekleidet.

»Servus Egi, hier kommt noch das Horn«, meinte einer von den beiden und drückte Egi einen monströsen Koffer in die Hand. »Der Tommi weiß, wie man's zusammenschraubt. Wird bestimmt eine heiße Party! Ciao!«

Die beiden lachten und verschwanden in einem klapprigen hellblauen VW-Bus, der von einem älteren Kumpel gefahren wurde. Hoffentlich war der schon achtzehn, dachte sich der PHK. Egis Mundwinkel zeigten gen Süden. Ihm graute vor der abscheulichen Party. Elli kam schnell hinzu, um Egi samt Koffer auf die Terrasse zu bugsieren. Er trottete mit Bruno vor ihr her in den Garten. Das siebzigjährige Geburtstagskind hockte dort bereits erwartungsvoll am ersten Tisch und tätschelte ihrem Enkel Tommi die Hand. Der verzog sein Gesicht, als er den Koffer sah. Einen Ausweg sah er nicht, also ergab er sich in sein Schicksal. Heute Morgen hatte ihn seine Mutter Elli bereits in krachlederne Hosen und Rüschenhemd gesteckt, nun ging die Tortur weiter.

Uroma Bruni schnarchte noch immer neben dem Buffet in ihrem Rollstuhl. Tommi setzte ihr seinen grünen Filzhut mit angestecktem

Edelweiß auf, was sie mit einem Grunzen kommentierte. Nun hieß es, das Alphorn fachmännisch zusammenzubauen. Es bestand aus fünf Teilen: Mundstück, Handrohr, Mittelrohr und Becherrohr mit Becher sowie einem Füßchen. Das dicke Becherrohr legte Tommi auf die Terrasse und schob die schmaleren Teile ineinander. Dabei entfernte er sich immer weiter von dem Becher, das Alphorn war über drei Meter lang. Er lief wieder nach vorne auf die Terrasse und legte den Becher des Alphorns auf das Füßchen, dann spazierte er zurück zum Mundstück und hob das ganze Monstrum hoch an seine Lippen.

. . .

Einige Autofahrer hatten ihn am Abend gesehen, aber er hatte sich mit seinem Schal so vermummt, dass ihn niemand erkennen würde. Außerdem regnete es, und sie hatten bestimmt schlechte Sicht. Ihm war das auch ganz egal, er wollte sie nur noch wegschleppen und verstecken. Er nutzte jeden Schatten, um darin zu verschwinden, bevor ihn jemand erspähen konnte. Er kroch mit dem schweren Sack von hinten an sein Grundstück. Sie schien nicht ganz tot zu sein, ihr Körper zuckte manchmal kaum merklich.

. . .

Das Geburtstagskind Traude saß direkt neben dem hölzernen Ungetüm und schaute es liebevoll an, ihre Augen wurden feucht. Sie legte sich ein mit Häkelrand verziertes rosafarbenes Taschentüchle bereit. Elli war begeistert. Sie schob Egi auf die Terrasse und drückte ihm ein Mikrofon in die Hand.

»Was soll das denn?«, fragte er verblüfft.

»Na, du machst jetzt deine Ansprache zum Geburtstag, Brummerle!«, fauchte Elli.

Egi fasste sich mit der Hand an die Stirn. Wenn doch bloß etwas passieren würde, damit er hier verschwinden könnte.

Er begann mit den Worten »Liebe Gäste«, und ein unerträgliches

Pfeifen tönte aus den Mammutboxen. Die Geburtstagsgäste verzogen ihre Gesichter und steckten sich die Finger in die Ohren bzw. hielten sich die Hände vor die Hörgeräte. Elli drehte den Ton etwas leiser und setzte sich zu ihrer Mutter an den Tisch.

Egi versuchte es noch einmal: »Liebe Gäste, unsere Traude, die wird heut siebzig Jahr! Das ist doch ein Grund zu feiern, oder nicht?«

»Ja!«, »Juhu!«, »Und ob!«, johlten die Gäste und klatschten.

Jetzt konnten Traudes Freundinnen die Im-Ohr-Geräte wieder zur vollen akustischen Versorgung ihrer Hörorgane freigeben.

»Die Traude liebt Alphornmusik, und darum bläst unser Tommi ihr nun ein alpenländisches Liedle. Bitt' schön!«

· · ·

Er schlich sich mit dem zuckenden Sack durch die knarrende Tür. Er zog schnell den regennassen Bettbezug ab, der würde in der Gefriertruhe bestimmt festfrieren. Dann würde er die Leiche mit dem Stoff später nur noch schlecht wieder herausbekommen. Er nahm eine Rolle Gefrierbeutel vom Tisch, zog sie aus der Packung und legte sie einzeln auf seine tiefgefrorene Schweinehälfte, die auf mehreren Säcken mit Eiswürfeln ruhte. Darauf bettete er sie.

· · ·

Wieder ein markerschütternder Ton, dieses Mal kam er nicht aus den Boxen. Tommi versuchte sich gerade an einem Fis, dem Grundton seines Alphorns, darauf sollte der tiefste Ton, ein Ges, und danach unterschiedliche Melodien von ihm erzeugt werden, womit er die Schönheit der alpenländischen Landschaft in akustischer Wehmut darbieten sollte. Es gelang ihm nicht, das ganze Gejaule war eine unmögliche Tonfolge. Verwundertes Gemurmel kam auf. Traude machte eine erschrockene Miene. Hatte Tommi das Alphorn richtig zusammengebaut?

Bruno, der die ganze Zeit auf der Terrasse gesessen und seine Familie mit großem Erstaunen beobachtet hatte, fing nun an zu jaulen. Uroma Bruni zuckte mit geschlossenen Augen. Tommis grüner Filzhut wippte auf ihrem hängenden Haupt. Nun holte er ein blau kariertes Tüchle aus der Gesäßtasche seiner Krachledernen und wischte das Mundstück ab. Sein Kopf war bereits hochrot, und er war völlig außer Atem. Dann probierte er es noch einmal, aber jetzt ging ihm langsam die Puste aus. Er schraubte verzweifelt das Mundstück ab, und statt zu blasen, röhrte er nun Töne in das offene Handrohr, um das Alphornlied mit seiner verstellten Stimme zu imitieren. Sein Stimmbruch gab dem Ganzen eine zusätzliche Note, es hörte sich an wie ein in Rage geratener Elefant.

Konrad, Ellis Vater, hatte bereits einige Male auf den Geburtstag seiner Frau angestoßen und in kurzer Zeit drei Weizenbiere hinuntergestürzt. Er beobachtete die Aufführung der ungewohnten heimatlichen Klänge mit breitem Grinsen und verklärtem Blick. Tief betroffen saß seine Frau Traude neben ihm. Die ersten Tränen rollten, dann heulte sie los und griff nach ihrem für den Ernstfall bereitgelegten Taschentuch. Was war nur aus ihrem kleinen Enkel geworden? Sie wies Elli bereits seit Jahren darauf hin, das Egis Erziehungsstil völlig unakzeptabel wäre. Aber es hörte ja niemand auf sie.

• • •

Leider hatten sich einige der Gefrierbeutel verschoben, als er sie unter Keuchen und Stöhnen auf die Schweinehälfte gehievt hatte, ohne dabei den Rand der Kühltruhe zu berühren. Kleine Hautpartien lagen nun direkt auf dem toten Schwein. Aber egal, wenn man das Tier später zubereiten würde, würde davon keiner mehr etwas schmecken. Wichtig war ihm jetzt nur, dass sie nicht die Wände der Kühltruhe berührte und so keine DNS-Spuren hinterließ.

• • •

Traude stieß ihren Mann an und raunte ihm aufgelöst zu: »Konrädle, jetzt unternimm doch was! Der Tommi hat hier wieder mal was Unmögliches veranstaltet, der ungezogene Lausbub.«

Konrädle zeigte keine Reaktion, er wankte weiter auf seinem Gartenstuhl. Tommi legte das Alphorn daraufhin beiseite, lief auf die Terrasse und schnappte sich das Mikrofon, um seine Oma wieder etwas aufzuheitern. Er behauptete: »Liebe Oma Traude, liebe Gäste, ich muss euch was verraten. Mein Papa Egi hat sich auch was überlegt. Er möchte der Oma unbedingt ein Ständle singen!«

Das war jetzt in keinster Weise mit Egi abgesprochen gewesen. Sein Sohn warf den Karaoke-Player an. Er zog Egi am Ärmel nach vorne und stellte ihn vor den Bildschirm, auf dem nun ein Text eingeblendet wurde. Tommi reichte ihm das Mikrofon. Egi wurde schwarz vor Augen, der DJ-Ötzi-Hit »*Ein Stern, der deinen Namen trägt* « jaulte aus den Boxen.

Auch wenn der Egi solch Liedgut nicht kennen wollte, musste er nun gute Miene zum bösen Spiel machen. Wenig textsicher kam Egi beim Refrain an und beging einen verhängnisvollen Fehler, den die kühlschrankgroßen Boxen gnadenlos preisgaben. Er versang sich vor der heulenden Schwiegermutter »*Ein Stein, der deinen Namen trägt*«. Den Kleinwalsertaler Gästen blieb der Mund offen stehen. Das Oberstdorfer Publikum brüllte los, einige hielten ihre Hände hoch und formten mit ihren Zeigefingern Kreuze über ihren Köpfen. Egi schoss eine Hitzewelle ins Haupt. Die dachten jetzt alle, er meinte damit einen Grabstein mit Traudes Namen drauf!.

»Egi, bist du eigentlich total deppert? Was fällt dir ein, meiner Mutter so etwas anzutun?«, kreischte Elli. Sie war aufgesprungen, ihr Bauch schien sich dabei noch mehr aufzublähen. Es war zu befürchten, dass hier und jetzt eine Sturzgeburt drohte.

Dem armen Bruno war das alles nicht geheuer, Herrchen und Frauchen im kampfwütigen Streit. Er versteckte sich unter dem Buffet-Tisch. Uroma Bruni wachte von dem Gerumpel auf. Als sie eingeschlafen war, hatte sie noch in der Küche gesessen, jetzt befand sie sich auf der Terrasse und blinzelte in eine illustre Runde. Dort sah sie gackernde Teenager, schreiende Senioren, einen tobenden Greis mit Dreitagebart, einen erzürnten Egi, eine giftspritzende Elli und ein monströses Alphorn auf sich gerichtet. Die Bruni konnt's sich nicht erklären, also schloss sie die Augen wieder und schlummerte weiter. Es war bestimmt nur ein absonderlicher Traum, ihr mittlerweile sechsundneunzig Jahre altes Hirn spielte ihr halt des Öfteren einen Streich.

»Konrädle, verstehst nit? Der will mi killen!«, schrie das Traudele.

»Du bisch a ganz großes Arschloch, Egi!«, brüllte das Konrädle, ohne die Aussage seiner Frau weiter zu hinterfragen.

. . .

Er verschloss die Kühltruhe mit einem Vorhängeschloss und zog den Schlüssel ab. Den würde er die nächste Zeit verstecken. Dann ging er zurück, betrat sein Wohnzimmer und warf den Bettbezug in das Kaminfeuer. Es knackte und zischte, Funken schossen hoch. Bald war nur noch ein schwarzer Haufen zu sehen, der in kurzer Zeit zwischen den lodernden Holzscheiten verschwinden würde. Er war sich sicher, dass sie das Bewusstsein nicht mehr wiedererlangen würde. Und selbst wenn, sie würde nicht aus ihrer Eishöhle fliehen können. Irgendwann müsste er sie noch loswerden. Aber das hatte Zeit.

. . .

Bruno bekam Angst, hechtete unter dem Tapeziertisch hervor und brachte damit das Buffet zum Wanken. Einige Schüsseln fielen klirrend zu Boden. Der Golden Retriever rannte in das Wohnzimmer und verkroch sich hinter das Sofa. Uroma Bruni riss die Augen auf. Tommis grüner Filzhut stürzte von ihrem Kopf in eine Schüssel Wurstsalat. Das angesteckte Edelweiß brach dabei ab und lag nun dekorativ auf einer öligen Zwiebelscheibe.

»Ögi, hosch osch ho hös?«, schrie sie zitternd. Sie war fast taub, hörte ihre eigene Stimme kaum noch. Die dentalen Konsonanten waren aus ihrer Greisinnensprache verbannt worden. Ihr Gebiss, ein antiquarisches Produkt der Zahnmedizin, hatte bereits vor Jahrzehnten die

Zunge in Mitleidenschaft gezogen. Ihr Genuschel verstand niemand mehr.

Egi trat zu ihr herüber, hielt ihr die Hand und schrie, damit sie ihn verstand: »Alles gut, Uroma Bruni, alles gut. Das Hündle hat nur ein paar Schüssele runtergeworfen, gell?«

Grad jetzt, um 10:38 Uhr, ertönte aus Egis Beinkleidern scheppernd eine Melodie, die immer lauter wurde. Die Gäste verstummten. Es war *Resi, i hol di mit mei'm Traktor ab,* der Klingelton von seinem Handy. Er fingerte hektisch in seiner Hosentasche herum, zog es heraus und starrte auf das Display. Er erkannte den Anrufer sofort, eine Erlösung für ihn. Daniel Müller rief ihn aus der Einsatzzentrale der Polizeiinspektion Oberstdorf an. Egi lauschte der femininen Stimme und befand die Nachricht als glückliche Fügung, es war jemand ermordet worden. Der PHK musste die Feierlichkeiten unverzüglich verlassen.

»Meine lieben Gäste, ich muss euch leider allein weiterfeiern lassen, hab jetzt einen Einsatz. Macht ihr mal schön weiter!«

Er machte sich unverzüglich auf den Weg zur Breitachklamm.

»Ögi, hosch mo no ohoi!«, schrie Uroma Bruni hinter ihm her.

Erschwerte Bedingungen

Egi fuhr mit seinem Streifenwagen auf den großen Parkplatz vor dem unteren Eingang der Breitachklamm. Als er ausstieg, sah er, dass er in einer blau verfärbten Kieselsteinschicht geparkt hatte. Anscheinend war dort vor Kurzem ein Lkw mit einer Ladung Kies gekommen, von dem ein kleiner Teil eine Farbmarkierung abbekommen hatte. Einige blaue Steinle blieben im Profil des PHK-Schuhs klemmen. Er musste sie später unbedingt herauspulen, sonst käme er gleich mit dem nächsten Angriffspunkt heim. Er nahm sich vor, die Schuhe einfach draußen vor dem Haus stehen zu lassen, damit er nicht das Parkett damit zerkratzte.

Egi drehte sich um und trottete los. Sein Kollege Rudolf Ströber stand bereits dort, seine Frau hatte ihn hergebracht und war wieder heimgefahren. Rudi ging mit seiner nicht gerade berauschenden Intelligenz eher zurückhaltend um, aber Egi konnte sich auf ihn verlassen. Polizeioberwachtmeister Rudi stammte aus Lindau am Bodensee und lebte seit seiner Versetzung bereits viele Jahre in Oberstdorf, er war fast ein Einheimischer. Zu diesem Status war er gelangt, indem er sich aufopferungsvoll um die Ungeschicke der Oberstdorfer gekümmert und sie vor hässlichen Konsequenzen bewahrt hatte, damit sie weiter ihrem geschäftigen Treiben nachgehen und Attraktivität wie Bilanz der Touristenhochburg aufwerten konnten. Recht und Gesetz waren Auslegungssache, den Tipp hatte ihm der Egi zu Beginn seiner Dienstzeit in der Marktgemeinde gegeben. Auswärtige bekamen hier also bei guter Führung eine Chance, immerhin hatte es der amtierende Oberstdorfer Bürgermeister (ein Norddeutscher) auch geschafft.

»Servus, Egi! Siehst schon vor der Leichenschau so gebeutelt aus. Was isch los?«, bemerkte Rudi.

Hochdeutsch war für ihn bis letztes Jahr eine unbekannte Fremdsprache gewesen, aber auch er hatte gepaukt. Die PI-Leute hatten alle einen Hochdeutsch-Kurs belegen müssen, nachdem die Kripo Kempten sich damals über sie lustig gemacht hatte. Der pensionierte Grundschullehrer Hans Kurz hatte sich bereit erklärt, einmal wöchentlich zwecks Unterrichtung in die PI zu kommen. Im Ruhestand war er samt Frau in seine Oberstdorfer Ferienwohnung gezogen und hatte sein Haus in der Hauptstadt Niedersachsens verkauft. Als Hannoveraner galt Hans Kurz als Inbegriff der hochdeutschen Sprachkunst.

»Servus, Rudi! Frag lieber nicht. Lass uns hochgehn.«

Sie marschierten ohne weitere Worte los. Sie wanderten ein Stück durch die Breitachklamm. Auf dem Weg waren bereits von der Spurensicherung Abdrücke mit Farbspray und Fähnchen markiert worden. Sie konnten nicht erkennen, worum es sich dabei handelte. Egi und Rudi versuchten, sie zu umgehen, um später keinen Ärger zu bekommen.

Kurz vor dem Felstunnel fragte Egi: »Was weißt denn schon?«

»Nur, dass da eine junge Frau tot im Bach liegen tut«, antwortete Rudi. »Einer der Aufräumarbeiter hat's gefunden, hat mir der Daniel verzählt.«

»Dann weißt auch nicht mehr als ich. Die Gerichtsmedizin ist schon vor Ort. Der Kollege war wie immer schneller als wir«, sagte Egi und meinte damit Erich Engstein, den schwäbischen Gerichtsmediziner mit der verstopften Nase. Verwunderlich, dass der bereits da war. Er wohnte in Memmingen, nicht weit von seinen Arbeitsräumen, die mit den tödlichen Überresten der Allgäuer Verbrechensopfer gefüllt waren.

Egi und Rudi gingen durch den Tunnel und um den Felsvorsprung herum, wie es kurz zuvor Christian Berg getan hatte. Nur wussten sie, was sie erwartete. Sie schauten hinunter auf das steinige Ufer. Dort hockte der kleine, korpulente Erich, wie eine Presswurst in einen weißen Schutzanzug gehüllt, und wühlte seinem Beruf entsprechend im Dreck. Von oben konnten sie gut seine polierte Glatze erkennen. Die junge Tote lag immer noch mit weit geöffneten Augen im Bach und wurde von allen Seiten fotografiert. Stockstarr sah sie aus. Der Bereich war mit einem rot-weißen Band abgesperrt. Egi missachtete dasselbige und kroch darunter hindurch in den Sperrbereich. Die Felsen waren rutschig, und er schlitterte einige Meter in der Hocke auf Erich zu. Er war erleichtert, als er zum Stehen kam und das PHK-Gleichgewicht wiederfand.

»Egi, sei froh, dass ich fast fertig bin, sonst würdest du jetzt großen Ärger bekommen«, fauchte der Gerichtsmediziner.

»Mach nicht so einen Aufstand, Erich! Was soll da schon passieren?«

»Ich sag dir, was passieren kann«, giftete er Egi schwäbisch an. »Du könntest die Fußspuren hier vernichten, die zusammen mit den anderen bereits entdeckten Hinterlassenschaften des Täters beweisen, dass die Tote in den Bach hineingeschleift wurde!«

Das war Egi nun doch etwas peinlich. Er trat einen Schritt zurück, rutschte erneut aus und landete auf seinem PHK-Hintern. Als er hektisch aufstand, bemerkte er, dass seine Hose im Schritt nass war. Erich grinste schadenfroh.

Rudi meinte: »Komm doch wieder da naus, Egi. Du störst den Erich nur.«

Egi folgte seinem Ratschlag und betrachtete mit dem Rudi von oben die nackte Frauenleiche. Verdammt jung war sie. Welche Hintergründe hatten zu dieser Tat geführt? Egi konnte den Gedanken nicht zu Ende führen, über ihm waren marschmäßige Schritte im Kies zu hören.

· · ·

Er hockte oben hinter einem Baum und fädelte das Sicherungsseil vom Stamm ab. Er beobachtete dabei die Tätigkeiten der Spurensucher unten in der Breitach. Sehr schön, sie fotografierten sein Kunstwerk. Er hatte sich sehr viel Mühe mit Annets Position gegeben. Bestimmt würde es einem schlauen Kommissar auffallen.

· · ·

»Na so was, da seid ihr ja schon«, kam's von oben. »Hast du dir in die Hosen gemacht, Egi?«

Egi kannte die Stimme, er schaute entsetzt hoch. Er hatte sich leider nicht getäuscht, dort stand Akay Tok, der fünfunddreißigjährige türkischstämmige Kriminalhauptkommissar, aus Frankfurt am Main ins Allgäu importiert. Neben ihm Dr. Silvia Stern, die vierunddreißigjährige promovierte Polizeipsychologin und Profilerin, in München geboren und aufgewachsen, dem Zentralien Oberbayerns. Beide schafften seit gut zwei Jahren für die Kripo Kempten. Egi und Rudi kannten sie seit ihren letzten gemeinsamen Mordermittlungen im vergangenen Juni. Jetzt mussten sie schon wieder zusammen ein Tötungsdelikt aufklären, Egi konnte sich etwas Schöneres vorstellen. Aber gut, er musste dafür nun nicht mit seiner Schwiegermutter und der mies gelaunten Elli feiern.

Silvia blieb stumm, Akay grinste Egi an. Danach wandte der Türke den Blick ab und gaffte die Tote an.

»Sehr guter Körperbau«, erkannte Akay mit geschultem Auge.

Zwei Stunden später. Die SOKO Breitachklamm saß in einem Konferenzraum der PI Oberstdorf. Der PI-Leiter Erwin Bachmeier, ein ehemaliger Franke, der sich in das Allgäu eingeschlichen hatte, befand sich gerade im Urlaub. Der herrschsüchtige Weisungsbefugte wollte in Sachen Mord immer involviert werden. Eigentlich hatte er seinem PHK Egi, der ihn aktuell als PI-Leiter vertrat, untersagt, Tötungsdelikte in Oberstdorf zuzulassen. An Tagen wie diesem ließ sich das jedoch nicht vermeiden, Egi konnte ja nicht überall vor Ort sein und sämtliche potenziellen Mörder von der Fragwürdigkeit ihrer Vorhaben überzeugen. Zum Glück war der PI-Leiter gerade abwesend, er feierte mit seiner gebieterischen Frau den dreißigsten Hochzeitstag. Er musste mit seiner Angetrauten die Tage in der Karibik totschlagen. Das von seinen Leuten heimlich »Chefmeier« genannte PI-Oberhaupt wurde in Oberstdorf alles andere als vermisst. In ein paar Tagen wäre er jedoch zurück, bis dahin musste Egi wieder alles unter Dach und Fach haben. Als PHK sollte er gefälligst die Oberstdorfer Kriminalität im Keim ersticken, hatte der Chefmeier ihm aufgetragen. Das war dem Egi heute nicht gelungen, deshalb saß er jetzt mit Akay und Silvia zusammen. Die Kripo

Kempten musste sich hier zwingend verabschieden, bevor der grantige Chefmeier wieder in die PI Oberstdorf hereinspazierte.

»Erich, was kannst zum Todeszeitpunkt sagen?«, wollte Egi sofort wissen.

Auf Akays Stirn bildete sich eine Zornesfalte, er war der Untersuchungsleiter und wollte sich nicht vom Egi reinreden lassen. Das fing gleich wieder so an wie beim letzten gemeinsamen Fall.

»Das ist äußerst schwierig«, meinte Erich, bevor Akay sich beschweren konnte. »Ich weiß nicht, wo die Tote vorher lag und wie lange sie dort verweilt hat. Ich müsste die Umgebung untersuchen und messen, welche Temperatur geherrscht hat. In der Breitach waren es auf jeden Fall 5,2 Grad Celsius. Die hätten nicht zu den Erfrierungen führen können, die sie aufweist. Und wenn sie vorher in einer Sauna gelegen hat ...«

»Davon geh i mal nit aus«, meinte Egi immer noch unter dem üblen Einfluss der verkorksten Geburtstagsparty stehend. Das Hochdeutsch gelang ihm aus diesem Grunde noch nicht so, wie es laut PI-Anordnung sein sollte.

»Heißt das, du kannst uns nichts zum Todeszeitpunkt sagen, Erich?«, schaltete sich Akay ein.

»Nein, nicht solange ich nicht weiß, wo die Tote sich vorher befunden hat. Es wäre reine Spekulation, und das bringt euch nichts. Sicher ist nur, dass sie sich irgendwo mehr als unterkühlt hat.«

»Und was haben wir für eine Todesursache? Die hat sich ja nit frierend dahin gelegt und ist in Ruhe ertrunken, oder?«, wollte Egi nahezu hochdeutsch wissen.

»So, wie du es schilderst, ist es natürlich eher unwahrscheinlich. Außer winzigen Schürfwunden, die ihr vermutlich nach ihrem Tod durch die Verlegung in die Breitach zugefügt wurden, konnte ich keine äußeren Verletzungen feststellen. Sie scheint sich auf jeden Fall nicht gewehrt zu haben. Das spricht dafür, dass sie schon vorher bewusstlos oder sogar tot war. Ihre Kleidung konnte nicht gefunden werden. Die Spusi hat die Felswände, Geländer und den Weg untersucht. Sie konnten nur Abdrücke von Schuhen und Gewebereste entdecken. Ich vermute, dass sie woanders ermordet und von dort weggeschafft worden ist. Und es müssen dort Minusgrade geherrscht haben. Ihr müsst den Obduktionsbericht abwarten, Akay. Lasst mich jetzt an die Arbeit gehen, dann wisst ihr morgen mehr.«

»Okay, Erich, tu das. Ich rufe dich heute am späten Nachmittag an«, drohte Akay.

»Kannst du gern versuchen.«

Erich verschwand. An der Tür begegnete ihm Silvia Stern. Sie kam herein und setzte sich neben Akay. Sie sollte wie gewohnt ein Profiling vornehmen. Egi konnte die eingebildete Psychologin nicht ausstehen, sah sich seine Fingernägel an und pulte den Dreck darunter hervor. Der stammte noch von der Blumenerde der Alpenrosen, die er seiner Schwiegermutter als Tischdekoration in mehrere Töpfe gepflanzt hatte.

»Silvia, ich hoffe, du kannst uns im Gegensatz zum Erich mehr sagen. Was denkst du über den Täter?«, fragte Akay.

»Der Erich hat mir in der Breitachklamm bereits erklärt, dass die Tote dorthin geschleppt und abgelegt worden ist. Das an sich ist schon sehr ungewöhnlich«, antwortet Silvia.

Rudi nahm eine ablehnende Haltung an, und Akay fixierte die Wölbungen unter ihrer Bluse.

»Es ist ein Kraftakt, so etwas zu bewerkstelligen. Der Täter muss über viel Kraft und Ausdauer verfügen, wie Akay«, erläuterte Silvia mit einem Blick zu ihrem Intimkollegen.

Akay zog sein Jackett aus, die Temperatur stieg in der PI.

»Naa, bitte nicht, Akay«, bat Rudi, der mit dem strahlend schönen Türken nichts anfangen konnte. »Ich möcht gleich noch essen gehn.«

»Unterbreche mich nicht mit solchem Unsinn, Rudi. Lass mich meine Gedanken zu Ende bringen«, zischte Silvia. »Also, der Täter muss gut trainiert sein. Er hat sie über einen Kilometer getragen und gezogen, ist dazu bergauf gelaufen und hat es geschafft, sie über das Geländer sowie die Felsen hinunter zu bugsieren und in die Breitach zu ziehen. Sie hatte nur kleine Schürfwunden. Er hat sie nicht hinuntergeworfen. Vermutlich sollte sie genauso dort liegen, wie sie aufgefunden worden ist. Er hatte eine gewisse Vorstellung von ihrer Position in der Breitach und wollte ein rein zufälliges Herabstürzen vermeiden. Er könnte zwischen zwanzig und fünfzig Jahre alt sein, kannte die Tote und wollte mit der Tat etwas Bestimmtes ausdrücken.«

Egi gruselte es. Mit solch einem gestörten Mörder hatte er noch nie zu tun gehabt. Er stand auf und kritzelte mit zittriger Hand die ersten Punkte zu dem Täter auf ein Flipchart: »Männlich, sportlich, kräftig, zwanzig bis fünfzig Jahre alt, Bekannter der Toten, Fundort-Bedeutung.«

»Warte mal, Egi«, unterbrach ihn Akay. »Das hat Silvia so gar nicht gesagt. Warum kann es keine Frau gewesen sein? Die sind heute auch kräftig. Weiß deine Generation anscheinend nicht.«

Egi hätte ihn anspringen können. Bestimmt war es keine Frau gewesen, die mordeten doch immer mit Gift. Die junge Generation wusste das anscheinend noch nicht.

»Stimmt, Akay, ich habe vergessen, ein Fragezeichen dahinterzuschreiben«, meinte Egi und schmierte eines hinter das Wort »Männlich«.

»Gut aufgepasst, Akay«, lobte Silvia. »Da die Tote ein Fliegengewicht war, hätte das auch eine sehr kräftige Frau schaffen können. Sie hätte aber vermutlich mehr Zeit gebraucht. Wenn Erich uns mehr zu Todesursache und Todeszeitpunkt sagen kann, sollten wir das Geschlecht des Täters weiter eingrenzen können. Dann muss man sich natürlich fragen, warum er oder sie das alles getan hat. Da gibt es mehrere Möglichkeiten. Die Breitachklamm hat eine besondere Bedeutung für den Täter. Er hat einen großen Hass auf die Tote. Er will sie für etwas bestrafen. Er möchte den Verdacht auf jemand anders lenken. Er möchte die Ermittler ärgern. Er ist wahnsinnig. Irgendetwas davon könnte es sein.«

»Sehr aufschlussreich, Silvia«, meinte Akay.

Egi und Rudi verdrehten die Augen. Dieses psychologische Wischiwaschi brachte die Oberstdorfer keinen Schritt weiter.

»Was ist mit Komplizen? Zwei schwächliche Typen hätten s' zusammen tragen können«, boykottierte Egi und gab sich Mühe mit seinem Hochdeutsch, damit die Kripo Kempten ihn und seine Ausführungen auch ernst nahm.

»Stimmt«, bestätigte Silvia. »Aber der Erich hat die ganze Zeit von einem Täter gesprochen. Wir müssen ihn danach fragen.«

Silvia wollte ihn gar nicht danach fragen, sie wusste schon, dass es nur Schuhabdrücke von einer Person gab. Sie hoffte, dass die beschränkte PI Oberstdorf gleich wieder vergessen hätte, Erich noch einmal darauf anzusprechen.

• • •

Er stand vor dem PI-Gebäude und versuchte etwas zu erkennen. Ohne aufzufallen, konnte er jedoch nicht nah genug herangehen. Er stellte sich gegenüber vor das Schaufenster eines Optikers und wartete, dass die Ermittler herauskämen. Er würde sich ihre Gesichter genauestens merken.

• • •

»Sag mal, Silvia, warum kann keine natürliche Todesursache vorliegen?«, fragte Rudi. Er bestätigte damit ihre Vorurteile über die Wahrnehmungsbeschränkung in der PI.

»Du meinst, sie hat sich ausgezogen, sich dann am Eisfach ein paar Erfrierungen zugefügt und sich selbst ein einschläferndes Mittelchen verpasst, um sich dann auf den Weg zu machen und sich nackt in die Breitach zu legen, um dort ihre letzten Stunden zu verbringen?«, erläuterte Akay.

Egi hätte ihn killen können, die nahmen die örtliche Polizei offensichtlich immer noch nicht ernst.

»Ja, ein Herzinfarkt oder Schlaganfall bei einem Treffen mit ihrem Freund kann's doch auch gewesen sein. Und der hat s' weggeschafft, um nicht verdächtig zu erscheinen«, blieb Rudi bei seiner Theorie.

»Jetzt hör auf mit dem Schwachsinn«, winkte Akay ab. »Wir warten den Obduktionsbericht ab. Ich rufe als Nächstes die Köhler an und frage sie nach den forensischen Ergebnissen. Egi und Rudi, versucht mal herauszufinden, ob es in der Vergangenheit ähnliche Fälle in der Umgebung gegeben hat.«

Akay wollte damit der PI Oberstdorf eine Beschäftigungstherapie im Büro verpassen und selbst in Ruhe weiterermitteln. Silvia nickte zustimmend.

...

Die Kripo hatte nach ihrem Umzug nach Kempten einige unangenehme Bereiche in Memmingen zurückgelassen. Im Keller wurden die unappetitlichen Arbeiten vorgenommen, und genau dort herrschte die Köhler. Barbara Köhler, Mitte vierzig, stammte aus Hannover und war Leiterin der forensischen Abteilung. Man duzte sich, sprach sich aber nur mit Nachnamen an, um eine gewisse unüberbrückbare Distanz zu ihnen zu halten. Jeder Außenstehende, der den Namen der tiefstimmigen Köhler hörte, vermutete einen Mann in dieser Position. Das brachte die Norddeutsche immer wieder in Rage, die Emanzipation war im Oberallgäu noch nicht angekommen.

Egi wäre ihr am liebsten aus dem Weg gegangen, hatte er sie doch beim ersten Telefongespräch letztes Jahr mit »Herr Dr. Köhler« betitelt. Er rief sie trotzdem sofort nach Akays Verschwinden an. Er wusste, dass die Kripo Kempten jetzt erst zur Offenlegung des kriminalpolizeilichen Bluseninhaltes um die Ecke gegangen war. In Oberstdorf lag der konzentrierte Frühling in der Luft.

»Servus, Köhler!«

»Hallo, Huber!«

»Ich wollt mal fragen, Köhler, ob ihr schon erste Ergebnisse zu der Toten in der Breitachklamm habt. Die Spusi hat dort ja einiges auf den Wegen markiert. Und der Erich hat uns schon ein paar Hinweise gegeben. Wie sieht's denn damit aus?«

»Warum ruft der Tok nicht an?«

»Ich soll mich jetzt halt um die Spuren kümmern. Akay möcht erst nach Vergleichsfällen aus der Vergangenheit suchen«, log Egi gekonnt in Hochdeutsch, damit er sich vor der studierten Forensikerin nicht blamierte.

»Stimmt, das ist wichtig«, bestätigte Köhler ironisch. »Es ist so, Huber, der Täter ist durch den unteren Eingang in die Breitachklamm gelangt. Dort hat er die Tote noch getragen. Wir konnten Schuhspuren entdecken, hinter denen ab einer späteren Stelle Schleifspuren hinzukamen, die sehr wahrscheinlich von ihren schmalen Fersen stammen. Man konnte das gut erkennen, da Teile des Weges noch ziemlich mit angetrocknetem Schlamm bedeckt waren. Die Tote ist ihm offensichtlich zu schwer geworden. Dann hat er sie hinter sich hergezogen und ist dabei rückwärtsgegangen, die Schuhspuren belegen das. Bis zu der Stelle, an der er sie über das Geländer heben musste, um sie in die Breitach legen zu können. Wir haben Abdrücke genommen. Der Täter trug Schuhgröße 44. Ich gehe daher von einem Mann aus. Die Kleidung und die Schuhe der Toten konnten nicht gefunden werden. Er hat sie vermutlich über das Geländer gelegt, sie dort entkleidet und später alles mitgenommen. Wir konnten ein paar farbige Fasern an dem Stahlstreben sicherstellen. Die untersuchen wir gerade. An einigen Steinen am Ufer konnten wir winzige Hautpartikel und Blut sichern. Das analysieren wir als Nächstes. Wir werden morgen wissen, ob es ausschließlich von der Toten stammt. Mehr habe ich noch nicht, Huber.«

Köhler sprach wie ein ICE bei Höchstgeschwindigkeit. Egi hatte Mühe, ihr zu folgen. Er fragte daher lieber nach, um sicher zu sein: »Du gehst also von einem Mann aus, wegen der Schuhgröße?«

»Ja, Huber. Falls du eine Frau mit Schuhgröße 44 findest, könnte sie es gewesen sein. Oder es handelt sich um eine Frau, die sich größere Herrenschuhe angezogen hat, um eine falsche Fährte zu legen. Dann hätten die Abdrücke auf dem Weg aber anders ausgesehen, weil sie dann einen sehr unsicheren Gang gehabt hätte.«

Egi hatte erst letztes Jahr eine Frau mit übergroßen Füßen ins Gefängnis gebracht, die konnte es also dieses Mal nicht gewesen sein.

Eine andere Oberstdorferin auf großem Fuß fiel ihm auf die Schnelle nicht ein.

»Das mag alles richtig sein, Köhler.«

»Natürlich ist das alles richtig, Huber!«

»Mmh, und sonst habt ihr nix gefunden? Vielleicht an den Felswänden oder unten am Parkplatz?«

»Nein, Huber. Die meisten meiner Leute sind vor zwanzig Minuten aus der Breitachklamm zurückgekehrt. Da ist nichts mehr zu holen. Ach ja, wie unser Täter da wieder rausgekommen ist, wissen wir nicht, von seinem Rückweg haben wir keine Spuren gefunden. Es sind aber noch drei Leute mit dem Parkplatz beschäftigt. Der ist groß, da brauchen sie mehr Zeit. Sie schauen auch unten an der Bushaltestelle nach. Ihr solltet das Busunternehmen befragen, ob ihren Fahrern etwas aufgefallen ist. Theoretisch könnte die Frau ja unten noch am Leben gewesen sein. Erich muss unbedingt den Todeszeitpunkt eingrenzen, damit wir weiterkommen.«

Egi hatte gar nicht daran gedacht, dass dort auch ein Bus fuhr. Gut, dass der Akay das jetzt nicht gehört hatte. Egi würde dafür sorgen, dass Akay auch später nichts davon mitbekommen würde.

»Ja, das mit'm Bus wird der Rudi prüfen.«

»Der Rudi, sehr gut, Huber. Dann läuft's ja. Ich setze mich mit meinen Leuten an die Untersuchungen. Stör mich nicht weiter. Ich maile Akay morgen den Bericht.«

»Danke, Köhler!«

Egi begab sich in den Flur, riss ein Blatt von seinem Notizblock ab, schrieb darauf das Wort »Bus« und steckte es in seine Hosentasche. Dann fiel ihm ein, dass er bei seinem letzten Fall, den er mit der SOKO Kelch gelöst hatte, einige Male mit dieser Zettelwirtschaft durcheinandergekommen war. Er ging zurück zu seinem Schreibtisch und beschloss, im Fall Breitachklamm organisierter vorzugehen. Er griff nach der Notiz und schrieb das aktuelle Datum darauf. Er nahm sich vor, dies nun immer zu tun, bevor er etwas in seine Sammelsurium-Schublade legte. Zufrieden ging er hinüber zum Rudi. Dann fiel ihm ein, dass er etwas vergessen hatte. Die tiefe Ratterstimme von der Köhler brachte ihn immer wieder aus dem Konzept. Er griff erneut nach dem Telefonhörer.

»Was gibt's noch, Huber? Du sollst mich nicht weiter stören!«

»Köhler, nur eine Sache noch: Die Spuren auf'm Weg, belegen die, dass nur eine Person die Tote getragen hat?«

»Davon kann man ausgehen, Huber. Die Schleifspuren der schmalen Fersen in Verbindung mit den Schuhabdrücken Größe 44 im Rückwärtsgang ... da war nichts, was auf eine dritte Person hinweisen würde. Abgesehen von Christian Berg natürlich, der die Tote entdeckt hat. Es hat am Vortag geregnet, da wurden die älteren Spuren verwischt, also haben wir nur die Spuren der Nacht und des Morgens. Der Erich hat aber auch noch Hämatome unter den Achseln der Toten entdeckt, die von dem festen Griff und vom Ziehen stammen könnten. Hätte man sie zu zweit getragen, wären die Druckstellen nicht in dieser Form verursacht worden.«

»Das hat uns der Erich gar nicht gesagt.«

»Tja, Huber, dann schickt das nächste Mal die Silvia zu ihm, bei Frauen ist Erich gesprächiger. Sonst noch was, Huber?«

»Ja. Wisst ihr schon, wer die Tote ist?«

»Ach ja, Huber, es gab vor einer halben Stunde eine Vermisstenmeldung von einem Vermieter in Oberstdorf, weil seine Mieterin nicht mehr in ihrer Wohnung aufgetaucht ist und auch die letzte Miete nicht überwiesen hat. Irgendein Lohmeier. Er hat uns den Namen und den Zahnarzt der Toten genannt, der hat unseren Kieferabdruck gerade eben bestätigt. Es war seine Patientin: Annet Balder. Hat das all deine Fragen beantwortet? Dem Akay hab ich das alles schon per E-Mail geschickt.«

»Ja, Köhler, das war's.«

Klick, die Köhler hatte aufgelegt, ohne Gruß. Den Lohmeier kannte der Egi. Mit dem wollte in Oberstdorf niemand was zu tun haben, ein Zugezogener der unangenehmen Sorte. Er und seine fette Frau lebten seit elf Jahren in der Marktgemeinde und vermieteten einige Wohnungen in ihrem Haus. Der Name Annet Balder sagte Egi jedoch nichts. Kein Wunder, Einheimische zogen bei dem Lohmeier nicht ein.

...

Kurz darauf durchsuchten einige Beamte die Wohnung von Annet Balder. Diese befand sich in der Fuggerstraße in Oberstdorf. Es handelte sich um eine Zweieinhalb-Zimmer-Singlewohnung mit geschmackvoller Ausstattung. Hugo Hasenkamp, ein korpulenter Spusi-Mitarbeiter, öffnete flink alle verschlossenen Türen und Schrankfächer. Daraufhin wurde mit Lupen durch die Räumlichkeiten gegangen, fotografiert, gepinselt, abgeklebt, Fingerabdrücke gesichert, gesaugt und winzige Fitzelchen aufgesammelt sowie säuberlich in beschrifteten Tüten verstaut. Getragene Kleidungsstücke, benutzte Handtücher und Bettwäsche wurden eingeschweißt und mitgenommen. Genauso wie Fotos, Briefe und Adressbücher. Die Tote hatte einen kleinen Fernseher im Schlafzimmer, eine Hi-Fi-Anlage im Wohnzimmer und einen Tablet-PC im Schrank. Man fand weiterhin einige Fotoapparate und Videokameras sowie mehrere alte Handymodelle. Die technischen Geräte wurden eingesammelt und zusammen mit den anderen Fundstücken in einem Transporter weggeschafft.

Nach dem Besuch der Beamten sah die Wohnung aus wie ein Schlachtfeld. Alle Schränke standen offen, für die Untersuchungen unnütze Dinge waren achtlos liegen gelassen worden.

...

Er stand auf der Straße und hatte zugeschaut, wie immer mehr mit weißen Ganzkörperanzügen bekleidete Spurensucher das Haus betraten. Die würden bestimmt alles auseinandernehmen. Er dachte darüber nach, was sie alles finden würden. Er hatte gute Arbeit geleistet. Dann kam ihm ein Gedanke. Verdammt, er hatte noch etwas Wichtiges im Haus vergessen!

Egi saß an seinem Schreibtisch und starrte das Telefon an. Wie konnte ihm Erich so wichtige Informationen vorenthalten? Er wählte erneut seine Nummer und erwartete eine schwäbische Begrüßung.

»Egi, wenn du mich nicht in Ruh lässt, komme ich nicht weiter«, grunzte Erich Engstein in sein Telefon.

»Aber, Erich, warum hast uns nix von den Hämatomen gesagt?«

»Weil du und deine Leute nicht so viel davon verstehen wie die Köhler. Ihr kapiert es einfach nicht«, begründete Erich mit chronisch geschwollenen Nasenflügeln.

»Was soll das denn heißen?«

»Es ist so, Egi. Es waren keine äußeren Spuren von Gewaltanwendung zu finden. Annet Balder war vermutlich schon tot, als sie durch die Breitachklamm geschleppt wurde. Ich weiß nicht, wo sie vorher war, was sie dort getrieben hat, ob sie Medikamente genommen hat, wie sie gestorben ist et cetera. Abhängig von diesen Bedingungen treten nach dem Tod Hämatome etwa nach einer halben Stunde oder später auf, da der Kreislauf nicht mehr funktioniert. Hau ich dir mit einem Hammer auf den Oberschenkel, Egi, hast du nach kurzer Zeit schon erste Anzeichen eines Hämatoms. Bei Toten ist das nicht so. Da bilden sich Hämatome, auch Totenflecken genannt, an den unten liegenden Körperteilen, je nach Leichenposition, weil das Blut absinkt und sich dort ansammelt. Aber sonst kriegen die keine blauen Flecken mehr. Vielleicht ist Annet Balder sogar während des Tragens gestorben. Dann hätte sie auch recht unverzüglich Hämatome unter ihren Achseln aufweisen können. Aber eventuell hat sie schon Stunden vorher den Löffel abgegeben, und jemand hatte sie davor hin und her geschleppt. Ich kann es dir nicht sagen. Sie hat durch Druck verursachte Hämatome, und ich weiß nicht, wann diese entstanden sind. Sie müssen von den Händen desjenigen stammen, der ihr kurz vor ihrem Tod fest unter die Achseln gegriffen hat. Ich wollte euch Laien das alles nicht erklären, nun musste ich es doch. Das ist Zeitverschwendung. Ich will weitermachen, Egi. Lass mich jetzt arbeiten!«

Erich legte grußlos auf, wie die Köhler vorhin.

Egi musste irgendwie weiterkommen. Er ging endlich zum Rudi hinüber. Der sollte nachsehen, ob es in der Vergangenheit ähnliche Fälle gegeben hatte, und er sollte den Busfahrplan prüfen. Rudi blühte auf, wenn er im Innendienst Akten wälzen durfte. Das war eine Arbeit, wie sie ihm gefiel, da nicht zu anstrengend. Und er hatte damit schon oft glänzen können, weil er fast immer etwas mehr oder weniger Relevantes fand. Rudi liebte die Recherche mit dem altmodischen KPMD (Kriminalpolizeilichen Melde- und Auswertungsdienst) und konnte bereits Feedback geben.

»Rudi, was hast rausgefunden?«, fragte Egi.

»Muss ein Ersttäter sein«, urteilte Rudi. »Der KPMD hat mir einen Fall vom letzten Jahr ausgeworfen. Zweiundsiebzigjährige Tote im Zillierbach im Harz. Ihr achtundvierzigjähriger Sohn hat im Streit auf sie eingeschlagen. Er ist in psychiatrischer Verwahrung. Dann noch drei weitere Tote in Bachläufen: 2010 wurd eine siebenundsiebzigjährige Dame in der Haslach im Kinzigtal im Schwarzwald gefunden. Sie hatte dort vermutlich schon wochenlang gelegen. Der Fall konnte nicht mehr geklärt werden. Man geht aber von einem unglücklichen Sturz aus. Zwei Jahre vorher war an der gleichen Stelle ein achtundvierzigjähriger Mann gefunden worden, ebenfalls ungeklärte Todesursache. Dann wurd im Jahr 2008 eine achtundsiebzig Jahre alte Altenheimbewohnerin aus Aschaffenburg tot in einem Bächle aufgefunden. Es handelte sich dabei nachweislich um einen Unfall. Und ...«

»Danke, das reicht, Rudi. Das kann alles nix mit unserem Fall zu tun haben«, stellte Egi fest.

»Sag i ja«, meinte Rudi.

Egi ging zurück in seinen Teil des Büros und setzte sich an den Schreibtisch. Er wollte doch noch einmal versuchen, etwas über das Telefon herauszubekommen. Er rief bei der Spusi an. Es meldete sich Lorenz Küpper.

»Servus, Lorenz! Was habt ihr denn schon aus Annet Balders Wohnung rausbekommen?«

»Servus, Egi, mein Lieber!« Lorenz freute sich in letzter Zeit überschwänglich, wenn er etwas für Egi tun konnte. Aus unerklärlichen Gründen schien er den PHK ungemein zu mögen. Lorenz stammte aus Oberstdorf und war mit Egi zur Schule gegangen, zwar einige Klassen über ihm, aber sie hatten einige Zeit zusammen auf dem Schulhof verbracht und waren gemeinsam mit ihren Hunden Gassi gegangen.

»Also, Egi, wir haben alles mitgenommen, was uns irgendwie weiterbringen könnte: Getragene Kleidung, benutzte Bettwäsche, Briefe, Adressbücher, Fotoalben, Tablet-PC, Fernseher, Hi-Fi-Anlage, und natürlich haben wir die üblichen Spuren eingesammelt. Was mir aber aufgefallen ist, die Frau muss gut verdient oder einen spendablen Sponsor gehabt haben. Die Wohnung ist zwar nicht groß, aber ziemlich edel eingerichtet, alles todschick. Da solltest du mal genauer hinsehen, wo das herkommt. Ihr Verkäuferinnengehalt hätte das nicht hergeben können – war ein Tipp von ihrer Vermieterin.«

»Dank dir, Lorenz, guter Hinweis. Bitte gib mir doch die Briefe, Adressbücher und Fotos als Erstes, sobald ihr sie untersucht habt, damit wir hier schnell weiterkommen.« Und damit der Akay nicht zu viel davon mitbekommt, dachte Egi.

»Mach ich doch gerne, mein lieber Freund.«

Egi schluckte, die Intimität behagte ihm nicht.

»Und wie sieht's mit'm Tablet-PC aus? Da ist doch heutzutag so viel drauf zu finden. Was macht ihr damit?«, wollte Egi wissen, ihm war die Abgrenzung zwischen Spusi und Technik noch nicht ganz klar.

»Wir nehmen uns bei der Tatortuntersuchung nur Fingerabdrücke, DNS-Spuren, Organisches und Geweberückstände vor. Den Rest machen die Technik-Jungs vom Hannes.« Lorenz meinte damit den Leiter der IT-forensischen Abteilung, die saß auch in Memmingen.

»Gut. Wann rechnest damit, ihm das Teil übergeben zu können, Lorenz?«

»Spätestens morgen früh, Egi. Ich habe dem Hannes schon Bescheid gegeben. Der Nico nimmt sich das Ding vor.«

»Alles klar, ich dank dir, Lorenz.«

»Gerne, mein Lieber«, hörte Egi den Spusi-Leiter sagen und fragte sich fröstelnd, warum er sein Lieber war.

Egi betrachtete seine geöffnete Sammelsurium-Schublade. Es lag bisher nur ein Zettel darin. »Bus« stand darauf. Einen weiteren legte er nun hinzu, darauf hatte er das Wort »Einkommensverhältnisse« vermerkt. Insgesamt war das zu wenig, Egi musste sich mehr ins Zeug legen. Die erste Notiz erinnerte ihn daran, dass er unbedingt noch einmal mit Rudi sprechen musste. Er würde bestimmt strahlen, beim Studium der Busfahrpläne.

Egi ging hinüber zum Rudi. Gedankenverloren saß dieser vor seinem Bildschirm und starrte auf die ihm darauf dargebotenen Informationen. Rudi bemerkte den PHK nicht, als der sich ihm von hinten näherte. Egi erschrak, als er sah, womit Rudi sich beschäftigte. Er betrachtete gerade halb nackte junge Frauen, die in grellbunten Outfits in verrenkten Körperhaltungen posierten. Das hätte Egi niemals von ihm gedacht, und das auch noch während der Arbeitszeit. Egi räusperte sich laut. Rudi schrie zu Tode erschrocken auf, sprang von seinem Stuhl hoch, der daraufhin hinter ihm scheppernd umkippte. Akay, der gerade eingetreten war, sah die beiden verwundert an.

»Was treibt ihr denn da?«, fragte Akay, den das wirklich überhaupt gar nix anging.

»Rudi, das isch a Sauerei von dir! Wie kannst dir hier so a Sauzeugs anschauen?«, warf Egi Rudi in bestem Allgäuerisch vor. Wenn der Egi erhitzt war ging'sch nit andersch. Obwohl doch die für Sauzeugs relevanten Körperzonen der Damen mit winzigen Stofffetzen bedeckt waren.

Akay musste wohl unbedingt wissen, was der Beschuldigte verbrochen hatte, und rannte um den Tisch herum, um einen Blick auf das Tatwerkzeug (Rudis Bildschirm) erhaschen zu können. Rudis Hand schnellte zu seiner PC-Maus, um fix den Internet-Browser schließen zu können, aber zu spät. Egi und Akay hatten genug gesehen, um den überführten Täter verurteilen zu können.

»Rudi, du alter Lindauer, du hast ja einen guten Geschmack, was

Frauen angeht«, bemerkte Akay grinsend. »Aber die sind eher was für meine Altersklasse, oder?«

»Was soll denn das? I ermittle hier! Und ihr unterbrecht mi in meine Gedanken. Jetzt hab i 's Fädle verloren!« Rudi verlor sich in seiner Aufregung in seinem eigentlich im Dienst abtrainierten Dialekt.

»Was sollen denn das für Ermittlungen sein, du Lüstling?« wollte Egi wissen.

»Der Lorenz hat angerufen, als d' grad nicht im Büro warst. Der hat mir gesagt, dass die Annet Balder einen Zumba-Kurs belegt hat, die haben in ihrer Wohnung so eine Anmeldung gefunden. Da hab ich auf der Homepage des Sportvereins nachgesehen! Und ich kann nix dafür, dass die dabei so wenig anziehen tun!«

Warum hatte der liebe Freund dem PHK nix von dem Zumba erzählt? Egi konnt's nicht fassen. Er schnappte nach Luft, da redete Akay schon auf den Rudi ein.

»Rudi, sieh dir halt nicht die Bilder im Internet an. Schreib dir die Adresse auf, und wir beide fahren da mal zusammen hin, um mit den Mädels zu reden«, schlug Akay vor. Er würde sich die Damen sehr gerne einmal in natura ansehen. Er brauchte dafür einen zweiten Mann, und Rudi störte ihn dabei am wenigsten. Die Silvia durfte das erst gar nicht mitbekommen.

»Ihr habt ja nit mehr alle beisammen. Das lass i nit zu! Da fahr i selbst hin«, lehnte Egi den Vorschlag ab, zum Hochdeutschen war er grad nit fähig. »Für di, Rudi, hab i a andere Aufgabe, komm mit zur Beate.«

»Die isch gar nit da!«, bellte Rudi zurück.

»Genau deshalb, du Depp«, fuhr Egi Rudi an, zerrte ihn mit und ließ Akay stehen.

»Was willst denn?«

»Lass gefälligst die Finger von den Mädle, Rudi! Du findest einmal heraus, welche Busunternehmen da an der Breitachklamm verkehren, und kontaktierst die Busfahrer, die vor dem Leichenfund Dienst hatten«, forderte Egi, als er mit Rudi allein war. »Frag sie, ob sie die Tote noch lebend gesehen haben, wer mit dem Bus dahin gefahren ist, ob ihnen sonst etwas aufgefallen ist und so weiter. Und wir müssen schauen, welche Nachbarn die Annet Balder hatte, wo sie gearbeitet hat und wer ihr Chef und ihre Kollegen waren. Und lass den Akay nix davon wissen!«

»Na gut«, brummte Rudi.

»Um den Tablet-PC muss sich auch noch jemand kümmern«, meinte Egi mehr zu sich selbst. Er hatte noch nie einen Tablet-PC in der Hand gehalten, er befürchtete, hier auf Akay angewiesen zu sein. Der war in digitalen Dingen leider unübertroffener Wissensträger. Akay trieb sich viel in sozialen Netzwerken herum und schien Tausende Kontakte zu haben. Egi ging zurück zu seinem Schreibtisch, notierte sich das Wort »Zumba-Kurs« auf einem Schmierzettel, schrieb das aktuelle Datum dazu und warf ihn in seine Schublade. Ein Arbeitsnachweis mehr, jetzt waren es drei. Wieder etwas geschafft.

· · ·

Am Montagabend hatte Egi noch lange Zeit in seinem Büro verbracht und sich selbst einmal die feschen Zumba-Damen im Internet angesehen. Er hatte sich die Adresse des Sportvereins notiert, um sich dort einmal umzusehen. Er hatte sich erst nach 21:00 Uhr auf den Heimweg begeben und war ausnahmsweise in ein Restaurant eingekehrt. Dort hatte er sich mit einer Portion würziger Krautkrapfen mit Schmand-Dip (ein Allgäuer Soulfood aus gerolltem Nudelteig, gefüllt mit Sauerkraut und Speck) verpflegt. Egi hatte in seiner verfahrenen Situation verständlicherweise keine Lust gehabt, daheim zu essen. Dort herrschte durch die verpatzte Geburtstagsfeier seiner Schwiegermutter bestimmt dicke Luft. Als er nach 22:30 Uhr daheim ankam, waren alle Gäste verschwunden. Er schlich ins Bad und legte sich zu seiner Sicherheit auf das Besucherbett im Keller. Der unter Schwangerschaftswut leidenden Ehefrau wollte er keinesfalls begegnen. Am nächsten Morgen hastete Egi nach einer kurzen Katzenwäsche in geduckter Haltung aus dem Haus und machte sich mit leerem Magen davon.

Nun saß er wieder an seinem Schreibtisch im Büro. Er brannte darauf, endlich mit Akay den Tablet-PC der Toten zu untersuchen. Aber als Erstes musste Egi telefonieren.

Die Technik-Jungs sprach man, im Gegensatz zu der Forensik-Truppe der Köhler, nur mit Vornamen an. Hannes war Abteilungsleiter der IT-Forensik und Chef vom Nico. Egi hatte vergessen, wie die beiden mit Nachnamen hießen. Er rief Nico an. Den kannte Egi noch von dem Fall aus dem letzten Jahr. Die Technik-Jungs fand er absonderlich. Er nannte sie Kellerkinder, da er vermutete, dass sie bereits in jungen Jahren nur am PC gesessen und nie die Sonne gesehen hatten.

»Hi, Egi!«

»Servus, Nico! Lorenz Küpper wollt euch den Tablet-PC von Annet Balder für eure IT-forensischen Untersuchungen übergeben. Und der Hannes meinte, du würdest dir das alles ansehen. Wie weit bist denn damit?«

»Ach ja, Egi. Der Lorenz hat mir den bereits gestern Abend gegeben. Ich konnt heut Morgen schon einen Blick drauf werfen. Da waren nur Fotos und belanglose Briefe, zum Beispiel zum Wechsel des Stromanbieters, Mieterhöhungen und so weiter, drauf gespeichert. Das Tablet hatte sie erst vier Monate. Im Januar hat sie es zum ersten Mal angeschaltet. Die Tote hat anfangs nicht viel gesurft. Ich habe mir die Historie ihres Internet-Browsers angesehen. In den letzten Monaten hat sie lediglich so Sachen wie Kleidung, Schmuck, Sportklamotten in Onlineshops angesehen. Und ein paarmal nach bestimmten Locations gegoogelt, zum Beispiel nach dem Snowpark Ehrwald, Hotels, Ski-Läden und Adressen von Restaurants, Cafés, Berghütten und so. Sonst hat die nur E-Mails über GMX abgerufen und war in den letzten Wochen hin und wieder auf Facebook unterwegs. Das sollten wir uns genauer ansehen. Falls ihr mehr zu den Inhalten der Kommunikationsverbindungen wissen wollt, bräuchten wir einen richterlichen Beschluss, damit die Anbieter uns die Daten übergeben. Also auf jeden Fall für die drei Online-shops, GMX und Facebook«, empfahl Nico.

»Aha. Also bringt das gar nix, wenn du mir den Tablet-PC gibst und ich mit'm Akay noch mal drauf nachsehe?«

»Nein, Egi, das bringt nichts. Die übertragenen Daten zwischen E-Mail-Accounts oder von Facebook-Eingaben sind nicht auf dem PC. Die können uns nur die jeweiligen Anbieter geben. Die sind aufgrund der Privatsphäre vom Gesetz her besonders geschützt, da kommen wir ohne richterlichen Beschluss nicht dran. Und den Tablet-PC geben wir sowieso nicht raus. Das ist ein Beweismittel, das die IT-Forensik nicht verlässt, sonst können wir das später nicht mehr vor Gericht verwenden.«

»Schade«, meinte Egi enttäuscht, der davon überhaupt keine Ahnung hatte. »Dann lass mir doch Ausdrucke von den Fotos und Briefen der Toten zukommen. Wir schauen die dann mal durch. Und wir kümmern uns um den Papierkram für den richterlichen Beschluss. Dank dir, Nico!«

»Okay, Egi. Ausdrucke sind aber nicht notwendig. Wir geben euch einen USB-Stick mit einem Datenträgerabbild, das enthält alle Daten vom Tablet. Dann könnt ihr euch die Sachen an euren Notebooks ansehen. Der Akay hat das ja drauf. Mach's gut!«

Diese Möglichkeiten waren Egi gar nicht bewusst gewesen. Er kam sich vor wie ein Steinzeitkommissar, er musste in Richtung IT dringend etwas unternehmen.

Nach Akays Anforderung lag der richterliche Beschluss binnen kurzer Zeit vor. Er ließ Hannes sofort Kontakt zu den drei identifizierten Onlineshops, zu dem E-Mail-Anbieter GMX und zu Facebook aufnehmen, um die Inhalte der Datenübertragungen untersuchen zu können. Zu diesem Zeitpunkt konnte Egi noch nicht wissen, wie dies sein Leben verändern würde. Ahnungslos kümmerte er sich um andere Dinge und ging zu Rudi hinüber.

»Rudi, was hast zu den Bussen an der Breitachklamm rausgefunden?«

»Da gibt's die Buslinie Tiefenbach, die zum unteren Eingang führt. Die Ankunftszeiten sind morgens stündlich um 09:43, 10:43 und 11:43 Uhr aus Richtung Oberschtdorf. Und aus Richtung Fischen kommen die immer halbstündlich um 09:22, 09:52, 10:22, 10:52 Uhr und so weiter.«

»Gut, Rudi. Was sagt uns das? Christian Berg ist am Montag um circa 10:00 Uhr von unten in die Breitachklamm und hat die Tote ungefähr um 10:30 Uhr gefunden. Also kommt nur der Bus 09:22 Uhr aus Richtung Fischen infrage. Die anderen Busse sind zu spät angekommen, da lag die Annet Balder schon in der Breitach.«

»Stimmt, Egi. Dann ruf ich jetzt das Busunternehmen an und frag, welcher Busfahrer am Montag um diese Uhrzeit aus Richtung Fischen gekommen ist.«

»Mach das, Rudi! Was gibt's über Nachbarn und Kollegen der Toten zu berichten?«

»Das ist so, Egi, Annet Balder war Verkäuferin in einem Sportgeschäft in der Oststraße in Oberschtdorf. Dort arbeiten acht weitere Damen und Herren und ihr Chef. In dem Haus in der Fuggerstraße, in dem sie wohnte, gibt's vier Wohnungen. Die große unten wird von den Hauseigentümern bewohnt. Im Dachgeschoss gibt's neben ihrer noch zwei weitere kleine Wohnungen. Ich hab die Namen alle notiert, von denen die da wohnen tun.«

»Sehr gut, Rudi. Wir können die Nachbarn und Kollegen heute noch abklappern. Ich sprech jetzt erst mit'm Erich. Der muss doch langsam mal was zum Todeszeitpunkt sagen können.«

»Erich, jetzt rück raus mit der Sprache. Lass dich doch nicht immer so bitten!« Egi hatte keine Geduld mehr mit dem Gerichtsmediziner, am liebsten hätte er ihn durch den Telefonhörer gezogen.

»Egi, das ist eine äußerst komplizierte Angelegenheit. Es gibt keinen genauen Todeszeitpunkt«, zierte sich der Erich. »Ich erkläre es dir:

Annet Balder wurde mit einem Gegenstand aus roter Baumwolle erstickt. Wir haben Fasern davon in ihrer Lunge gefunden. Es muss ein Stück Stoff, zum Beispiel ein Handtuch, ein Kleidungsstück oder ein Kissen, gewesen sein, das ihr der Mörder auf Mund und Nase gepresst hat, bis sie bewusstlos geworden ist. Sie hat vermutlich noch wenige Minuten gelebt, als ihr Mörder sie unter den Achseln gepackt und vom Tatort weggeschleift hat. Dann aber muss etwas Ungewöhnliches passiert sein. Wir haben an einigen Körperteilen, wie zum Beispiel Rücken und Beine, Rückstände von Schweinefleisch gefunden. An dem tierischen Gewebe konnten wir feststellen, dass dieses einmal eingefroren war. Daraufhin haben wir auch Annet Balders Gewebe dahingehend untersucht. Sie hat nach dem Mordversuch noch gelebt, aber das Bewusstsein nicht wiedererlangt. Sie ist auf Eis gelegt worden. Egi, sie war vorübergehend komplett tiefgefroren bevor sie in die Breitachklamm gelegt wurde. Es waren nicht nur oberflächliche Erfrierungen, wie zuerst vermutet, sie war zwischenzeitlich ein Eisklotz.«

»Ich fass es nicht, Erich. Was laufen denn hier für perverse Leut im Oberallgäu umeinand?« Der Allgäuer Egi war tief betroffen. Das hätte er in seinem Heimatort Oberstdorf niemals vermutet.

»Es liegt nahe, Egi, dass die Tote eine unbestimmte Zeit lang in einer Kühltruhe gelagert wurde. Und das zusammen mit einer unverpackten Schweinehälfte.«

»Das ist unglaublich, Erich. Bist dir da wirklich sicher?«

»Ja, Egi. Da gibt es nichts dran zu rütteln. Die Feststellung des Todeszeitpunktes wurde uns damit versaut. Und du suchst nun nach einem kräftigen Mann mit Schuhgröße 44 und einer großen Kühltruhe inklusive Schweinehälfte – falls er Letztere nicht bereits verspeist hat.«

Egi ekelte sich vor dieser Vorstellung und musste seinen aufsteigenden Mageninhalt wieder herunterschlucken. Er erinnerte sich an die Allgäuer Schweineschnitzel bei der Horrorfeier seiner Schwiegermutter. Diesen Tag würde er komplett aus seinem Gedächtnis streichen.

»Und noch was, Egi. Annet Balder wurde wieder teilweise aufgetaut, bevor der Mörder sie weggeschafft hat. Bestimmt, weil er die steife Leiche ansonsten nicht so einfach hätte befördern können. So ein hartes Eisbrett bekommst du in keinen Kofferraum. Das Auftauen kann bei einem menschlichen Körper in Raumtemperatur mehrere Tage dauern, es sei denn, es handelt sich bei dem Raum um eine Sauna. Das hatte ich ja gestern schon im Scherz gesagt. Aber nun ist es bittere Wahrheit, Egi, wir haben an ihrer Haut Rückstände von Latsche-Saunaöl sichern können. Als sie in die Breitachklamm geschleppt wurde, war sie also wieder halbwegs biegsam und duftete nach Bergkiefer.«

»Danke dir, Erich! Ich schau mal, was ich damit anfangen kann.«

Egi legte gedankenverloren auf. Er sinnierte über einen gut trainierten Mörder mit Schuhgröße 44, großer Kühltruhe, Schweinehälfte und Sauna. Als Gedächtnisstütze schrieb er sich auf einen datierten Zettel das Wort »Latsche-Saunaöl« und steckte ihn sich in die Hosentasche.

· · ·

Nachdem er gestern nach dem Leichenfund unter psychosomatischen Wechselwirkungen leidend eine vierstündige Irrfahrt absolviert hatte, hatte er die Getränkekisten mit seinem Herrenrad heimtransportiert und sich noch einmal zu seinem Kastenwagen geschlichen, um ihn in die Garage zu fahren. Irgendwann würde die bestimmt so müffeln, dass es auch außerhalb des Autos zu riechen wäre, und es sollte ja nicht jeder mitbekommen, dass da eine Tote drinlag. Im Auto traute er sich gar nicht, nach hinten zu schauen. Doch bevor er das Garagentor getrost schließen konnte, musste er sich vergewissern, dass in seinem Gefährt noch alles beim Alten war, damit er den Beelzebub zur Rede stellen konnte. Er musste einiges an Überwindungskraft aufbringen, um den schaurigen Kofferrauminhalt inspizieren zu können. Besser alles fix hinter sich gebracht, als hier lange herumzuscharwenzeln. Er warf die Hecktüren mit einem Ruck auf und starrte entsetzt hinein. Er taumelte bei dem Anblick zurück. Er rieb sich die Augen und warf erneut einen Blick auf die gähnende Leere. Unfassbar, die Leiche war weg! Also schlug er die Türen fix wieder zu und schloss das Garagentor. Er trat unschlüssig ins Haus.

»Wo warst so lang? Und wo sind die Kästen?«, bekam er gleich von seinem Mäusle zu hören.

»Bist mit'm Auto weg?«, fragte er sie kreidebleich.

»Wie denn? Den hat sich doch der Beelzebub geholt. Wo sind die Getränkekästen?«, meinte sie.

»Die stehn noch vor der Garage. Ich hol sie nei«, sagte er erleichtert und machte sich pfeifend auf.

»Die müssen in den Keller«, schrie sie hinter ihm her. »Und dann erzählst mir, wo du so lang warst!«

• • •

Er stand gegenüber und hatte alles gesehen. Diesen Kfz-Halter würde er sich bald vorknöpfen. Er musste ihn zum Schweigen bringen. Egal wie.

• • •

Das war gestern Nachmittag gewesen, und er hatte ihr nur erzählt, dass er ein bissle rumgefahren wär. Jetzt sah er sich seinen Kastenwagen genauer an. Sie waren noch nicht wieder damit gefahren. Der Kofferraum war immer noch nass, ekelhaft, was sich da alles an Liquiden angesammelt hatte. Er war froh, dass die auf dem blanken weißen Stahl schwappten, das Heck war erfreulicherweise nicht mit Teppich ausgelegt.

»Mäusle, der Beelzebub hat wieder Säcke mit Eiswürfeln transportiert. Da muss einer undicht gewesen sein. Kannst das mal eben wegwischen? Ich muss ins Geschäft, ich nehm's Rad. Bis heut Abend, Mäusle!«

Er könnte jetzt ganz elegant aus der Affäre herauskommen, indem er den Beelzebub erst gar nicht auf die Leiche ansprach. Der musste ja nicht wissen, was er wusste. War vielleicht auch sicherer für ihn. Er schnappte sich das Klapperrad und trat zufrieden in die historischen Pedale.

»Kann der Depp das nicht selbst machen?«, schimpfte sie, aber er hörte es nicht mehr. Das Mäusle machte sich mit Haushaltshandschuhen, einem Eimer Wasser, einer Flasche Zitrusreiniger und einem Wischlappen an die Arbeit.

. . .

Es war mittlerweile Dienstagnachmittag. Egi ging mit einigen Faxen hinüber zu Rudi und Akay. Rudi hatte bereits mit dem Busunternehmen gesprochen und weitere Nachforschungen zu dem Busfahrer der 09:22-Uhr-Linie betrieben. Aber Akay saß ihm gegenüber, also durften die Oberstdorfer nicht über ihre Erkenntnisse aus dem öffentlichen Nahverkehr fachsimpeln.

»Akay, schlechte Nachrichten, wir bekommen den Tablet-PC nicht. Der bleibt in der IT-Forensik und wird verschlossen, da es sich um ein Beweismittel handelt«, meinte Egi.

»War doch klar. Hast gar keine Ahnung von IT-forensischen Ermittlungen, oder, Egi?«

»Wenn du meinst«, brummte Egi beleidigt. »Der Nico wird uns alles auf einen USB-Stick ziehen, dann können wir es uns an einem Notebook ansehen. Das dauert aber bis morgen. In der Zwischenzeit hab ich eine andere Aufgabe, die wir an jemanden geben müssen, Akay. Das ist alles aus Memmingen.« Egi hielt die Faxe hoch. Da die Informationen aus der Forensik kamen, musste der PHK Akay einweihen, sonst würde es böses Blut geben. Nachdem er kurz Bericht über Saunas und Kühltruhen erstattet hatte, schloss Egi: »Wir müssen herausfinden, wo man in der Umgebung Latsche-Saunaöl kaufen kann. Sobald wir die Läden kennen, machen wir eine Liste für die Beate. Sie soll Probefläschle besorgen, die die Köhler dann mit den Spuren abgleichen kann. Wenn wir wissen, welches Öl es war, soll die Beate bei den betroffenen Geschäften nachfragen, wer in letzter Zeit solch ein Öl gekauft hat.«

Der PHK war ganz zufrieden mit seiner fachmännischen Vorgehensweise in nahezu perfektem Hochdeutsch. Rudi saß mit breitem Grinsen auf dem Bürostuhl, schlug die Beine übereinander und verschränkte die Hände hinter seinem Kopf. Er genoss Akays belämmerten Gesichtsausdruck. Der hasste es, wenn Egi besser informiert war als er.

Egi setzte noch einen drauf, bevor Akay etwas erwidern konnte: »Möchtest das als Ermittlungsleiter übernehmen, Akay?«

Nein, der Akay wollte diese Aufgabe überhaupt nicht übernehmen. Er würde lieber seiner gebrechlichen Oma den Hintern abwischen, als nach solchen Läden zu suchen. Daher versuchte Akay gleich, die Sache wieder loszuwerden.

»Egi, sag mal, hast du sie noch alle? Ich habe Wichtigeres zu tun. Die Beate soll ihre Liste selbst erstellen, wenn sie sowieso die Läden abklappert und das Zeug kauft.«

»Gut«, meinte Egi zufrieden, er hätte beinahe Beifall geklatscht. Der PHK sah diesen Punkt als äußerst wichtig an und war froh, dass die Kripo Kempten dabei außen vor war.

»Brauchst gar nicht so blöde zu grinsen, Rudi«, zischte Akay.

»Ist doch jetzt geregelt«, gluckste Rudi. Der kapierte gar nicht, worum es Egi ging.

»Das ist alles kein Witz«, maßregelte ihn Egi. »Die Tote war tiefgefroren. Neben einer Schweinehälfte hat's gelegen. Dann wurd's in einer Sauna wieder aufgetaut, in der dieses Latsche-Öl verdampft wurde. Und das bei uns in Oberschtdorf! Dass hier solch kranke Mörder rumlaufen.«

Egi ging zurück zu seinem Schreibtisch und warf den Saunaöl-Zettel in die Schublade. Rudi war das Lachen vergangen, nach den unappetitlichen Vorstellungen über Schweinefleisch, das seine Frau ihm immer äußerst köstlich zubereitete. Mit Schinken, Tomaten, Zwiebeln, Sahne und Allgäuer Emmentaler.

...

Beate Klingel trieb sich fast ausschließlich im Innendienst herum, sie hatte einen Hinkefuß. Ihr Knöchel hatte nach einer Schussverletzung nicht wiederhergestellt werden können. Und die Kugel hatte eigentlich dem Egi gegolten. Ihm grauste es vor den Erinnerungen, die ihn des Nachts oft heimsuchten, wenn seine Albträume sich nicht gerade mit seiner Schwiegermutter beschäftigten. Beate stammte aus Essen und sprach einen unerbittlichen Ruhrpott-Dialekt. In ihrem Vorzimmer zum Chefmeier-Büro stand ihre private Kaffeemaschine, die ohne ihr Wissen von allen als Röstbohnen-Monstrum bezeichnet wurde. Egal welches Programm man wählte, das ausgegebene Getränk kam einer Giftmischung gleich. Beate hingegen schmeckte die Brühe vorzüglich. Sie hatte während des Verzehrs der letzten drei Tässle bereits eine Liste mit Drogeriemärkten, Wellness- und Lifestyle-Läden in Oberstdorf erstellt. Akay beäugte sie skeptisch, als er vor ihr stand. Sie bot ihm eine Portion puren Koffeins an. Akay war, was Kaffee anbelangte, hartgesotten. Aber das Gesöff von der Beate war selbst für ihn eine Zumutung, das kannte er noch vom letzten Jahr.

»Komma bei mich bei, Akay, Schätzeken. So schlimm kann dat doch alles gar nich sein. Trink ers ma 'n Kaffe!« Sie sprach das Wort wie immer aus wie Affe mit führendem K.

Akay konnte sich nicht mehr wehren, denn sie hatte ihm das schwarze Gebräu bereits in die Hand gedrückt. Nun stand er da, in der einen Hand die verhasste Liste und in der anderen den miesen Kaffe. Beides wollte er schnellstmöglich loswerden.

»Wat is denn los?«, wollte Beate wissen, als sie sein Zögern erkannte.

»Die Zeit drängt, kümmere dich endlich um das Öl, wir müssen hier weiterkommen. Geh in jedem Laden eine Probeflasche kaufen, und schick es der Köhler zur Analyse. Die sagt dir danach, bei welchen Läden wir ermitteln und wer das Zeug gekauft hat.«

Er nahm zwecks Vernichtung einen großen Schluck des Giftcocktails, was sein hübsches Antlitz zu einer hässlichen Fratze verzerrte.

»Och, Akay, mach doch nich so'n Gesicht. Ich mach dat schon«, versuchte Beate den unter einer Koffein-Überdosis leidenden KHK zu beruhigen.

Akay entfernte sich wortlos. Die PI Oberstdorf wollte ihn gewiss mit Beates Kaffe nach dem Leben trachten.

Spuren im Cyberspace

»Also, Rudi«, begann Egi, als die beiden alleine waren. »Du hast mit'm Busfahrer sprechen können, der gestern um 09:22 Uhr zur Breitachklamm gefahren ist. Er hatte drei Fahrgäste in seinem Bus, die alle am Hauptbahnhof Oberstdorf ausgestiegen sind. Es stand niemand an der Haltestelle Breitachklamm. Aber da er zwei Minuten zu früh dort ankam, musste er warten. Ihm ist dabei ein Auto aufgefallen, das auf den Parkplatz abgebogen ist. Es war ein weißer Fiat Doblò, ein Kastenwagen, hinten ohne Fenster. Der Busfahrer ist Italiener und kennt die ganze Fiat-Kolonne, er ist sich hundertprozentig sicher mit'm Modell. Aber den Fiat-Fahrer hat er nicht erkannt. Auf das Kennzeichen hat er leider nicht geachtet, weil er dann auch wieder weiterfahren musste.«

»Richtig, Egi.«

»Wir müssen ohne die Kripo Kempten in dieser Sache weiterermitteln, Rudi. Wir überprüfen alle in Oberstdorf gemeldeten weißen Fiat Doblòs ohne Heckfenster. Die meisten Halter kenn ich sowieso. Die haben nicht umsonst so undurchsichtige Kleintransporter«, erklärte Egi wissend.

Die Aufgabe war genau nach Rudis Geschmack, er sah der Schreibtischarbeit freudig entgegen.

»Von mir aus«, meinte Rudi gelangweilt, um nicht allzu euphorisch zu wirken. »Ich schreib das fix zusammen.«

Der PHK fragte sich, warum Rudi wieder so unzufrieden war, dem war auch nichts recht zu machen.

»Die Fahrgäste aus'm Bus können wir nicht mehr identifizieren. Wir müssen später einen Aufruf über die Medien starten und Zeugen auffordern, uns zwecks Aussage zu kontaktieren. Wir müssen unbedingt mit den Latsche-Ölen und dem Kastenwagen weiterkommen. Die Kripo Kempten muss weg, bevor der Chefmeier zurück ist«, lamentierte Egi.

Der PHK dachte darüber nach, was für ein grantiger Kerl der Chefmeier war. In seinem vorherigen Dienstbereich, der PI Kaufbeuren im Ostallgäu, hatte man ihn wegbefördert. Gerüchtehalber war das damals eine ganz irre Geschichte gewesen, hatte etwas mit Giraffen zu tun gehabt. Unter solchen Umständen war es gang und gäbe, die Kollegen vom Ostallgäu (Autokennzeichen: OAL) ins Oberallgäu (Autokennzeichen: OA) zu versetzen – und andersherum ebenso. So blieben die Allgäuer unter sich, ohne sich wiedersehen zu müssen. Vor allem kam man auf diese Weise zu einem höheren Rang, der Chefmeier war nun seit vielen Jahren PI-Leiter in der Rentnerhochburg Oberstdorf! Es hatte bisher niemand herausgefunden, was damals die Hintergründe gewesen waren. Angst einflößend wären die Umstände gewesen, hatte es immer unter der Hand von den OAL-Kollegen geheißen, aber keiner wollte was Genaueres preisgeben. Daher hatte man in der PI Oberstdorf vom ersten Tag an einen gehörigen Respekt vor dem Chefmeier gehabt.

Da sprang auf einmal die Tür auf, Akay enterte das Büro.

»Was plant ihr denn hier?«, wollte er wissen.

»Gut, dass du kommst, Akay. Der Nico hat uns schon den USB-Stick mit'n Daten vom Tablet-PC der Toten vorbereitet, der ist gerade angekommen. Da sind einige Fotos und Briefe drauf, aber auch die Internet-Browser-Historie und so weiter«, erklärte Egi, ohne zu wissen, was das alles war. »Das können wir an deinem Notebook machen. An meinem alten PC kriegen wir das nicht hin.«

»Dann gib den Stick mal her, Egi«, forderte ihn Akay auf.

Der PHK zögerte, reichte ihn aber doch unwillig herüber. Er war sich nicht sicher, ob er den jemals wiedersehen würde. Er musste hier dringend am Ball bleiben.

»Wir warten auch noch auf die Datenübertragung von den Onlineshops, von GMX und Facebook«, fuhr Akay fort. »Der Nico meinte, die schicken uns CDs und geben uns eventuell auch die Login-Daten für die Accounts der Toten. Er macht uns dann Kopien, damit wir uns das ansehen können.«

»Du meinst anhören, Akay«, schaltete sich Rudi ein.

»Was willst du dir anhören?«, fragte Akay ungeduldig.

»Na, die CDsch«, meinte Rudi.

»Rudi, aus welchem Jahrhundert bist du? Das sind Daten-CDs, nichts zum Anhören! Da sind Warenkörbe aus Online-Shops, E-Mail-Inhalte und Facebook-Posts von Annet Balder drauf«, erklärte Akay Rudi die moderne IT-Welt, in der sie nun ermitteln mussten.

»Ah, das ist gar keine Musi?«, fragte Rudi zur Sicherheit noch einmal nach.

»Nein, Rudi, keine Musi!« Akay rollte mit den Augen, engstirniger als in der PI Oberstdorf ging's nimmer.

· · ·

Am frühen Dienstagnachmittag, als die Kripo Kempten bereits im Hotel verweilte, traf sich Egi mit dem Spusi-Leiter Lorenz Küpper. Der schaffte in Memmingen und war heute zur PI Oberstdorf herüberge-kommen. Lorenz, ein blonder Hüne mit glasklaren blauen Augen, sah ihn strahlend an.

»Egi, mein Lieber, schön, dich endlich mal wieder persönlich zu sehen«, rief Lorenz erfreut und umarmte Egi, der aufgrund der herzli-chen Begrüßung zu Beton erstarrte.

Egis Nase traf bei der Umarmung auf das Schlüsselbein des Her-zenden, da Lorenz knapp einen Kopf größer war als er. Der PHK-Bart bohrte sich in dessen Feinstrickpullover. Peinlich berührt versuchte Egi sich aus der Klammerhaltung zu winden, aber Lorenz ließ nicht los. Stattdessen klopfte dieser dem verdutzten PHK freundschaftlich auf die Schulter. Was war eigentlich mit dem Spusi-Leiter los? Er lebte seit Neu-estem wieder mit seiner Frau und den zwei halbwüchsigen Töchtern zusammen. Die zwei besuchten das südlichste Gymnasium Deutsch-lands, das Gertrud-von-le-Fort-Gymnasium in Oberstdorf, wie Egis Sohn Tommi. Ob Lorenz von ihnen etwas über Egis turbulentes Privat-leben gehört hatte? Egi musste es herausfinden und wurde ausnahms-weise im Dienst privat.

»Sag mal, Lorenz, wie alt sind jetzt eigentlich deine beiden Töchter?«

Lorenz schien sich über das anstehende Plauderstündchen zu freuen und ließ den PHK endlich los. Nach einem fünfmonatigen Abstecher nach Immenstadt wohnte der Ü-50-Hüne wieder in Oberstdorf. Seine fünfundzwanzigjährige Ex-Freundin hatte ihn sitzen gelassen, um mit einem spitzbärtigen Allgäuer DJ ihrer Altersklasse nach Ibiza auszuwandern.

»Egi, meine Töchter sind schon fast erwachsen, wie die Zeit vergeht. Die Susi ist vierzehn und die Biggi sechzehn. Dein Tommi geht doch sogar in dieselbe Klasse wie die Susi. Und sie sind zusammen in der Musikschule.«

»Ach, das hat er mir gar nicht verzählt.« Egi vermutete, dass unter den Teenagern sehr wahrscheinlich einige Familieninterna ausgetauscht wurden, und der Lorenz deshalb so vertraut mit Egi umging. Bei der Vorstellung blieb ihm das Hochdeutsch im Halse stecken.

»So ist's halt mit den Jungs heut, nur Geheimniskrämereien. Zum Glück sind die Töchter etwas gesprächiger.« Lorenz zwinkerte Egi zu.

Der Lorenz wollte wieder in Oberstdorf Fuß fassen. Die Marktgemeinde hatte seiner Liaison mit der jünglichen Bohnenstange aus Immenstadt überaus kritisch gegenübergestanden und ihn nach tumultartigen Diskussionen aus der Dorfsippe ausgeschlossen. Bei seiner Ehefrau war er trotz allem wieder untergekommen, so hatte sie am Ende doch noch die Gewinnerpose einnehmen können. Die führte nun ein strenges Regiment mit ihm, der hatte nix mehr zu melden. Die Marktgemeinde jubelte, der Fremdgeher musste büßen. Egi hatte aktuell jedoch nur die Sache mit dem Teenie-Nachwuchs im Kopf. Der PHK erschrak etwas ob dieser Neuigkeiten, wusste aber gar nicht, warum. Er würde sich Tommi daheim einmal vorknöpfen müssen.

»Ja, da hast recht, Lorenz. Etwas anderes, warum ich mit dir reden wollt. Du sagtest was von getragener Kleidung, benutzter Bettwäsche, Briefen, Adressbüchern und Fotoalben von der Annet Balder. Habt ihr da schon was rausbekommen?«

»Die Untersuchungen von den Textilien dauern etwas, mein lieber Egi. Da muss man alle möglichen Partikel ablösen und analysieren, das ist eine Sisyphusarbeit. Aber eines kann ich dir sagen: Bei der Bettwäsche war ein rotes Kissen dabei. Und der Erich hat doch gesagt, dass die Tote rote Fasern in der Lunge hatte. Wir kümmern uns gerade darum, festzustellen, ob das zusammenpasst. Dann hätten wir im besten Fall schon mal ein Tatwerkzeug.«

»Das sind gute Nachrichten, Lorenz. Sehr gut.« Egi war erleichtert, dass sie weiterkamen. »Und die anderen Sachen?«

»Das hätt ich ja fast vergessen, Egi, mein Lieber! Die Briefe, Adressbücher und Fotoalben haben wir schon untersucht und verschiedene Fingerabdrücke und DNS-Spuren sichern können. Die wird die Köhler nun mit unseren Archiven abgleichen.« Lorenz fasste in seinen beschrifteten Karton. »Hier, das ist für dich, ist bei uns alles durch. Ihr könnt euch das jetzt ansehen.«

»Danke, Lorenz! Damit hätt ich so schnell gar nicht gerechnet«, lobte Egi. »Ich kümmere mich mit'm Rudi darum.«

»Ah. Mit dem Rudi?«, wunderte sich Lorenz. Der Rudi schien ihm nicht gerade eine Leuchte, was Ermittlungen anging.

»Ja, mit'm Rudi. Nur mit dem Rudi. Verstehst du, Lorenz?«

»Nun ja, ich ahne, was du meinst.« Lorenz grübelte.

»Ja, Lorenz, es wäre wirklich eine tolle Geste von dir, wenn du mich das regeln lassen würdest. Ich weiß, du schaffst für die Kripo Kempten, aber der Akay muss ja nicht alles mitbekommen, hier aus unserem Oberschtdorf, gell?«

»Natürlich, Egi, natürlich.« Lorenz kam ins Straucheln, musste seinem aktuell einzigen Verbündeten im Heimatort aber aus taktischen Gründen zustimmen.

»Dank dir, mein Lieber!« Egi war entsetzt, jetzt war ihm aus Freude über seine Überredungskünste tatsächlich selbst ein »mein Lieber« herausgerutscht. Es war seiner strategischen Verhandlung jedoch sehr förderlich.

»Aber gerne, mein lieber Egi, für dich immer gerne!«, freute sich auch der Lorenz und umarmte Egi zum Abschied.

· · ·

Mist, dieser blonde Hüne war zu schnell gewesen. Er hatte gesehen, wie er vor der PI geparkt und einen Karton aus dem Kofferraum gezogen hatte. Bestimmt waren da Sachen aus Annets Wohnung drin, sehr wahrscheinlich auch das, was er vergessen hatte. Wäre der Hüne nur nicht so schnell mit seinen langen Beinen. Beinahe hätte er ihn erwischt und hätte ihm eine übergezogen und sich den Karton geschnappt. Aber Fehlanzeige, er hatte nicht schnell genug hinter ihm her über die Straße rennen können. Jetzt hatten sie es bestimmt.

· · ·

Die Briefe, Adressbücher und Fotoalben wurden kurz vom Egi und Rudi überflogen. Sie brachten die Ermittler erst einmal nicht weiter. Annet Balder hatte nur einige Kontakte notiert, bei zweien handelte es sich um Arbeitskolleginnen, die sie bald überprüfen würden. Alles Weitere konnte die Beate übernehmen, sie kümmerte sich gerne um die Angelegenheiten anderer Leute. Egi konnte sicher sein, wenn es etwas Wichtiges gab, die Beate würde es finden.

Am Dienstagnachmittag machten sich Egi und Akay notgedrungen auf, um Nachbarn und Kollegen der Toten zu befragen. Notgedrungen, da sie das gar nicht zusammen machen wollten. Aber Akay war hier der Ermittlungsleiter, und sein Boss bei der Kripo Kempten bestand wie immer darauf, dass er die örtlichen Beamten in die Befragungen einbezog, sonst würden die Oberstdorfer mit keinem Wort rausrücken. Bei Fremden machten die den Mund nicht auf, bei Einheimischen schon. Der Egi fand's nicht schlecht, so konnte Akay ihm nichts vorenthalten.

Die zwei fuhren also als Erstes zu dem Sportgeschäft, in dem Annet Balder geschafft hatte. Leider schien sich gerade ganz Oberstdorf, oder besser: alle eingemieteten Touristen, in der Oststraße herumzutreiben.

Es war unmöglich, einen Parkplatz vor dem Laden zu finden. Genervt fuhr Egi zum Parkplatz an der Talstation der Nebelhornbahn. Er stellte seinen Dienstwagen dort ab und beschloss, sich heute mit Akay zu Fuß in Oberstdorf zu bewegen. Akay hatte keine Ahnung von den hiesigen Parkmöglichkeiten, also gab er sich geschlagen. Sie schlenderten los.

Als sie nach einigen Minuten an dem Sportgeschäft ankamen, war dort der Teufel los. Der Raum war dermaßen mit allen erdenklichen Sportartikeln vollgestopft, dass Egi nicht glauben konnte, wie viele Menschen sich noch darin aufhalten konnten. Für die Touristen musste man sämtliche am Berg einsetzbaren Utensilien bereithalten. Ebenso die weniger alpinen Produkte wie Schwimmflügel, Ballspiele und Inliner, konnte man ja alles im Urlaub brauchen. Drei Verkäuferinnen und zwei Verkäufer rannten zwischen ihrer Kundschaft herum, um all ihre auch noch so absonderlichen Wünsche zu befriedigen. Die Kasse klingelte im Minutentakt.

Egi vermutete zumindest, dass es sich bei dem Klingeln um die Kasse handeln musste. Sie war hinter der angebotenen Ware kaum noch zu erkennen. Dahinter stand ein älterer Herr mit dichtem weißem Haar und grauem Kringelbart. Er sah mit seinem rot-weiß karierten Hemd und der braunen Berghose mit Hosenträgern aus wie ein Alm-Öhi und war der Chef des Ladens. Egi kannte ihn. Er war der Cousin der Frau seines Bruders Volker, also von Egis Schwägerin. Deren Familie stammte aus Immenstadt. Also war auch der Alm-Öhi ein Auswärtiger, der als entfernter und absonderlicher Verwandter nicht in den engeren Bekanntenkreis vom Egi eingegliedert werden konnte. Egis Frau kam gebürtig aus dem benachbarten Kleinwalsertal, war in Oberstdorf fünfzehn Jahre auf Herz und Nieren geprüft worden und galt nun als in die Dorfgemeinschaft integriert. Vor allem deshalb, weil sie Elternbeirat in Kindergarten und Grundschule gewesen war und sich erfolgreich als Schlichterin durch alle Kleinkriege zwischen Eltern und Pädagogen gekämpft hatte. Demnächst stünde wieder Krabbelgruppe an, dem PHK grauste es davor. Gedanken weggewischt und Konzentration.

Der Alm-Öhi kassierte gerade einen schwindelerregenden Preis für eine leuchtend grüne High-Performance Softshell-Jacke eines angesehenen Herstellers. Egi hätte für den Preis einen Monat seine Einkäufe erledigen können. Er schaute den Käufer, einen Burschen Mitte zwanzig mit schulterlangen blonden Haaren, entsprechend entgeistert an. Er hoffte inständig, dass sich sein Sohn Tommi in eine andere Richtung entwickeln würde. Als der Typ gegangen war und eine Frau Mitte vierzig im beigen Pelzmantel mit einer ebenso teuren Wanderausrüstung an die Kasse trat, drängelte sich Egi dazwischen.

»Was soll denn das? Stellen S' sich gefälligst hinten an«, keifte die gut situierte Dame mit dem penibel frisierten schwarzen Schopf.

»Entschuldigen S', aber mein Kollege und ich kommen von der Polizei und müssten mal dringend mit'm Herrn an der Kasse sprechen.« Beinahe hätte Egi ihn Alm-Öhi genannt, während er seinen Dienstausweis vorzeigte. »Ich möcht Sie daher um etwas Geduld bitten.«

Als die Pelzträgerin den schönen Akay sah, hellte sich ihre Miene auf, sie lächelte ihn an. Akay grinste zurück, auch diese Altersklasse war anscheinend für ihn interessant, wenn der Rest stimmte. Der Alm-Öhi zog seine Mundwinkel nach unten und brummte etwas Unverständliches. Einer seiner Verkäufer schien ihn aber verstanden zu haben und stellte sich hinter die Kasse. Der Alm-Öhi ging um die Theke herum und verschwand in einer Tür, an der ein Schild angebracht war, das den dahinter liegenden Raum als Privat bezeichnete. Ob der Alte vergessen hatte zu sagen, dass sie ihm folgen sollten? Egi war's egal, er sah sich als zugangsbefugt an, er war ja um zehn Ecken mit dem Alm-Öhi verschwägert. Der PHK machte eine Kopfbewegung Richtung Tür und ging los. Akay folgte ihm. Als sie eintraten, saß der Alm-Öhi an einem Tisch und schlürfte einen dampfenden Kaffee. Egi und Akay zeigten noch einmal ihre Dienstausweise. Ihnen wurd nix angeboten.

»Servus Fränzle«, sagte Egi. »Äh, Herr Wollig, ach egal, wir kennen uns ja. Das hier ist mein Kollege Kommissar Tok von der Kripo Kempten, Fränzle.«

Es war lächerlich, aber dieses Urgestein wurde in der Familie

»Fränzle« genannt, der Egi fand's total unpassend, hielt sich aber an die familiären Umgangsformen.

»Jetzt sind de Türke scho bei de Kriminalpolizei«, nuschelte der Alte abwertend.

Akay war Anfeindungen dieser Art gewohnt, er meinte: »Ich freue mich ebenfalls, Sie kennenzulernen, auch wenn der Anlass ein sehr trauriger ist.«

»Kommissar Tok meint natürlich den Tod deiner Mitarbeiterin Annet Balder«, lenkte Egi ein, um gleich mit der Tür ins Haus zu fallen. Den alten Sack konnte man sonst kaum aus der Ruhe bringen.

»Jo, jo, de Kleine isch nit alt g'worde.« Der Almöhi schien bereits informiert zu sein.

»Darf ich Sie nach Ihrem Namen und Ihrer Funktion hier fragen?«, wollte Akay nun wissen.

»Hat der Egi do scho g'sagt, i bin das Fränzle Wollig, und mei Familie g'hört'sch G'schäft hier seit drei Generatione! Wir habe mit Holzschlitte angefange«, prahlte der Alte, dessen Familie trotz der Goldgrube nicht nach Oberstdorf ziehen wollte.

Egi fand seine Aussprache etwas seltsam und fragte sich, wo die Familie herstammte. Seine Schwägerin hatte ihm dazu nicht viel erzählen wollen. Der war bestimmt ein Sohn von einer ihrer angeheirateten Tanten. Ob da eventuell ein paar Tiroler oder gar Südtiroler in den unergründlichen Stammbaum involviert gewesen waren?

»Und wie haben Sie von Annet Balders Tod erfahren?«, hakte Akay nach.

»Des hat mir der ihr Vermieter, der Lohmeier, g'sagt.«

Auch wenn Oberstdorf schon seit Längerem nicht mehr so wirkte, war es doch noch ein Dorf. Hier wusste jeder alles, obwohl über nix gesprochen wurde. Sogar die Auswärtigen wussten Bescheid. Vielleicht war dem Alm-Öhi auch schon Annet Balders Mörder bekannt.

»Und, wer hat's umgebracht, Fränzle?«, fragte Egi.

»Bischt jetz total deppert, Egi? I kenn doch kei Mörder!« Der Alm-Öhi rutschte nervös auf seinem Stuhl herum.

»Wie lange hat Frau Balder denn schon für Sie gearbeitet, Herr Wollig?«, fragte Akay.

»A Joahr«, brummte Herr Wollig, dessen Name hervorragend zu seinem Bart passte. Die herbe Gesichtsbehaarung verdeckte seine Mimik, aber es war offensichtlich, dass ihm die Unterhaltung mit dem türkischen Kripobeamten aus Kempten nicht zusagte. Seine buschigen Augenbrauen kniff er so eng zusammen, dass sie wie ein durchgehender Balken wirkten.

»Und wie hat sie sich hier verhalten? War sie eher zurückhaltend oder ein Party-Girl?«, bohrte Akay weiter.

»Woas soll die gewesche sei?« Der Alm-Öhi konnte mit dem letzten Wort nichts anfangen. »Die hot hier kaum wasch g'sagt, aber gut soah's Mädle ausch.«

Egi und Akay waren die hier angewandten Einstellungskriterien sofort klar: Junge, gut aussehende Verkäufer/-innen in hippem Alpin-Gewand lockten die Kunden an, selbst wenn es ihnen an den für den Job notwendigen Fachkenntnissen mangelte.

»Und ist dir an Annet Balders Verhalten in der letzten Zeit was aufgefallen? Gab's irgendwas Ungewöhnliches?«, wollte Egi wissen.

»Die hot Urlaub g'hobt im Januar und kom wie auschg'wechselt z'rück. War imma gansch hektisch und wollt schnell Feieroabend mache.«

»Und hat s' was über ihr Privatleben verzählt?«, fragte Egi weiter.

»Mir nit, aber de Julia, die woisch beschtimm woasch«, brummelte der Almöhi, um das Gespräch langsam mal zu beenden.

»Und können Sie uns sonst noch etwas sagen? Hatte sie einen Freund? Hatte sie Streit mit jemandem? Was hat sie nach Feierabend gemacht?« Akay versuchte noch einmal, etwas Verwertbares aus dem Alten herauszubekommen.

»I woisch von nix«, meinte Herr Wollig bestimmt.

»Na gut. Würden Sie uns dann bitte die Julia reinschicken?«, bat Akay den störrischen Alm-Öhi.

»Jo.«

Geschäftsführer Wollig schlurfte mit seinen Rindsfellclogs hinaus, und eine junge Frau mit leuchtend grünen Augen und langen braunen Haaren kam herein. Das Glätteisen schien ihr bester Freund zu sein, aus ihrer gestriegelten Mähne kräuselte sich kein einziges Haar heraus. Wie alle Mitarbeiter vom Alm-Öhi trug sie eine enge dunkle Hose im Lederhosen-Design mit weiß-rot kariertem Hemd. Darunter erkannte man einen durchtrainierten Körper. Ihre Optik passte so gar nicht zu ihrem Gemütszustand, sie wirkte traurig und setzte sich auf einen Stuhl. Akay gaffte das hübsche Mädle an.

»Servus«, meinte sie mit gedämpfter Stimme. »Mein Name ist Julia Hellmann. Ich bin hier Verkäuferin. Und mein Chef hat mir gestern Abend bereits die schlechte Nachricht erzählt.«

Eine Träne lief ihr über die Wange, sie nestelte ein Papiertaschentuch aus ihrer Hosentasche. Akay war keines Wortes fähig im Angesicht dieses Naturwunders.

»Frau Hellmann, das ist wirklich eine schlimme Geschichte. Mein Name ist Huber, und das ist mein Kollege Kommissar Tok.«

Sie nickte nur.

»Waren Sie mit Annet Balder befreundet?«, schaltete Akay sich nun doch ein, damit der PHK wieder zurück in die zweite Reihe kam, wo er hingehörte.

»Das kann man so nicht sagen. Sie hatte nicht viele Kontakte hier. Sie war sehr still und hat kaum etwas erzählt. Wir haben seit Februar zusammen einen Zumba-Kurs belegt. Aber nicht weil wir uns dazu verabredet haben, das war eher Zufall. Wir haben uns beide unabhängig voneinander angemeldet und uns da getroffen. Wir sind dann oft zusammen hingefahren. Die Annet hatte ja kein Auto, da hab ich sie mitgenommen. Es ist schlimm, was ihr passiert ist. Sie war noch so jung.«

Akay musste bei dem Wort »Zumba« lächeln. Egi auch.

»Das stimmt, Frau Hellmann. Was hatt s' denn für Freunde gehabt?«, hakte Egi nach. Diese hübsche Zeugin war ihm erheblich lieber als der wortkarge Alm-Öhi.

»Das kann ich Ihnen nicht sagen, sie hat nichts von sich erzählt. Es stand aber mal so ein Schweizer vor der Sporthalle, als wir zum Zumba sind. Der wollte was von ihr. Sie hat ihn weggeschoben und gemeint, er solle sich endlich verziehen, es sei endgültig vorbei, und das schon lange. Wir sind dann rein. Und als wir rauskamen, war er nicht mehr da.«

»Woher wussten Sie, dass er Schweizer ist?«, fragte Akay.

»Das hab ich an seinem Dialekt erkannt.«

»Wie oft war er da?«, hakte Egi nach.

»Das kann ich nicht genau sagen. Manchmal ist sie nicht zusammen mit mir rein, sondern ist schon vorher ausgestiegen, und ich habe einen Parkplatz gesucht. Ich habe den Schweizer nur einmal gesehen.«

»Wann war das?«, fragte Egi.

»Das muss im März gewesen sein.«

»Kennen Sie seinen Namen?«, wollte Akay wissen.

»Da muss ich überlegen. Annet hat da etwas geschrien. Es war ... verschwinde ... verschwinde ... Gernot! Den Nachnamen hat sie dabei natürlich nicht gesagt.«

»Gut. Und ist Ihnen aufgefallen, dass sich das Verhalten von Annet Balder in der letzten Zeit verändert hat?«

»Ja, das hat es! Seit Januar war sie sehr seltsam. Justus, ein Kollege, hat hier einen Kunden bedient, der sich Handschuhe gekauft hat. Der war wirklich gut aussehend. Annet ist wie erstarrt stehen geblieben. Mitten in einem Verkaufsgespräch. Sie hat da noch Ärger mit unserem Chef bekommen, weil sie ihre Kundin einfach sitzen gelassen hat. Die hat sich darüber beschwert, so was ist hier noch nie passiert. Und ab dem Tag war Annet anders. Sie hat plötzlich zwei Wochen Urlaub genommen. Kam dann total aufgekratzt zurück. Hat ständig raus zur Straße gesehen und war unkonzentriert. Sie ist abends immer so schnell wie möglich heimgegangen und hat oft beim Zumba gefehlt. Sie hat auch zwischendurch immer wieder einzelne Tage freigenommen. Ich kann aber nicht sagen, warum.«

»Vielen Dank, Frau Hellmann! Das war sehr aufschlussreich. Ist der Justus heut da? Können S' ihn uns reinschicken?«¦ bat Egi.

»Ja, das kann ich machen. Ciao!«

Julia ging, und Justus kam. Auch er war nett anzusehen, das Konzept des Ladens schien hervorragend aufzugehen.

»Servus! Die Julia hat mir schon erzählt, worum es geht. Sie ermitteln wegen der Annet«, plapperte Justus unbefangen.

»Das stimmt. Wie ist denn Ihr Name, bitte?«, fragte Akay.

»Ich heiße Justus Fidler und arbeite hier seit fünf Monaten. Habe zum Weihnachtsgeschäft angefangen.«

»Sehr schön. Hatten S' denn privaten Kontakt zu Annet Balder?«, fragte Egi.

»Nein, das hatte hier niemand. Die war ja stumm wie ein Fisch.«

»Dann erzählen Sie uns doch einmal die Geschichte mit dem hübschen Käufer im Januar«, forderte Akay ihn auf.

»Ach das. Da weiß hier gleich jeder, was Sie meinen«, grinste Justus. »Der war zum ersten Mal hier. Der wohnt irgendwo in der Gegend, kauft aber sonst nur in großen Läden, weil der schon spezielle Anforderungen hat. Er ist Freestyler, wissen Sie? Hat voll damit angegeben. Unser Touri-Geschäft ist nix für so einen. Aber Anfang Januar kam er zu uns, weil ihm seine Handschuhe gerissen waren. Und er hatte keine Zeit mehr, groß rumzufahren, weil er grad in den Urlaub wollte. Da er ziemliche Pranken hat, wollte er auch nichts im Internet bestellen, sondern lieber hier anprobieren. Ich hab ihm die besten verkauft, die wir hier haben. Aber für ihn war das eher mindere Ware. Er hat sie aber trotzdem genommen.«

»Hat er seinen Namen genannt?«, wollte Egi wissen.

»Nein. Er hat auch bar bezahlt. Wir wissen sonst nix von ihm. Die Annet ist voll auf den abgefahren. Die hat ganz lange Ohren bekommen, als er von seinem Urlaub erzählt hat. Er hat es gesagt, aber ich hab leider vergessen, wo er hinwollte.«

»Schade, das hätt uns sehr weiterhelfen können«, meinte Egi. »Trotz allem recht herzlichen Dank!«

Egi und Akay sprachen noch mit den anderen Angestellten vom Alm-Öhi, fanden aber nichts weiter heraus. Außer Julia hatte niemand neben dem Job Kontakt zu ihr, und keiner konnte etwas zu ihrem Privatleben sagen.

Die Kommissare machten sich zu Fuß auf den Weg zu Annet Balders Zweieinhalb-Zimmer-Wohnung in der Fuggerstraße. Dazu gingen sie erst die Oststraße entlang und dann ein Stück durch die Weststraße. Auch dort reihte sich ein Geschäft an das andere. Es waren viele Touristen unterwegs, die gewiss auf den Beginn des Bergfrühlings mit seinen farbenprächtig blühenden Wiesen und duftenden Blüten warteten. Manche Touristen (insbesondere die Norddeutschen) versuchten bereits im April einen Blick auf eine malerisch schöne, bunte Bergwelt zu erhaschen. Egi musste schmunzeln, schienen sie doch keine Ahnung von der örtlichen Flora zu haben. Ende Mai hatte man schon bessere Chancen. Aber für Egi fand der Bergfrühling erst im Juli statt, wenn in den Tälern bereits die Heuernte begann und die Höhenlagen mit blühenden Gewächsen wie Alpenrosen, Alpenorchideen, Fingerhut und Frauenschuh der Kalender-Jahreszeit noch hinterherhinkten. Aber woher sollten die Norddeutschen das wissen? Denen hier in der Einkaufsmeile war das sowieso egal. Sie schauten sich Schuhe, Jacken, Hosen, Rucksäcke und Taschen an. Ihre Bergtickets schlummerten in ihren Geldbörsen, die stattdessen freudig an diversen Kassen eifriger Geschäftlhuber ihre Scheine und Münzen ausspuckten. Im Gegenzug füllten sich ihre Bergrucksäcke statt mit Proviant mit Mitbringseln, die die Welt nicht brauchte.

Egi und Akay ließen die Konsumgesellschaft hinter sich, bogen in die Fuggerstraße ein und klingelten an einer wuchtigen Holztür unter einem ebensolchen Vordach. Der bierbäuchige Herr Lohmeier öffnete ihnen. Seine fettigen Haare hatte er von links über seine Halbglatze gekämmt, in der Hoffnung, sie so verbergen zu können. Es war ihm nicht gelungen. Die Kommissare begrüßten ihn und zeigten ihm ihre Dienstausweise. Widerwillig ließ er sie eintreten und führte sie in sein Wohnzimmer, das ebenfalls mit mächtigem Holzinterieur ausgestattet war und den Umständen entsprechend düster wirkte. In dieser Dunkelkammer hockte Lohmeiers dicke Frau auf einem scheußlichen, mit abgewetztem, dunkelgrünem Samt bezogenen Ohrensessel, las eine Klatsch-und-Tratsch-Zeitschrift und schob sich dabei mit ihren fleischigen Fingern fließbandartig Billigkekse aus einer Supermarktpackung in den breiten Mund. So sorgte sie dafür, dass sie ihren Leibesumfang auch die nächste Zeit würde halten können. Das sorgte bei ihrem Ehemann offenbar für Unmut, er betrachtete die Szene mit einem angewiderten Gesichtsausdruck. Egi wusste, dass die Lohmeiers vor Jahren aus Weiler-Simmerberg nach Oberstdorf gezogen waren, Fremde also. Egi konnte sein Anliegen bei diesem Anblick nicht in (hochdeutsche) Worte fassen, er überließ Akay den Gesprächseinstieg.

»Herr Lohmeier, wie Sie sich denken können, kommen wir wegen des Todes ihrer Mieterin Annet Balder«, begann Akay, der Deutsch-Türke, das Gespräch als Einziger in perfektem Hochdeutsch. »Wir möchten uns gerne Ihre Wohnung ansehen und mit den anderen Mietern sprechen.«

»Wenn's denn sein muss. Berta, hol doch mal den Schlüssel!«

Die dicke Berta stemmte sich unter Anstrengung hoch. Sie hinterließ eine große Mulde auf der Sitzfläche ihres hässlichen Sessels. Als sie stand, sah man erst, wie fett sie wirklich war. Sie humpelte zu einem unansehnlichen Schrank aus dunklem Holz, zog eine Schublade auf, griff nach dem Zweitschlüssel der Wohnung und wankte zu ihrem Ehemann.

»Hier«, sagte sie noch an den letzten drei Keksen kauend und machte sich wieder auf den Rückweg zu ihrem Stammplatz auf dem unter ihrem Gewicht ächzenden grünen Sitzmöbel.

»Wann haben Sie Annet Balder zum letzten Mal gesehen?«, fragte Akay das Ehepaar.

»Vor ungefähr drei Wochen, wir dachten, sie wär im Urlaub. Aber als s' ihre Miete nicht überwiesen hat, kam's uns seltsam vor. Da sind wir zur Polizei, aber die machen ja nix, wenn einer nicht heimkommt«, erklärte Frau Lohmeier von ihrem Stammplatz aus.

»Ich hab's schon länger nicht gesehn«, brummte Herr Lohmeier, »ich treib mich nicht den ganze Tag im Flur rum und beobachte andre Leut.«

»Was können S' denn zu der Toten sagen?«, wollte Egi wissen.

»Die hat hier nix verzählt. Hat aber ihre Miete sonst immer pünktlich bezahlt. Außer die letzte halt«, meinte Herr Lohmeier.

»Die war ein Hungerhaken. Aber der Peter Post, unser Mieter, der stand auf die«, fügte Frau Lohmeier hinzu. »Der war auch nicht sehr gesprächig, hat aber immer im Flur rumgelungert, wenn s' Feierabend hatt und heimkam. Manchmal ist er sogar zu ihr nei. Ich glaub, die haben's getrieben.«

»Jetz hör doch auf, Berta«, versuchte ihr Mann sie zu bremsen. »Davon weißt doch gar nix. Erzähl nicht solch Gerüchte um der ihre Verhältnisse.«

»Ich weiß's ganz genau. Der ist manchmal erst morgens um neune bei ihr aus'er Wohnung naus.«

»Seit wann ging das denn so, Frau Lohmeier?« Akay fand diese Neuigkeiten sehr interessant.

»Schon fast seit Beginn, als s' hier hergezogen ist. Aber seit Anfang des Jahres hat's aufgehört. Da wollt's ihn nimmer neilassen.«

»Woher wissen S' das?«, fragte Egi.

»Ich hab's im Flur gehört. Er hat bei ihr an'er Wohnungstüre geklopft. *Hau endlich ab!*, hat s' da nur gerufen.«

»Du bist ein altes Waschweib«, meinte Herr Lohmeier und ging mit dem Wohnungsschlüssel hinaus.

Egi und Akay folgten ihm zögerlich. Lieber hätten sie weiteren Gerüchten seiner Ehefrau gelauscht. Egi gab ihr daher noch ungesehen seine Visitenkarte, damit sie ihn, falls ihr noch etwas einfiele, zu jeder Zeit anrufen konnte. Akay stand schon auf der Treppe und bekam es nicht mit.

»Schauen S' sich mal deren Wohnungseinrichtung an. Das konnt die mit ihrem Verkäuferinnengehalt nimmer bezahlen. Da steckt bestimmt noch ein Kerl dahinter. Da waren oft welche zu Besuch, auch über Nacht«, rief sie ihnen nach.

Nachdem die beiden Kommissare das Siegel an der Tür aufgerissen und die Wohnung betreten hatten, achteten sie auf Möbel, Lampen und Küche. Die dicke Berta hatte recht. Es sah alles ziemlich teuer aus. Vor allem die hellgraue Hochglanz-Küche, eine Maßanfertigung mit edlen Elektrogeräten und modernen LED-Lichtleisten. Echtholzmöbel, weiße Ledersessel, Glastische und ein hochwertiger cremefarbener Teppichboden rundeten das Bild ab. Es war alles sehr sauber, bis auf das von der Spusi zurückgelassene Chaos. Der Lohmeier verschwand schnell wieder, um nicht mit den Beamten reden zu müssen.

Egi und Akay sahen sich um. Es war eine typische Single-Wohnung, in der Annet Balder gelebt hatte. Das Schlafzimmer war klein, es beherbergte ein Kingsize-Bett. Das Wohnzimmer war etwas größer. Dort war mit einer Zwischenwand aus weißem Holz und Milchglas ein kleiner Bereich als Büroecke abgetrennt. Die Spusi hatte im dortigen Schrank den Tablet-PC und einige Ordner mit Briefen und Notizen gefunden. Plötzlich klingelte Egis Handy. Beate war dran.

»Hallo, Beate, was gibt's?«

»Egi, du glaubst et nich. Die Annet Balder is zu 'nem Seelenklempner gegangen!«

»Zu wem?«

»Na, zu so 'nem Psychologen, schon seit Jahren. Dr. von Ponsberg in Oberstdorf. Die hatte 'nen Sprung inna Schüssel.«

»Den kenn ich. Aber wie kommst drauf?«

»Also, der Katton, den du mir gegeben hast, da warn Rechnungen und Befunde drin.«

»Sehr gut gemacht, Beate. Aber das ist jetzt nicht so wichtig, hat ja nix mit'm aktuellen Fall zu tun. Leg mir bitte alles in eine Mappe. Ich hole sie mir ab, sobald ich zurück bin.« Der PHK musste dafür sorgen, dass Akay keinen Verdacht schöpfte.

»Noch wat, Egi. Da war auch noch so'n alter Mietvertrach. Bevor die vor einem Jahr nach Oberstdorf zurück is, hat die zwei Jahre mit einem Gernot Weiß in Kempten zusammengelebt.«

»Du bist eine echte Perle, Beate. Leg den bitte auch noch in die Mappe. Bis später!«

Egi war zufrieden. Die Anstrengungen des heutigen Tages hatten sich gelohnt, bevor er vorüber war.

»Was Wichtiges?«, fragte Akay.

»Nein, die Beate geht wieder mal die Liste mit den Lärmbelästigungen durch. Da stehen einige Verwarnungen an. Ist eine Plage in Oberstdorf«, meinte Egi gelangweilt.

»Okay, dann lass uns mal nebenan klopfen«, forderte Akay den PHK auf.

Nachdem Akay ein neues Polizeisiegel an der Tür angebracht hatte, folgte Egi dem Kripobeamten zu der anderen Wohnung. Nach mehrmaligen Hämmern öffnete Peter Post seine knirschende Wohnungstür. Er sah aus, als hätte er eine Woche nicht geschlafen. Seine hellen Haare waren zerzaust, die grünen Augen geschwollen und rot unterlaufen, seine Haut war bleich. Er trug eine alte Jeans und ein knitteriges gelbes T-Shirt. Er hatte sich nicht die Mühe gemacht, auch noch Schuhe anzuziehen.

»Kripo Kempten«, meinte Akay mit seinem Dienstausweis in der Hand. »Wir haben einige Fragen zu Ihrem Verhältnis zu Annet Balder.«

Dem überrumpelten Nachbarn entglitt vor Schreck das Smartphone, das er gerade in Händen hielt.

»Was denn für ein Verhältnis?«, fragte er entsetzt.

»Sie hatten eine Affäre, Liaison, Beziehung oder wie auch immer Sie das nennen wollen«, behauptete Akay, um ihn weiter in die Knie zu zwingen.

»Wer sagt das?«

»Zeugen.« Beinahe hätte Egi »die dicke Berta« gesagt.

Peter Post schaute von einem zum anderen. Dann meinte er: »Na gut, ich hab sie einige Male flachgelegt. Das war aber nichts Ernstes, war eher Freundschaft plus.«

»Was war das?« Egi hatte so etwas noch nie gehört.

»Ja, Freundschaft plus halt. Man kennt sich, geht mal zusammen weg, und wenn gerade nichts anderes anliegt, treibt man es miteinander. Halt nur so.«

»Ich erkläre es dir später, Egi«, meinte Akay. Er kannte sich damit aus. »Herr Post, warum sehen Sie denn so fertig aus?«

»Annets Tod hat mich schon getroffen, auch wenn wir nicht zusammen waren. Hab ja auch kein Herz aus Stein.«

Bei dem letzten Wort durchschoss Egi ein Blitz, er fühlte sich an die gestrige Schwiegermutter-Party erinnert.

»Soso. Dürfen wir einmal kurz hereinkommen?«, fragte Akay beim Reingehen und blieb in Peters Diele stehen.

Egi wollte eigentlich schnell wieder weg, dieser junge Mann gefiel ihm gar nicht. Er hoffte erneut, dass sich sein Sohn Tommi nicht zu einem solchen Artgenossen entwickeln würde.

»Haben Sie einen Durchsuchungsbeschluss?«, fragte Peter abwehrend.

»Nein«, erwiderte Akay.

»Dann lieber nicht.«

»Sie haben etwas zu verbergen?«, wollte Akay wissen.

»Nein, aber ich habe nicht aufgeräumt.«

Akay schielte in das Wohnzimmer, das tatsächlich aussah, als wäre gerade ein Tornado durchgezogen.

»Okay, dann halt weiter im Flur«, meinte er und ging die paar Schritte zurück vor die Wohnungstür. »Ich möchte Sie darauf hinweisen, dass es für Sie von großem Vorteil ist, wenn Sie mit uns kooperieren. Verstehen Sie? Sonst stehen wir hier regelmäßig bei Ihnen auf der Matte. Also, können Sie sich vorstellen, was Annet Balder zugestoßen ist?«

»Keine Ahnung. Die hat sich die letzte Zeit nicht mehr mit mir abgegeben. Hatte immer irgendwas anderes zu tun.«

»Seit wann war das so?«, hakte Akay nach.

»Seit Januar. An Neujahr haben wir noch kurz angestoßen. Sie war allein in ihrer Wohnung. Und als ich von einer Party zurückkam, hab ich noch bei ihr geklopft. Kurz danach wollte sie nix mehr mit mir zu tun haben.«

»Wissen Sie, warum?«

»Nein.«

»Was hat sie denn seit Januar gemacht?«, hakte Akay nach.

»Keine Ahnung, war mir egal. Hab noch andere Freundschaft-plus-Kandidatinnen.«

»Und hatte sie auch noch andere, äh, Freundschaften?«, fragte Egi, der das neuartige Beziehungsmodell immer noch nicht verstanden hatte.

»Weiß ich nix von«, erklärte Peter Post.

Der PHK schaute auf die dritte Wohnungstür und las den Namen Georg Burg auf dem vergilbten Schild.

»Ist Ihr Nachbar auch daheim?«

Da hallte eine laute Stimme geisterhaft durch das Treppenhaus, dass Egi fast zusammengezuckt wäre. »Die Wohnung ist seit einem halben Jahr leer. Das Schild haben wir noch nicht entfernt. Der Georg ist zu seiner Freundin in Wangen gezogen. Aber er muss noch zwei Monate Miete an uns zahlen, weil er die Kündigungsfrist nicht eingehalten hat«, rief die dicke Berta von unten hoch. Sie schien wirklich alles im Flur mitzubekommen.

Egi und Akay verabschiedeten sich und begaben sich zum Auto.

»Egi, die Befragungen gingen schneller als erwartet. Wir fahren noch zu dem Sportverein und löchern die Zumba-Truppe. Du kennst den Weg doch bestimmt.«

»Guter Vorschlag«, meinte Egi. Dann fiel ihm aber ein, dass er Akay gar nicht mit den hiesigen Damen in Kontakt bringen wollte. Die wussten bestimmt von Dingen, die die Kripo Kempten nix angingen. »Moment, Akay, ich wollt ja eigentlich mit der Beate dorthin fahren. Die kann da als Frau besser in die Damenumklei…«

»Egi, lass uns jetzt die Zeit sinnvoll nutzen. Dann haben wir gleich alle Befragungen im Umfeld der Toten erledigt, und du musst nicht noch einmal mit Beate los.«

»Na gut«, brummte Egi. Ihm fehlte ein triftiger Grund, den Rückweg zur PI Oberstdorf einzuschlagen.

Egi fuhr los und grübelte die ganze Zeit, wie er Akay loswerden könnte. Die Wege in Obersdorf sind jedoch so kurz, dass man bis zum Zielort kaum einen vernünftigen Gedanken zu Ende denken kann. Kurz danach machten sie halt vor der Sporthalle und trafen den Zumba-Instructor an. Egi wusste erst nichts mit der Bezeichnung anzufangen, ahnte dann aber, dass das die Kursleiterin sein musste. Sie bestätigte, dass Julia Hellman die Einzige gewesen war, mit der Annet Balder überhaupt ein Wort gewechselt hatte. Da der Zumba-Kurs immer donnerstags um 20:00 Uhr stattfand, war heute niemand aus der feschen Damentruppe anwesend. Die Ermittler müssten am Donnerstag wieder herkommen, wenn sie die dreiundzwanzig Teilnehmerinnen nicht einzeln abklappern wollten. Egi war vom Glück verfolgt, Akay war stinksauer.

• • •

In der Nacht war er in der PI gewesen. Er hatte ein gekipptes Fenster aufgekriegt und war durch die Öffnung in den Konferenzraum eingestiegen. Es saß nur jemand vorne an der Empfangstheke, ansonsten waren die Räume leer. Er suchte nach einem verschlossenen Schrank. Einer stand im Flur, der war nicht verschlossen. Er öffnete ihn, und darin stand tatsächlich der Karton von dem blonden Hünen. Er zog ihn hinaus und durchwühlte den Inhalt. Nur Papierkram und Fotos. Was er suchte, war nicht dabei.

• • •

Es war nun Mittwoch, zwei Tage nach dem Fund der Toten. Egi hatte wieder im Keller genächtigt und sich aus dem Haus geschlichen. Uroma Bruni hatte noch etwas Unverständliches hinter ihm hergebrüllt, aber

Egi war fix in sein Auto gestiegen und davongebraust. Nach Familie war ihm gerade nicht.

Die SOKO Breitachklamm hockte nun am frühen Morgen im Konferenzraum der PI Oberstdorf, um die aktuellen Ergebnisse zu besprechen. Beate saß am Kopfende, sie sollte gleich mitschreiben. Egi wollte sie einen Bericht tippen lassen, da man heute Nachmittag den Chefmeier aus dem Urlaub zurückerwartete. Viel zu früh unter diesen Umständen, Egi grauste es vor dem Wiedersehen. Ihm war klar geworden, dass er den Fall bis dahin nicht klären könnte und dass die Kripo Kempten den PI-Leiter begrüßen würde. Der PHK machte sich auf ein Desaster gefasst.

Der Chefmeier (zur Erinnerung: sein bürgerlicher Name war Erwin Bachmeier) war wahrscheinlich Mitte fünfzig (er verheimlichte sein Alter) und war mit einen schwierigen Charakter gesegnet. Er durfte niemals erfahren, dass seine Lakaien ihn Chefmeier nannten. Auf seine strategische Art hatte er Egis Team letztes Jahr dazu auserkoren, die Kriminalität in Oberstdorf im Keim zu ersticken, damit die Kripo Kempten nicht anrücken würde. Aber blöderweise hatte nach Egis Ernennung zum PHK die Kriminalität in der Rentnerhochburg überhandgenommen. Akay und Silvia waren unverzüglich erschienen und hatten sich in Chefmeiers Dienstbereich eingemischt, ein Unding. Der PHK musste nun mit allen ihm zur Verfügung stehenden Mitteln fundierte Ermittlungsergebnisse vorlegen. Leider hatte er noch keine. Diese Annet Balder war ihm noch nie begegnet, ihr komplettes Umfeld schien aus Zugezogenen zu bestehen. Die kannte der Egi alle nicht, sonst hätte er schon längst einen Mörder aus dem Hut gezaubert. Eventuell müsste er zukünftig mehr Kontakte zu den Auswärtigen knüpfen.

Er begann die Besprechung eifrig mit den Worten »Leut, wir müssen Gas geben. Der Chefmeier ist in einigen Stunden wieder hier, und dann müssen wir den Fall gelöst haben, sonst rennt der gleich wieder los wie eine angestochene Wildsau!«.

Alle verstanden, was Egi meinte, der Chefmeier verhielt sich fast immer wie eine angestochene Wildsau.

»Wusste ich es doch, Egi«, grinste Akay triumphierend.

»Was denn?«, wollte der PHK wissen.

»Ihr nennt den alle Chefmeier! Ihr habt mich letztes Jahr verarscht, von wegen, sag einfach Erwin zum Chef.«

Erwischt, Egi stand der kalte Schweiß auf der Stirn. Er hatte immer wieder mit neuen Problemen zu kämpfen, wenn die Kripo Kempten vor Ort war. Die würden jetzt bestimmt sofort petzen, wenn der Chefmeier zurück war. Die mussten schnell wieder weg hier, damit das nicht passieren konnte. Just in dem Moment fiel dem PHK eine geniale Ausrede ein: »Ja, aber nur, weil du letztes Jahr diesen Spitznamen in den Raum geworfen hast! Seitdem nennen wir ihn Chefmeier. Besser du sagst nix mehr dazu.«

Egi lehnte sich zufrieden zurück. Rudi grinste wie ein Honigkuchenpferd. Akays Grinsen hingegen brach abrupt ab. Er hatte sich damals mit dem Nachnamen vertan und dafür eine gehörige Ansage vom Chefmeier bekommen. Akay setzte sich aufrecht hin und übernahm die Moderation des Meetings.

»Ich fasse kurz zusammen, was Egi und ich gestern bei den Nachbarn und dem Zumba-Instructor herausbekommen haben«, fing Akay an. Er gab einen kurzen Abriss und erzählte von den neuesten Erkenntnissen aus den Befragungen vom Vortag. Akay hatte leider im Flur aufgeschnappt, dass Rudi nach einem weißen Kastenwagen suchte, Rudi hatte damit vor den Kollegen geprahlt. Unmöglich, fand der Egi, jetzt wusste das die Kripo Kempten, der ganze Aufwand zur Geheimhaltung war umsonst gewesen, das Thema kam jetzt gleich auf den Tisch. Egal, Egi hatte noch genug andere Trümpfe im PHK-Ärmel.

»Rudi, was kannst du uns denn zu den weißen Fiat Doblòs ohne Heckfenster sagen?«, fragte Akay, der ihm bereits aufgetragen hatte, die Kfz-Meldelisten durchzugehen.

»Ja, Akay, ich hab mal mit Oberschtdorf angefangen. Da gibt's fünfe, die dem gesuchten Modell entsprechen tun. Die sind in verschiedenen Ortsteilen gemeldet: Einer in Reichenbach, einer in Rubi und einer in Kornau. Kornau liegt am nächsten zur Breitachklamm. Die anderen zwei Eigentümer tun in Oberstdorf in der Weststraße und im Oeschelsweg wohnen. Jetzt ist die Frage, Akay, ob ich auch noch Kleinwalsertal, Sonthofen und andere Gegenden mit einbeziehen soll. Wenn ich das gesamte Allgäu in die Suche nehmen tu, kommen dreiunddreißig Kastenwagen hinzu. Wenn wir deutschlandweit suchen, dann sind's Hunderte.«

»Ich denke, wir beschränken uns zunächst auf Bayern, Baden-Württemberg und die österreichischen Grenzgebiete. Kommen wir nicht weiter, weiten wir die Ermittlungen bundesweit aus. Welcher Einheimische fährt schon mit einer angetauten Leiche durch Oberstdorf, um sie vor seiner Haustür in die Breitach zu legen?«

Akay ahnte nicht, wie deppert die Oberstdorfer Mörder sein konnten.

»Wahrscheinlich niemand«, bestätigte Silvia, so eine verquere Logik fiel selbst bei ihr, dem Profiler-Profi, komplett aus dem Raster.

»Außerdem kann es ja immer noch sein, dass der Fiat Doblò nur zufällig dort gestanden hat, der Fahrer muss deshalb keine Leichenfuhre gemacht haben. Vielleicht war es ja jemand ganz anderes«, gab Akay zu bedenken. Er war sich klar darüber, dass der Fiat-Fahrer auch der Mörder sein könnte, das sollte die PI Oberstdorf aber nicht mitbekommen.

»Das ist richtig«, stimmte Egi zu, der sich ebenfalls auf den Fiat-Fahrer eingeschossen hatte, der Kripo Kempten das aber nicht unter die Nase reiben wollte. Er kannte die infrage kommenden Fahrzeughalter in Oberstdorf, vielleicht könnte er den Fall doch noch klären, bevor der Chefmeier am Nachmittag zurück war.

»Als wir am Montag am Tatort ankamen, war das Auto auf jeden Fall nicht mehr da. Er hat also nicht lange dort gestanden. Ich schlage vor, dass Rudi zusammen mit der Silvia die Eigentümer in Oberstdorf besucht und sie befragt. Ich schaue mir die Auswärtigen genauer an. Einwände?«, fragte Akay, der von einem externen Mörder ausging und die PI Oberstdorf auf heimatliche Rundreise schicken wollte.

Natürlich hatte Rudi Einwände. Akay setzte ihm bei gemeinsamen

Ermittlungen immer die Silvia vor. Er vermutete, dass Akay ihm und Egi unterstellte, sie würden ihm Ermittlungsergebnisse aus den Befragungen vorenthalten. Taten sie ja auch. Die Silvia hatte als Polizeipsychologin die Sachen im Griff, meinte der Kriminalist. Aber da würde Rudi ihnen wie gewohnt einen Strich durch die Rechnung machen. Auch wenn er Außeneinsätze hasste, freute sich Rudi schon darauf, es Silvia zu vermiesen.

»Machen wir«, sagte Rudi daher nur.

Egi schmunzelte, das Dream-Team war wieder vereint. Nicht schlecht, so konnte die Kripo Kempten keine Alleingänge unternehmen.

Silvia nickte wortlos. Sie wusste, dass sie mit dem ortsansässigen Polizeiteam ermitteln mussten, sonst kämen sie nicht an die Oberstdorfer heran. Kripobeamte aus Kempten, dem bayerischen Regierungsbezirk Schwabens, wurden hier behandelt wie norddeutsche Touristen. Das wusste auch der Kripo-Boss und verdonnerte seine Leute immer zur überregionalen Zusammenarbeit, sonst sähe seine Kriminalstatistik deprimierend aus.

»Wir beziehen auch die Medien mit ein und starten einen Aufruf an die Bevölkerung. Vielleicht konnte ja einer der Busfahrgäste oder jemand anders noch etwas beobachten«, plante Akay weiter.

»Der Chefmeier soll uns nicht vorwerfen können, wir hätten nicht genug unternommen. Nimm das bitte alles in den Bericht mit auf, Beate«, bat Egi. »Der muss so lang wie möglich sein, damit der Chefmeier was zum Lesen hat.«

»Klaro, Egi.« Beate zwinkerte ihm zu und streckte dabei ihr Bein, ihr Hinkefuß schmerzte mal wieder. Der Egi zuckte gleich zusammen, als er das sah.

»Eure Interna interessieren hier nicht, aber macht, was ihr für eure PI für notwendig haltet. Nächster Punkt«, fuhr Akay fort. »Ich werde mich heute zusammen mit Egi an die gespeicherten Daten auf dem USB-Stick vom Nico setzen. Wir werden alle Fotos, Briefe und sonstigen Dateien ansehen. Ich hoffe, wir finden darin Hinweise auf den Mörder.

Ich vermute, dass uns heute im Laufe des Tages auch die CDs der Onlineshops, von GMX und Facebook erreichen. Das werde ich mir dann auch mit Egi vornehmen.«

Nicht schon wieder! Egi hatte partout keine Ambitionen, mit Akay den IT-Kram zu analysieren, der Egi hatte nämlich immer noch keine Ahnung davon. Das lief jetzt genauso wie letztes Jahr. Da hatte ihn der Akay mächtig vorgeführt, und jetzt versuchte der es wieder auf die gleiche Tour. Er wusste genau, dass Egi wie ein Depp davorsitzen würde. Der PHK freundete sich notgedrungen mit dem Gedanken an, nach der Lösung des Falls einen Computerkurs zu belegen.

»Eine Frage habe ich noch an dich, Silvia«, fuhr Akay fort. »Meinst du, wir sollten den Christian Berg noch einmal vernehmen? Der stand ja nach dem Fund der Toten dermaßen unter Schock. Vielleicht hat er sich jetzt etwas beruhigt und erinnert sich an weitere Details.«

»Das ist ein guter Gedanke, Akay«, bestätigte Silvia. »Wir sollten ihn herbestellen und erneut befragen. Wir können ihm auch die Sache mit dem Fiat mitteilen und Fotos von den Schuhabdrücken zeigen. Eventuell fällt ihm dann noch etwas ein, was er vorher in der Aufregung gar nicht bedacht hat. Ich kann gerne das Gespräch leiten, Akay.«

»Danke für den Vorschlag, Silvia! Beate, bitte lade den Christian Berg so schnell wie möglich zu uns ein«, forderte Akay die Innendienstlerin auf.

»Und bitte auch das alles in den Bericht für'n Chefmeier, Beate«, ordnete Egi vorausschauend an. Eventuell würde der Chefmeier bei all den Informationen sogar positiv reagieren und Egis IT-Fortbildungen abnicken. Und vor allem bezahlen.

»Okay, das wäre es dann«, schloss Akay, stand auf und öffnete die Tür. »Ich werde mich jetzt mit Silvia beraten. Ihr könnt alle euren Aufgaben nachgehen.«

Dieser Kripo-Kempten-Depp schmiss einmal mehr Egis Leute aus den eigenen Räumen. Nachdem die PI Oberstdorf verschwunden war, schloss Akay die Tür wieder. Was er nicht wusste: Im Oberstdorfer Konferenzraum war vom Chefmeier vorsorglich eine Wanze in der Deckenlampe angebracht worden. Die dortigen Gespräche konnte man in seinem Chefzimmer abhören. Letztes Jahr hatte der Rudi sich immer in den Büschen vor dem Fenster verstecken müssen, um die geheimen Kripo-Kempten-Strategien verfolgen zu können. Nun waren die PI-internen Ermittlungen viel komfortabler.

Egi, Rudi und Beate gingen unverzüglich ihren Aufgaben nach. Sie versammelten sich in Beates Vorzimmer und schlossen die schallgeschützte Tür. Die war vor einigen Monaten vom Chefmeier eingebaut worden, weil letztes Jahr recht turbulente Diskussionen in seinem Büro stattgefunden hatten. Leider hatte man sie bis auf den Flur hören können, dem war nun ein Riegel vorgeschoben.

»Lasst uns kurz ins Chefzimmer gehen, wir knipsen mal die Lampe im Konferenzraum an.« Egi zwinkerte seinen Kollegen zu. Sie trabten hinüber.

Beate drückte einen Knopf auf Chefmeiers Telefonanlage. Es war nur Schmatzen und Schnaufen zu hören.

»Ah, die sind beschäftigt«, folgerte Egi. »Dann können wir ungestört anfangen. Die Beate hat herausgefunden, dass Annet Balder seit vielen Jahren zu einem Psychologen gegangen ist, Dr. von Ponsberg in Oberstdorf. Ich hab gestern noch einen Termin mit ihm vereinbart. Wir werden ihn befragen, Rudi. Und wir wissen dank Beate auch, dass Annet Balder bis letztes Jahr Oktober noch in Kempten gewohnt hat, zusammen mit diesem Gernot Weiß, einem Schweizer Studenten. Wir werden ihn demnächst mit einem Besuch überraschen«, erklärte Egi.

Rudi ließ die Mundwinkel hängen angesichts der unzähligen ungeliebten Aufgaben, die ihm für die nächsten Tage bevorstanden.

»Egi, denk auch an dat Latsche-Zeug«, meinte Beate.

»Hä?«, fragte Rudi nach.

»Genau, die Sache mit dem Latsche-Saunaöl. Da bist du ja auch noch dran, Beate. Geh gleich mal los ein paar Fläschle kaufen«, bestätigte Egi. »Das ist eine heiße Spur. Die Kripo Kempten hat das gerade nicht mehr erwähnt.«

»Die hatten andere Sachen im Kopp«, grinste Beate.

Das Stöhnen aus dem Lautsprecher wurde lauter. Egi wollte auf keinen Fall das Finale mit anhören.

»Der Chefmeier hätt auch eine Kamera einbauen sollen«, witzelte Rudi, die Geräusche wurden immer wilder.

»Red nicht so ein Scheiß, Rudi!« Der PHK wollte sich gar nicht vorstellen, wie er bald auf einem Stuhl saß, auf dem der Akay ... Gedanken weggewischt.

Egi starrte entsetzt auf das unübersichtliche Schaltpult. Seine Finger schwebten über den Tasten, er wusste aber nicht, welche er drücken musste. Das war doch kein Telefon mehr, das war eine Kommandozentrale, was der Chefmeier sich da hatte einbauen lassen.

»Beate, mach das aus!«, schrie Egi.

. . .

Einige Minuten später klopfte Akay an Egis Tür. Der druckte sich gerade die Kfz-Liste mit den Oberstdorfer Kastenwagenfahrern aus. Nicht, weil er nicht wusste, wo die wohnten, sondern damit er sich in der Tabelle saubere Kommentare notieren konnte, das mit seiner Zettelwirtschaft ging ja nicht so weiter. Als er Akay eintreten sah, hechtete er fix zum Drucker und ließ das Blatt in seiner Sammelsurium-Schublade verschwinden.

Akays Frisur hatte etwas unter Silvias rot lackierten Krallen gelitten. Er schien es nicht bemerkt zu haben. Rudi, der seinen Schreibtisch gegenüber von Egis stehen hatte, konnte sich ein Lachen kaum verkneifen.

»Willst mal meinen Kamm benützen, Akay?«, schlug er vor.

»Was willst du denn jetzt? Habt ihr nichts anderes zu tun, als euch bei der Arbeit einen Scheitel zu ziehen?«, wehrte Akay das Angebot ab. Rudis im Kamm verzwirbeltes, angerautes Resthaar wollte er nicht mit seinem prächtigen schwarzen Haarschopf in Berührung bringen. Bei der Vorstellung stellte sich ihm die ebenso dunkle Armbehaarung auf.

Akay hielt Nicos USB-Stick in Händen. Egi setzte sich widerwillig auf seinen Bürostuhl und ergab sich dem ihm bevorstehenden Schicksal. Akay machte es sich neben ihm auf einem Besucherstuhl bequem und stellte sein Notebook auf Egis Schreibtisch.

»Sag mal, Akay, wie fangen wir denn am besten an?«, wollte Egi wissen.

»Also, am besten siehst du mir zu«, grinste Akay. »Ich stecke den Stick in einen USB-Port und gehe die gespeicherten Dateien durch.«

»Ähm, Rudi, geh du doch mal nüber zur Beate und hilf ihr mit'n Beschwerden wegen Lärmbelästigung«, bat der PHK seinen Kollegen, damit der nicht schon wieder mitbekam, was für eine Niete er am PC war.

Rudi sah das gar nicht ein und meinte: »Ich bleib hier und erstell dem Akay die Listen mit'n bundesweiten Kastenwagen-Eigentümern.«

Egi erkannte sofort, dass der Rudi seinen qualvollen Untergang begaffen wollte.

»Also, Akay, ich mach dann parallel wichtige Stichpunkte auf meinem Rechner. Das kann ich dann der Beate per E-Mail schicken, für'n Chefmeier-Bericht.«

»Wie du meinst, Egi.«

Er steckte den USB-Stick an sein Notebook und öffnete den Explorer. Egi überlegte, ob ein Port eventuell der kleine Schlitz an der Seite des Notebooks war. Auf dem USB-Stick fand Akay mehrere Ordner: »Fotos«, »Briefe« und »Urlaub« hießen sie. Annet Balders Tablet-PC war nach Nicos Angaben recht neu gewesen, entsprechend wenige Daten waren darauf zu finden. Akay öffnete zuerst den Briefe-Ordner. Nur Schriftverkehr zu Stromwechsel, Rechnungen, eingescannte Verträge und Krankmeldungen sowie eine Anmeldung zum Zumba-Kurs. Letztere hatte Lorenz als Ausdruck in der Wohnung der Toten gefunden. In dem Briefe-Ordner war also nichts Weltbewegendes zu entdecken. Akay öffnete den Urlaubs-Ordner. Dort waren Excel-Listen zu Hotels in Ehrwald zu finden. Einige waren priorisiert nach Preis, Lage und Hotelbewertungen. Eines war grün markiert, der Tirolerhof, ein Family-Wellness-Hotel.

»Egi, Annet Balder hatte doch keine Kinder, oder?«, fragte Akay verwundert.

»Nicht, dass ich wüsst«, meinte Egi. »Hast ja ihre Wohnung gesehen. Rudi schau doch mal in den Auszug vom Standesamt und Jugendamt. Vielleicht hat's ein Kind zur Adoption freigegeben.«

Rudi schaute in einem Papierstapel nach: »Laut Standesamt und Jugendamt gibt's keine Kinder. Sie wurd als Säugling ausgesetzt, war immer wieder im Heim in Oberstaufen, nachdem sie aus Pflegefamilien in Stiefenhofen, Oberreute und Steibis herausgeholt wurde, tut hier stehen.«

»Was? Das sagt ihr erst jetzt? Seit wann habt ihr den Bericht?«, bohrte Akay.

»Ich weiß nicht, ich glaub, den hat die Beate gestern gekriegt«, erklärte Rudi errötend.

»Die hat gerade im Meeting nichts dazu gesagt«, ärgerte sich Akay. »Gib den Bericht her!«

Akay überflog die zwei DIN-A4-Seiten.

»Die ist schon als Säugling rumgereicht worden, und das bis sie achtzehn war. Die hatte bestimmt einen Horror vor'm Familienleben. Aber warum dann ein Familienhotel?«, überlegte Akay.

»Ich mach eine Notiz in die E-Mail für Beate, dass die rausfinden soll, ob die Annet Balder dort wirklich einen Urlaub gebucht hat. Ach übrigens, vom Amtsgericht haben wir heut Morgen noch die Info bekommen, dass einmal ein Testament hinterlegt war, das Annet Balder als Begünstigte vorsah«, beichtete Egi fix, damit der Akay nicht noch wütender wurde. »Vor neunzehn Jahren war ihre leibliche Mutter gestorben, während der Geburt vom zweiten Kind, beide tot. Sehr traurige Sachen, die hatte bis dahin ihre Identität verschwiegen. Mit ihrem Tod wollte sie die Annet informieren, woher sie stammte und dass sie sie ausgesetzt hatte, weil sie bei Annets Geburt erst sechzehn Jahr alt war. Sie hat ihr ihr gesamtes Erbe vermacht. War aber nur ein geringer Geldbetrag, nicht der Rede wert. Den Namen des Vaters hat sie nicht preisgegeben. Ihre Großeltern mütterlicherseits sind bereits tot. Andere Verwandte gibt's nicht. Aber lass' uns mal weitermachen.«

»Wie, lass uns mal weitermachen? Ihr haltet hier wichtige Informationen zurück«, beschwerte sich Akay. »Das hättet ihr alles im Meeting sagen müssen!«

»Du hast uns nicht nach unserem Stand gefragt und uns dann rausgeschickt«, wehrte sich der überführte PHK. »Und jetzt haben wir's bei nächster Gelegenheit gesagt. Oder hätten wir grad noch mal bei euch reinschauen sollen?«

Akay schaute in die Runde und dachte an seine Tätigkeiten auf dem Konferenztisch der PI Oberstdorf vor wenigen Minuten mit Silvia. Er musste hier mehr auf der Hut sein, sonst würden die ohne ihn den Mörder schnappen. Akay wandte sich wieder dem USB-Stick zu und nahm sich vor, alleine mit Silvia zu dem Kinderheim und den Pflegefamilien von Annet Balder zu fahren, um sie zu befragen. Die PI Oberstdorf sollte nichts davon erfahren.

Egi sah Rudi an. Die zwei waren sich unausgesprochen einig, dass sie alleine zu dem Kinderheim und den Pflegefamilien von Annet Balder fahren würden, um sie zu befragen. Die Kripo Kempten sollte nix davon mitkriegen.

Akay öffnete den letzten Ordner »Fotos«, der wiederum einige Unterordner mit den Namen »Oberstdorf«, »Allgäu«, »Urlaub« beinhaltete und viele Bilddateien enthielt. Akay klickte sich durch gefühlte einhundert Millionen Ablichtungen. Einer der dort abgebildeten Leute könnte der Mörder gewesen sein. Zum Beispiel ein stets lächelnder, schöner Mann, der immer wieder auf verschiedenen Schnappschüssen auftauchte. Die meisten davon wurden dem Dateidatum nach in der ersten Januarhälfte gemacht.

Egi war wie vom Blitz getroffen. Ein auffallend schöner Mann im Schnee, meist mit Brettern an den Füßen, im Januar. Und mit recht neu wirkenden Handschuhen!

»Kennst du den, Egi«, wollte Akay wissen, in Oberstdorf kannte ja jeder jeden.

»Nein!«, verneinte Egi mit rauem Hals.

Rudi wurde hellhörig und kam um den Tisch herum.

»Und du, Rudi?«, fragte Akay.

»Auch nicht«, meinte Rudi und fragte sich, was mit dem PHK los war. Aber dann traf auch ihn ein Gedanke, den er erst einmal für sich behielt.

Dieser alpengebräunte Schönling schien Familie zu haben, Frau und zwei Söhne im Grundschulalter. Einen dunklen Ziegenbart hatte er, und unter seiner stylischen Beanie-Mütze lugten braun gelockte Haare hervor. Einige Fotos zeigten ihn im Hightech-Anzug mit Freestyle-Ski im Abflug von mörderischen Schanzen. Natürlich der Coolness halber mit verspiegelter Riesenbrille und ohne Helm. Ein anderes Mal sprühte er bei einer offensichtlichen Bremsaktion eine Mega-Schneefontäne in eine am Lift wartende Menschenmenge, die wider Erwarten freundlich lachte. Dann saß er mit seinen Jungs in irgendeiner Berghütte vor einer deftigen Brotzeit, neben sich bedirndlte Bedienungen, die ihn heftig anschmachteten. Und mehrmals stand er mit seinem Anhang vor einem mehrstöckigen Haus mit vielen mächtigen Holzbalkonen, das malerisch unterhalb der Zugspitze klebte.

Die schöne Winterlandschaft mit diversen Abfahrten im Hintergrund ließ einen Urlaubsort erahnen. Eine dicke Schneedecke auf dem Dach des großen Gebäudes vor strahlend blauem Himmel machte die Idylle perfekt. Ein grünes Schild mit weißem Adler an der Hauswand gab einen Hinweis darauf, worum es sich handelte: TIROLER HOF

• • •

Als Akay wieder gegangen war, flüsterte Rudi dem Egi zu: »Egi, der war doch in den Fotoalben im Karton, den du der Beate gegeben hast, oder? Da war er nur in'ner andern Umgebung unterwegs.«

»Stimmt, Rudi. Der kommt mir bekannt vor«, bestätigte Egi. »Und weißt was? Das ist bestimmt der Typ, der die Handschuh beim Alm-Öhi gekauft hat. Wir müssen ...«

»Egi! Ich muss dir schnell was sagen ...« Der Daniel, der PI-Empfangsherr und Telefonist, stürmte ins Büro.

»Servus, miteinand! Wie sieht's aus mit der Verbrechensbekämpfung?«, polterte der Chefmeier hinter ihm herein. Unerwartet stand er da, mittelgroß, mit beachtenswertem Bauchumfang. Aus seinem dunklen Haarkranz ragte eiförmig sein glänzendes Haupt mit leichter karibischer Sonnenbrandröte hervor. Wirklich keine Schönheit.

»Chef...« Das ...meier schluckte Egi im letzten Moment hinunter. »So früh schon zurück?«

Daniel Müller sah von einem zum anderen, kaute an seinen manikürten Fingernägeln und verdrückte sich dann fix wieder, er wollte Egis Untergang nicht mit ansehen.

»Na, was soll's? Die Arbeit ist wichtiger als der ganze Haushaltskram daheim. Darum kann sich mein Weib kümmern.« Chefmeier sprach wie immer im tiefen Bariton.

Bei ihm schien zu Hause eine strikte Trennung in der Verteilung der alltäglichen Aufgaben zu herrschen, dort hatte das Weib die Hosen an. Er versuchte immer wieder, das zu vertuschen, und stattdessen in der PI ein strenges Regiment zu führen. Während der Arbeitszeit bestand der Chefmeier bekannterweise auf Hochdeutsch sprechenden Polizeibeamten, weil er meinte Allgäuerisch wirke auf andere lächerlich. Die aufgegriffenen Übeltäter, meist Touristen, sollten aber nicht über die PI-Leute lachen. Er selbst schien aktuell noch im Urlaubsmodus zu sein. Wobei er durch seine Jahrzehnte zurückliegende Flucht aus Franken und einigen Jahren Studium in Oberbayern privat einen Mischmasch aus Fränkisch, Bayerisch und Allgäuerisch sprach. Der Chefmeier wollte sich halt nicht festlegen. Sein Anliegen war es jedoch, seine fränkische Herkunft zu verleumden, das rollende »R« war ihm trotzdem erhalten geblieben.

»Wie war denn der Jubiläumsurlaub?«, wollte Egi wissen.

Sein Vorgesetzter ließ sich durch das Geplänkel nicht aus dem Konzept bringen.

»Das tut jetzt nix zur Sache. Was gab's hier zu tun, Egi?« Der Chefmeier hatte das Du in der Kripo Kempten angeordnet, damit man im Dienst auf einer vertrauteren Ebene kommunizieren konnte.

»Chef, 's isch was passiert«, gab Egi kreidebleich zu.

»Was passiert, was passiert. Es passiert immer was. Was gibt's, Egi?«

»Also, Chef, in der Breitach, da ist es ja ziemlich rutschig im Frühjahr«, meinte der Egi mit zitternden Händen.

»Na, und?«

»Na, da lag eine junge Frau.«

»Wie, die lag da?«

»Ja, also, die war schon tot, als wir ankamen, Chef.«

»Die ist also beim Wandern abgestürzt?«

»Nein, Chef. Die war ja vorher tiefgefroren.«

Rudis Blick wechselte von einem zum anderen, ihm erschloss sich die Strategie vom PHK nicht. Er konnte sich nicht vorstellen, dass Egi heil aus der Sache herauskommen würde.

»Tiefgefroren? Bist total spinnert, Egi?«

Die Situation spitzte sich zu, Rudi zerriss es förmlich.

»Chef, wir können ja nix dafür.«

»Nix dafür? Jetzt rück schon raus mit der Sprache, Egi. WAS ISCH HIER LOS?« Chefmeiers Stimme bebte, sein rollendes R donnerte durch den Raum und durchbrach seinen aufgesetzten Allgäuer Dialekt. Den setzte er immer ein, wenn er die einheimischen Oberstdorfer unter Druck setzen wollte.

Egis Büro verfügte noch nicht über eine Schallschutztür, der Chefmeier war wieder bis in den Flur zu hören. Da trat die Beate humpelnd ein, sie diente in diesen Fällen als PI-Mediatorin. Sie hatte zur Schlichtung ein Fläschle Enzian und ein Schnapsgläsle aus Chefmeiers Büroschrank mitgebracht.

Der sah sie entgeistert an. Wenn sie so dastand, dann musste es schlecht für die PI aussehen. Er drehte sich herum und schaute aus dem Fenster, zur Sammlung seiner sich in verschiedene Richtungen verzweigenden Gedankenstränge. Da sah der Chefmeier draußen im schönsten

Sonnenschein die Kripo Kempten passieren. Ihm blieb der Mund offen stehen.

»Wir haben einen Mord aufzuklären, Chef.« Egi ließ die Hosen runter, bevor der Chefmeier in seine sakralopernmäßigen Ausführungen zur Kriminalstatistik verfiel. »Die wurd irgendwo anders ermordet, wahrscheinlich gar nicht hier bei uns, dann eingefroren, wieder halb aufgetaut und in die Breitach geschleppt. Es sieht aus, als ob der Mörder …«

Egis Strategie, den Chefmeier mit einer schier endlosen Informationsflut zu überrumpeln, ging nicht auf. Der setzte nun im Hochdeutsch-Dienstmodus an, den PHK zur Sau zu machen: »Egiiii, du hast's wieder mal verbockt! Wie kannst das immer zulassen, dass die Kriminellen sich hier breitmachen? Bei uns, unter den Touristen, zwischen den Rentnern? Was sollen die alle denken, was hier in Oberstdorf los ist? Die ziehen alle weg, gehen ins Kleinwalsertal oder sonst wohin. Uns geht derer Geld flöten, wennst so weitermachst, Egi …!«

Die unbeachteten Kollegen Beate und Rudi traten näher, um ihren Chef auch endlich zu begrüßen. Der ließ sich aber nicht von seinem Thema abbringen. Beate schüttete einen ersten Enzian ein.

»Du siehst jetzt zu, dass die Kripo Kempten sofort wieder verschwindet! Ich will die hier nicht sehen! Die haben hier nix zu suchen! Steh nicht hier rum, Egi, mach was!«

»Die Beate hat den Bericht gleich fertig, Chef. Ich bring ihn dir dann und erkläre dir alles«, versuchte Egi ihn zu beschwichtigen.

Beate reichte dem Chefmeier das Gläsle Enzian. Er kippte ihn in einem Zug herunter und entriss ihr auch noch das Fläschle.

»Das kann die Beate selbst machen«, schrie er und stürmte mit dem Enzian hinaus.

»Chef, der Mord hat uns so beschäftigt, da …«, rief der gescheiterte PHK im Flur hinter ihm her.

Der Chefmeier kam wieder zurück.

»Wann war der Leichenfund?«, wollte er plötzlich wissen.

»Vor zwei Tagen, Chef. Ein Aufräumarbeiter hat …«

»Ja, seid ihr denn total deppert?« Beim vertrauten Du waren Beschimpfungen doch einfacher loszuwerden. »Da habt ihr das immer noch nicht aufgeklärt? Ihr sollt euch ins Zeug legen, habt ihr verstanden?«

»Chef, wir hatten gar keine Hinweise ...«, versuchte Rudi es nun.

»Das interessiert mich nicht!« Der Chefmeier geriet richtig in Rage. »Ihr haut jetzt rein! Sonst könnt ihr was erleben!«

Egi war nun vollends am Boden. Einer angestochenen Wildsau gleich verließ der Chefmeier Egis Büro.

• • •

Am Donnerstagmorgen lagen CDs von Onlineshops, GMX und Facebook auf Egis Tisch. Daniel Müller, der auch als PI-Postverteiler tätig war, hatte sie ihm vorbeigebracht. Er hatte seine Polizistenausbildung erst vor einem guten Jahr abgeschlossen, daher betätigte er sich aktuell noch als Mädle für alles, jedoch nur intern. Wollte er in Zukunft auch einmal Außeneinsätze fahren, würde er sich noch eine rauere Schale aneignen müssen, hatte der Chefmeier letztes Jahr entschieden.

In Ermangelung des notwendigen Fachwissens war dem PHK nun nicht klar, was er am besten mit den silbernen Datenträgern tun sollte. Er wollte nicht wieder als Depp dastehen und entschloss sich, es einmal alleine zu probieren. Er nahm eine CD-ROM mit Onlineshop-Daten und legte sie in das DVD-Laufwerk seines Notebooks ein. Egi erschrak, ein Fenster poppte plötzlich an seinem Bildschirm auf. Es sah anders aus als die Fenster, die er sonst gesehen hatte. Es war bunt, hatte viele Knöpfe mit kleinen Bildchen drauf, und man konnte keine Dateien sehen. Er ignorierte es und öffnete seinen Explorer. Der sah aus wie gewohnt. Er scrollte hinunter und suchte nach der CD. Er fand sie sogar und klickte mit Genugtuung darauf. Ihm wurde ein Dateisalat angezeigt, den er am liebsten in den Mülleimer verschoben hätte. Egi traf eine unliebsame Entscheidung.

Er rief Akay auf seinem Handy an: »Akay, kommst bitte mal zu mir? Die CDs sind da.«

»Klar, Egi, komme sofort!« Der wesentlich jüngere Akay war immer zu allem Möglichen bereit, erkannte Egi neidisch. Nach zwei Minuten stand der vor ihm und wusste sofort Bescheid.

»Schau mal, Akay. Was sind das denn für Dateien hier auf der CD von dem Onlineshop? So was kenne ich gar nicht«, meinte Egi kleinlaut.

»Das sind spezielle Dateien, die von deren Shop-Software erzeugt werden. Da brauchen wir besondere Viewer für. Ich würde das erst einmal dem Nico geben. Wir bestellen einen Boten, der das sofort macht. War blöd, dass die das direkt an mich geschickt haben. Nico soll wieder ein Datenträgerabbild erstellen. Er kann uns die Dateien in ein lesbares Format umändern und uns wieder einen USB-Stick geben. Wir arbeiten dann nur mit der Kopie, er kann die CD-ROMs als Beweismittel in Memmingen lagern.«

»Würdest du das übernehmen, Akay? Du kannst das ja dem Nico viel besser verklären als ich«, jammerte Egi.

»Mache ich.«

• • •

Die Rückmeldung von Nico schlug am Donnerstagmittag ein wie eine Bombe: Annet Balder hatte über Facebook unzählige Nachrichten an einen Mann namens Matthias Binder gesendet. Sein Profilbild auf Facebook sowie viele weitere von ihm dort geposteten Fotos belegten, dass er der attraktive Skihase in Annet Balders unendlichen Fotoreihen auf ihrem Tablet-PC und in ihren Alben war. Ihre Facebook-Nachrichten begannen Anfang März 2018 romantisch verspielt, wandelten sich über schlüpfrig zu obszön bis hin zur aufdringlichen sexuellen Belästigung.

Annet Balder war eine Stalkerin gewesen und Matthias Binder ihr Opfer! Der Nachrichtenverlauf zeigte, dass er auf keine einzige ihrer Nachrichten geantwortet hatte. In ihrer letzten Mitteilung Ende April 2018 hatte sie ihm ihre Mobilfunknummer genannt und ihn aufgefordert, ihn anzurufen. Ihre Einkäufe in Onlineshops, die E-Mails und Internet-Suchen traten damit in den Hintergrund. Sie bestätigten lediglich einige ihrer bereits bekannten Kontakte und Bewegungsprofile.

Egi hatte fix vom Mädle für alles, dem Daniel, ein Foto von Matthias Binder an das Sportgeschäft in Oberstdorf faxen lassen. Justus Fidler und zwei weitere Verkäufer hatten daraufhin telefonisch ausgesagt, dass dies der Handschuh-Kunde von Anfang Januar war. Beate hatte bei ihren Recherchen bereits herausgefunden, dass Annet Balder tatsächlich eine Woche Urlaub im Tirolerhof in Ehrwald gemacht hatte. Die Hotelleitung hatte dies bestätigen können, ebenso wie die Ortungsdaten ihres Handys. Das war sehr seltsam, war dieser Ort doch nur rund zwei Stunden Fahrzeit von Oberstdorf entfernt. Warum machte eine alleinstehende junge Verkäuferin eine Woche Urlaub in einem Hotel der gehobenen Klasse, das auf Familien und Wellness spezialisiert war und derart nah an ihrem Wohnort lag? Der Grund musste Matthias Binder gewesen sein. Egi machte sich zusammen mit Akay auf den Weg zu ihm. Er wohnte in der Nähe von Obermaiselstein, einem Ortsteil von Oberstdorf, in nordwestlicher Richtung gelegen.

Egi hatte sich bereits die Nachrichten ausgedruckt. Akay fuhr mit dem Kripo-Kempten-Dienstwagen zum Hause Binder. Der PHK griff sich die Aktenmappe vom Rücksitz und öffnete sie. Im Dienstwagen las er die ersten Facebook-Nachrichten von Annet Balder an Matthias Binder vor.

4. März 2018, 21:22 Uhr
Ich habe dich in Ehrwald gesehen. Seitdem muss ich
ständig an dich denken. Vielleicht kennst du das: Man
hat eine Vorstellung von jemand Perfektem, und
plötzlich steht er vor einem. Du bist der schönste
Mensch, den ich jemals gesehen habe. Aber nur in
meinen Träumen bist du bei mir. Überall, wo ich real bin,
fehlst du. Ich werde geduldig sein, bis ich dir zum

richtigen Zeitpunkt wieder begegne. Denn vergessen kann ich dich nie.

Auf dem Facebook-Profilbild war zu diesem Zeitpunkt verschwommen eine schlanke Frau mit langen dunklen Haaren in pinkem Minirock und weißem Top zu sehen.

Die zweite Nachricht gab Egi auch zum Besten.

8. März 2018, 20:13 Uhr
In deinen Haaren möchte ich mich vergraben. In deinen Augen möchte ich versinken. In deinen Armen möchte ich schlafen. Deine Hände sollen mich berühren. Deinen Atem möchte ich spüren. Da, wo du bist, möchte ich sein. Du gehst mir nicht mehr aus dem Kopf. Mein Herz läuft über vor Gefühlen. Dort hast du jetzt einen festen Platz.

»So etwas hat mir noch nie jemand geschrieben«, bemerkte Egi.

»Mir schon«, Akay grinste.

Egi starrte ihn an, bevor er die nächste Nachricht vorlas. Wenn Hochdeutsch geschrieben wurde, ging's dem Egi auch ganz leicht über die Lippen.

13. März 2018, 18:06 Uhr
In mir herrscht ein Dauerschmerz. Es ist Sehnsucht nach dir. Ein Sturm, der mich unvorbereitet überrollt hat. Es ist wie ein Verlust von etwas, das ich nie hatte und das ich vielleicht nie haben kann. Dabei will ich dich doch so sehr. Egal, was passiert und wie sehr du mir das Herz brichst, es würde nichts daran ändern. Mein Profilbild zeigt, wie ich mich fühle, seit ich dir begegnet bin. Es war nur ein kurzer Augenblick, der alles verändert hat. Dir in die Augen sehen zu dürfen und das zu finden, was

ich immer gesucht habe, war das Beste, was mir je passiert ist. Bitte schreibe mir, was du fühlst.

Das neue Profilbild zeigte eine Frau in dunklen Leggings und engem grauem Top gekrümmt auf dem Rücken liegend, die Arme vor dem Gesicht verschränkt, ihre langen dunklen Haare waren ausgebreitet wie ein Fächer.

Egi konnte nicht aufhören zu lesen, er begann mit der nächsten Nachricht.

> 18. März 2018, 19:48 Uhr
> Du gibst mir kein Zeichen. Ich hoffe, du hast meine Nachrichten trotzdem gelesen. Auf jeden Fall freue ich mich unglaublich auf den Tag, an dem wir uns treffen – und ich vielleicht meine Fingernägel in deinen Rücken kralle, dir in den Hals beiße und du mir dabei ins Ohr stöhnst. Wir werden uns wiedersehen!

»Hui«, meinte Akay. »Jetzt wird's interessant. Lies noch eine!«
Für Egi hörte sich das auch sehr interessant an.

> 22. März 2018, 14:04 Uhr
> Die Vorstellung, wie dein Bart meine Haut berührt, ist elektrisierend. Das Aushalten der kratzigen Haare wird belohnt durch deine warmen, weichen Lippen. Wann kann ich sie endlich kennenlernen?

Egi trug seit Ewigkeiten einen Vollbart. Er fragte sich, ob seine Frau Elli ebenso empfand. Akay war immer glatt rasiert, vielleicht überdachte er seine Gesichtsbehaarung nun noch einmal. Egi las weiter vor.

> 29. März 2018, 13:10 Uhr
> Ich will dich so sehr. Ich kann nicht mehr schlafen, nicht

mehr denken, nicht mehr essen. Ich bin dir verfallen. Ich
möchte deinen Körper zum Zittern bringen, jeden
Zentimeter von dir erkunden. Ich möchte dich
umschlingen, dich nie mehr loslassen. Ich möchte mich
dir schenken und mit dir den Verstand verlieren. Bitte
antworte doch!

Egi wurd's langsam peinlich. Akays Grinsen wurde immer breiter.

»Egi, das reicht, wir sind gleich da. Wir haben jetzt einen guten
Einblick in die Annäherungsversuche von Annet Balder bekommen.
Nico hat uns ja schon gesagt, dass es immer obszöner wird. Wir lesen
das später weiter, am besten getrennt, damit wir uns nicht gegenseitig
beeinflussen.«

»Okay, ist mir auch lieber«, gab Egi erleichtert zu.

Sie kamen am Haus von Matthias Binder an. Es war ein typisches
Heim für diese Gegend. Es war weiß verputzt, mit viel Holz verbaut
und mit einem rötlich gedeckten Dach. Eine dichte, hohe Eibenhecke
umringte das große Grundstück. Ein Tor aus matten Edelstahlplatten
sollte es eigentlich vor unerwünschten Besuchern schützen, es stand
jedoch gerade offen. Es war mittlerweile Nachmittag, also konnte man
damit rechnen, dass jemand daheim war.

Die beiden Beamten traten in die Einfahrt, die durch ein penibel
gepflegtes Rosenbeet vom Vorgarten getrennt wurde. Sie gingen über
einen Weg aus hellen Natursteinplatten, die von einem perfekten satt-
grünen Rasen umgeben waren, und kamen an einer grauen Haustür mit
schmalen Fenster aus weiß getöntem Glas an. Die Türklingel thronte
auf einem Podest aus gebürstetem Edelstahl neben einem Briefkasten,
der aus einem Baumstamm geschnitzt worden war. In diesen war in
großen Lettern der Name Binder eingraviert. Darüber befand sich eine
runde Glaslinse, in der eine Videokamera zu erkennen war.

Akay hatte den Besuch nicht angemeldet, da er den Hauseigentümer
mit der Befragung überrumpeln wollte. Er klingelte. Die beiden Kommissare hielten ihre Dienstausweise bereit. Eine hübsche Blondine um

die vierzig öffnete ihnen. Sie trug weiße Jeans, eine hellblaue Bluse, dazu schweren Goldschmuck an Hals und Handgelenken. Zwei quirlige Buben in *Star Wars*-Ausrüstung hielten sie am Gürtel, schwangen ihre Lichtschwerter und erzeugten eine beachtliche Geräuschkulisse.

»Ja bitte, wie kann ich Ihnen helfen?«, fragte die Blonde höflich.

»Sind Sie Frau Binder?«, fragte Akay.

»Ja.«

»Guten Tag, Frau Binder! Mein Name ist Akay Tok, ich bin von der Kripo Kempten. Das ist Kollege Huber von der Polizeiinspektion Oberstdorf. Wir möchten gerne mit Ihnen und Ihrem Mann sprechen. Es geht um eine reine Routinebefragung«, meinte Akay.

»Ist denn etwas passiert?«, fragte sie erschrocken.

»Ja, es ist etwas passiert, es hat aber nix mit Ihrer Familie zu tun. Sie brauchen sich keine Sorgen zu machen«, beschwichtigte Egi sie, da er wusste, wie Angst einflößend polizeiliche Besuche sein konnten. »Dürfen wir reinkommen?«

Akay schaute ihn giftig an. Er fuhr eine andere Strategie. Er ging lieber knallhart vor, da knickten die Verbrecher schneller ein.

»Aber sicher«, meinte die Blondine erleichtert. »Kommen Sie mit ins Wohnzimmer. Mein Mann ist gerade heimgekommen. Möchten Sie einen Tee oder Kaffee?«

Sie führte die beiden Beamten durch eine großzügige Diele, deren Boden mit cremefarbenem Marmor ausgelegt war. Sie war eingerichtet mit hellbraunen Hochglanzschränken und einer Garderobe, deren Haken aus Hirschgeweihen bestanden. Die Wände zierte eine beige Textiltapete, an ihnen hingen mit armdicken Ästen umrahmte Fotos von einem Trickskifahrer, der vor strahlend blauem Himmel halsbrecherische Sprünge vollführte.

»Nein, danke«, antwortete Egi geblendet von der ganzen Pracht und betrat zusammen mit Akay das Wohnzimmer. Der Raum wirkte wie eine von oben bis unten durchgestylte Almhütte, mit breiten Holzdielen, gemütlichen Holzmöbeln, offenem Kamin, einem Haufen Holzscheite an der Wand, Kuhfellen auf den Sofas und großen Kerzen in Glasschüsseln auf den Schränken. Neben dem großen Flachbildfernseher hing ein kupfernes Kreuz an der Wand.

Sie gingen gemeinsam auf Matthias Binder zu, er stand gerade an der Terrassentür und drehte sich zu ihnen um. Er trug lässige Skater-Kleidung und sah wirklich gut aus mit seinen schulterlangen braunen Locken und seinem Ziegenbart, ein Hipster halt. Egi schätzte ihn einige Jahre jünger als seine Frau.

»Liebling, du hast das Tor offen gelassen. Die Herren hier sind Kommissare, sie möchten sich mit uns unterhalten«, sagte seine Frau zu ihm.

»Worüber denn? Entschuldigung, grüaß Sie erst einmal«, fügte er hinzu und reichte Egi und Akay die Prankenhand, die ganz offensichtlich nur in XXXL-Handschuhe passte.

»Es geht um die Tote, die am Montag in der Breitachklamm gefunden wurde. Sie haben es bestimmt in den Medien gesehen. Kannten Sie die Frau?«, fragte Akay.

»Nein«, antworteten Herr und Frau Binder gleichzeitig.

»Wir konnten aber feststellen, dass Sie während Ihres Urlaubs im Januar im selben Hotel wie sie untergebracht waren, und zwar eine ganze Woche in Ehrwald. Sie haben sie nicht wiedererkannt?«, zweifelte Akay.

»Kinder, geht mal bitte hoch in eure Zimmer«, bat die Blondine nun ihre Skywalker-Söhne, die maulend verschwanden. »Nein, sie ist mir nicht aufgefallen. Dir, Liebling?«

»Nein, ich hatte da andere Dinge im Kopf. Die Jungs haben uns im Hotel ganz schön auf Trab gehalten. Das ist ja ein Family-Wellness-Hotel, optimal für Familien mit Kindern. Wir haben dort ein Pärchen mit einer Tochter kennengelernt, die saßen beim Frühstück und Abendessen immer am Nebentisch. Da habe ich kaum auf andere Leute geachtet. Die drei Kinder zu bändigen, hat uns ausreichend beschäftigt. Und tagsüber waren wir die meiste Zeit unterwegs, zum Skifahren. Ich bin jedes Jahr in Ehrwald und Hintertux. In beiden Orten gibt es einen Funpark, da verbessere ich regelmäßig für einige Wochen mein Freestyle-

Können. Dieses Mal im Januar habe ich meine Familie mitgenommen, es waren ja grad Ferien. Der größere meiner beiden Söhne hat bereits ähnliche Ambitionen entwickelt und fährt im Alter von acht Jahren mit Begeisterung auf seinem Mini-Snowboard durch Funparks«, antwortete Matthias Binder mit vielen Worten, die vom eigentlichen Thema ablenkten.

»Aha. Und dort ist Ihnen die Annet Balder nicht aufgefallen?«, fragte Egi wiederholt nach und betrachtete dabei die piksigen Barthaare des Herzensbrechers. »Schauen S' bitte, wir haben einige Fotos von ihr mitgebracht.«

»Nein, die hab ich noch nie gesehen«, sagte Herr Binder.

»Ich auch nicht«, bestätigte Frau Binder und setzte sich auf ein Kuhfell.

»Herr Binder, das kann nicht sein. Überlegen Sie noch einmal, ob Sie diese Frau nicht doch kennen«, bat Akay ihn.

»Woher soll ich die denn kennen? Was meinen Sie?«

»Wir haben den Facebook-Account der Toten untersucht, Herr Binder. Sagt Ihnen das vielleicht etwas?« Akay genoss seine allwissende Rolle in dem verlogenen Spiel.

Der Liebling von Frau Binder, und vermutlich auch von einigen jüngeren Damen, wurde kritisch von seiner Angetrauten gemustert. Er schien sich unwohl zu fühlen und schaute etwas hektisch in seinem ihm wohlbekannten Wohnzimmer herum.

»Ja, also auf Facebook ... da werde ich von vielen kontaktiert, die mich absolut nicht interessieren. Ich bin halt bekannt in der Freestyle-Welt. Da hat man ... na ja, so was wie Groupies. Vielleicht war sie dabei?«

»Sie war dabei, Herr Binder«, provozierte Akay ihn. »Und zwar einige Wochen lang. Sie hat Ihnen viele Nachrichten geschickt, die nicht zu übersehen waren. Verliebte Texte, schlüpfrige Gedichte, pornografische Abhandlungen und ein selbst komponiertes Lied. Auch anzügliche Fotos mit Aufforderungen zum Geschlechtsverkehr, Herr Binder. Fördert das Ihr Erinnerungsvermögen?«

»Ja, also … kann schon sein … hab sie nicht sofort erkannt, die Fotos waren nicht so gut … ich …« Er kam nicht dazu auszureden. Frau Binder fiel aus allen Wolken, fassungslos sprang sie auf, vor der Polizei musste sie schließlich entrüstet tun.

»Matthias, davon hast du mir nichts erzählt! Schon wieder so eine junge Frau. Wie konntest du nur?« Frau Binder stellte sich mit geballten Fäusten vor ihn, es schien sich um einen überführten Wiederholungstäter zu handeln.

»Aber da war doch gar nichts, Liebling. Ich habe die Nachrichten alle ignoriert«, verteidigte er sich, und das stimmte nach den bisherigen Untersuchungsergebnissen sogar.

»Warum hast du nichts davon erzählt? Warum hast du sogar die Kommissare gerade angelogen?«

Egi und Akay mussten ihn gar nicht weiter befragen, das tat Frau Binder für sie.

»Aber ich sagte doch, die Facebook-Fotos … ich habe sie nicht erkannt. In der Zeitung und hier auf denen von der Kripo sieht sie anders aus.«

»Hör doch auf, Matthias!«, sagte seine Ehefrau und verließ polternd das Haus. Man konnte draußen den aufheulenden Motor ihres Porsche Cabriolets hören. Gut, dass das Tor noch offen stand, andernfalls hätte sie es womöglich mit dem Luxusschlitten durchbrochen.

»Wann haben Sie Annet Balder das letzte Mal gesehen, Herr Binder?«, wollte Akay wissen.

Herr Binder schaute starr auf die Wohnzimmertür, durch die seine Frau gerade verschwunden war. Plötzlich zuckte er zusammen und meinte: »Ich habe sie überhaupt nicht mehr gesehen, seitdem wir aus Ehrwald zurück sind.«

»Und wann haben Sie das letzte Mal eine Nachricht von ihr bekommen, sei es über Facebook, per SMS, E-Mail oder sonst was?«, fragte Egi, der den Mann nun nicht mehr um seine Attraktivität beneidete. Dann doch lieber ein mittelmäßiger PHK bleiben, obwohl es bei dem aktuell auch nicht so rosig aussah.

»Das muss Wochen, wenn nicht sogar Monate her sein. Ich weiß es nicht mehr, habe ja anfangs gar nichts mitbekommen. Erst jetzt, wo Sie es sagen, ist mir eingefallen, dass es solche Nachrichten gab, auch von anderen Frauen.«

»Herr Binder, kommen Sie morgen früh um acht Uhr mit Ihrer Frau in die Polizeiinspektion Oberstdorf. Wir möchten Sie dort befragen. Kümmern Sie sich jetzt erst einmal um Ihre Kinder. Wir finden den Weg«, verabschiedete sich Akay und ging mit Egi Richtung Haustür.

Im Flur schlug Egi ein wohlbekannter Geruch in die Nase, Beate hatte ihn bereits an einer Duftprobe schnüffeln lassen. Das Aroma musste von der Treppe herkommen.

»Haben Sie eine Sauna im Keller, Herr Binder?«, wollte der PHK wissen.

»Ja. Warum? Ich habe wirklich nichts mit dem Tod der Frau zu tun, Herr Kommissar. Glauben Sie mir bitte«, rief Matthias Binder hinter ihnen her.

»Das werden wir sehen«, meinte Akay nur beim Hinausgehen. »Haben Sie auch eine große Kühltruhe?«

»Nein. Worum geht es denn eigentlich?«

»Auf Wiedersehen, Herr Binder, bis morgen früh!«, sagte Akay an der Tür. Er hatte bereits entschieden, Matthias Binder am nächsten Tag zu verhören, Speichelproben von ihm zu nehmen und Einzelverbindungsnachweise von seinem Smartphone anfordern zu lassen. Und er wollte zuvor sämtliche Facebook-Nachrichten von Annet Balder an Matthias Binder lesen, um sich ein detailliertes Bild von der Situation machen zu können. Auch Rudi und Egi sollten sie noch einmal überfliegen und sich auffallende Passagen markieren. Selbst den PI-Deppen könnte etwas auffallen. Insbesondere wollte er aber Silvia bitten, jedes einzelne Wort zu analysieren und ein Profiling von Annet Balder vorzunehmen. Notgedrungen weihte Akay Egi im Auto ein, jedes kleinste Detail war hier wichtig. Und letztes Jahr war sogar dem beschränkten Rudi so mancher Glücksgriff gelungen.

Der PHK fand das Ganze hervorragend. Er würde Silvias Profiling mit den Befunden von Dr. von Ponsberg abgleichen. Von dem wusste Akay ja noch nix. Egi war frohen Mutes, der Mörder war in Annet Balders Umfeld zu suchen, das war sicher. Und das hatte die PI Oberstdorf trotz anfänglicher Schwierigkeiten bereits hervorragend eingrenzen können.

• • •

Parallel dazu hatte sich Rudi zusammen mit Silvia auf den Weg durch Oberstdorf gemacht, um die Fiat-Doblò-Eigentümer zu befragen. Egi kannte die natürlich alle und hatte dem aus Lindau stammenden Rudi von einigen ortsüblichen Verstrickungen berichtet. Rudi hatte sich zwar nach seiner Versetzung vor vielen Jahren gut in Oberstdorf eingelebt, hatte aber keinen so guten Überblick wie der Einheimische Egi. Der hatte ihm erzählt, dass die alle deshalb einen Kastenwagen hatten, weil sie diverse Objekte damit transportierten. Warum auch sonst schafft man sich ein solch hässliches Gefährt ohne Heckfenster an? Bestimmt nicht als Familienkutsche. Nein, eher weil darin Dinge kutschiert werden, die nicht jeder sehen sollte. Fast alle von ihnen hatten einen Laden in Oberstdorf. Verständlich also, dass sie sich so einen Container auf vier Rädern angeschafft hatten. Die bewegten sich in ihrer Bergwelt stets auf einem schmalen Grat zwischen Legalität und Schwarzgeschäft. Aber der Egi meinte, die wären alle harmlos. Man musste schließlich den Standort Oberstdorf fördern, jaulte der Chefmeier immer, wenn man auf dubiose Machenschaften stieß.

Aber eine Ausnahme gab es doch unter ihnen. Der Fillip Nase war Einheimischer, betrieb aber kein Geschäft. Der posaunte immer herum, dass er für den Bergbahnbetreiber *Oberstdorf • Kleinwalsertal Bergbahnen* (ehemals *Das Höchste*) arbeitete und manchmal größere Teile zu transportieren hatte. Oder Kaminholz für die Nachbarn. Oder Getränkekästen und Eiswürfelsäcke für die Kneipe seines Schwagers. Aber der Nase war halt nicht so gesprächig wenn er in Gesellschaft einen hob. Aus seiner überdimensionalen Nase war sonst nix zu seinen Fuhren herauszuziehen. Jetzt konnten sie endlich mal bei dem reinen Tisch machen.

Rudi und Silvia waren nun auf dem Weg zu dem letzten weißen Kastenwagen in Oberstdorf, die vorherigen Befragungen hatten nix ergeben. Als sie bei Fillip Nase in der Weststraße ankamen, mussten beide grinsen. Bei dem Kraftfahrzeughalter war der Name Programm. Er trug einen stattlichen Zinken in seiner Gesichtsmitte, der sich allem Anschein nach seit Generationen weitervererbt hatte. Das war an der Ahnengalerie in seinem Flur zu erkennen, sogar von draußen, wo Silvia und Rudi standen. Leider war das dominante Vererbungsmerkmal auch an dem zweijährigen Sohnemann, der draußen mit seinem Bobbycar durch den Vorgarten flitzte, nicht vorbeigegangen. Der würde die auffallende Nasenoptik an seine Nachkommen weitergeben, das war klar.

Jetzt ging es aber erst einmal um den Kastenwagen. Der stand in der Einfahrt und war auf Hochglanz poliert. Er musste erst vor Kurzem penibel gereinigt worden sein, dachte sich der Rudi. Die Silvia fiel nix dergleichen auf, für sie war Hochglanz der Standard.

»Herr Nase, ich bin von der Kripo Kempten. Das ist Kollege Ströber von der Polizeiinspektion Oberstdorf. Wir möchten gerne mit Ihnen sprechen. Es geht um eine Routinebefragung«, leierte Silvia herunter.

Rudi konnte nicht wissen, dass das der übliche Einleitungsslogan der Kripo Kempten war und Akay gerade in einem feudalen Haus bei Obermaiselstein das Gleiche sagte. Rudi stand teilnahmslos herum und beobachtete das Umfeld. Nebenan, links vom Nase, schloss sich gerade eine Tür. Rudi meinte, eine dunkle Gestalt in dem offenen Spalt gesehen zu haben. Egi hatte ihm erzählt, dass der Nase seit einigen Monaten einen auswärtigen Nachbarn neben sich wohnen hatte. Von dem wusste man so gut wie gar nix, außer dass sein kleiner Sohn in die GSO (Grundschule Oberstdorf) ging, zusammen mit Egis Tochter Belli. Rudi holte sein Handy heraus und schoss unbemerkt einige Fotos von Nases Vorgarten und vom Nachbargrundstück.

»Was wollen S' denn?«, fragte der Nase, obwohl ihn die Antwort der aufgetakelten Besucherin gar nicht interessierte. So, wie die aussah, kaufte die nur in München und Mailand ein, sie verfügte also in keinem Fall über Oberstdorfer Wurzeln.

»Es geht um die Tote, die am Montag in der Breitachklamm gefunden wurde, Annet Balder. Sie haben es bestimmt in den Medien gesehen. Kannten Sie die Frau?«, fragte Silvia.

Der Nase zuckte zusammen. Er senkte seinen Blick, schniefte mehrmals, überlegte scharf und meinte dann: »Nein, die kenn ich nicht.«

»Wir sind zu Ihnen gekommen, weil kurz vor dem Leichenfund ein weißer Fiat Dobló ohne Heckfenster auf dem Parkplatz bei der Breitachklamm gestanden hat. Und hier« – Silvia nickte Richtung Nases Kastenwagen – »steht auch einer.«

Rudi grinste in sich hinein. Der Nase kam jetzt ganz schön ins Schwitzen, der Rand seines alten *Das Höchste*-Cappys zeigte einen wachsenden Feuchtigkeitsfleck. Die Kopfbedeckung hatte schon einigen Schweiß schlucken müssen, das erkannte Rudi an den eingetrockneten Rändern in unterschiedlicher Höhe.

»Ich hab nix damit zu tun. Ich war beim Dieter zum Frühlings-Frühschoppen. Meine ganze Familie war da. Danach war ich Getränke für ihn kaufen, weil wir ihm alles weggesoffen haben, bevor er die Kneipen für die Touristen geöffnet hat.«

»Wer ist Dieter?«, wollte Silvia wissen.

»Na, mein Schwager. Die Kneipe ist gleich hier nebendran.« Der Nase zeigte auf das Nachbarhaus zu seiner Rechten, als hätte Silvia das alles wissen müssen. Aber sie war halt eine Auswärtige, die von nix eine Ahnung hatte. »Alle Oberschtdorfer waren da. Außer denen, die beim Egi auf'er Geburtstagsparty der Schwiegermutter waren.«

Silvia wurde es zu bunt, das war die reinste Inzucht in Oberstdorf. In ihrer Heimat München gab es so ein Zusammenglucken nicht. Ermittlungen waren in einem solchen Umfeld wie hier nahezu unmöglich.

Rudi griff ein: »Stimmt, Fillip, da kann ich mich noch dran erinnern. Mein Nachbar war auch bei eurem Frühlings-Frühschoppen. Ich konnt nicht kommen, weil mein Sohn seine Freundin aus Oberjoch zu Besuch hatte, die mussten wir von hinten bis vorn bedienen.«

Dem Nase war die Erleichterung anzusehen. Silvia konnt's nicht fassen, die waren hier doch alle nicht mehr normal. Wenn der Polizeioberwachtmeister den Verdächtigen schon Aussagen bestätigte, die er nur vom Hörensagen kannte, dann war jegliche Beweisführung verloren.

Rudi hatte nicht vor, noch mehr zu sagen. Er hatte vom Egi den Auftrag bekommen, so wenig wie möglich aus dem Nase herauszuholen, damit der PHK später gemeinsam mit dem Rudi noch einmal genauer nachbohren könnte, ohne Kripo Kempten.

»Und nach dem Frühschoppen sind Sie noch Auto gefahren, um die Getränkekisten zu holen?« Silvia wollte ihm wenigstens einen wegen Alkohol am Steuer verpassen.

»Nein, natürlich nicht! Hab's Rad genommen.«

Also auch hier kein Weiterkommen.

»Ist Ihre Frau an dem Tag mit dem Auto gefahren?«, wollte Silvia wissen.

»Nein, die war nach dem Frühschoppen den ganzen Tag mit mir im Garten. Alle Nachbarn haben's gesehen«, triumphierte der Nase.

»Können wir uns einmal ihren Kastenwagen ansehen?«, fragte Silvia.

»Warum das denn? Naa, da gibt's keinen Grund dafür. Ich war beim Dieter, und mein Wagen war hier. 's gibt nix mehr zu sagen. Ich geh wieder nei.«

Rudi nickte. Der Nase verschwand ins Haus und knallte die Tür zu. Silvia konnte nur den Kopf schütteln. Sie fuhren zurück zur PI Oberstdorf und kamen zum Ermittlungsstatus: »Oberstdorfer Kastenwagen irrelevant«. Daraus folgte, dass im größeren Umkreis ermittelt werden musste.

• • •

Er stand wieder vor der PI und wartete. Irgendwann mussten sie doch zurückkommen. Er schaute sich wieder die Auslage des Optikers an. Zum Glück brauchte er noch keine Brille, so ein Gestell wäre ihm ganz schön lästig. Er hörte ein Auto, drehte sich um. Endlich, da kam der Kripo-Dienstwagen, bog in die PI-Einfahrt ein und wurde eingeparkt. Die Blonde, die er sich ausgesucht hatte, stieg aus.

• • •

Rudi ging gleich in sein Büro, Silvia blieb noch draußen stehen. Sie wollte ungestört mit Akay sprechen, wusste aber nicht, wo er gerade war. Sie zog ihr Handy aus der Kripo-Handtasche und wählte seine Nummer.

»Ja, Silvia? ... Hallo? ... Silvia?«

Sie hörte ihn nicht mehr. Jemand hatte sie gepackt und ihr ein feuchtes Tuch auf Mund und Nase gedrückt. Danach war sie ins Land der Träume entschwunden.

Als Silvia aufwachte, lag sie zusammengerollt in einem engen, eckigen Kasten. Unter ihr knirschte es. Kleine, kantige Brocken piksten sie durch ihre Strumpfhose. Es war stockdunkel, und sie konnte Plastikwände um sich herum ertasten. Ein schauerlicher Verdacht keimte in ihrem Kripo-Köpfle auf. Aber richtig kalt war es hier drin nicht. Sie fasste nach oben. Auch Plastik. Sie schlug dagegen, aber es öffnete sich nicht. Sie fing an, lauthals zu schreien.

Gehirnjogging und Zumba

Während Akay an seinem Handy nach Silvia rief, saß der Egi mit dem Rudi im Wartezimmer von Dr. Adalbert von Ponsberg in Oberstdorf. Genau genommen saßen sie auf einem alten schwarzen Ledersofa, das drei tiefe Sitzkuhlen aufwies, um die herum sich bröckelige graue Falten spannten. Im Gegensatz dazu war die Rückenlehne glänzend schwarz, wobei der PHK vermutete, dass der Glanz in den letzten Jahrzehnten durch einen von wartenden Patienten stammenden Überschuss an Körperfett und Schweiß hervorgerufen worden war. Auf der gegenüberliegenden Seite stand noch so ein Sofa an der weiß getünchten Wand. Darüber hingen in schiefer Anordnung drei grau gerahmte Schwarz-Weiß-Zeichnungen von aufgeklappten Schädeln. Die eine Skizze zeigte das bloßgelegte Menschenhirn von links, die nächste von oben und die letzte von rechts. Egi wurde es mulmig dabei. Ihm fiel plötzlich auf, dass die Silvia ja vom gleichen Berufszweig war. In nächster Zeit würde er ihr mehr aus dem Weg gehen, nahm er sich vor. Das Mädle für alles, der Daniel, hatte telefonisch für Egi und Rudi einen Termin um 18:00 Uhr mit dem Psychologen vereinbart, nun hockten die beiden dort schon seit fünfzehn Minuten, und es gab immer noch keine Spur von Dr. Adalbert von Ponsberg.

»Schau mal, Egi, das Foto habe ich beim Nase geschossen!« Rudi zeigte Egi aus Langeweile ein verwackeltes Foto von einem Vorgarten auf seinem Smartphone.

»Was, der Nase hat alles vor'm Haus gepflastert?«, fragte Egi ungläubig.

»Nein, das ist vom Nachbarn.«

»Ach so. Der ist doch erst vor Kurzem dahin gezogen. Den hab ich noch nie gesehen. Hab nur von dem seinen Sohn gehört. Der geht zur GSO, er ist in der Parallelklasse von meiner Belli.«

»Ich hätt ihn beinahe erwischt, aber er war zu schnell durch die Haustür verschwunden«, bedauerte Rudi.

»Und warum hast ihn fotografieren wollen?«, fragte Egi.

»Der hat grad seinen Mü–«

»Grüß Gott, die Herren! Wie kann ich Ihnen helfen?«, fragte ein kleiner, schmächtiger Kerl um die sechzig Jahre alt, mit gescheiteltem schwarzem Haar und einem beeindruckend gezwirbelten Schnauzbart. Er trug eine schwarze Hose, ein weißes Hemd, eine schwarz-weiß gestreifte Weste und einen schwarzen Frack. Es fehlte nur noch ein schwarzer Zylinder. Es war Dr. Adalbert von Ponsberg. Sein Lebensraum schien komplett schwarz-weiß zu sein, die Polizisten hatten in seinen Zimmern noch keinen einzigen Farbklecks entdecken können.

Der Seelenklempner, wie Beate ihn nannte, war ein waschechter Oberschtdorfer, auch wenn sein Name das nicht unbedingt vermuten ließ. Der Adelstitel erschien suspekt, hatte man doch schon zu Uroma Brunis Jugendzeiten diskutiert, wo die Familie den herhatte. Der Name »von Ponsberg« war nichts, was man heute noch hätte ergoogeln können. Man ging inoffiziell davon aus, dass der Ururgroßvater vom Adalbert das »von« bei einem Saufgelage mit einem Baron in der Nähe von Kaufbeuren ergattert hatte. Dabei war es zu einigen abstrusen Wetten gekommen, die Adalberts gewiefter Ururgroßvater unter starkem Alkoholeinfluss zu seinen Gunsten hatte manipulieren können. Der adelige Herr aus dem Ostallgäu hatte sich zur Einlösung seiner Wettschulden zu einer Adoption genötigt gesehen, hatte aber beim Amt einen Schreibfehler in den Nachnamen einbauen können, sodass sein Fehltritt nicht allzu schwerwiegende Konsequenzen im Adelsgeschlecht nach sich zog. Leider hatte Adalberts Vorfahre das unter erneutem Alkoholeinfluss bei der Urkundenunterzeichnung nicht bemerkt. Der Nachname war Adalbert, dem Adi, aber erhalten geblieben, obwohl er keinem Adelsgeschlecht angehörte.

»Grüß Gott, Adi, wir sind halt dienstlich hier«, antwortete Egi fix, damit der Doktor keine falschen Schlüsse zog, sie kannten sich schließlich durch Uroma Bruni. Und die Elli sollte nicht denken, dass der Egi wegen ihr beim Psychologen saß, sondern aus ermittlungstechnischen Gründen.

»Ah, verstehe. Ihr wollt bestimmt was zu meinen Piepmätzle erfahren. Um welches meiner Vögele geht es denn?«

Rudi fragte sich, ob sie durch die richtige Tür gegangen waren, sah hinüber zum Eingang und sah das Schild »Dr. Adalbert von Ponsberg – Psychologe« dort hängen. Er konnte sich nur über diesen Herren wundern, der wirkte, als wäre er den Zwanzigerjahren entsprungen. Wahrscheinlich fuhr der auch noch mit dem Hochrad zur Arbeit. Rudi schaute an der schwarz-weißen Gestalt herunter und wäre dabei beinahe vom Sofa gefallen. Der trug ja grüne Lackschuhe! Die einzige Farbe in seiner schwarz-weißen Welt. Rudi erhob sich und reichte ihm wie Egi die Hand, sie fühlte sich knochig an, wie von einem Skelett.

»Es geht um Annet Balder, Adi. Wie du sicherlich wei–«, fing Egi an.

»Das hatte ich befürchtet. Der kleine Spatz hat es nicht leicht gehabt. Sie konnte sich keinem Schwarm anschließen, ihr Tagesablauf war nicht synchronisiert, und sie wies eine große Fluchtdistanz auf. Im Konfliktfall konnte sie nie die Oberhand behalten, und bei der Balz war sie ungeschickt. Nun hat sie für immer ausgetschilpt, sehr traurig, sehr traurig.« Adi steckte seine Daumen in die Westentaschen, aus der linken hing eine silberne Kette heraus, die in die Brusttasche führte, vermutlich zu seiner Taschenuhr von anno dazumal.

Rudi verstand kein Wort. Er sah Egi von der Seite an, aber der ließ sich von dem Geschwätz nicht beirren.

»Warum war sie denn bei ...?«, wollte der PHK die nächste Frage stellen.

»Sie war aus dem Nest gefallen. Ein lieber Pfarrer hat sie zu sich geholt und ihre Aufzucht übernommen, so lange es ihm möglich war. Ihre Nestlingszeit währte nicht lange, als er versetzt wurde, hat man versucht, das kleine Küken in mehrere fremde Schwärme zu integrieren. Sie konnte sich nicht an die Gesetzmäßigkeiten der anderen Vogelfamilien anpassen und lebte bis zum Abschluss ihrer Adoleszenz im Heim. Bevor sie eine gefestigte Persönlichkeit hatte bilden können, war sie flügge.« Adi stemmte die Hände in die Hüften und schüttelte den Kopf. Sein Mittelscheitel hielt, die schwarzen Haare glichen einer Betonfrisur.

»Wie hieß der Pfa–«, begann Egi.

»Der Name des Pfarrers ist mir entfallen. Aufgrund der bei den Katholiken herrschenden strengen Verschwiegenheit bezüglich ihres Kirchenpersonals habe ich den Namen nie in meinen Akten vermerkt«, erklärte Adi und strich sich eine unsichtbare Haarsträhne aus der Stirn.

Egi und Rudi starrten sich an. Was sollte man dazu noch sagen? Egi dachte scharf nach und fragte: »Was genau war denn an ihrem Verhal–?«

Adi antwortete: »Der kleine Spatz litt an einer Borderline-Persönlichkeitsstörung. Sie war emotional instabil, hatte ein stark schwankendes Selbstbild, konnte keine Beziehungen zu anderen Vögeln aufbauen und ist ohne Schwarm durchs Leben getrippelt. Sie führte ein Dasein ohne Wurzeln, ohne Baum, ohne eigenes Nest, am Rande des Aushaltbaren, sie hat nie gelernt zu fliegen.« Der Psychologe breitete seine Arme seitlich aus und machte Schwingbewegungen.

»Der hat doch einen Vogel, Egi«, flüsterte Rudi. Der PHK stieß ihn mit dem Ellbogen in die Rippen.

Egi musste tief durchatmen, bevor er die nächste Frage stellen konnte: »Du meinst, Adi, sie war nicht imstande, ihr Leben sel–«

»Sie war unerträglichen Launen, Emotionen und Dramen ausgesetzt, hat fürchterliche Kriege gegen die schwärzesten Krähen und Raben geführt, Dämonen, die sie selbst ins Leben gerufen hat. Ungefestigt, ohne Sozialverhalten, mit häufig wechselnden Sexualpartnern, extrem flatterhaft.« Adi stützte die linke Hand wieder in die Hüfte, die rechte hob er zu seinem Kinn und legte den Zeigefinger an seinen Nasenflügel.

Konnten diese Aussagen etwas zu Egis Ermittlungen beitragen? Rudi grübelte, wie Egi sich so lange mit dem unterhalten konnte.

Der PHK startete einen neuen Versuch: »Wie schätzt du denn ihren …?«

»Grauenhaft, grauenhaft, Egi. Dem kleinen Spatz sollte kein langes Leben beschert werden, das war bereits zu Beginn klar. Ein von der Mutter direkt nach dem Schlüpfen ausgesetztes Küken, was soll aus dem schon werden?« Adi zwirbelte nun mit seiner rechten Hand den äußeren Kringel seines Schnauzbartes.

Rudi hielt sich hier besser raus. Ihm wollte nicht einfallen, was man den noch hätte fragen können. Dem Egi schon: »Adi, jetzt mal ernsthaft, kannst uns ihre Akte ...?«

»Ich lasse euch alles kopieren und zuschicken. Ihr werdet sehen, der kleine Spatz hat sich nie in die Lüfte erheben können. Ihre Flügel waren verkümmert, ihr Herz zu schwer. Sie wusste, sie würde nie den Himmel erobern wie ihre Artgenossen und ist daran zugrunde gegangen.« Adi legte sich die rechte Hand aufs Herz.

Egi wollte einen letzten Versuch starten: »Hat sie denn mal erwähnt, dass jemand sie ...?«

»Es waren zu viele, Egi, viel zu viele. Sie war der Gruppenbalz verfallen, konnte sich nicht entscheiden. Hat sie ein Männchen erwählt, ließ sie es bald wieder fallen. Sie war von der Partnerwahl überfordert, konnte keine feste Bindung eingehen. Sie war eine gehetzte Henne, die stets auf der Suche nach dem perfekten Hahn war, ein durch und durch realitätsfernes Gebaren. Sie hat mit ihren Bewerbern gespielt und muss an einen falschen Vogel geraten sein.« Adi hob seine Hände Richtung Decke und schaute nach oben, als würde er nach Zugvögeln suchen.

»Hat der eigentlich Psychologie studiert, Egi?«, raunte Rudi dem PHK zu.

»Jetzt sei halt mal ruhig, Rudi!«, zischte Egi und sagte laut: »Adi, mal ganz ehrlich, mit dem, was die alles hatt, müsst die doch schon lang vorher ...«

»Es war ein Gnadenstoß, Egi.« Adi ließ Kopf und Arme hängen und entfernte sich grußlos.

»Der Adi, der hat doch selbst ein Schräuble locker, Egi«, schloss Rudi im Auto, er fuhr mit dem PHK zurück zur PI.

»Jetzt wart halt mal die Akte von Annet Balder ab.«

»Was soll da schon drinstehen, Egi, Ornithologie?«

»Ach, Rudi, die Leut haben noch nie dem Adi seine Fachausdrücke verstanden, da hat der sich halt dieses Vogeldings angewöhnt«, erklärte Egi.

...

Akay rannte aus der PI heraus. Von wo hatte Silvia ihn wohl angerufen? Und warum hatte sie sich nicht gemeldet? Der Kripo-Dienstwagen stand vor der Tür. Rudi war kurz in der PI gewesen und hatte dann Feierabend gemacht, das war ungefähr 17:30 Uhr gewesen. Wo steckte Silvia die ganze Zeit? Akay wollte gerade ins Auto steigen, da hörte er gedämpfte Schreie. Er schaute sich um. Sie kamen aus Richtung der rechten PI-Hauswand. Er lief den Schreien entgegen, sah aber niemanden. Er näherte sich einem Streugutbehälter, der neben der PI stand. Die Schreie wurden lauter. Als er davorstand, sah er, dass er mit einem Vorhängeschloss verriegelt war. Er klopfte auf den Deckel.

»Ich bin hier drin! Machen Sie bitte auf!«, hörte er eine dumpfe Frauenstimme.

»Silvia?«

»Akay, hol mich hier raus!«

Akay rannte in die PI zurück und fragte Beate nach dem Schlüssel für den Streugutbehälter. Sie kramte in ihrer Schublade und reichte ihn ihm.

»Dat müsste er sein. Wat is denn, Akay?«

Beate konnte gar nicht so schnell hinter ihm herhumpeln, wie er nach draußen stürmte. Sie sah ihn den Deckel öffnen. Silvia stieg aus dem dunklen Granulat heraus und ließ sich in die muskulösen Arme ihres Retters fallen. Er drückte sie an sich und vergrub sein schönes Gesicht in ihrer Halsbeuge.

»Schätzeken, wat is denn mit dir passiert?«, fragte Beate betroffen. Selbst wenn die Silvia von der Kripo Kempten kam, das hatte sie nicht verdient.

»Jemand hat mich darin eingeschlossen«, schluchzte Silvia.

Beate trat näher heran und betrachtete den Streugutbehälter.

»Wat is dat denn?«

Akay und Silvia wandten sich dem mickrigen Kurzzeitgefängnis zu, da sahen sie es auch. An der Innenseite des Deckels klebte ein gelber Zettel. Akay zog ihn ab und las vor:

Nächstes Mal liegst du in einer Kühltruhe!

Silvia fröstelte. Was gab es hier nur für hirnkranke Verbrecher in Oberstdorf. Akay zog sie wieder näher an sich. Ab sofort würde er seine Kollegin an diesem Ort des Grauens nicht mehr aus den Augen lassen. Nachdem sie sich wieder beruhigt hatten, fuhren Akay und Silvia endlich gemeinsam los, um etwas weiterzukommen als die beschränkte PI Oberstdorf. Vor deren Nase war Silvia überwältigt und in einem Streugutbehälter eingesperrt worden.

Die Ermittlungen zum Kastenwagen waren ja nix gewesen, also probierte die Kripo Kempten es nun mit den Kühltruhen. Sie besuchten wieder dieselben Leute, die Silvia und Rudi einige Stunden zuvor befragt hatten. Sollte einer der identifizierten Oberstdorfer Kastenwageneigentümer eine große Kühltruhe im Keller haben, und das auch noch neben einer Sauna, dann wäre das nicht schlecht für ihre Ermittlungen in Eigenregie.

Sie klingelten an der ersten Tür und fragten gezielt nach. Dort gab's nur eine kleine Kühltruhe und keine Sauna im Keller.

Der nächste in die engere Wahl genommene Haushalt hatte ein Eisfach über'm Kühlschrank und eine Infrarotkabine im Erdgeschoss.

Bei der folgenden Oberstdorfer Familie stieß man auf eine Sauna im Dachgeschoss, eine Kühltruhe war nicht vorhanden, weder oben noch unten.

Der vorletzte Kastenwageneigentümer wollte weder Sauna noch Kühltruhe sein Eigen nennen. Dem Akay kam es verdächtig vor, dass die alle ihre Haustüren nur einen winzigen Spaltbreit öffneten. Er vermutete, dass die sich bereits telefonisch abgesprochen hatten.

Akay raste mit Silvia zur letzten Befragung, vielleicht erwischte er die Hausbewohner, bevor die anderen sie am Telefon erreichten. Er griff energisch zum Klingelknopf unter dem hölzernen Türschild mit der Gravur »Familie Nase«. Die Haustür wurde aufgerissen, bevor Akay die Klingel berührt hatte. Er hielt inne und starrte den Hausherrn mit offenem Mund an.

Herr Nase schrie: »Ich hab keine Kühltruhe und eine Sauna erst recht nicht!«, und knallte die Tür wieder zu.

Akay sah Silvia an und meinte: »Die spinnen hier doch alle. Aber wartet ab, ich kriege euch, und wenn ich dafür die kompletten Verkaufslisten großer Kühltruhen im Allgäu durchsehen muss!«

. . .

Während Egi und Rudi gerade über Vogelkunde sinnierten, machten sich Silvia und Akay nach erfolgloser Kühltruhensuche ohne Wissen der PI Oberstdorf auf den Weg nach Kempten. Sie wollten sich mit Gernot Weiß treffen, dem Schweizer Studenten, mit dem Annet Balder zuletzt zusammen gewesen war. Er wohnte im Nordosten Kemptens, im Stadtteil Bühl in der Zugspitzstraße 16, in einem möblierten Apartment des Sozialbau-Studentenwohnheims.

Silvia folgte Akay durch die offen stehende Haustür des dreigeschossigen grauen Gebäudes, in dem hauptsächlich Wohngemeinschaften lebten. Es gab nur wenige Einzelapartments, eines davon beherbergte Gernot Weiß. Es lag im zweiten Stock direkt am Treppenaufgang. Nachdem die Kripo Kempten sich im Flur an elf Mountainbikes, vierzehn Tretrollern und unzähligen Schuhpaaren vorbeigekämpft hatten, klopfte Akay an die Tür des Schweizers. Sie wurde unverzüglich von einem kleinen, drahtigen Mann Ende zwanzig geöffnet. Seine Haut war stark gebräunt, seine glatt rasierte Glatze glänzte im einfallenden Licht, und er trug blau-schwarze Sportkleidung.

»Guten Tag, Sie sind bestimmt Gernot Weiß? Wir kommen von der Kripo Kempten, wir haben vor einer halben Stunde telefoniert. Ich bin

Dr. Silvia Stern, das ist mein Kollege Kriminalhauptkommissar Akay Tok. Wir möchten mit Ihnen über Annet Balder reden.«

»Ja, grüß Gott! Ich bin wie gesagt ihr Ex und Student der Informatik und Game Engineering an der Fachhochschule hier in Kempten. Wir haben zusammengewohnt.« Gernot Weiß ließ sie im Türeingang stehen. Akay erinnerte sich an Peter Post, der ihm ebenfalls den Zutritt zu seinen Gemächern verwehrt hatte.

»Wie kann das sein? Das hier ist ein Einzelapartment für Studenten«, wunderte sich Silvia, als sie durch den Türspalt in seine vier Wände lugte.

»Na ja, stimmt schon. Sie war keine Studentin, und ich habe sie längere Zeit hier pennen lassen. Gemeldet war sie nicht.«

»Verstößt gegen die Hausordnung, oder? Dürfen wir eintreten?«, fragte Akay.

»Wenn es sein muss. Sie hatte noch ein Pseudozimmer bei irgendso einem pensionierten Pfarrer, damals noch in Füssen. Das war angeblich ihre offizielle Adresse.«

Silvia und Akay gingen durch die winzige Diele in einen Wohnraum mit angegliederter Küche. Das Apartment war mit weißen Ikea-Möbeln eingerichtet, überall lagen Bücher herum und auf Tischen und in Schrankfächern waren aufgeschraubte PCs, Notebooks und Handys zu sehen.

»Bei einem Pfarrer in Füssen?« Silvia schaute Akay an, hier schien sich eine interessante Wendung zu entwickeln, von der die PI-Deppen nichts ahnten.

»Ja, aber nur auf dem Papier, hat sie mir erzählt. Der ist selbst ständig umgezogen, ich weiß noch nicht einmal seinen Namen. Vielleicht gibt es ihn auch gar nicht, im Nachhinein fand ich diese Geschichte ziemlich unglaubwürdig. Auf jeden Fall ist sie irgendwann nicht mehr hier aufgetaucht. Ich hab sie mehrmals auf dem Handy angerufen. Es wäre ihr zu anstrengend gewesen, den lieben langen Tag mit ein und demselben Langweiler zu verbringen, hat sie gesagt. Sie bräuchte Zeit für sich, für ihre Gedanken, die sie umtrieben. Und sie wäre immer noch auf der Suche. Wenn Sie mich fragen, die war nicht ganz klar im Kopf.«

»Wie meinen Sie das?«, wollte Silvia wissen.

»Sie meinte, bald würde sie ihrem zweiten Ich, ihrem Seelenverwandten begegnen. Und das sollte dann dieser Trickski-Typ sein, den sie in Ehrwald getroffen hatte. Eine bedeutungsvolle Begegnung für sie.« Gernot Weiß setzte sich auf einen weißen Plastikstuhl an den Küchentisch und erzählte in einem übertrieben affigen Tonfall: »Matthias Binder hatte keine Ahnung, dass sie jeden seiner Schritte verfolgte und genau wusste, wann er wo war, im Hotel Tirolerhof, auf der Ehrwalder Alm, im Snowpark oder im Ort. Er merkte nicht, dass sie am Nebentisch saß, als er mit seiner Familie in den Holzerstubn zu Mittag aß oder ihn im Café Leitner beobachtete. Er schaute ihr nicht hinterher, als sie beim Après-Ski im Tirolerhaus an ihm vorbeiging. Er hatte keine Ahnung davon, dass sie ihn bei der Schneeschuhwanderung nach Lermoos in sicherem Abstand begleitete. Selbst als sie sich endlich traute, ihn beim Einkaufen im SPAR-Supermarkt anzurempeln, übersah er sie. Aber sie sah nur noch ihn, bla, bla, bla.«

»Woher wissen Sie das alles?«, fragte Akay. Ihm und Silvia wurde kein Stuhl von dem Studenten angeboten.

Gernot schaute auf seine Füße, als er zugab: »Irgendwann bekommen Sie es sowieso raus, ich habe ihren E-Mail-Account gehackt. Sie hat in der GMX-Cloud Texte gespeichert. Ich kann's auswendig, hab's hundertmal durchgelesen und mich gefragt, warum sie den Aufwand nicht für mich getrieben hat. Der Typ ist doch ein totales Weichei.«

In der GMX-Cloud? Verdammt, daran hatten Akay und Nico noch nicht gedacht.

»Obwohl Sie der Richtige für sie waren, haben Sie sie gehen lassen?«, wunderte sich Akay.

»Nein, sie ist einfach abgehauen, war von einem auf den anderen Tag verschwunden. Als ich sie anrief, wollte sie mir nicht sagen, wo sie hin ist. Danach hat sie meine Anrufe immer weggedrückt. Deshalb habe ich ja ihren E-Mail-Account gehackt.«

»Hatten Sie Streit?«, wollte Akay wissen.

»Nein, solang sie hier war, war alles okay. Danach hab ich sie nicht mehr wiedergesehen.«

»Sie sind ihr nicht gefolgt, nachdem Sie das alles herausgefunden haben?«, fragte Silvia.

»Nein, als ich den ganzen Schund gelesen hatte, war mir das zu blöd, noch hinter ihr herzulaufen.«

»Wann haben Sie Annet Balder das letzte Mal gesehen?«

»Letztes Jahr im Oktober, einen Tag bevor sie hier verschwunden ist.«

»Gab es zu dem Zeitpunkt Hinweise auf Konflikte? Wissen Sie, ob sie mit jemand aneinandergeraten war?«, fragte Silvia.

»Nein, von so was weiß ich nichts. Sie hatte hier kaum Kontakte. Ich hätte niemals gedacht, dass sie einmal umgebracht wird«, erklärte Gernot Weiß.

»Moment mal«, meinte Akay, »wir haben von Zeugen gehört, dass Sie einmal in Oberstdorf waren, Herr Weiß, bei einem Zumba-Kurs. Was wollten Sie da?«

»Ach ja« – Herr Weiß geriet etwas ins Straucheln – »einmal bin ich ihr doch hinterhergefahren, irgendwann Anfang des Jahres. Ich habe eine E-Mail gelesen, die sie an eine Julia Hellmann geschrieben hatte, die haben sich beide beim Zumba angemeldet. Ich wollte sie zur Rede stellen, aber sie hat mich nicht beachtet, ist einfach rein und hat mich stehen lassen. Verschwinde, hat sie nur gesagt.«

»Dann wussten Sie ja doch, dass sie zu dem Zeitpunkt in Oberstdorf lebte«, folgerte Silvia.

»Nein, das wusste ich nicht. Sie wollte mir nicht sagen, wo sie wohnt und arbeitet. Wie gesagt, sie hat mich vor dem Zumba abgewimmelt.«

»Waren Sie danach noch einmal bei ihr?«, wollte Akay wissen.

»Nein.«

Silvia und Akay verabschiedeten sich. Das einzig Brauchbare aus diesem Gespräch war die Sache mit dem ominösen Pfarrer.

»Mist, das hat zu lange gedauert. Jetzt verpassen wir den Zumba-

Kurs in Oberstdorf«, jammerte Akay, als er endlich mit Silvia auf dem Rückweg zum südwestlichsten Zipfel Deutschlands war.

· · ·

Um 20:00 Uhr fand donnerstags immer der Zumba-Kurs statt. Die Kripo Kempten war ausgeflogen, also probierten es Egi, Rudi und Beate auf eigene Faust.

»Wisst ihr wat? Die Silvia hat heut in unsrem Streugutkasten gelegen. Einer hat die da reingelegt und ihr auf'm Zettel gedroht, dass er se dat nächste Mal inner Kühltruhe einschließt! Aber ich darf euch dat nich erzähln«, flüsterte Beate, als ob die Kripo Kempten es hier abhören könnte.

»Das isch ja gruselig«, meinte Rudi schaudernd.

»Und wir dürfen nix davon wissen?«, fragte Egi.

»Nein, dat wollen die allein regeln, ham se gesacht. Verpfeift mich also nich«, bat Beate.

»Keine Sorge, machen wir nicht. Aber jetzt zum Zumba: Als ich mit dem Akay beim Fränzle war, da hat die Zeugin Julia Hellmann gesagt, dass der Gernot Weiß der Annet Balder hier zum Zumba-Kurs gefolgt ist und sie sich angeschrien haben«, erinnerte sich Egi.

»Wer ist denn Fränzle?«, fragte Rudi.

»Das ist der Sohn von der angeheirateten Tante meiner Schwägerin, der Frau von meinem Bruder Volker.«

Rudi blieb stehen und kratzte sich hinter dem Ohr. »Aber, Egi, ist's dann nicht auch deine Tante, wenn's von deinem Bruder ...«

»Nein, Rudi, nein. Das ist doch jetzt völlig egal. Ich meine, der Gernot Weiß wusste, dass die Annet Balder in Oberstdorf lebte und hat sie noch vor zwei Monaten hier abgefangen«, erklärte der PHK.

»Ja, und?«, fragte Rudi, der sich nun nicht schlüssig war, ob Egi und sein Bruder Volker dieselben Eltern hatten.

»Hömma, Rudi, der Egi meint, dat die ihn sitzen gelassen hat und er is der trotzdem noch gefolcht. Dat heißt, der war noch hinter der her, wonnich?«, erläuterte Beate im Essener Slang, Rudi verstand es immer noch nicht.

»Genau, und deshalb konzentrieren wir uns nun bei den Zumba-Damen auf genau diesen Punkt. Was hat der Gernot Weiß hier getrieben, und hatte er ein Motiv, sie umzubringen?«

Egi und Rudi schickten Beate vor, sie wollten nicht ohne Vorankündigung die Umkleide betreten. Die Kollegin hinkte hinein und versuchte etwas zu sagen. Die beiden männlichen Beamten konnten von der Tür aus kein Wort verstehen, es kam ihnen ein Schallpegel wie aus einem Hühnerstall entgegen.

»Ladys, getz hört do ma auf zu gackern, wir sind vonna Polizei!«, hörten sie Beate rufen.

Nach dem letzten Wort wurde es mucksmäuschenstill. Die Damen standen in farbenfrohen Fitness-Leggings, Pants, Tanktops oder auch nur in Slip und BH vor Beate und starrten sie an.

»Könnt reinkomm'n«, rief Beate Egi und Rudi zu.

Die zwei Männer traten ein und trauten sich gar nicht, die Frauen anzusehen. Sie schielten abwechselnd rechts und links, oben und unten an ihnen vorbei. Die Beate hätte zumindest die in Slip und BH bitten können, sich etwas drüberzuziehen.

Mit knallrotem Kopf meinte Egi: »Grüaß Sie! Wir hätten ein paar Fragen zur Annet Balder, die ja hier mit Ihnen den Zumba-Kurs besucht hat.«

»Ach die!«, »Na dann!«, »Wenn's sein muss!«, »Kenn ich nicht«, meinten die Damen.

»Ich möchte die, die sie nicht kannten, bitten hinauszugehen«, ordnete der PHK an, um schon einmal einen Schwung der leicht bekleideten Damen loszuwerden.

Zwei Drittel von ihnen verließen halb nackt die Umkleide. Elf Frauen im Alter zwischen zwanzig und fünfzig Jahren blieben zurück. Julia Hellman war heute nicht dabei.

»Warum kannten die denn die Annet Balder alle nich?«, wunderte sich Beate und rieb sich ihr Bein, das viele Laufen heute bereitete ihr

Schmerzen bis zur Hüfte. Egi kamen die Tränen in die Augen. Hätte die verdammte Kugel doch damals nicht nur ihn, sondern auch seine Kollegin verfehlt. Er musste unbedingt mal seinen Bruder Dr. Volker Huber fragen, ob er nicht einen Spezialisten kenne. Aber nun musste sich der PHK auf die Zumba-Damen mit den elastischen Beinen konzentrieren.

»Wir sind hier um die vierzig Frauen pro Abend. Die Annet stand immer ganz vorne und hat sich so gut wie nie zu denen hinter sich umgedreht. Hat hier auch mit keinem geredet. Außer mit der Julia, mit der ist sie manchmal zusammen im Auto hergekommen«, erklärte eine der Frauen.

»Ich möchte Sie als Erstes um Ihre Namen und Adressen bitten, schreiben Sie sich in diese Liste ein«, bat Egi sie und legte ein von Beate ausgedrucktes Tabellenblatt und einen Kugelschreiber auf eine der Holzbänke zwischen Jeanshosen, Blusen, Röcken, Strumpfhosen und Shirts.

Die Frauen folgten seiner Bitte, bückten sich und kritzelten ihre Daten auf das Papier. Eine von ihnen trug einen gelben Tangaslip der den Großteil ihrer Pobacken freigab. Während sie schrieb, teilte sie den die Decke anstarrenden Polizisten mit: »Der Einzige, mit dem die mal gesprochen hat, ist dieser Schweizer gewesen, der hier ständig herumlungerte.«

»Ständig?«, fragte Egi wie vom Blitz getroffen und schaute ungewollt auf ihre pralle Rückseite.

»Ja, den hab ich hier mindestens fünfmal gesehen, und die haben sich jedes Mal gestritten. Sie wollte ihn loswerden, und er wollte sie behalten«, bestätigte eine andere.

»Der war nich nur einma da?«, fragte Beate nach.

»Nein, der war ganz oft da«, gab die Nächste an.

»Wirklich?«, fragte Rudi.

»Ja«, meinten alle elf Zumba-Damen.

...

Er hatte sie beobachtet, wie sie in die Zumba-Halle gegangen waren. Die gaben also immer noch nicht auf. Er müsste sich etwas Besseres zur Abschreckung einfallen lassen. Er fuhr heim, hier würden sie nicht viel herausbekommen, die hatten die Annet nicht gut gekannt.

...

Es war mittlerweile Donnerstagabend. Daheim herrschte immer noch dicke Luft. Egi saß in seinem Büro in der PI Oberstdorf und brütete über den Facebook-Nachrichten von Annet Balder, wie alle seine Kollegen. Sie hatten abgemacht, heute zusammen im Büro türkische Pizza zu essen, auch wenn das für Rudi eine kulinarische Beleidigung darstellte. Egi hatte die letzten zwei Tage morgens und abends gewagt, wieder in Küche, Wohn- und Schlafzimmer zu erscheinen. Jedoch hatte Elli seit der missglückten Geburtstagsfeier noch kein einziges Wort mit ihm gewechselt, und er hatte sich sein Essen selbst zubereiten müssen. Heute hatte er keine Lust darauf und blieb länger im Büro. Seine Frau war halt im neunten Monat schwanger, extrem launisch und fühlte sich wie eine Tonne.

Egi ging ihr lieber aus dem Weg. Er musste trotz angespannter familiärer Verhältnisse versuchen diesen Fall zu lösen. Die immer schlüpfriger werdenden Facebook-Nachrichten machten ihm ganz schön zu schaffen. Er war einfach nicht in der Lage, sie alle am Stück zu lesen. Er fragte sich, wie seine Kollegen damit umgingen. Egi entschied, zwischendurch immer einzelne Textteile zu lesen. Wenn es ihm zu viel wurde, wollte er sie beiseitelegen und sich mit dem Flyer des Online-Kurses *IT-unterstützte Polizeiarbeit* beschäftigen. Er nahm sich die siebte Nachricht Annet Balders an Matthias Binder vor.

02. April 2018, 16:58 Uhr
Der Tag, an dem wir uns begegnet sind, ist zu lang her.

Und ich muss immer wieder an deinen Bart denken. Ich frage mich, wie lang er jetzt ist. Und wie es ist, ihn zu spüren. Bei der Vorstellung wird mir schwindelig. Ich möchte vor dir stehen und dir tief in die Augen sehen. Wie in einem Sog bewegen wir uns dann aufeinander zu. Nach unendlich langen Sekunden treffen sich endlich unsere Lippen. Das Piksen deiner Barthaare schießt kleine Pfeile durch meinen Körper. Die süßesten Qualen der Welt. Deine Hände sind überall. In deiner Umarmung winde ich mich gierig unter prickelnden Schauern. Wir könnten ALLES haben, wann verstehst du das endlich?

Auch wenn diese Frau sie nicht mehr alle beisammengehabt haben konnte, ihre Mitteilung machte den Egi nervös. Ob die Elli auch prickelnde Schauer ...

In diesem Moment stürmte Beate im Humpelschritt hinein und fragte: »Hi, Schätzeken. Will'ste heut auch wat vonna Türken-Pizzeria haben?«

Beates Ruhrpottdialekt holte Egi auf den Boden der Tatsachen zurück.

»Ja, gerne, Beate, eine scharfe mit Peperoni, bitte«, entgegnete er und schloss die Nachrichtenmappe. Vielleicht sollte er nicht im Büro weiterlesen.

Als Egi unterwegs nach Hause war, las er an den Ampeln weitere kurze Abschnitte aus Annet Balders Mitteilungen an Matthias Binder. Die Texte konnten als nichts anderes denn als sexuelle Belästigung eingestuft werden.

06. April 2018, 12:01 Uhr
Mir ist heiß. Du möchtest mich etwas abkühlen. Darum nimmst du einen Eiswürfel und klemmst ihn zwischen deine Zähne. Du fängst an meinem Hals an, dann fährst

du damit an meinem Körper hinunter. Ich habe das
Gefühl, ich müsste wie eine Rakete in den Himmel
schießen. Ich muss dir den Eiswürfel wegnehmen, um
dich auf die gleiche Art heißkalt verwöhnen zu können.
Ich beiße dir ins Ohr, da lässt du ihn fallen. Schnell
nehme ich ihn, aber der Eiswürfel schmilzt. Du bist voller
Erwartung. Es bleiben nur meine eiskalten Lippen, um
dir Abkühlung zu verschaffen. Ich glaube, es wird dir
gefallen.

Egi kam verschwitzt zu Hause an, er könnte auch Eiswürfel brauchen.
Vielleicht wäre heute der richtige Tag für eine Versöhnung mit Elli.
Mit pochendem Herzen betrat er das Wohnzimmer. Belli und Tommi
stritten lautstark über das zu wählende Fernsehprogramm. Seine Frau
schrie sie ungehalten an. Belli knallte die Fernbedienung auf den Tisch.
Tommi sprang auf, stürmte hinaus und stieß den PHK dabei mit der
Schulter an. Egi kam ins Straucheln und musste sich am Türrahmen
festhalten. Alltäglicher Wahnsinn bei der bald fünfköpfigen Familie
Huber. Egi ließ den Kopf hängen und begab sich wie so oft in den letzten Tagen wortlos Richtung Schlafzimmer. Elli ging wie immer erst ins
Bad. Egi legte sich sofort ins Bett. Er griff zu der Mappe mit Annet Balders Facebook-Nachrichten und begann zu lesen.

10. April 2018, 22:33 Uhr
Wenn wir uns nur wieder treffen würden. Es ist schon
nach 22 Uhr. Ich bin auf der bereits geschlossenen
Hängebrücke highline179 in Tirol. Es ist dunkel. Ich
breite meine Arme aus und laufe los zur Mitte. Es fühlt
sich fast an wie Fliegen. Aber die Gitterroste schmerzen
dabei an den Füßen, denn ich habe keine Schuhe an, ich
bin nackt. Ich schaue mich nicht um. Komm einfach her
zu mir und halte mich fest. Hock dich neben mich an das
Geländer. Ich könnte mich auf deinen Schoß setzen,

mich an deinen Schultern festhalten, mich weit
zurücklehnen und die kalte Luft in meine Lungen
einsaugen, während ich deinen glühenden Körper spüre.
Unsere ekstatischen Schreie würden bis ins Tal zu hören
sein.

Egi wäre ekstatischen Schreien auch nicht abgeneigt. Voller Erwartung
sehnte er die Rückkehr seiner Frau aus dem Bad herbei. Endlich kam sie
ins Bett. Sie legte sich stumm mit versteinerter Miene neben ihn, wie
jeden Abend seit dieser verdammten Party. Egi wusste nicht, wie er jetzt
nach dem langen Streit anfangen sollte. Nach einigen Minuten über-
wand er sich und drehte sich zu ihr. Er säuselte ihr etwas über heiße
Körper in ihr müdes Ohr. Sie reagierte erst nicht.

»Schatz, lass uns doch wieder nett zueinand' sein. So richtig nett
halt, so wie sonst auch. Ich bin doch dein Brummerle, du weißt schon
…«

Plötzlich fing sie an, schwerer zu atmen. Egi war zufrieden mit dem
Ergebnis, beugte sich über sie und wagte es zaghaft zu fragen: »Sag mal,
Elli, findest meinen Bart eigentlich … sexy?!«

Ellis Schnaufen wandelte sich in ein leises Schnarchen. Entsetzt
warf sich Egi zurück in seine Hälfte des Bettes und beschloss, diese
Frage nie wieder zu stellen.

· · ·

Egi dröhnte der Kopf. Er lag im Bett, war noch nicht ganz wach. Die
letzte Nacht war ein einziges Gefühlschaos gewesen. Er konnte sich
nicht erinnern, ob die zwei vorherigen Schwangerschaften seiner Frau
auch so anstrengend gewesen waren. Ein schriller Ton riss ihn aus seinem Dämmerzustand. Er schreckte hoch und schaute sich um. Er saß
nun aufrecht im Bett. Elli schnarchte noch immer neben ihm. Draußen
war es stockdunkel. Er sah auf seinen Radiowecker, 04:58 Uhr. Und
daneben vibrierte sein Handy und blinkte wild in weißer und blauer

Beleuchtung. Es steigerte gnadenlos die Lautstärke des entsetzlichen Klingeltons mit dem Titel »Resi«. Egi hatte es mit dem wenig intuitiven Menü nicht geschafft, die Lautstärke zu reduzieren. Schnell meldete er sich und ging damit hinaus in den Flur, um seine schwangerschaftshysterische Ehefrau nicht zu stören.

»Huber?«

»Herr Kommissar ... Herr Kommissar ... Lohmeier hier. Es ist etwas ganz Entsetzliches passiert!«

Lohmeier? Wer war das denn noch mal? Egis Hirnkästle war noch nicht einsatzbereit.

»Wer ist da?«, fragte er wirsch.

»Lohmeier, Berta Lohmeier!«

Die dicke Berta. Was wollte die denn mitten in der Nacht?

»Was gibt's denn so Entsetzliches, dass Sie mich des Nachts aus'm Bettle werfen, Frau Lohmeier?«

»Bei uns wurd eingebrochen, Kommissar Huber! Die Terrassentür zu unsrem Wohnzimmer ist aufgebrochen. Und auch oben die Wohnungstür von der Balder! Sie müssen sofort kommen! Sie haben doch gesagt, ich soll Sie anrufen, wenn was ist.«

Egi war mit einem Mal hellwach. War der Mörder etwa noch einmal an den Tatort zurückgekommen? War da etwas in der Wohnung verblieben, das er hatte entfernen wollen? Egi war sich sicher, dass der Einbruch kein Zufall sein konnte. Es war bestimmt der Mörder gewesen.

»Frau Lohmeier, unternehmen S' bitte nix weiter. Setzen S' sich am besten wieder zusammen mit Ihrem Mann in Ihr Schlafzimmer, da war der Einbrecher ja bestimmt nicht. Es ist sehr wichtig, dass Sie nix im Haus verändern, keine Spuren zerstören. Verstehen S'? Wir sind so schnell wie möglich bei Ihnen.«

»Ja, ist gut. Mein Mann schläft sowieso noch, in seinem eigenen Schlafzimmer. Ich geh dann jetzt auch zurück in mein Bett.«

Egi dachte sich, dass seine Ehe vorbei sein würde, wenn er und Elli erst einmal getrennte Schlafzimmer hätten. Er zog sich fix etwas über, hastete die Treppe hinunter und schlüpfte in seine Schuhe. Er schloss die Haustür auf, und trat hinaus. Sein PHK-Fuß stieß gegen etwas Großes, das auf der Fußmatte lag. Als er nach unten schaute, stockte ihm der Atem. Er blickte in zwei Augen! Dort lag ein abgetrennter Schweinekopf vor seiner Haustür. An einem Ohr hing ein Zettel:

Nächstes Mal liegt hier dein Köpfle!

Egi wurde übel. Aber gut, dass er ihn gefunden hatte. Nicht auszudenken, wenn eines seiner Kinder oder gar seine schwangere Ehefrau darüber gestolpert wäre.

Er ging wieder ins Haus und holte sich Einweghandschuhe aus dem Keller und den Biomüllbehälter aus Mutters Küche. Jetzt verstand er die Entscheidung der Kripo Kempten, Silvias unfreiwilliges Nickerchen im Streugutbehälter zu vertuschen. Es war eine Mega-Peinlichkeit, sich mit so etwas zu outen! Er hatte einen PHK-Entschluss getroffen: Niemals würde er gegenüber seinen PI-Kollegen und vor allem vor der Kripo Kempten zugeben, dass er Opfer einer solchen Schreckensattacke geworden war. Er packte den Schweinekopf, warf ihn in die Biotonne und kippte den Biomüll aus der Küche darüber. So würde ihn niemand mehr sehen können.

Egi saß in seinem Dienstwagen und fuhr zu den Lohmeiers. Er hatte die Spusi beauftragt, Silvia und Akay hatte er vorsorglich nicht bei ihrem Schönheitsschlaf gestört. Er sprach noch unter dem Einfluss der Schweinekopfattacke in seine Freisprechanlage: »Lorenz, es ist mir wirklich sehr unangenehm, das fragen zu müssen. Aber was könnt's gewesen sein, was deine Leute in Annet Balders Wohnung eventuell übersehen haben?«

»Egi, ich sag es dir doch, meine Leute arbeiten streng nach Plan. Das ist eine eingespielte Routine. Die machen den ganzen Tag nichts anderes, die können nichts vergessen oder übersehen. Es sei denn, es handelt sich um grundsätzliches Fehlverhalten, begründet durch falsche Ausbildungsinhalte und grundlegende Mängel in den Arbeitsvorgaben der Polizeischulen«, erwiderte Lorenz ungehalten. Egi war offensichtlich nicht mehr sein Lieber.

»Lorenz, so hab ich das doch nicht gemeint. Es kann ja etwas vollkommen Ungewöhnliches in der Wohnung gewesen sein, womit sie sonst nix zu tun haben.«

»Was sollte das sein, Egi?«

»Ich weiß nicht. Ist der Hugo heut dabei?«

»Ja, Egi. Das ist unser erfahrenster Mann. Und er war auch bei der ersten Durchsuchung mit von der Partie. Frag ihn mal deine Frage«, forderte Lorenz den PHK auf und beendete das Gespräch.

Egi fühlte sich unwohl in seiner Situation. Irgendjemand hatte einen Fehler begangen. Er wischte den Gedanken weg, um den Kopf für das anstehende Gespräch frei zu bekommen, und parkte vor dem Haus der Lohmeiers. Er klingelte.

• • •

Er sah zu, wie der depperte Kommissar weiterermittelte. Er hatte ihm mit dem Schweinekopf bestimmt einen gehörigen Schrecken eingejagt. Er musste lachen.

• • •

Die dicke Berta öffnete die Haustür. Sie trug eine Art Schlafmütze mit grässlichem Häkelrand und ein unmögliches gelb geblümtes Nachthemd, unter dem man ihre Fettschwarten erahnen konnte. Sie war noch ungeschminkt und hatte tiefe Ränder unter den Augen.

»Frau Lohmeier, wie geht's Ihnen?«, fragte Egi erschrocken.

»Herr Kommissar, ich bin so froh, dass S' schon da sind. Ich hatt solche Angst. Kommen S' doch nei.«

»Wie haben S' denn festgestellt, dass ein Einbrecher im Haus war?«

»Ich hab Schritte auf'er Treppe gehört. Wahrscheinlich als er naus ist. Als es wieder ruhig war, bin ich hoch, hab die aufgebrochene Tür gesehen. Dann bin ich wieder nunter und hab dort die geöffnete Terrassentür bemerkt. Die Scheibe ist kaputt, Herr Kommissar.«

Egi trat in den Flur. Herr Lohmeier kam gerade von draußen dazu, er hielt einen dampfenden Kaffee in der Hand. Auf der Tasse prangte das Bild von einem fetten Schwein. Egi durchfuhr der Schlag, er schloss kurz die Augen und atmete durch. Konzentration, PHK Egi! Herr Lohmeier trug keine Nachtwäsche mehr, sah aber auch nicht besser aus als seine Frau. Seine Haare waren wieder über die Halbglatze gekämmt und mit irgendeiner Schmiere dort festgeklebt. Er trug eine abgewetzte braune Kordhose, über deren roten Gürtel sein Bierbauch in einem arg gespannten orangenen Hemd hing. Er wirkte etwas verlegen, und das bestimmt nicht wegen seiner kleidungstechnischen Geschmacksverirrung. Egi kam die Situation seltsam vor, er sagte aber erst einmal nichts.

»Guten Morgen, Herr Lohmeier! Ihre Frau hat mich angerufen. Haben S' von dem Einbruch nix mitbekommen?«

»Nein.«

»Von wo kommen S' denn her?«

»Bin mal ums Haus.«

Ziemlich wortkarg, dachte sich Egi und fragte: »Und beide haben S' bestimmt nix im Haus verändert?«

»Nein, Herr Kommissar«, antwortete die dicke Berta. »Ich hab meinem Mann sofort Bescheid gegeben. Er ist nur kurz ins Bad und hat sich einen Kaffee in der Küche gekocht. Mehr haben wir nicht angerührt.«

»Sehr gut. Die Spurensicherung ist bereits auf'm Weg. Wir vermuten, dass der Täter eventuell noch mal an den Tatort zurückgekehrt ist, um etwas zu suchen und vielleicht auch mitzunehmen. Was Verräterisches, das ihn belasten könnt.«

Herr Lohmeier schaute mit schmalen Augen nervös hin und her, wie eine listige Ratte. Egi war sich sicher, der wusste etwas.

»Herr Lohmeier, fällt Ihnen ein, was das hätt sein können?«

»Warum denn ich? Ich hab nix zu tun damit. Ich hab die Schnecke doch gar nicht gekannt. Meine Frau hat sich um die Vermietungen gekümmert.«

Der Lohmeier befand sich im Rechtfertigungsmodus und machte sich damit verdächtig. Der wusste was. Egi hatte aber keine Ahnung, wie er das nun aus dem Schmierlappen herausbekommen sollte. Vielleicht sollte er einen kleinen Konflikt aufbauen.

»Frau Lohmeier, was ist mit Ihnen? Sie haben hier doch mehr mitbekommen. Was könnt Annet Balders Mörder gewollt haben?«

Ihr Ehemann schaute sie ängstlich an, als vermutete er, sie könnte ihn in Bedrängnis bringen.

»Also die Annet hatt' ja viel teuren Kram in ihrer Wohnung. Es könnt sein, dass der Einbrecher davon was haben wollt. Ich weiß ja nicht, warum er sie umgebracht hat, aber sie hatt schon viel Geld, auch wenn s' nur eine Verkäuferin war.«

Herr Lohmeier schien erleichtert, seine Frau hatte nichts Verwerfliches ausgeplaudert. Anscheinend wusste sie gar nicht, worum es ihm ging. Egi notierte sich auf einem Schmierzettel das Wort »Gehalt« und fragte sich, ob er nicht schon einmal etwas Ähnliches in seine Sammelsurium-Schublade geworfen hatte. Es klingelte an der Tür. Die dicke Berta öffnete. Es war Hugo Hasenkamp, er rückte mit einem riesigen Koffer an, den er nun die Treppe hinaufschleppte. Oben sah man, dass das Polizeisiegel zerrissen worden war. Die Wohnungstür stand einen Spaltbreit offen. Egi, Hugo und die dicke Berta traten einen Schritt vor.

Herr Lohmeier war unten in der Küche geblieben. Egi hatte ihn gebeten den anderen Spusi-Mitarbeiter die Haustür zu öffnen, sobald sie ankämen. Es war ihm sinnvoller erschienen, die dicke Berta mit hochzunehmen, da sie doch viel kommunikationsfreudiger war als der Schmierlappen.

»Hugo, ist hier was verändert worden?«, fragte Egi, dem das Chaos in der Wohnung nun noch größer vorkam als vor einigen Tagen, als er mit Akay hier war.

Hugo, der in seinem weißen Schutzanzug erschienen war, schritt die ganze Wohnung ab.

»Ist alles durchwühlt worden, Egi.«

»Frau Lohmeier, Sie kennen die Wohnung. Fällt Ihnen etwas Ungewöhnliches auf?«

Die dicke Berta hatte, wie er, vorne an der Wohnungstür stehen bleiben müssen und deshalb lediglich Sicht auf das Wohnzimmer und einen Teil der offenen Küche.

»Es ist jetzt natürlich sehr unordentlich, das war sonst nicht so. Aber eins ist klar: Der große Fernseher fehlt dahinten auf'm Schrank.«

»Meine Kollegen haben bereits alles technische Gerät zwecks polizeilicher Untersuchung mitgenommen, Frau Lohmeier. Der ist …«, antwortete Egi.

»Nein, nein, Egi. Uns ist am Montag aufgefallen, dass die Tote nur einen kleinen Fernseher im Schlafzimmer stehen hatte«, unterbrach ihn Hugo.

Egi schaute ihn ungläubig an.

»Bist sicher, Hugo?«

»Ganz sicher.«

»Das heißt, der Mörder ist hier eingebrochen, um den Fernseher zu klauen?«, fragte die dicke Berta.

»Nein, Frau Lohmeier. Der fehlte schon, als wir vor einigen Tagen nach dem Fund der Toten hier waren«, erklärte Hugo geduldig, der ungefähr die gleiche Figur hatte wie sie.

»Ach so. Da war ich so geschockt und durcheinand', da ist mir das gar nicht aufgefallen, als S' mich hochgeholt haben. Aber wie kann's jetzt sein?«

»Das müssen wir herausfinden«, antwortete Egi. »Frau Lohmeier, wir hatten ja an dem Tag auch den Kellerraum geprüft. Da standen nur ein Fahrrad und ein paar leere Koffer der Toten drin. Hat s' denn noch irgendwelche anderen Räume hier im Haus benützt?«

»Nein. Die hatte auch nur das Fahrrad, kein Auto, da hatten wir Glück. Denn wir haben ja eine Doppelgarage, und um den zweiten Platz darin gab es bei den vorherigen Mietern immer Streit, vor allem im Winter. Da der Georg unser längster Mieter war, haben wir ihm die Hälfte der Garage vermietet. Da waren die anderen Mieter grantig. Als Georg und das andere Pärchen dann ausgezogen waren und die Annet eingezogen ist, war das Thema erledigt. Nur der Peter Post hat noch ein Auto, und das konnt der ab da in'er Garage abstellen. Wir haben seinen Mietvertrag entsprechend erweitert«, ratschte die dicke Berta, der PHK wollte das alles gar nicht wissen. »Aber den alten Polo hat er kaputt gefahren, und dann hat er Kisten in der Garage gelagert. Er hat überlegt, ein neues Auto anzuschaffen, dann hätten die Kisten aber nicht mehr reingepasst. Er wollte ein paar auf unserer Seite abstellen, da hat ihm mein Mann ein' Strich durch die Rechnung gemacht. Jetzt hat er seit Monaten kein Auto mehr.«

Egi und Hugo wechselten einen Blick. Der Peter hatte doch letztes Jahr was mit der Toten, Freundschaft plus, oder so. Und was war das für eine Geschichte mit den Kisten? Seine Wohnung hatte er den Beamten nicht zeigen wollen. Aber in die Doppelgarage konnten sie ohne Durchsuchungsbeschluss schauen, wenn die dicke Berta ihnen die Erlaubnis dazu gab. Es war ja schließlich eine Garage mit nur einem Tor und hoffentlich ohne Trennwand. Egi würde sich dann nur auf Lohmeiers Seite aufhalten und so nicht die Privatsphäre von Peter Post verletzen, aber trotzdem nach den Kisten schauen.

»Hugo, fang du bitte mal hier an, ich geh runter. Frau Lohmeier, darf ich mal in Ihre Garage schauen?«, fragte Egi freundlich.

»Natürlich. Die ist zwar das Reich meines Mannes, aber ich bin mal so frei.«

Unten an der Haustür hing ein Kästle mit vielen Schlüsseln. Die dicke Berta schnappte sich einen und rief:

»Wir gehen mal kurz in die Garage, Schatz!«

Sie waren schon draußen, und die Hauseigentümerin öffnete in ihrem gelben Nachthemd gerade das große Tor, da hörte Egi plötzlich von innen ein entsetztes »Neeeiiiin!«.

Als das Tor hochschwang und Egi in die Garage blickte, wusste er, warum. Die Seite mit den Kisten von Peter Post war dabei erst einmal irrelevant. Dort hinten an der Wand, hinter Lohmeiers Auto, also auf der Vermieterseite, stand, geschützt von einer durchsichtigen Folie, ein riesiger Flachbildfernseher im Regal. Daran baumelte an einem kurzen Kabel ein kleines schwarzes Gerät.

...

Beate hastete am Freitagmorgen in Oberstdorf so schnell, wie es ihre Gehbehinderung erlaubte, durch mehrere Drogeriemärkte, Wellness- und Lifestyle-Läden und kaufte Latsche-Saunaöl in allen möglichen Varianten. Sie hatte sich vier Einkaufsbeutel mitgenommen. An der Kasse war sie jedes Mal kritisch beäugt worden, von Kunden und Kassiererinnen. Da die meisten Geschäfte mehr als einen Hersteller führten, musste sie pro Einkauf zwischen drei und sechs Fläschle desselben Duftes auf das Band legen. Als sie im letzten Laden sogar acht Latsche-Saunaöle im Einkaufskorb hatte, konnte die Kassiererin nicht an sich halten.

»Was wollen S' damit? So ein Fläschle reicht für mindestens zehn Saunagänge. Das sind ungefähr einhundert zusammen!«

»Sie möchten dat abba schon verkaufen?«, fragte Beate schnippisch.

»Natürlich, ich wollt S' nur darauf hinweisen. Nach etwa zwei Jahren lösen sich die Bestandteile der Öle. Nicht, dass Sie sich dann beschweren«.

Die Kassentante war von Beates Ruhrpottdialekt amüsiert. Zudem schaute sie kritisch auf Beates Hinkefuß, der offensichtlich in einem Schuh steckte, den sie im Sanitätshaus gekauft hatte, also nicht gerade ein Augenschmaus.

»Ich weiß dat. Ich mach oft Saunapartys mit meinen Freundinnen. Wir tauschen da imma die Öle aus«, log Beate, um die eingebildete Kuh darüber in Kenntnis zu setzen, dass Gebehinderte auf keinen Fall spaßbehindert waren. »Und wenn de Männa erst ma dazukomm', da geht's aber rund inna Sauna, dat glauben Se nich!«

»Wie Sie wollen«, antwortete die Dame an der Kasse mit erhobener Nase und schob alle Ölflaschen über den Scanner.

...

Wie angenommen hatte jemand die Terrassentür der Lohmeiers aufgehebelt und war in Annet Balders versiegelte Wohnung eingestiegen. Es hatte sich herausgestellt, dass Herr Lohmeier gerne seinen alten Röhrenfernseher hatte loswerden und eines der modernen neuen Flachbildgeräte anschaffen wollen. Diese waren ihm jedoch viel zu teuer gewesen. Daher hatte er sich gedacht, die Tote brauche ihren großen Fernseher ja nicht mehr, und hatte ihn sich nach der Schreckensmeldung schon einmal für spätere Zwecke in seine Garage gestellt, vor der Ankunft der Spusi. In der Hektik war ihm dabei leider das daran angesteckte schwarze Kästchen draußen im Vorgarten in eine Pfütze gefallen. Obwohl er nicht wusste, worum es sich dabei handelte, hatte er es einfach wieder angeschlossen. Die Technik-Jungs der Kripo Kempten hatten sofort erkannt, dass es eine externe Festplatte mit großer Speicherkapazität war. Diese konnte durchaus ein begehrtes Zielobjekt des Mörders darstellen, je nachdem, was darauf zu finden war. Leider war sie durch das Bad in die Pfütze sehr in Mitleidenschaft gezogen worden. Das eingedrungene Regenwasser hatte sich in einer Ecke des Rahmens gesammelt, sodass der Speicherchip nun bereits seit vier Tagen überflutet war.

Die Technik-Jungs würden viel Mühe damit haben, die gespeicherten Daten wiederherzustellen. Der Schmierlappen hatte also wichtige Beweismittel entwendet, unterschlagen und eventuell sogar beschädigt. Egi war sich noch nicht schlüssig, inwieweit er das vielleicht später einmal gegen ihn würde verwenden können. Er behielt diesen taktisch klugen Gedanken jedoch in seinem PHK-Hinterstüble.

...

Am Freitagmorgen wurden Brigitte und Matthias Binder getrennt voneinander in der PI Oberstdorf verhört. Egi und Akay saßen vor Herrn Binder, Silvia und Rudi im Nebenraum vor Frau Binder.

»Herr Binder, wann haben Sie Annet Balder kennengelernt?«, fragte Akay und wusste, dass er den Zeugen damit in Rage brachte, hatte er doch bereits erläutert, dass er die Tote nie getroffen hätte.

»Ich sagte doch gestern schon, ich kenne sie nicht. Ich habe mich nicht mit ihr getroffen. Ich habe nie mit ihr geredet. Ich hatte absolut nichts mit ihr zu tun. Sie ist mir anscheinend in den Urlaub nach Ehrwald gefolgt, aber da ist sie mir nicht aufgefallen.«

»Herr Binder, diese Frau hat Ihnen einige anzügliche Fotos über Facebook zugeschickt, sie hat Sie zum Geschlechtsverkehr aufgefordert, sie regelrecht angebettelt. Da sollen wir glauben, dass Sie bei der Verlockung nicht zugegriffen haben?«, bohrte Akay weiter.

»Nein und noch mal nein! Ich habe sie nie persönlich kennengelernt. Und ihre Nachrichten habe ich anfangs gar nicht bemerkt.«

»Woher ist eigentlich das ganze Geld? Wie konnten S' sich Ihre Residenz in Obermaiselstein finanzieren als Skifahrer?«, schaltete sich Egi ein. Er wusste, dass die Bezeichnung Skifahrer ein Schlag ins Gesicht für Matthias Binder sein musste, und erntete prompt ein Kopfschütteln kombiniert mit einem grimmigen Gesichtsausdruck von ihm.

Akay schlug mit der Faust auf den Tisch, er hatte sich gerade eine gute Grundlage für den Niedergang des potenziellen Mörders geschaffen, da ging dieser depperte PHK mit so einer scheiß Frage dazwischen.

»Das Haus gehört meiner Frau, sie vermittelt Luxusimmobilien im Alpenraum. Die Villen sind Millionen wert; wenn sie davon drei im Jahr verkauft, können wir von der Provision gut leben«, meinte er.

War doch nicht so schlecht gewesen, die Frage. Akay wollte diesbezüglich noch wissen: »Und Sie genießen Ihr Leben in vollen Zügen, während Ihre Frau arbeiten geht?«

Matthias Binder warf ihm einen hasserfüllten Blick zu und spielte auf Akays Job an: »Die einen müssen sich für mickriges Geld mit dem Abschaum der Gesellschaft abgeben, die anderen haben es im Überfluss.«

Dem Egi wurde mulmig dabei, er befürchtete, dass die beiden gleich aufeinander losgehen würden. Er relativierte seine Frage zur Sicherheit:

»Das tut ja jetzt nicht viel zur Sache. Sagen S' doch mal, Herr Binder, haben S' die Facebook-Nachrichten von Annet Balder schon alle gelesen?«

»Ja, habe ich, aber erst Wochen nachdem sie sie losgeschickt hat, kurz darauf war sie schon tot. Irgendwann waren sie in der Menge nicht mehr zu übersehen. Normal bekommt man ein oder zwei Sätze zugeschickt. Die hat aber ganze Romane reingetippt.«

Herr Binder und Akay starrten sich mit Blicken an, die vermuten ließen, dass sich ihre gegenseitige Sympathie in Grenzen hielt. Egi machte lieber weiter, bevor Akay nicht mehr an sich halten konnte.

»Und haben S' nicht auf die Nachrichten reagiert?«

»Nein, habe ich nicht. Die waren ja schon alt, als ich sie gelesen habe. Was sollt ich da noch drauf schreiben? Nicht einen Satz hab ich der geschickt. Das können ihre IT-Experten doch in meinem Aktivitätenprotokoll auf Facebook sehen.«

Egi überlegte, ob die das wirklich konnten, und sah Akay fragend an. Der aber saß da immer noch mit garstigem Gesichtsausdruck, der nicht gerade zur Entspannung der Situation beitrug.

Also wieder Egi, nur dieses Mal wandte er einen Trick an, der nicht auf belastbaren Tatsachen basierte: »Nun ja, die IT-Experten haben schon was entdeckt. Es wär aber besser für Sie, Herr Binder, wenn S' uns gleich die Wahrheit sagen würden. Alles andere macht einen schlechten Eindruck, wenn S' erst mal vor dem Richter sitzen. Außer Ihnen ist aktuell weit und breit kein anderer Verdächtiger in Sicht.«

Herr Binders Finger begannen, nervös auf dem Tisch zu trommeln, er sah von Egi zu Akay und von Akay zu Egi. Dann schaute er auf seine Hände und blickte wieder hoch. Akay starrte den PHK erstaunt an. Wie hatte er das nur hingekriegt?

»Okay, ich habe sie einmal angerufen, ein oder zwei Wochen nach der letzten Facebook-Nachricht. Da stand ihre Mobilnummer drin. Ich wollte sie nur loswerden, und das habe ich ihr gesagt.«

Akay konnte es nicht glauben, er stand auf und ging im Verhörraum auf und ab, ohne Egi aus den Augen zu lassen.

Der PHK setzte noch einen drauf, auch wenn er keine Ahnung von dem hatte, wovon er sprach: »Na ja, Herr Binder, Sie müssen aber schon zugeben, dass das Telefongespräch etwas länger gedauert hat, das haben uns die Verbindungsdaten gezeigt. Haben S' sich nicht vielleicht doch verabredet?«

»Nein, das habe ich nicht! Sie fing wieder an, wie toll es doch mit uns beiden wäre, hat mir irre Geschichten erzählt und um ein Treffen gebettelt. Aber ich habe nach ein paar Minuten einfach aufgelegt. Ich konnte mir das Gesülze nicht mehr anhören.«

Akay stellte sich hinter Matthias Binder, stützte sich auf seiner Stuhllehne ab und fragte: »Und dann?«

»Dann, dann war es vorbei. Habe nichts mehr von ihr gehört.«

Im Raum nebenan ging es wenig gesittet zu. Silvia und Brigitte Binder fletschten die Zähne und gifteten sich an. Rudi genoss die zwischen den beiden blonden Damen vorherrschende Stutenbissigkeit.

»Frau Binder, Ihr Mann ist acht Jahre jünger als Sie. Meinen Sie nicht, dass er während ihrer Ehe Affären mit Frauen in seinem Alter hatte?«

»Nein, das meine ich nicht. Wir lieben uns, haben zwei gemeinsame Söhne und verbringen unsere Freizeit zusammen.«

»Aber während Sie arbeiten, hat er nichts anderes als Freizeit, und zwar für sich allein«, stichelte Silvia weiter.

»Das stimmt so nicht, Frau Kern. Er kümmert sich um die Jungs, bringt sie zur Schule, holt sie ab, kocht für sie, fährt sie zum Sport, geht mit ihnen raus in die Berge. Er hat gar keine Zeit für Affären.«

»Aber haben S' ihm nicht gestern vorgeworfen, er hätt schon wieder was mit einer jüngeren Frau?«, fragte Rudi nach. Egi hatte ihm von dem Gespräch im Hause Binder erzählt.

»Ich meinte damit die Facebook-Groupies, die belästigen ihn regelrecht. Wir denken darüber nach, seinen Facebook-Account jetzt zu löschen.«

»Macht nur Ärger so was, gell?«, meinte Silvia. »Aber zurück zu Annet Balder. Wann haben Sie von ihr erfahren?«

»Gestern.«

»War es nicht schon eher? Wussten Sie nichts von ihren Nachrichten? Haben Sie sie nicht in Ehrwald bemerkt? Sie muss sich dort doch auffällig verhalten haben, sie hat Ihren Mann gestalkt«, behauptete Silvia.

»Nein, wie gesagt, ich wusste nichts von ihr, und in Ehrwald konnte man von Stalking absolut nicht reden.«

»Kennen Sie eigentlich das Passwort vom Facebook-Account Ihres Mannes?«, wollte Silvia wissen.

»Nein, ist seine Privatsphäre.«

»Dann kläre ich Sie einmal auf. Ich kann Ihnen sagen, dass es sich um pornografische Texte handelte, die sie ihm geschickt hat. Waren Sie nicht einmal anwesend, wenn er online war und gerade eine Nachricht gelesen hat? Hat er sich in letzter Zeit nicht anders verhalten als sonst?«, fragte Silvia.

»Nichts dergleichen, Frau Stern.«

»Frau Binder, angenommen, Sie hätten es doch gewusst, und ihr Mann hätte Sie für Annet Balder verlassen, hätten Sie die junge Frau umgebracht? Und hätte Ihr Mann die Leiche für Sie verschwinden lassen?«, provozierte Silvia sie nun.

»Niemals, ich bringe keine Menschen um. Ich hätte es auch niemals tun können, ich hatte ja gar keinen Kontakt zu ihr. Das habe ich jetzt wirklich oft genug gesagt.«

»Sie wussten also von alledem nichts?«, stellte Silvia ihr eine Falle, wie sie es oft in Verhören von Ehepartnern tat.

»Genauso ist es.«

»Von einem Vertrauensverhältnis kann man dann bei Ihnen aber nicht reden, wenn Ihr Mann Ihnen Annet Balders Stalking-Attacken verschwiegen und so getan hat, als wäre nichts Besonderes vorgefallen. Als Opfer vertraut man sich doch seinem Ehepartner an.«

Brigitte Binder presste die Lippen zusammen und fuhr ihre roten

Krallen aus, dann meinte sie: »Das ist seine Sache! Er ist kein Opfer und belästigt mich nicht mit solchen Lappalien. Diese Annet Balder war doch nicht ernst zu nehmen, die ist bestimmt jedem Bart hinterhergelaufen.«

Silvia beließ es dabei. Rudi beugte sich nach vorn und sah Frau Binder tief in die Augen. Silvia wunderte sich, dass er sie ungewöhnlich lange fixierte, unterbrach ihn aber nicht, wer weiß, wozu es gut sein sollte.

»Frau Binder«, meinte Rudi dann. »Sie wissen vom Bart?«

»Natürlich weiß ich, dass mein Mann einen Bart trägt!«

Silvia konnte sich nicht erklären, wie die PI Oberstdorf mit dieser Personalaufstellung fortbestehen konnte, und das seit Jahren.

»Der piksige Bart, der heiße Schauer durch Ihren Körper ...«, fing Rudi an.

»Jetzt hör auf, Rudi, spinnst du?«, meinte Silvia. »Entschuldigen Sie, Frau Binder, das war unter dem Niveau ...«

Frau Binder schien jedoch nicht zu meinen, dass der Polizeioberwachtmeister Ströber spinnen könnte, ihre Wangen fingen an zu glühen, und sie zupfte nervös an ihren blonden Locken.

»Sagen S' mal, Frau Binder, haben S' doch die Facebook-Nachrichten von Annet Balder gelesen?«

»Nein, habe ich nicht!«, schrie Frau Binder und sprang auf. »Sie wollen mir hier etwas anhängen! Ich sage jetzt nichts mehr ohne meinen Anwalt.«

Nun wurde auch Silvia klar, dass Rudi einen Volltreffer gelandet hatte.

...

Kurz darauf, am Freitagvormittag, hockte ein bleicher Christian Berg im Verhörraum der PI Oberstdorf. Er hatte sich noch nicht von dem Fund der toten Annet Balder in der Breitachklamm erholt. Egi saß ihm gemeinsam mit Silvia gegenüber und richtete das Mikrofon auf ihn aus, die Befragung wurde wie immer aufgezeichnet. Man hoffte, dass er mittlerweile zur Ruhe gekommen wäre und sich an weitere Details erinnern konnte. Sie legten Fotos von der noch lebenden Annet Balder, vom Tatort, von einem weißen Fiat Doblò, von den Schuhabdrücken Größe 44 auf den Wegen in der Breitachklamm sowie von Matthias Binder und seiner Familie auf den Tisch. Egi erläuterte kurz die Zusammenhänge, er wollte Christian Bergs Gedächtnis ankurbeln. Der PHK hoffte, dass er etwas auf den Fotos wiedererkennen würde.

...

Sehr gut, sie befragten den Christian. Der würde ihnen nicht helfen können. Nach dem Schock wusste der bestimmt nix mehr. Er konnte seinen Beobachterposten vor der PI getrost verlassen und sich seinem nächsten Vorhaben widmen.

...

»Bitte versuchen S' sich zu erinnern, Herr Berg. Egal was es ist, auch die kleinste Kleinigkeit könnt für uns äußerst wichtig sein.«

Der Klamm-Aufräumarbeiter schaute sich die Fotos an. Er raufte sich die Haare, dann schüttelte er nach einer Weile den Kopf.

»Das sagt mir alles gar nichts. Ich kenne den Mann und seine Familie nicht. Ich habe das Auto nicht gesehen. Die Annet Balder ist mir nie begegnet. Selbst die Schuhabdrücke sind mir nicht aufgefallen. Ich habe einfach nicht darauf geachtet. Es ist ja normalerweise ganz egal, wer da durch die Breitachklamm läuft. Ich habe nur auf Felsbrocken, Bäume, Äste und die Geländer geachtet.«

»Überlegen Sie bitte noch einmal. Sie kennen die Breitachklamm doch seit Jahren. War nicht irgendetwas anders als sonst?« wollte Silvia wissen.

»Ich überlege ja schon die ganze Zeit ... ich habe die Wege überprüft, ob alles sicher ist für die anstehenden Touristenmassen. Auf meiner Liste war kein negativer Punkt ... bis zu der Leiche. Dann habe ich nichts mehr eingetragen.«

Silvia hatte eine Idee. Christian Berg musste sich damit doch am besten auskennen.

»Uns ist ein Punkt sehr rätselhaft, Herr Berg. Der Täter hat die Tote vom unteren Eingang bis zu der Stelle in der Breitach getragen beziehungsweise geschleift, das belegen die Schuhabdrücke und Schleifspuren auf den Wegen. Aber unsere Spurensicherung hat nicht erkennen können, wie er von dort wieder weggekommen ist. Fällt Ihnen dazu etwas ein?«

»Das ist seltsam. Ich habe auf die Geländer geachtet und auf die Bäume, Büsche ... Geländer und Büsche ... ja, da war was!«

Egi und Silvia erschraken regelrecht. Sie hatten gar nicht mehr damit gerechnet, dass Christian Berg doch noch etwas zu den Ermittlungen beitragen konnte. Dieser durchwühlte nun hektisch die Tatortfotos. Er griff sich zwei davon.

»Da! Jetzt sehe ich es wieder. Da war das Geländer. Da stand ich. Ich sah hinunter, in ihre offenen Augen. Dann habe ich mich weggedreht, musste mich übergeben. Ich hab mein Handy genommen und sofort die 110 gewählt. Danach habe ich auf die gegenüberliegende Seite geschaut. Hier! Da gab es kein Geländer, weil auch kein Weg dort ist. Die Felsen zwischen den Bäumen sind viel zu steil dafür. Aber da waren Äste abgeknickt und teilweise Moos zerquetscht. Sehen Sie hier? Wie eine schmale Schneise nach oben, auf den Fotos erkennt man es kaum. Ich dachte an dem Tag, es wäre ein Tier gewesen. Aber jetzt, wo Sie das sagen, vielleicht ist er da hoch. Dann muss er aber ein guter Kletterer sein und die Schuhe gewechselt haben, wenn ich mir das Profil hier auf den Fotos anschaue.«

»Das ist ein sehr guter Hinweis«, lobte Egi. »Aber warum ist das unseren Leuten nicht aufgefallen?«

»Das war wirklich eine sehr schmale Schneise, schauen Sie doch. Sie ist auch mir nur aufgefallen, weil ich so lange dort auf die Polizei gewartet habe und nicht wusste, was ich die ganze Zeit machen sollte.

Ich habe bestimmt über fünfzehn Minuten draufgeschaut, bevor ich es kapiert habe, dass die abgeknickten Äste und das abgeschürfte Moos nicht vom Wind oder abstürzenden Brocken stammen können. Dazu war die Linie zu ungewöhnlich. Damit einem das auffällt, muss man ja hier über fünfundzwanzig Meter genauestens hochsehen. Und das mit dem Zickzackkurs. Sehen Sie? Allein für diesen kurzen Abschnitt muss man fünf Ihrer Fotos zusammenlegen. Und als ich da gewartet habe, ist mir auch nicht eingefallen, dass das von einem Mörder sein könnte. Der Sebastian Seiler aus unserer Truppe, der ist Freeclimber. Der kann Ihnen ganz sicher sagen, ob diese Linie kletterbar ist. Der weiß genau, welche Kenntnisse der Täter haben müsste, um an der Stelle hochzukommen. Sie sollten ihn dorthin schicken. Dem ist die Schlucht auch seit vielen Jahren vertraut.«

Egi und Silvia schauten sich an. Gut, dass sie Christian Berg noch einmal herbestellt hatten. Falls der Täter dort hochgeklettert war, hatte er ganz bestimmt DNS hinterlassen. Bei den abgeknickten Zweigen musste ihn doch einer am Haar, im Gesicht oder anderer freiliegender Haut getroffen haben. Er war sicherlich nicht total vermummt dort hochgekommen. Die Spusi musste einfach etwas von ihm finden können.

Egi begleitete den Zeugen hinaus und fragte ihn draußen vor der Tür in Abwesenheit der Kripo Kempten: »Eine Frage noch, Herr Berg. Die Holztür vor dem Tunnel hat ein Schloss. War sie am besagten Tag verriegelt? Und wer hat alles einen Schlüssel?«

»Nein, die war nicht verriegelt. Solange die Aufräumarbeiten noch nicht abgeschlossen sind, lassen wir die Tag und Nacht offen stehen, sonst müssten wir immer den Schlüssel an verschiedene Trupps weiterreichen. Vor Kurzem wurde ja auch noch neuer Kies für die Wege angeliefert, um Löcher auszubessern.«

Teilweise blauer Kies, schoss es dem PHK durch den Kopf, und er machte sich eine Notiz dazu, die er in seine Hosentasche steckte. Egi überlegte, wer in Oberstdorf alles über die unverschlossene Tür Bescheid wusste.

Akay wollte heute einen Alleingang wagen. Während Egi mit Silvia Christian Berg befragte, fuhr er am frühen Morgen hinüber nach Memmingen. Er hatte sich mit Nico verabredet, um mit ihm zusammen die bisher vernachlässigte GMX-Cloud zu durchforsten. Bisher hatten sie lediglich Annet Balders E-Mails überprüft, nun klickten sie auf das Wolken-Icon, um nach den Texten zu suchen, von denen Gernot Weiß geredet hatte.

Sie stellten fest, dass Annet Balder die Facebook-Nachrichten an Matthias Binder in Textdokumenten vorgeschrieben und in der Cloud gespeichert hatte, wahrscheinlich um sie ins Reine zu tippen, bevor sie sie in Facebook auf den Weg zu ihrem Stalking-Opfer geschickt hatte. Vielleicht waren ihr die Texte zu heikel gewesen, um sie auf ihrer Festplatte zu speichern, dort hätte es eventuell jemand anders sehen können. Akay verglich die Formulierungen Wort für Wort und erkannte, dass sich die Textdokumente nicht von den Facebook-Nachrichten unterschieden. Er hatte gehofft, dass eventuell noch weitere Dokumente dort zu finden gewesen wären, zum Beispiel an ihre Freundschaft-plus-Kandidaten, aber nichts dergleichen. Er ärgerte sich über die vertane Zeit, dieser Alleingang hatte sich nicht gelohnt.

Um noch etwas Sinnvolles zu vollbringen, ging Akay hinunter zur Köhler, sie residierte im selben Gebäude wie Nico, allerdings im Keller. Sie hatte bereits mithilfe ihrer Analysen das Latsche-Saunaöl identifizieren können, das der Leiche von Annet Balder anhaftete. Es war ein kleines Fläschle eines deutschen Herstellers, das als Eigenmarke nur in einem bestimmten Drogeriemarkt erhältlich war. Akay machte sich daran, per richterlichem Beschluss eine Liste aller Kunden im Allgäu zu bekommen, die diese Geruchsbelästigung per bargeldlosem Zahlungsverkehr gekauft hatten. Die Liste würde die PI Oberstdorf niemals zu Gesicht bekommen, nahm sich Akay vor, als er sich auf den Rückweg in die Provinz machte.

Akay hatte heute kein Glück, als er in der PI Oberstdorf ankam, saß bereits die Beate an der Liste. Jemand hatte sie ihr zugefaxt mit dem Vermerk »Z. Hd. KHK Akay Tok«. Bevor er einen Aufstand machen konnte, strahlte ihn Beate an: »Heute zahlen die meisten ja mit der Katte, auch wenn et sich um Cent-Beträge handelt. Der Mörder is bestimmt dabei.«

Egi, der neben Beate stand und die Seiten durchblätterte, hatte den genialen Einfall, zuerst alle Käufer mit den Oberstdorfer Haltern eines weißen Fiat Doblò abzugleichen. Auch er hatte Pech, kein Fiat-Kastenwagen-Fahrer schien Latsche-Saunaöl zu kaufen, zumindest nicht mit Kartenzahlung. Also musste Beate die gesamte Latsche-Saunaöl-Käufer-Liste durcharbeiten. Sie nahm dazu das von Silvia aufgestellte Täterprofil zu Hilfe: Männlich, sportlich, kräftig, zwanzig bis fünfzig Jahre alt, Schuhgröße 44. Dazu war der Täter vermutlich Saunabesitzer, hatte eine große Gefriertruhe und verzehrte Schweinehälften. Über körperliche Beschaffenheit, Kondition, Essgewohnheiten und Einsatz von Haushaltsgeräten gaben die Kartenunternehmen natürlich keine Auskunft. So blieben Beate nur Geschlecht und Alter für ihre Nachforschungen.

Nun war die Beate aber nicht blöd, sie dachte sich, dass so ja alle Frauen unter den Tisch fallen würden. Das konnte ihrer Meinung nach nicht richtig sein, oft ließen sich doch Männer die meisten Dinge des Alltags von ihren Frauen besorgen. Also durchkämmte sie auch die weiblichen Namen, und dabei fiel ihr folgender auf: Brigitte Binder.

· · ·

Am späten Freitagmittag gab es wieder eine Besprechung zum weiteren Vorgehen. Akay, Silvia, Egi, Rudi und Beate saßen im Konferenzraum. Der Chefmeier hockte in seinem Büro am Schaltpult und hörte die Unterhaltung ab.

Akay meinte: »Es steht noch ein wichtiger Punkt aus, die Zumba-Truppe. Gestern haben wir das nicht mehr geschafft. Das nächste Mal hopsen die erst in einer Woche wieder in der Halle rum. Das ist definitiv zu spät, wir müssen sie auf jeden Fall vorher befragen. Beate, besorge uns die Namen und Adressen der Kursteilnehmerinnen, wir werden sie so schnell wie möglich einzeln befragen müssen. Verdammt, das wird uns eine Menge Zeit kosten, die alle abzuklappern.«

Beate starrte Egi an und wippte unter dem Tisch nervös mit ihren Beinen, man konnte die Sohlen ihrer Gesundheitsschuhe quietschen hören. Egi wich ihrem Blick aus und sah aus dem Fenster, als hätte er nix von Akays Ansprache mitbekommen. Beate klopfte daraufhin energisch mit ihrem Kugelschreiber auf die Tischplatte und blickte den PHK herausfordernd an. Egi schaute zur Tür und überlegte, wie schnell er aus dem Raum flüchten könnte und wo der Akay ihn einholen würde. Schon vor seinem Dienstwagen?

»Was ist denn hier los?«, brüllte Akay. »Ich brauche die Namen und Adressen der Zumba-Frauen!«

»Ist doch schon alles erledigt«, meinte Rudi gelangweilt und dachte, dem Akay damit einen Gefallen zu tun.

»Was ist erledigt?«, fragte Akay mit gerunzelter Stirn.

»Na, wir wissen Bescheid. Die haben nix mit der Annet Balder zu tun gehabt, aber der Gernot Weiß hat regelmäßig vor der Halle gestanden und sie bedrängt«, erklärte Rudi.

»Ihr wart dort? Wann?!«, rief Akay.

»Na, gestern«, meinte Rudi.

Egi wurde die Sache zu heiß. Ihm fiel ein, dass er nur mit Beate und Rudi alleine dorthin gefahren war, weil die Kripo Kempten durch Abwesenheit geglänzt hatte. Er fragte: »Wo wart denn ihr eigentlich gestern Abend?«

»Wir haben was anderes gemacht. Aber zurück zu meinem Punkt. Wie konntet ihr alleine ...?«, begann Akay mit der Fortsetzung seines Vorwurfs.

»Das hat sich doch jetzt erledigt«, entschied Egi und hoffte, dass das Thema damit abgeschlossen wäre. Um einen markanten Schlussstrich zu ziehen, fuhr er fort: »Wir sollten uns auf den nächsten wichtigen Punkt konzentrieren, die Befragung von Gernot Weiß. Gestern haben wir das nicht mehr geschafft. Nach dem Zumba-Kurs war es zu spät, und jetzt, wo wir wissen, dass der die Annet Balder noch verfolgt hat …«

»Das haben wir schon erledigt«, erklärte Akay mit zornigem Gesicht, der PHK hatte ihn mal wieder ausgetrickst.

»Und was habt ihr rausbekommen?«, wollte Rudi wissen, ihm ging das Kompetenzgerangel auf die Nerven, er wollte diese Besprechung nur noch schnell zu Ende führen, die Kampfhähne auseinanderbringen, um sich daheim endlich seinem deftigen Mittagessen widmen zu können.

»Gernot Weiß hat angegeben, dass er Annet Balder nur einmal Anfang des Jahres abgefangen hat. Er bestreitet, sie danach noch gesehen zu haben«, schaltete sich Silvia ein, da ihr Akay aktuell etwas zu erregt schien.

»Ein Verdächtiger mehr«, schloss Beate erleichtert. Die Sache war geklärt, und es herrschte wieder Gleichstand zwischen PI Oberstdorf und Kripo Kempten.

Der Chefmeier schnaufte und drückte einige Räume weiter den Knopf »OFF« auf seinem Schaltpult.

»Schönen guten Tag, die Herrschaften! Das ist ja eine Überraschung, heute nehmen noch zwei Allgäu-Dialekt-Opfer teil?« Hans Kurz, der ehemalige Lehrer aus Hannover, trat in den Konferenzraum, um mit der nächsten Stunde Hochdeutsch zu starten.

Akay und Silvia starrten den Herrn mit dem roten Wollpulli, den beigen Leinenhosen und den braunen Birkenstock-Latschen entgeistert an.

»Wer sind Sie?«, fragte Akay.

»Das hat nix mit der SOKO Breitachklamm zu tun«, ging Egi hektisch dazwischen, damit die Identität des Deutschlehrers nicht aufflog. »Wir haben gerade Probleme mit nächtlichen Randalierern am Oberstdorf-Haus, die haben das U verbogen. Und der Herr Kurz ist ein Mitarbeiter aus dem Rathaus.«

»Sehr schön gesagt, Herr Huber, Ihre Aussprache wird von Mal zu Mal besser«, lobte der Herr Oberstudienrat a. D.

...

Akay und Silvia hatten nur die Köpfe geschüttelt. Sie ließen die PI-Deppen weiter in Sachen Randalierer am Oberstdorf-Haus mit dem kaputten U recherchieren (dort standen circa ein Meter hohe Buchstaben am Wegesrand auf der Wiese, die das Haus betitelten).

Egi und Rudi fuhren am frühen Freitagnachmittag nach ihrem Hochdeutsch-Unterricht ohne Wissen der Kriminalisten aus Kempten Richtung Norden. Ihr Ziel war das Kinderheim in Oberstaufen und die Häuser von drei Pflegefamilien in Stiefenhofen, Oberreute und Steibis. Dem PHK war klar, dass er damit sehr wahrscheinlich seine Kompetenzen überschreiten würde, aber es hieß ja immer vom Chefmeier, dass sie die Kemptener Kriminalisten umgehen sollten. Dazu kämpften sich Egi und Rudi nun über die B19 an Sonthofen und Immenstadt vorbei, zwei Metropolen des südlichen Oberallgäus. Die Polizeibeamten hätten sich keinen besseren Tag dafür aussuchen können, sie wurden zu Opfern der freitäglichen Stadtflucht. Ganz Bayern und große Teile Norddeutschlands schienen sich auf den Weg durch die Alpen zu machen, um ihrem anstrengenden Alltag zu entkommen und drei Tage in der herrlichen Bergwelt zu genießen, um dann am Sonntag erneut die Allgäuer Straßen zu verstopfen. Die beiden fuhren nach einer Stunde Stop-and-go von der B19 ab auf die B308. Der in dunklen Blautönen glitzernde Alpsee lag auf der rechten Seite. Es tummelten sich bereits einige hartgesottene Surfer darauf, die den noch kühlen Wassertemperaturen des Frühjahrs trotzten.

»Mei, isch des schö«, entfuhr es Rudi, und er vergaß im Angesicht der Allgäuer Idylle dabei jedwede Unterweisungen seines Hochdeutsch-Lehrers Hans Kurz.

»Hascht recht, i tät am liebschte anhalte«, meinte Egi.

Sie fuhren jedoch weiter zum Kinderheim St. Maria in Kalzhofen in Oberstaufen, das sie nach weiteren zwanzig Minuten erreichten. Es handelte sich dabei um einen Komplex aus mehreren Häusern, die neben angrenzenden Nadelbäumen mitten in grüne Wiesen und Hügel gebettet waren. Egi parkte im Innenhof und ging mit Rudi zu dem hohen weißen Hauptgebäude. Als sie gerade unter dem dunklen Vordach vor der Eingangstür standen, kam ihnen aus dem Haus eine schwarz gekleidete Nonne entgegen und streckte Egi und Rudi die Hand entgegen.

»Grüaß Sie Gott, ich bin Schwester Ingeborg. Wie kann ich Ihnen helfen?«

»Grüß Gott, ich bin Kommissar Huber, das ist mein Kollege Ströber. Wir haben heute Morgen telefoniert, wir kommen wegen der Annet Balder.«

»Ich erinnere mich, Kommissar Huber. Leider ist es sehr lange her, dass die kleine Annet bei uns war. Ich habe meine Kolleginnen gefragt, die meisten haben sie nicht mehr kennengelernt. Es gibt noch zwei Schwestern, die sich an sie erinnern können. Kommen Sie doch bitte herein, sie warten bereits in unserem Büro auf Sie. Die Akten von Annet habe ich schon herausgesucht.«

Die beiden Polizisten saßen kurz darauf in einem karg eingerichteten Büro des Kinderheims vor drei Nonnen, die um die fünfzig Jahre alt schienen. Egi konnte sie kaum auseinanderhalten; wegen ihrer schwarzen Einheitskleidung, aus der nur Gesicht und Hände herausragten, sahen sie in seinen Augen alle gleich aus.

»Ich habe in der Akte nachgelesen, da meine Erinnerung an Annet nachgelassen hat. Es sind einfach zu viele Kinder, um sich alle Einzelheiten der letzten Jahrzehnte merken zu können«, erklärte Schwester Ingeborg. Schwester Erika und Schwester Ornella nickten. Schwester Ingeborg fuhr fort und sah dabei in die Akten, die vor ihr auf dem Tisch lagen: »Die kleine Annet kam das erste Mal vor vierundzwanzig Jahren zu uns. Sie war direkt nach der Geburt von ihrer Mutter ausgesetzt worden, vor einer Kirche in Bad Hindelang. Der dortige Pfarrer hat sie damals kurzzeitig aufgenommen und von einem Notdienst abholen lassen. Der Name von ihm wurde uns nicht mitgeteilt, weil er nur einige Wochen in Bad Hindelang tätig war und dann versetzt wurde. Die Kirche wollte ihn damals vor den Journalisten schützen. Nach der ersten medizinischen Versorgung kam sie zu uns und wurde im Alter von einem Jahr in eine Pflegefamilie in Stiefenhofen vermittelt. Nach zwei Jahren war sie wieder bei uns, weil ihre Pflegeeltern nicht mit ihr klarkamen. Sie hatten zwei leibliche Kinder, Annet hat die beiden angegriffen, gekratzt, geschlagen, getreten. Sie war ein schwieriger Fall, wir kamen an unsere Grenzen, konnten Sie nicht in unsere Gemeinschaft integrieren und schalteten einen Psychologen ein, Dr. Berthold Greuner aus Isny. Er ist leider vor zwei Jahren verstorben, Gott hab ihn selig.«

Die drei Schwestern bekreuzigten sich.

Egi schaute in die Runde und fragte: »Wer von Ihnen hat denn noch persönliche Erinnerungen an Annet Balder?«

Schwester Erika schüttelte den Kopf, Schwester Ornella schaute stumm zu Boden. Nur Schwester Ingeborg fand wieder passende Worte: »Sie litt an einer Borderline-Persönlichkeitsstörung, das steht hier in dem Bericht von Dr. Greuner. Er hat einige Gespräche mit ihr geführt, aber sie hat sich ihm verweigert. Wir sind keine Experten auf psychologischem Gebiet, es war uns nicht möglich, an sie heranzukommen. In allem sah sie eine Bedrohung, fasste zu niemandem Vertrauen, boykottierte unseren Tagesablauf und konnte sich an keine Regeln halten. So steht es in unseren Akten, Details weiß ich leider nicht mehr. Mit fünf Jahren kam sie in eine Pflegefamilie in Oberreute und war nach drei Jahren wieder bei uns, weil sie sich in der Familie zu aufmüpfig verhalten hat. Sie wurde mit elf Jahren in eine weitere Pflegefamilie vermittelt, dieses Mal in Steibis. Mit vierzehn Jahren war sie zurück bei uns. Die Pubertät war die schwierigste Zeit bei ihr, sie blieb hier im Kinderheim, bis sie erwachsen war.«

»Mehr wissen wir nicht«, meinte Schwester Erika.

Alle Schwestern nickten zustimmend. Hier war kein ermittlungstechnischer Durchbruch zu erwarten, Egi bat um eine Kopie der Akten und machte sich mit Rudi auf zu den drei Pflegefamilien in Stiefenhofen, Oberreute und Steibis. Zehn Minuten, nachdem sie abgefahren waren, kamen Akay und Silvia in Oberstaufen an und betraten das dortige Kinderheim.

Egi und Rudi machten sich nach zwei Stunden wieder auf den Rückweg zur PI Oberstdorf. Alle drei Familien hatten ihnen erzürnt die Tür vor der Nase zugeschlagen mit den erbosten Worten »Warum kommen S' schon wieder? Wir müssen hier nit alles zweimal verzählen, sprechen S' gefälligst mit Ihren Kollegen, dem Türken und der Blonden!«.

...

Es war mittlerweile Samstag. PI Oberstdorf und Kripo Kempten hatten noch nicht miteinander über den Vortag gesprochen. Es war ein Termin in der Breitachklamm vereinbart worden, den sie nun wahrnahmen. Akay stand bereits an dem Geländer über dem reißenden Bach, als Egi ankam. Der PHK stellte sich stumm neben den KHK. Keiner von beiden hatte die Absicht, dem anderen einen Gruß zukommen zu lassen, sie lauschten lieber den tosenden Wassermassen. Kurz darauf traf der Freeclimber Sebastian Seiler ein.

»Gut, dass Sie kommen konnten, Herr Seiler«, begrüßte ihn Akay.

Egi wollte den jungen Burschen mit einem höflichen »Grüaß Sie!« empfangen, Akay ließ ihn jedoch nicht zu Wort kommen und zog den Kletterspezialisten gleich einige Meter weiter zu der Stelle, wo Christian Berg die Tote gefunden hatte.

Die beiden Kommissare wollten die unmöglich wirkende Kletterlinie von Sebastian Seiler überprüfen lassen. War es möglich, dass der Mörder an der gegenüberliegenden Seite entkommen war? Egi beschäftigte noch eine weitere Frage. Was war mit Akay passiert? Im ersten Moment hatte der PHK vermieden, ihn anzusehen, doch jetzt hatten sich ihre Blicke doch versehentlich getroffen. Es hatte sich etwas verändert an dem Kemptener Kollegen. Dem PHK blieb die Luft weg, er starrte wiederholt die neue Optik an. Egi konnte es kaum fassen, der Akay trug jetzt einen Vollbart! So ein Vollbart schien bei Türken im Eiltempo zu wachsen. Akays pechschwarze Gesichtsbehaarung war in den letzten paar Stunden des Nichtrasierens länger geworden als der glatte Vollflaum, den der Egi sich seit Jahren züchtete. Ein Unding! Aber so toll war es dann auch nicht, bei Akay war's so kraus, dass es aussah wie überschüssige Schambehaarung. Gedanken weggewischt und Konzentration.

Egi hielt nun die Fotos vom Tatort in der Hand. Die Schneise am gegenüberliegenden Hang war kaum noch zu erkennen. Sebastian verglich die Linie an den mit Büschen, Moos und Bäumen bewachsenen Felswänden mit den deutlicheren Spuren auf den Fotos.

· · ·

Er hockte auf dem Felsen gegenüber hinter einem Busch und dachte: Verdammt! Der Sebastian stand nicht unter Schock. Er würde denen jetzt ganz lässig die kletterbare Linie vorführen, und dann hätten sie seinen Fluchtpunkt. Wie sind die nur auf den Sebastian gekommen? Er verkroch sich noch tiefer im Geäst und beobachtete das Geschehen.

· · ·

»Und, kann man da hochklettern, ohne viele Hilfsmittel?«, fragte Akay.

»Als Laie bestimmt nicht. Die Felsen sind steil und werden immer wieder von rutschigem Untergrund, Büschen und Bäumen unterbrochen«, schätzte Sebastian. »Aber wenn man regelmäßig klettern geht und sich auskennt, ist es zu schaffen. Man bräuchte dafür allerdings aufgrund der wechselnden Bodenbeschaffenheit Schuhe mit einem guten Profil.«

»Bestell die Spusi her«, forderte Egi Akay auf, als wäre er sein Handlanger. Der Kriminalist hatte es nach seiner miesen Tour gestern bei den Pflegefamilien nicht besser verdient. »Wo kommt man denn da oben wieder raus?«

Akay ärgerte sich über den PI-Befehlston, blieb jedoch stumm und ließ den Bergexperten seine Ausführungen machen. Den Egi würde er sich später vorknöpfen, danach könnte der sich freuen, wenn er noch PHK bleiben dürfte.

»Wo kommt man da schon raus, mitten im matschigen Wald. Aber, na ja, wenn man auf den regulären Wegen keine Spuren hinterlassen will, ist die Stelle besser, als kilometerlang durch die reißende Breitach zu rutschen, sich dabei die Knochen aufzuhauen und halb zu ersaufen, um ungesehen da rauszukommen«, meinte Sebastian. »Das heißt, dort oben müssten Spuren von ihm sein. Ihre Spusi-Kollegen müssen nur erst mal dahin kommen.«

»Wir werden uns darum kümmern, Herr Seiler«, meinte Akay. »Für heute sind wir fertig. Aber ich hätte noch eine Bitte an Sie, wenn die Spusi fertig ist. Könnten Sie in den nächsten Tagen einmal von dort unten hochklettern zu dem Ausgangspunkt?«

»Klar, mach ich.«

Die drei Männer gingen zurück zum Parkplatz. Sebastian Seiler fuhr mit seinem Mountainbike davon, als sich Egi und Akay gegenüberstanden. Die Situation erinnerte an einen Stierkampf: Egi blähte die Nasenflügel auf, Akay scharrte mit den Füßen auf dem Asphalt und ballte die Fäuste. Sein Ein-Tages-Bart war ein rotes Tuch für den Egi, am liebsten hätte er ihm jedes Kräuselhaar einzeln ausgerissen.

»Wie konntet Ihr alleine zu dem Kinderheim fahren und die Nonnen ausquetschen? Ihr habt keine Befugnis für Ermittlungen außerhalb Oberstdorfs! Mit eurer dilettantischen Vorgehensweise habt ihr es uns versaut«, schnaufte Akay, der nicht wissen konnte, dass die Nonnen dem Allgäuer PHK mehr erzählt hatten als dem türkischstämmigen KHK, der aktuell noch nichts davon wusste, dass Annet Balder das Findelkind des unbekannten Pfarrers war.

Okay, jetzt stellte sich die Situation für Egi anders dar, als er vermutet hatte. Die Kripo Kempten war anscheinend nicht nur bei den Pflegefamilien in Stiefenhofen, Oberreute und Steibis gewesen, sondern hatte im Kinderheim von den Nonnen erfahren, dass die PI Oberstdorf einen Alleingang gewagt hatte. Diese unerwartete Erkenntnis ließ den PHK mit einer Antwort zögern.

Akay war noch lange nicht fertig, aus seiner neuen Gesichtsbehaarung schossen weiter boshafte Worte auf Egi zu: »Und bei den Pflegefamilien wart ihr auch noch, die haben sich bei mir gemeldet und sich beschwert, dass wir mit der Koordination unserer Befragungen überfordert wären. Was treibt ihr hinter unserem Rücken, Egi?«

Dem PHK bangte es nun vor dem Ausgang dieser Geschichte. Gerne hätte er jetzt den Chefmeier angerufen und ihn um Rat gefragt, war ja seine Anordnung gewesen, dass sie ohne Kripo Kempten auf Mörderjagd gehen sollten.

»Also, Akay, das ist ja so, der Chefmeier hat uns gesagt, wir sollen uns aufteilen, weil die Zeit drängt. Hat er euch denn nicht informiert?«

»Nein, er hat uns nicht informiert. Er hat uns auch gar nicht zu informieren, denn er hat rein gar nichts zu entscheiden! Wann kapiert ihr endlich, dass die Kripo Kempten die Ermittlungen führt?«

Jetzt war der Akay aber einen Schritt zu weit gegangen, fand der PHK, auch wenn er vermutlich recht hatte. Egi erinnerte sich aber, wie der Dienststellenleiter der Kriminalpolizeiinspektion Kempten letztes Jahr betont hatte, wie genial seine Entscheidung gewesen sei, die regionalen Polizeiteams in die Arbeit der Sokos mit einzubeziehen, und das unter der Leitung seines besten Mannes Akay Tok. So erzielte man die besten Ergebnisse, hatte Akays Boss damals gesagt. Oder in Chefmeiers Worten: Ohne Oberschtdorfer Ermittler war die Kripo Kempten aufgeschmissen.

»Na gut, Akay, wenn euer Kripo-Boss es sich anders überlegt hat.« Egi meinte, dass dieser Satz zur Klärung des Sachverhalts ausreichend wäre, drehte sich um und ging zu seinem Dienstwagen.

· · ·

Als Egi heimfuhr, hoffte er, endlich den Streit mit seiner Frau aus der Welt räumen zu können. Guter Dinge trat er in den Flur. Er wurde von einer Furie begrüßt.

»Elli, dein Brummerle ist zurü-«, weiter kam der Angegriffene nicht.

»Sag mal, Egi, hast du sie eigentlich noch alle? Es hat sich ausgebrummerlt!«, fuhr seine hochschwangere Frau ihn an. »Erst versaust du meiner lieben Mutter ihren siebzigsten Geburtstag! Und wenn der Haussegen schief hängt und ich mich von dir zurückziehe, fängst du gleich an, so einen Schweinskram von anderen Frauen in unserem Ehebett zu lesen und dir obszöne Fotos anzusehen?!«

Sie schlug ihm dabei die Mappe von Annet Balder um die Ohren. Er wusste nicht, wie ihm geschah, doch dann schwante ihm etwas. Er hatte die verdammte Mappe auf seinem Nachtschränkle liegen lassen, als er gestern Morgen Hals über Kopf zu den Lohmeiers gefahren war.

»Elli, du verstehst's ganz falsch!« Egi taumelte einen Schritt zurück. »Das gehört zur Ermittlungsarbeit von meinem aktuellen Fall. Der hat mit Stalking ...«

»Für wie deppert hältst du mich eigentlich? Und dann bist du auch noch am Samstag stundenlang in der PI, das soll ich glauben?«, kreischte Elli. »Ermittlungen! Was Besseres fällt dir als Ausrede nicht ein? Richtig pervers ist das!«

Neugierig hatten sich Tommi und Belli aus ihren Zimmern hinuntergeschlichen und lugten um die Ecke.

»Elli, bitte glaub mir doch! Es handelt sich um einen Mordfall, und die Tote ...«

»Ja, ja, ein Mordfall, bestimmt! Mordfall lösen und dabei mit so einer Schlampe, die deinen Bart so geil findet, auf die highline149! Das hattest du heute vor? Ich sag dir eins, du wirst ab sofort im Keller schlafen! Ich hab dir dein Bettzeug schon runtergetragen. Und in meinem Bad lässt du dich auch nicht mehr blicken!«

Elli gab ihm noch mal die Kante der Aktenmappe zu spüren, schmiss ihm diese dann zu Füßen, machte auf dem Absatz kehrt und rannte heulend die Treppe hoch.

»Papi, darfst unser Kinderbad benützen«, sagte Belli gnädig.

Obwohl Uroma Brunis Lauscherle nicht mehr die besten waren, hatte sie etwas von dem Tumult mitbekommen. Sie rollte um die Ecke und fragte: »Ögi, hosch osch ho hös?«

»Alles beim Besten, Uroma Bruni«, erklärte Egi und schob sie zurück in die elterliche Küche.

Seine Erzeuger waren wieder einmal in der atemberaubenden Bergwelt unterwegs, sie wollten zum dritten Mal in dieser Woche den Hochgrat besteigen und aus 1834 Metern Höhe den Allgäuer Sonnenuntergang mit einem Fläschle Prosecco genießen. Egi bereitete, bedingt durch die angespannte familiäre Situation, im Untergeschoss, dem elterlichen Reich vom Mehrgenerationenhäusle, ein Abendessen für sich und Uroma Bruni zu: eine Brotzeit mit Allgäuer Kaminwurzen, Bergkäse, Alpenbutter, dazu ein Rohkostteller und frische Buttermilch mit einem Schuss Johannisbeersaft. Und das alles aus Vatters Kühlschrank, ein Hochgenuss.

»Bosch do Bösche, Ögi«, schmatzte Uroma Bruni.

* * *

Es war Sonntag. Aufgrund der Dringlichkeit musste Egi zur PI Oberstdorf fahren und versuchen, schnellstmöglich den Mordfall zu lösen. Die scheiß Mappe mit den ausgedruckten Facebook-Nachrichten und Fotos von Annet Balder hatte er wieder auf dem PI-Schreibtisch liegen und würde sie ganz bestimmt nicht mehr mit heimnehmen. Er hatte sich entschlossen, den Schweinskram doch lieber im Büro zu lesen, komme, was da wolle. Nun aber stand erst einmal eine Besprechung der Soko Breitachklamm zur aktuellen Lage an. Man hockte wieder im Konferenzraum. Der Chefmeier saß heute allerdings daheim in der Badewanne und ließ sein Polizisten-Quietscheentle durch den Schaum gleiten. Beate hatte zuvor an seinem Schaltpult die Aufnahmetaste gedrückt, heute wurde zur späteren Chefmeier'schen Auswertung auf Band aufgezeichnet.

»Wir haben erste Ergebnisse unseres Aufrufs an die Bevölkerung, es haben sich Zeugen bei der Kripo Kempten gemeldet«, verkündete Akay. Sein Problem war dabei, dass er keinen einzigen der mitteilungsbedürftigen Oberstdorfer kannte, der Egi aber schon. Also musste sich Akay notgedrungen offenbaren. »Es gibt einige Zeugen, die den weißen Kastenwagen auf dem Parkplatz vor der Breitachklamm gesehen haben.

Zwei Zeugen haben ausgesagt, dass sie am Montag zwischen acht und neun Uhr dort vorbeigefahren sind und der Parkplatz noch leer war. Eine Zeugin mit dem Namen Gudrun Berthold und ein Zeuge namens Holger Landmann. Kennt ihr die? Sind das glaubwürdige Zeugen?«

Natürlich kannte die niemand, das waren beide Zugezogene, die Gudrun kam aus Regensburg und der Holger aus Lörrach. Egi antwortete: »Nie gehört.«

Rudi und Beate schüttelten den Kopf. Sie würden die beiden später befragen.

»Na gut«, meinte Akay. Da kein großes Herumlamentieren von den PI-Deppen kam, stufte er die Zeugen als irrelevant ein und fuhr fort: »Dann meldete sich noch eine ältere Frau, Ursula Busch, die angab, vor drei Wochen einen Mann in der Fuggerstraße gesehen zu haben, der einen großen Sack auf der Schulter getragen hätte.«

»Muss der Nikolaus gewesen sein, und dat im Frühjahr«, lachte Beate. Egi und Rudi prusteten los.

»Sehr witzig, wirklich. Kennt ihr die Frau?«, fragte Akay.

»Ja, die kenn ich«, meinte der PHK. Rudi und Beate schauten ihn fragend an. Warum gab er das zu? Egi fuhr fort: »Das ist die Schwiegermutter vom Gert Beier, dem sein Schwager Hubertus Wolf hat die Felder von meim Vatter gepachtet. Die kannst als Zeugin vergessen, von der kommt nur unnützes Geschwätz.«

»Aha«, meinte Silvia und schaute Egi skeptisch an. Sie stufte seinen Kommentar als auffälliges Herumlamentieren ein und notierte sich alle drei Namen, um sie sich später mit Akay alleine vorzunehmen.

Genau das hatte der Egi beabsichtigt, ihm war klar, dass die Busch-Beier-Wolf-Bagage nix zu den Ermittlungen beitragen würde. Die waren tagaus, tagein mit ihren Feldern, Weiden und Kühen beschäftigt, etwas anderes als Heu und Milch brachten die nicht zustande. Die wollten sich gewiss nur wichtigmachen mit ihrer Sack-Geschichte. Bei denen wäre die Kripo Kempten gut aufgehoben, und in der Zeit könnte der PHK den wirklichen Mörder schnappen. Vielleicht wüsste Egi bis dahin auch, wer es war.

»Und was habt ihr sonst noch in den letzten Tagen rausbekommen?«, fragte Egi die Kriminalisten.

»Wir haben endlich die Liste aller in Deutschland, Österreich und der Schweiz angemeldeten weißen Kastenwagen vorliegen. Und ich habe noch eine Aufstellung aller Kühltruhenkäufe der letzten fünf Jahre in einem Umkreis von einhundert Kilometern erhalten. Eventuell gibt es im Allgäu einen Kühltruheneigentümer, dessen Bruder im Kleinwalsertal lebt und in Österreich einen weißen Fiat Doblò angemeldet hat, und so weiter. Die Kollegen in Kempten gleichen das Ganze jetzt ab.«

»Sehr schön«, lobte Egi mit breitem Grinsen, die Kripo-Deppen beschäftigten sich mit sinnlosem Zeug, und der PHK könnte ab sofort durchstarten.

»Wir haben bisher folgende Verdächtige«, erläuterte Akay, stand auf und schrieb die potenziellen Mörder an das Flipchart: »Matthias Binder, das Stalking-Opfer. Seine wiederholt betrogene Frau Brigitte Binder. Gernot Weiß, der Exfreund der Toten. Peter Post, Nachbar und Gelegenheitsliebhaber der Toten. Und vielleicht auch der Herr Lohmeier, ihr Vermieter.«

»Sag mal, Akay, kommen nicht nur Personen infrage, die auch die körperlichen Voraussetzungen haben, eine Frau durch die Breitachklamm zu tragen?«, fragte Egi. »Da fallen der Lohmeier, Brigitte Binder und Peter Post doch naus aus deiner Liste.«

»Das mag sein. Aber ich habe lange mit Silvia darüber diskutiert, und wir sind zu dem Schluss gekommen, dass jemand anders Annet Balder ermordet haben könnte als der, der sie getragen hat. Zum Beispiel hätte Brigitte Binder sie ersticken können, und ihr Mann Matthias hat die Leiche weggeschafft.«

»Das stimmt«, bestätigte Silvia, »wir müssen uns tiefer in Annet Balders Beziehungsgeflecht vorarbeiten. Ich gehe davon aus, dass hier noch einiges im Verborgenen liegt, und was das ist, werden wir bald wissen.«

»Und mit wem soll dann der fette Lohmeier was gedreht haben?«, fragte Rudi. »Der hatt doch nix mit dem Post, dem Weiß oder den Binders. Durch die Klamm tragen tut dem bestimmt keiner was.«

»Genau das ist jetzt unsere Aufgabe, wir müssen es herausfinden«, forderte Silvia mit der Absicht, die PI-Deppen gleich in mehrere Sackgassen zu verabschieden.

Einige Kilometer weiter stieg der Chefmeier pfeifend aus dem Schaumbad, öffnete den Badewannenstöpsel, griff sich sein Frotteehandtuch, rubbelte sich ab und stellte sein Polizisten-Quietscheentle zurück ins Regal.

Kein Licht im Dunkeln

Egi fand langsam Gefallen an dem Mord, er lenkte ihn von seiner nörgelnden Legehenne ab. Leider war er keinem Täter auf der Spur, sondern musste sich immer noch mit der Kripo Kempten herumschlagen.

Egi, Rudi und der Chefmeier saßen am Samstagmorgen schon im Konferenzraum, als Silvia und Akay eintraten. Ihr Erscheinen wirkte wie ein Erdbeben. Der Akay trug ja jetzt einen Vollbart, daran hatte der Egi schon gar nicht mehr gedacht. Das waren jetzt noch Tausende schwarze Kräuselhaare mehr als gestern, dachte der PHK.

»Warst lang nicht mehr beim Barbier, siehst aus wie ein Schaf«, merkte der Chefmeier an.

»Die Frauen stehen halt drauf«, meinte Akay und setzte sich. Silvia nahm gleich neben ihm Platz, sie konnte die Augen kaum abwenden von der Haarpracht.

»Bei uns ist so eine Gesichtswies'n im Dienst verboten. Sieh zu, dass d' den kürzer trimmst«, befahl der Chefmeier mit aufgeblähten Nasenlöchern und scharrenden PI-Hufen.

»Bestimmt nicht! Dem Egi stehen nur ein paar unansehnliche Flocken im Gesicht, eine optische Beleidigung, das bemängelst du auch nicht.« Akay zuckte mit den Schultern und widmete sich den Tatortfotos auf dem Tisch.

Egi fasst sich unwillkürlich an sein Kinn. Waren das wirklich unansehnliche Flocken? Eine Zornesfalte bildete sich zwischen seinen Augenbrauen. Er wollte etwas auf Akays Beleidigung erwidern, aber Rudi drängte sich vor.

Der Chefmeier war dieses Mal endlich wieder persönlich dabei, Rudi beschloss, dass das ein hervorragender Zeitpunkt war, um einmal glänzen zu können. Er hatte den Eindruck, dass seine Ermittlungserfolge unter dem PHK Egi nicht bis zum Chefmeier durchdrangen. Jetzt saß der PI-Leiter vor ihm, und Rudi konnte loslegen. Auf dem Tisch lagen ausgebreitet die Fotos von Annet Balders Leiche. Um den Täterkreis eingrenzen zu können, wollten sie herausfinden, warum ihr Mörder sie so in die Breitach gelegt hatte.

»Egi, gibst mir bitte die zwei Fotos dort nüber, die aus'er Pathologie?«, bat Rudi.

Egi wusste nicht, was er damit wollte, tat ihm aber den Gefallen. Rudi nahm die Fotos in seine Hände, hielt sie theatralisch hoch, drehte sie immer wieder im Licht und runzelte die Stirn. Seine Kollegen sahen ihn amüsiert an. Rudi schien sich mal wieder lächerlich machen zu wollen.

»Und, hast n' Fliegenschiss gefunden?«, fragte der Chefmeier.

Die anderen konnten sich das Lachen nicht verkneifen.

»Chef, mir ist da tatsächlich was aufgefallen«, brummte Rudi gedankenverloren.

»Was denn?«, fragte Egi wie immer.

»Sag doch mal, Akay, was hat die Spusi eigentlich für eine Kamera? Machen die vor den Fotos immer einen Weißabgleich? Was für eine Lampe hing da über'm Obduktionstisch? Und können wir noch herausfinden, was die für eine Belichtungszeit eingestellt hatten?«

»Was willst du denn jetzt, Rudi? Bist du unter die Fotografen gegangen?« Akay vermutete, Rudi wolle sich nur wichtigmachen.

»Ich bin Hobbyfotograf«, antwortete dieser bestimmt.

»Ja, und? Herrschaftszeiten, jetzt sag doch was d' willst«, forderte ihn der Chefmeier auf.

»Die Haarfarbe von'er Annet Balder, die sieht auf'n Fotos unecht aus. Die sind zwar schwarz, haben aber einen Rotstich«, erklärte Rudi mit Inbrunst. Warum das so wichtig war, wusste er selbst noch nicht, aber rote Haare waren ja eher selten.

»Das ist jetzt vollkommen egal«, warf der Chefmeier ein. »Lasst uns weitermachen mit dem Täterprofil. Silvia, warum hat der Mörder sie so dahin gelegt?«

Rudis Strategie war hinüber, die depperte Silvia hatte nun den Ball und schien das auszukosten.

»Ihr Mörder hat sie extra eingefroren und wieder aufgetaut, um ihre Leiche in Ruhe nach seinen Vorstellungen in der Öffentlichkeit ablegen zu können. Er hätte sie irgendwo vergraben, verbrennen oder einbetonieren können. Aber nein, er hat sich viele Gedanken gemacht, ist einige Risiken eingegangen, um sie drei Wochen nach ihrem Verschwinden genauso in der Breitachklamm abzulegen: Er hat sie ausgezogen. Sie war nackt, wie Gott sie schuf. Ihre Arme waren ausgebreitet, die Füße übereinandergelegt. Eine Körperhaltung wie bei einem Gekreuzigten, nur lag sie stattdessen im Wasser. Sozusagen im Ursprung allen Lebens, zurück in den unendlichen Pool der Urmasse. Noch einmal von vorne beginnen, eine Chance für sie, es beim nächsten Mal besser zu machen. Ihr Gesicht war zum Himmel gerichtet. Ich habe sehr lange darüber nachgedacht«, fasste Silvia zusammen. »Ich bin mir jetzt ganz sicher, da steckt eine religiöse Motivation dahinter. Sie sollte ohne Besitz sein, Buße tun und ins Jenseits übergehen, weil sie auf das Unermesslichste gesündigt hat.«

Die anderen hörten fassungslos zu. Diese Analyse von Dr. Silvia Stern war das Beeindruckendste, was sie jemals von einem Polizeipsychologen gehört hatten. Wobei sie bisher immer so weit wie möglich vermieden hatten, Polizeipsychologen ihre Aufmerksamkeit zu schenken. Aber wenn es sich im Nachhinein als richtig herausstellen sollte, würden alle ihre Meinung über Silvia noch einmal überdenken müssen. Rudi fasste sich als Erster wieder, er wollte nicht, dass Silvia recht behielt. Er fand die Sache mit den roten Haaren wichtiger.

»Das ist doch Unsinn. So ein Risiko geht kein Mensch ein. Der war bestimmt in'er Nähe, hat's dort entsorgt und ist schnell wieder abgehauen«, erklärte Rudi mit Nachdruck. »Aber noch mal zu ihren Haaren ...«

»Du meinst, der wohnte mit seiner Kühltruhe und seiner Sauna gleich neben der Breitachklamm im Wald und ist dann mal schnell rüber, in die Schlucht geklettert, als keiner zugeschaut hat?«, unterbrach ihn Akay.

»Rudi, eigentlich hast du recht«, bestätigte Silvia. »Das Risiko geht keiner ein. Es sei denn, es ist ihm wichtiger als alles andere, damit er genau das mit seiner Tat ausdrücken kann und so alle davon erfahren: Hier musste eine Sünderin mit ihrem Leben bezahlen, sie wird mit Besitzlosigkeit und der Aufforderung zur Buße unwiederbringlich bestraft. So sollte sie vor den Herrn treten.«

Alle waren sprachlos. Keiner konnte erfassen, was das für die weiteren Ermittlungen bedeuten würde. Sogar der Chefmeier war nicht in der Lage, zuzugeben, dass er von diesem Ergebnis beeindruckt war. Silvia hatte die Analyse jedoch nur mit dem Hintergrund vorgetragen, dass die Position der Leiche hervorragend zu diesem Irrgedanken passte und sie die PI-Deppen weiter in die Unwissenheit manövrieren könnte. Akay hatte sich bereits auf einen Mörder festgelegt, der alles andere als religiös wirkte, jedoch sportlich war, gut klettern konnte und mehr als eifersüchtig auf Matthias Binder war. Die PI Oberstdorf hatte ihn noch nicht kennengelernt, daher war er der perfekte Mörder. Akay musste ihn nur noch überführen. Jedoch hatte der Verdächtige keinen weißen Kastenwagen und keine große Kühltruhe in seinem winzigen Apartment. Aber auch das Problem würde der Akay zusammen mit der Silvia aus der Welt schaffen. Und dazu mussten sie die PI-Deppen in die tiefen Abgründe der Breitachklamm verbannen.

Dem Chefmeier war die ganze Tue-Buße-Geschichte zu komplex, er beendete die Besprechung plötzlich mit den Worten »Ich muss erst mal über dieses Psychodings nachdenken. Wir lassen das jetzt alle auf uns wirken, und morgen machen wir weiter«.

Er war sich nicht sicher, ob dies eine geniale Psychoanalyse war oder sinnloser Quatsch. Morgen wäre der gerade tiefsinnig gestimmte Chefmeier hoffentlich schlauer. Und morgen war übrigens auch noch Sonntag, Grund zur doppelten Freude für alle, wäre es denn im Polizeibeamtenstatus ebenfalls ein freier Tag.

Egi forderte Silvia, Akay und Rudi auf, noch einmal ohne den Chefmeier in sein Büro zu kommen. Er wollte mit ihnen besprechen, was sie von Annet Balders Facebook-Nachrichten an Matthias Binder hielten. Alle hatten sie bereits die Nachrichten gelesen, der PHK war der Einzige, der das aufgrund seiner familiären Umstände noch nicht geschafft hatte. Vor allem graute es ihm davor, sich weiter damit beschäftigen zu müssen, diese Pornotexte brachten ihm nur Schwierigkeiten. Daher versuchte er die notwendigen Infos von den anderen zu bekommen, damit er nicht weiter durch Unwissenheit benachteiligt war.

»Sag mal, Silvia, wie stellt sich das Ganze denn aus deiner psychologischen Sicht dar?«, fragte der PHK, dem es Schwierigkeiten bereitete, das Wort »psycho …« gegenüber der promovierten Profilerin überhaupt über die Lippen zu bekommen, er erinnerte sich schaudernd an die aufgeklappten Gehirne in der Praxis vom Adi.

»Es ist so, Annet Balder wollte Matthias Binder zu einer Verabredung bringen. Er kannte sie nicht, sollte sich aber mit ihr treffen. Dazu verfolgte sie unterschiedliche Strategien, aber er reagierte nicht so, wie sie es wollte«, begann Silvia. »Sie wurde daraufhin immer provokanter, obszöner. Sie dachte, so kriegt sie ihn herum. Er hat immer noch nicht reagiert, zumindest nicht über Facebook. Darum hat sie eine andere Masche ausprobiert, über Gedichte. Weniger Porno, mehr Poesie. Hört zu.«

08. April 2018, 13:56 Uhr
Ich fühle, wie die Liebe wächst,
ich fühle, wie sie mich verletzt.
Ich hoffe, dich vor der Endlichkeit zu gewinnen,
ich hoffe, mit dir in Empfindungen zu schwimmen.
Ich wünsche mir nichts sehnlicher als dich,
ich wünsche mir, irgendwann liebst du auch mich.

13. April 2018, 23:01 Uhr
Wenn ich an dich denke, verspüre ich so viel Glück,
wenn ich dir schreibe, kommt nichts zurück.
Mein Herz ist in Aufruhr, meine Liebe so groß,
ich frage mich, wie denkst du darüber bloß?
Lächerlich, peinlich, gar lästig stelle ich mich an,

weil anders ich mich dir nicht nähern kann.
So bin ich eigentlich nicht, und wollte ich nie sein,
doch bei dir kann ich nicht anders, fühl mich so klein.

Okay, kein Porno mehr, das hätte der Egi auch lesen können. Er ärgerte sich, dass er Silvia um Hilfe gebeten hatte.

»Sie versuchte ihm dabei ein schlechtes Gewissen einzureden. Aber noch immer keine Antwort von Matthias Binder«, fuhr Silvia fort. »Als das alles nicht wirkte, wollte sie Druck aufbauen. Hat versucht, ihm Vorwürfe zu machen, weil er nicht geantwortet hat, obwohl sie sich so viel Mühe mit ihren Texten gegeben und einiges an Zeit in sie investiert hat. Das fand sie ungerecht. Andere Frauen durften ihn persönlich kennen, ohne dass sie sich jemals so viele Gedanken um ihn gemacht hatten. Seht her, die folgenden Nachrichten.«

16. April 2018, 20:55 Uhr
Du ignorierst mich. Verteilst lieber Likes an Leute, die
nicht ständig an dich denken, nicht alles für dich tun,
denen du nicht das Universum bedeutest, die dir
niemals ein Gedicht oder einen Song schreiben werden.
Aber so kommt man an über tausend Freunde, von
denen man auch nichts in den Spam-Ordner schieben
muss, da es sowieso siebenhundertmal bedeutungslos
ist. Ich hingegen bin Spam für dich. Für die anderen
tausend bist du nur irgendjemand! DAS IST KEIN
SCHERZ: Du bist alles für mich! Und das alles macht
mich kaputt!

»Da hing noch eine PDF-Datei an der Nachricht. Annet Balder hat ihm wirklich ein Lied gewidmet. Sie muss unendlich enttäuscht gewesen sein, dass er darauf nicht reagiert hat«, meinte Silvia.

»Ich würde auch mal gern so eine Frau kennenlernen«, sagte Akay.

Alle schauten ihn stumm an, während Silvia den Liedtext vorlas.

Inhalt der an die Facebook-Nachricht angehängten PDF-Datei:
Song (lyrics):

Hurts so bad

I saw you standing there, eyes shining bright.
Now I think of you allways, day and night.
Life makes no sense so far away from you.
You don't know my deep deep feelings for you.

REFRAIN:
It hurts so bad to be without you.
It hurts so bad to only dream of you.
It hurts so bad, please give me a try.

I try to catch your eyes, you look anywhere.
You are not interested in a nightmare.
You are always on my mind, ignore me.
You are the greatest gift, do not like me.

[REFRAIN]

I wait, count the days to see you again.
You don't see me, don't matter I`m fallin'.
Tell me what you're feeling, 'cause I want to be your woman.
Let's fly to the stars above, I show you what my love can.

[REFRAIN]

It is impossible to forget you.

My love is so so deep and so so true.

It's the sweetest pain you can imagine.

I can't let this thing go, want to win.

[REFRAIN]

»Über die Qualität des Songs lässt sich natürlich streiten, aber sie hat sich zumindest eingebildet, es ernst mit ihm zu meinen, sonst hätte Annet Balter nicht einen derartigen Aufwand zur Eroberung von Matthias Binder betrieben«, erläuterte Silvia. »Sie hat sich in etwas hineingesteigert, ohne mit ihrem Wunschpartner überhaupt einmal gesprochen zu haben. Sie hat sich nur in ihre Vorstellung von ihm verliebt, mit der Realität hatte das wenig zu tun. Er hat sie ja zu diesem Zeitpunkt vermutlich überhaupt nicht wahrgenommen, sie nicht persönlich kennengelernt.«

Silvia las weiter.

19. April 2018, 10:31 Uhr

Ich schreibe dir nun seit fast zwei Monaten. Es waren Tausende Wörter, die ich dir geschickt habe. Meine Seelenqualen, Geschichten über unsere Zukunft, Gedichte und sogar einen Song! Wer macht so etwas schon? Nur jemand, dem sehr viel daran liegt! Wenn du mal darüber nachdenkst, solltest du darauf kommen, dass das nichts Unbedeutendes sein kann. Es vergeht kein Tag, an dem ich nicht ständig an dich denke. Ich schlafe mit dir ein und wache mit dir auf. Aber dir scheint das nichts, absolut gar nichts zu bedeuten. Es geht mir so schlecht. Und dir ist das egal. Antworte doch endlich!

»Es hat alles nichts genützt. Er hat auch darauf nicht geantwortet«, schloss Silvia. »Also ist sie Ende April wieder in ihre Pornoschiene zurückgefallen. Ihr kennt die Texte ja. Sie beschrieb ihm wieder und wieder, wie sie es zusammen treiben könnten. Sie hoffte, ihn damit zu knacken, eine andere Möglichkeit sah sie nicht mehr. Andere Kontaktdaten hatte sie anscheinend nicht von ihm, sonst hätte sie ihn angerufen, hätte E-Mails geschrieben, wäre ihm gefolgt und so weiter.«

Egi kannte Annet Balders Facebook-Nachrichten von Ende April noch nicht, würde sie auch bestimmt nicht mehr lesen, er hatte schon ausreichend Krach mit Elli.

»Akay, du kennst dich da doch aus«, meinte der PHK. »Wie konnt s' den Matthias Binder denn überhaupt per Facebook kontaktieren?«

»Das ist ganz einfach, wenn man den Namen kennt«, erklärte Akay. »Den hat sie vielleicht im Hotel Tirolerhof aufgeschnappt und ihn dann einfach bei Facebook gesucht. Über das Profilbild sieht man dann, ob man den Richtigen erwischt hat, selbst wenn es den Namen mehrfach gibt, vorausgesetzt, das Profilbild zeigt ihn persönlich. Und auf Facebook kann man jedem eine Nachricht schicken, auch wenn derjenige nicht die Freundschaftsanfrage bestätigt. Es sei denn, der Nachrichtenempfänger blockt sie bei Facebook, dann ist das nicht möglich.«

»Du meinst, der Matthias Binder hat zwar die Nachrichten nicht beantwortet, hat die Annet Balder aber auch nicht geblockt?«, fragte Egi nach.

»Auf keinen Fall hat er sie geblockt. Sonst hätte sie ihm das alles gar nicht schicken können. Weil er ihre Freundschaftsanfrage aber nicht bestätigt hat, sind die Nachrichten auf Facebook bei ihm im Ordner ›Nachrichtenanfragen‹ gelandet. Diese Nachrichten werden im Postfach leider nicht als gelesen markiert. Aber wir wissen, dass Matthias Binder Annet Balder einmal über sein Smartphone angerufen hat, nachdem sie ihm in ihrer letzten Nachricht ihre Mobilnummer zugeschickt hatte. Er muss ihre Nachrichten irgendwann gelesen haben. Er hat die Belästigung also, sagen wir mal, ertragen«, grinste Akay.

»Dass wir von dem Anruf wissen, war ihm sichtlich peinlich. Er meint, er hätt das nur getan, um s' endlich loszuwerden. Aber auf welche Weise nur?«, grübelte Egi.

»Ich möchte euch noch einmal alle bitte, sich intensiv mit Annet Balders Texten zu beschäftigen, sie enthalten meiner Meinung nach wichtige Hinweise, die uns zu dem Mörder führen werden. Und wenn wir ausreichend Indizien zusammenhaben, laden wir die Binders noch einmal ein«, schloss Silvia. Sie verfolgte damit nur ein Ziel: Die PI-Deppen sollten weiter das schlüpfrige Zeugs lesen und sich daran festbeißen, damit die Kripo Kempten in Ruhe den eigentlichen Hauptverdächtigen dingfest machen konnte.

Akay verkündete abschließend: »Matthias Binder wurde das zu viel, er hatte bereits Probleme mit seiner Ehepartnerin wegen anderer Frauengeschichten. Ihm war klar, dass Annet Balder, wenn ihre Angebote auch noch so verlockend waren, ihm gehörige Schwierigkeiten bereiten würde, falls er sich auf sie einließe. Er lebt ganz gut unter dem Dach seiner Frau, sie ist erfolgreiche Immobilienmaklerin, und er ist lediglich erfolgreiches Mitglied der Spaßgesellschaft. Ich habe übrigens gesehen, dass sie im Wohnzimmer ein großes Kreuz hängen haben. Erinnerst du dich, Egi?«

...

Daheim hatte sich die Situation nicht nennenswert geändert, Egi war nun ein Kellerbewohner und nutzte das Bad seiner Kinder. Am nächsten Morgen, am Sonntag, saß der PHK an seinem PI-Schreibtisch und brütete über den Befunden vom Adi, dem Psychologen Dr. Adalbert von Ponsberg. Er wollte dessen Diagnose mit dem Profiling von Silvia abgleichen. Es wunderte Egi, dass der Adi auch in seinen Akten dieses Vogeldings verwendete. Ob er doch ein Schräuble locker hatte, wie der Rudi es vermutete? Egal, Egi standen keine Alternativen zur Verfügung, er musste sich durch die hanebüchenen Vogel-Geschichten durchkämpfen. Nach anderthalb Stunden stand ihm der Schweiß auf der Stirn, Amseln, Adler, Krähen und Geier kreisten um sein zermartertes Köpfle. Aber er hatte es geschafft, die achtundvierzig Seiten des geflügelten Mystery-Thrillers waren durchgearbeitet, und er konnte mit Sicherheit sagen, dass absolut nix Religiöses im Leben der Annet Balder seinen Platz gefunden hatte, außer diesem ominösen Pfarrer, der sie als Findelkind aufgenommen hatte. Die Einzige Verbindung zum göttlichen Weltbild war also dieser immer noch namenlose Hirte. Falls die Silvia richtiglag mit ihrer abstrusen Psychoanalyse, war der Mörder im Umfeld des Pfarrers zu suchen, aber nicht im Hause Binder. Die hatten zwar ein Kreuz im Wohnzimmer hängen, aber heilig waren denen nur die monetären Werte der Oberschicht.

Es war mal wieder Zeit für eine Notiz, Egi kritzelte das Wort »Pfarrer« auf einen Schmierzettel, schrieb das heutige Datum an den Rand und warf ihn in seine Sammelsurium-Schublade, die sich mittlerweile mit sieben Notizzetteln und einer Kfz-Liste der Oberstdorfer Kastenwageneigentümer samt Kommentaren gefüllt hatte. Das sah schon mal nicht schlecht aus, letztes Jahr war der PHK nicht so organisiert vorgegangen. Er holte alles aus der Schublade heraus, legte die sieben Schmierzettel nebeneinander und betrachtete sie eingehend: »Bus«, »Latsche-Saunaöl«, »Zumba-Kurs«, »Einkommensverhältnisse«, »Gehalt«, »blauer Kies«, »Pfarrer«. Egi runzelte die Stirn und kratzte sich im Nacken. Er kam zu der Erkenntnis, dass es sinnvoll wäre, wenn er die Stichpunkte priorisieren würde. Der »Bus« und der »Zumba-Kurs« hatten sie nicht weitergebracht. »Einkommensverhältnisse« und »Gehalt« drückten das Gleiche aus, einer der Zettel war also überflüssig. Er legte drei Zettel beiseite, kratzte sich noch einmal im Nacken, zerriss sie und warf die Schnipsel in seinen Mülleimer, Prio null. Alle anderen legte er auf einen Haufen und fixierte sie mit einer Büroklammer, Prio eins: »Latsche-Saunaöl«, »Einkommensverhältnisse«, »blauer Kies«, »Pfarrer«. Abgesehen davon, dass hier gewiss noch ein paar Stichpunkte fehlten, konnte Egi zu diesem Zeitpunkt noch nicht wissen, dass er damit nur einen Hauch von der Lösung des Falls entfernt war.

• • •

In der Zeit fuhren Akay und Silvia zu Egis Häusle, genauer gesagt zu den Feldern seines Vatters, die dieser an Hubertus Wolf verpachtete, auf denen auch Gert Beier und seine Frau Hanni, die Tochter von Ursula Busch, arbeiteten. Ursula Busch hatte vor mittlerweile vier Wochen einen Mann mit großem Sack in der Fuggerstraße beobachtet. Könnte es Gernot Weiß gewesen sein, der sportliche Schweizer Student, der sich auch in der Cyberwelt hervorragend auskannte? Hatte er in einem Sack die Leiche von Annet Balder weggeschafft? Akay und Silvia wollten es alleine herausfinden. Sie fuhren auf der Prinzenstraße durch ein Wohngebiet, das immer wieder von Hotels, Pensionen und anderen Gästezimmern unterbrochen wurde. Sobald Richtung Süden die Felder begannen, änderte das asphaltierte Verkehrsbauwerk seinen Namen in Lorettostraße. Die Besiedlung wurde nun immer dünner, dafür breiteten sich die landwirtschaftlichen Flächen vor den Kriminalisten aus. Und genau diese waren ihr Ziel. Sie beachteten nicht, wer gerade auf demselben Wege unterwegs war.

· · ·

Es war ein herrlicher Sonntag. Nach dem Gottesdienst in der katholischen Kirche St. Johannes Baptist am Marktplatz Oberstdorf hatte die Elli Uroma Bruni per Rollstuhl im strahlenden Sonnenschein heimgeschoben, immer geradeaus durch die Prinzen- und Lorettostraße Richtung Süden. Sie passierten die Huber'schen Felder, auf denen im Mai noch die Kühe grasten, bevor Anfang Juni zum Alpauftrieb geblasen wurde, und das Vieh von da an einhundert Tage auf den Bergwiesen verweilen durfte. Diese Sommerpause kräftigte Vieh wie auch Bauer: Die Kühe genossen ihr Leben in relativer Freiheit auf schmackhaften Kräuterwiesen, und die Bauern konnten es über drei Monate lang locker angehen lassen, da sie das Vieh nicht füttern und die Ställe nicht ausmisten mussten. Jedes Jahr war am Sommeranfang dieses Allgäuer Ereignis zu beobachten, das sich auch die Touristenmassen nicht entgehen ließen, ebenso wie den Viehscheid, den Abtrieb im September.

Uroma Bruni sog die frische Landluft in ihre sechsundneunzig Jahre alten Lungen, währen Elli sie mit kugelrundem Schwangerschaftsbauch heimrollte. Elli war nicht mit in die Kirche gegangen, da sie während der Brutzeit den Wachsgeruch der Kerzen nicht ertragen konnte. Sobald sich jemand mit'm Feuerzeug einem Docht näherte, musste sie sich übergeben. Aus Brunis Mund sprudelten nun unverständliche Worte über ihre Erlebnisse auf der Kirchenbank. Ein ehemaliger Pfarrer aus Füssen hatte neben ihr gesessen und sich vorgestellt. Ein ganz netter Mann war das gewesen.

»Dö hös oh Höbbo«, schwätzte die Bruni, aber Elli verstand das Kauderwelsch nicht, sonst wüsste sie jetzt, dass der wie sie den Nachnamen Huber trug und vor vielen Jahren für kurze Zeit in Bad Hindelang gewirkt hatte.

Als sie kurz vor dem Abzweig zu ihrem Mehrgenerationenhäusle waren, hörten sie aus der Ferne ein Auto heranbrausen. Uroma Bruni wurde von Elli in den Garten geschoben, an die eine Stelle, wo bei der Geburtstagsfeier vom Traudele die Hecke etwas gelitten hatte, als Elli die Verästelungen heruntergedrückt hatte, um dem Egi derbe Beschimpfungen hinterherzurufen. Der war einfach abgehauen zur PI, als es ihm auf der Party zu brenzlig geworden war.

Uroma Bruni stand jetzt im Rollstuhl vor der Hecke, die auf einer Breite von circa einem Meter nur noch achtzig Zentimeter hoch war. Elli hatte sich während der Party mit ihrem Schwangerschaftsbauch so weit hinübergelehnt, dass die Äste abgebrochen waren. Die Schneise diente nun als Fenster für die Bruni, die auf diese Weise die grasenden Kühe auf den verpachteten Huber'schen Feldern beobachten konnte. Eigentlich waren's ja ihre. Siebzig Jahre lang hatte sie darauf zu jeder Jahreszeit geschuftet, dachte sie wehmütig.

Aktuell schafften aber andere auf den Wiesen, die Bruni betrachtete die Pächter, die Busch-Beier-Wolf-Bagage. Hubertus Wolf (der Hubi), seine Frau Tilli, sein Schwager Gert Beier (der Gerti) mit Frau Hanni (Tillis Schwester) und ihre Mutter Ursula Busch (die Uschi) bürsteten die Kühe, sammelten Kuhfladen ein, schoben den angehäuften Naturdünger auf Schubkarren zu einem Anhänger, der an einem grünen Traktor hing, und luden den Mist mit Spaten auf. Elli ging wieder zurück ins Haus, um sich ein Stündle aufs Sofa zu legen.

• • •

Zehn Meter weiter stand ein alter brauner Opal Astra Kombi. Sein Fahrer schaute zu, wie die Kripo Kempten sich weiter im ermittlungstechnischen Nirvana aufhielt. Er musste grinsen. Diese Feldarbeiter wussten absolut nichts. Keine Gefahr für ihn, selbst wenn sie ihn mal gesehen haben sollten.

• • •

Ein dunkelgrauer BMW hielt plötzlich in Uroma Brunis Blickfeld. Ein schwarzhaariger, bärtiger Mann und eine blonde Frau, beide recht hübsch anzusehen, stiegen aus und gingen auf das Feld. Die Stöckelschuhe der Besucherin versanken im taunassen Gras. Die blonde Frau rümpfte die Nase, und schaute angewidert auf die dick mit Kuhkacke beschmierten Gummistiel der Busch-Beier-Wolf-Bagage. Sie hielt einen Sicherheitsabstand von drei Metern zu den stinkenden Kuhflüsterern.

Uroma Bruni beobachtete, wie sich der hübsche Mann und die schöne Frau recht lang mit dem Feldgesinde unterhielten. Die Busch-Beier-Wolf-Bagage nahm mehr und mehr eine abwehrende Haltung ein, sie verschränkten die Arme vor der Brust, kniffen die Augen zusammen und wandten sich ab. Der Hubi ging dann einfach zu seinem Kuhfladen-Anhänger, stieg rauf und schob die pampigen Ausscheidungen seines Braunviehs mit einem Spaten zusammen, sie waren während des nicht enden wollenden Gesprächs mit den Fremden auseinandergelaufen. Am Ende der Unterhaltung stand nur noch die Uschi vor dem Mann und der Frau und formte mit ihren Händen einen Gegenstand in der Luft. Dann ballte sie ihre Fäuste, hielt sie an die rechte Schulter, beugte sich vornüber und ging gekrümmt ein paar Schritte weiter. Der Mann, der aussah wie ein Türke, öffnete den Mund, es schien, als würde aus seinem mächtigen Bart ein »Aha« tönen. Uroma Brunis Öhrle waren nicht mehr die besten, dafür kannte sie sich hervorragend mit Zeichensprache aus. Es musste ein großer Sack sein, der zum Abtransport einer schweren Sache auf der Schulter eines kräftigen Mannes diente, den die Uschi da mit vollem Körpereinsatz beschrieb.

...

Als Egi heimkam, kriegte er die Haustür nicht auf. Uroma Bruni stand wieder einmal mit ihrem Rollstuhl dahinter und wartete. Egi ahnte, dass etwas passiert sein musste.

»Ögi, do wo fombo Höip of onf Fobo!«, beschwerte sie sich lautstark beim PHK, sie hörte ihre eigenen Worte kaum noch. »Bi hom Ühi böfog, bi hop wo vo o Schög göföx!«

»Das isch ja a ganz feine Geschichten, Uroma Bruni«, schrie Egi, bei Uroma Bruni durfte er noch Allgäuer sein. »Dann schieben wir dich mal auf die Terrasse, s' isch ja so schö' heut.«

»Nööö, Ögi!« Die Bruni schüttelte protestierend den Kopf und wehrte ihn mit ihren Händen ab. »Bö mosch wösch böe!«

»Was bist denn so aufgeregt, isch was passiert?«, fragte Egi mit erhobener Stimme, obwohl er wusste, dass er die nun folgenden Ausführungen nicht verstehen würde. Aber er wollte unbedingt wissen, was Uroma Bruni ihm zu sagen hatte. Letztes Jahr hatte sie ihm mit einem Brief ihrer verstorbenen Freundin Rita (der »Hiho«) einen wichtigen Tipp gegeben, der ihn auf direktem Wege zur Mörderin geführt hatte.

Die Bruni fuchtelte mit den Armen über ihrem Kopf herum und nuschelte eine wilde Abfolge von Lauten, die der PHK nicht interpretieren konnte. Egi langte nach den Griffen ihres Rollstuhls und fuhr sie durch die holzvertäfelte Diele in die elterliche Küche. Die Bruni wurde dabei mächtig durchgeschüttelt, die Bodenfliesen hatten ihre besten Jahre bereits lange hinter sich und ihre Ebenmäßigkeit im Laufe der letzten drei Generationen komplett aufgegeben. Für eine Sanierung des Erdgeschosses langte das Geld nimmer, es war ja vor zehn Jahren in Egis Obergeschoss gesteckt worden, lamentierte Vatter regelmäßig.

Mutter und Vatter waren heute zum verkaufsoffenen Sonntag nach Kempten gefahren, also stand dem Egi wieder ihr gesamtes Erdgeschoss zur Verfügung. Oben durfte er sich aktuell nicht blicken lassen. Er parkte Uroma Bruni am von Macken übersähten, hölzernen Küchentisch und holte ein Blatt Papier mit Bleistift aus Mutters quietschender Schublade. Die Küchenmöbel hatten schon einige Jahrzehnte auf dem Buckel, aber solange sie nicht zusammenbrachen, wurde auch nix Neues angeschafft. War alles noch zu gebrauchen, und Vatter sah es nicht ein, sein auf den Feldern hart verdientes Geld den gierigen Geschäftlhubern in den Schlund zu werfen und seine Rente erst recht nicht.

Die Bruni konnte mit ihren zittrigen Händen keine Buchstaben mehr schreiben, also malte sie nun zackig ein Auto, ein Strichmännchen mit Bart, ein Strichfräulein und eine Kuh auf das Papier. Mit ihrem krummen Mittelfinger zeigte sie Richtung Huber'sche Felder. Neben die Kuh malte sie einige weitere Strichmännchen. Einem, das wie eine gebeugte Person wirkte, malte sie einen Sack auf die Schulter, den sie mit einem dicken Pfeil markierte. Dann schaute sie Egi erwartungsvoll an und brüllte: »Ühi hösch o Schög!«

Die wuchtige Standuhr in der Diele schlug ein Uhr mittags, Essenszeit. Die Bruni konnte es nicht hören, aber ihr Magen knurrte mittlerweile. Der scharfsinnige PHK ignorierte die beiden Geräusche, er war gerade auf eine ganz andere Sache konzentriert. Egi starrte auf die Skizze. In seinem Hirnkästle fügte sich ein Bild des Grauens zusammen, in dem ein bärtiger Türke und eine eingebildete Blonde gegenüber einer Frau namens Uschi (in Uroma Brunis Greisinnensprache: Ühi) eine tragende Rolle einnahmen.

Dann fiel der Bruni noch etwas Wichtiges ein, sie erinnerte sich an den netten Pfarrer a. D., der heute Morgen neben ihr auf der Kirchenbank gesessen hatte, malte auf die Rückseite des Papierbogens eine Kirche mit einem Strichmännchen daneben und meinte: »Dö hös Höbbo.«

Das Wort »Höbbo« kannte der Egi von der Uroma Bruni, das hieß

»Huber«. Sie meinte bestimmt, dass ihr Enkel Egi endlich einmal wieder mit ihren Urenkeln Belli und Tommi in die Kirche gehen sollte.

»Das machen wir nächsten Sonntag, Uroma, gell?«, meinte Egi und gab ihr a dickes Busserl auf die Stirn.

• • •

Als Egi am Montagmorgen in der PI Oberstdorf eintraf, warf er Uroma Brunis Skizze in seine Sammelsurium-Schublade, dazu einen Zettel mit der Aufschrift »Sack!!!!«. Danach stand wieder ein Meeting mit der Kripo Kempten an. Der PHK machte sich auf den Weg zum Konferenzraum, als Beate plötzlich ihre Tür aufriss und ihn in ihr Büro zog. Egi stolperte hinein, Beate packte ihn an den Schultern und schob ihn zum Chefmeier ins Büro. Der hockte wie immer in letzter Zeit an seinem futuristischen Schaltpult und meinte: »Egi, gut dass d' kommst, die Kriminalisten sitzen allein im Konferenzraum.«

»... getragen. Ursula Busch meinte, er hätte keine Glatze gehabt, sondern dichte braune Haare. Das kann nicht Gernot Weiß gewesen sein«, hörten sie Akay aus Chefmeiers Abhöranlage sprechen.

»Oder er hat sich eine Perücke aufgesetzt, um sich unkenntlich zu machen, damit er ungesehen Annet Balders Leiche aus ihrer Wohnung schaffen konnte«, meinte Silvia daraufhin.

»Möglich«, überlegte Akay, »lass uns mal nachforschen, wer sich in letzter Zeit im Allgäu dunkle Perücken angeschafft hat. Ich bitte gerade die Kollegen in Kempten per E-Mail darum. Jetzt aber still, die PI-Deppen kommen gleich rein.«

Der Chefmeier verzog sein ohnehin nicht recht freundliches Gesicht zu einer dämonischen Fratze und schaltete die Lampe im Konferenzraum aus. Der PI-Depp Egi schmierte sich den Hinweis »Mann mit braunen Haaren und Sack« auf einen Zettel, auf einen zweiten »Perücke«, ging in sein Büro und warf beide in die Sammelsurium-Schublade. So eine lange Notiz hatte er bisher noch nie geschrieben, zufrieden schlenderte er gemeinsam mit Rudi und Beate zum Soko-Breitachklamm-

Meeting und öffnete die Tür. Egi erschrak schon wieder, als er dem Akay seinen Monsterbart sah, er hatte sich noch nicht an den Anblick gewöhnt.

»Grüaß euch«, begrüßte der PHK die Kriminalisten, die ihn hinterhältig angrinsten.

»Es gibt Neuigkeiten, Egi«, meinte Akay.

»Habt ihr gestern, am Sonntag, noch ermittelt, oder wo kommen die her?«, fragte Egi hintergründig.

»Nein, gestern hatten wir frei«, log Akay. »Ein Personencheck der Kemptener Kollegen hat ergeben, dass Annet Balder ein Auto besaß, ein weißer Mini war auf ihren Namen angemeldet.«

Egi, Rudi und Beate kamen aus dem Staunen nicht mehr heraus.

»Abba die hatte doch keinen Führaschein«, wunderte sich Beate.

»Nein, sie hatte keinen Führerschein. Sie hat es dreimal probiert, aber sie ist jedes Mal durch die praktische Prüfung gefallen. Sie hat sich nur vorher schon ein Auto angeschafft«, erklärte Akay.

»Und wo ist das jetzt?«, wollte Rudi wissen.

»In einer Parkbucht vor Justus Fidlers Wohnung«, antwortete Silvia und genoss die Gesichtsausdrücke der PI-Leute, die aussahen wie Fragezeichen.

»Aber ...«, begann Rudi.

»Ich fass es nit«, entfuhr es Egi. »Wie habt ihr's gefunden?«

»Getz weiß ich«, meinte Beate, »deshalb die Pkw-Fahndung am Freitach.«

»Stimmt, Beate«, bestätigte Akay, »die Kollegen haben den Mini bundesweit suchen lassen. Euer Daniel hat ihn heute Morgen entdeckt.«

»Den Daniel hab ich heut noch gar nicht gesehen«, meinte Egi und wunderte sich, dass der Polizeinovize der Finder gewesen sein sollte, saß er doch sonst nur in der PI-Zentrale und nahm Telefongespräche an.

»Tja, Egi, der war ja auch noch gar nicht hier«, grinste Akay.

»Woher weißt's dann?«, fragte Egi.

»Er hat uns angerufen«, antwortete Silvia.

Das konnte der PHK nun absolut nicht verstehen. Warum rief der Daniel die Kriminalisten an und nicht die PI-Kollegen? Er schluckte die Frage herunter und ließ Akay fortfahren.

»Ich schlage vor, Egi, dass wir zwei den Justus Fidler sofort besuchen. Wir kennen ihn schon aus dem Sportladen, da hat er nichts davon erzählt, dass das Auto von Annet Balder vor seiner Wohnung parkt. Den schnappen wir uns jetzt.« Akay brauchte mal wieder tatkräftige Unterstützung eines einheimischen Polizisten, sonst rückte bei der anstehenden Befragung niemand mit der Sprache heraus.

»Soll ich dann weitermachen mit den Listen von den Kühltruhenkäufern?«, fragte Silvia.

»Ja, mach das. Gleiche sie am besten mit den in Deutschland, Österreich und der Schweiz angemeldeten weißen Fiat Doblòs ab und prüfe, ob es dabei Zusammenhänge gibt, sei es bei den Namen, Adressen oder Telefonnummern oder sonst was«, ordnete Akay an.

Rudi beneidete Silvia, diese Aufgabe hätte er liebend gerne übernommen. Egi applaudierte innerlich, die Kripo Kempten sollte sich mal schön mit den unnützen Listen beschäftigen. Er war sich sicher, dass seine Sammelsurium-Schublade die relevanten Hinweise auf den Mörder enthielt. Mit Genugtuung begab er sich mit Akay zu Justus Fidlers Wohnung in der Holzerstraße im Osten Oberstdorfs. Sie befand sich in einem schlichten, weiß verputzten Haus mit rotbraun gedecktem Dach. Als sie ankamen, ließ sie ein von parkenden Autos überfüllter Straßenrand verzweifeln. Sie fuhren dreimal im Kreis, bevor endlich eine Mutter mit Baby ihren Kleinwagen ausparkte und eine winzige Parklücke freigab. Akay stellte seinen dunkelgrauen Dienstwagen direkt neben einem Mini mit OA-Kennzeichen ab. Als Akay ausstieg, wehte sein Langhaarbart in der leichten Allgäuer Frühlingsbrise. Er und Egi sahen sich das Auto an. Der weiße Lack war verdreckt, und Krümel auf dem Fahrersitz zeugten davon, dass der Innenraum in letzter Zeit nicht mehr gesaugt worden war. Als Egi wieder hochschaute, fiel sein Blick über das Autodach zu einer sich öffnenden Haustür auf der gegenüberliegenden Seite. Er konnte nicht fassen, was er dort sah. Daniel Müller trat heraus, ließ sich von einem Mann umarmen und küsste ihn auf den Mund!

Als Akay Egis erschütterten Gesichtsausdruck sah, drehte er sich um, erkannte den turtelnden Polizeinovizen und lachte: »Hahaha, da schaust du, Egi. So was kommt in deinem unverrückbaren Allgäuer Weltbild nicht vor, oder?«

Egi hätte Akay jetzt am liebsten eine reingehauen, er ließ es aber, da er weiterhin PHK in Oberstdorf bleiben wollte. Als er den Ärger, so gut es ging, beiseitegeschoben hatte, machte sich eine Erkenntnis in ihm breit, die ihn verstehen ließ, warum der Daniel niemanden von der PI verständigt hatte. Egi schloss die Augen und zählte bis zehn (das hatte ihm seine Frau Elli letztes Jahr empfohlen, während der ersten gemeinsamen Ermittlungen mit der Kripo Kempten). Als er die Augen wieder öffnete, schaute er in das runzelige Gesicht vom Pauli Berger, das halslos in einen kugelrunden Körper überging, der in einem zeltmäßigen dunklen Hemd steckte und von zwei kurzen, stämmigen Beinen in verwaschenen Jeans getragen wurde.

»Des isch dem Fidler sei Wagen, sehen S' mal zu, dass der wegkommt, Kommissar Huber, der blockiert seit Ewigkeite den Platz hier, weil er'n Tank leer gefahre hat«, meinte der ungefragte Zeuge mit drohendem Zeigefinger und spazierte ohne ein weiteres Wort um die nächste Ecke.

Erst als Egi hinter ihm hersah, erkannte er, dass er mit seinem Dackel der gleichen Gewichtsklasse Gassi ging. Akay lachte den verdutzten PHK an, der gerade handlungsunfähig zu sein schien. Egi biss sich auf die Lippen und ging ohne ein Wort auf den Hauseingang zu, hinter dem Justus Fidler wohnte. Akay folgte ihm grinsend. Daniel war inzwischen in die andere Richtung gegangen, um mit dem Bus zur PI Oberstdorf zu fahren, sein Dienst würde gleich beginnen. Er hatte die beiden Beamten nicht gesehen und ahnte noch nicht, was Egi und Akay nun über ihn wussten.

Der PHK schlug mit der Faust auf den Klingelknopf.

»Jetzt komm mal wieder runter, Egi, deine altbackenen Weltanschauungen sind seit Jahrzehnten überholt«, stichelte Akay weiter.

Egi sah ihn garstig an, dann hörte er nach einer Ewigkeit Justus Fidlers Stimme aus den Lautsprecherschlitzen quäken: »Wer ist da?«

Akay rief ins Mikrofon: »Kripo Kempten, kommen Sie einmal zu uns raus, Herr Fidler.«

»Warum parken Sie das Auto hier?«, fragte Akay und zeigte auf den Mini, als Herr Fidler die Tür öffnete. Er stand dort im karierten Schlafanzug und gähnte, dass man ihm bis in die Lungenflügel sehen konnte.

»Ich parke das Auto nicht hier«, bestritt der dringend Tatverdächtige und rieb sich den Schlaf aus den Augen.

»Ich denke schon, dass Sie das Auto hier geparkt haben. Geben Sie es lieber zu«, riet Akay.

»Warum sollte ich?«

»Weil uns das gerade ein Zeuge bestätigt hat, Herr Fidler!«, brüllte Egi.

Justus Fidler zuckte kurz zusammen, dann meinte er: »Das kann jeder behaupten, aber ich habe gar kein Auto.«

»Das gehört ja auch nicht Ihnen, sondern Annet Balder. Und sie hat es Ihnen geliehen, bevor sie starb«, erinnerte ihn Akay.

Justus Fidler wurde nun unruhig, er trat mit seinen Filzpantoffeln von einem Fuß auf den anderen und wirkte, als würde er angestrengt nachdenken.

»Herr Fidler, ich wette, dass wir auf dem Fahrersitz, am Lenkrad und am Schaltknüppel DNS-Spuren von Ihnen finden werden. Wir lassen den Wagen gleich abholen und untersuchen«, drohte Egi, holte sein Handy hervor und tippte auf einen Kontakt.

Herr Fidler schaute entsetzt auf den Mini. Man sah ihm an, dass er es bitterlich bereute, ihn nicht umgeparkt zu haben.

»Schon gut, schon gut, ich gebe es zu, ich bin damit gefahren. Die Annet hatte keinen Stellplatz dafür, da habe ich ihr halt geholfen.«

»Schön, wenn man so hilfsbereite Kollegen hat«, meinte Egi mit einem zornigen Blick auf Akay, »aber abholen und untersuchen lassen wir es trotzdem.«

Justus Fidler starrte ihn mit offenem Mund an. Bevor er etwas erwidern konnte, meinte Akay: »Wie konnten Sie das wissen? Sie haben uns doch gesagt, Annet Balder hat mit niemandem ein Wort gesprochen, war stumm wie ein Fisch.«

»Im Allgäu versteht man sich auch ohne große Worte, Akay, anders als in deiner türkischen Sippe«, bellte Egi. »Hallo, Beate, hier Egi. Schick uns mal bitte einen Abschleppwagen in die Holzerstraße!«

Als Egi und Akay in der PI Oberstdorf eintrafen, saß der Daniel an der Empfangstheke. Er schaute starr auf seinen Tisch, auf dem sich mehrere Papierstapel türmten. Er beschäftigte sich eifrig mit der Verteilung der Eingangspost, der Durchsicht von Faxen und dem Sortieren von Knöllchen, die die Streifenkollegen heute an Oberstdorfer Falschparker, oder besser gesagt touristische Falschparker, verteilt hatten. Die Oberstdorfer selbst verfügten ja über Sondergenehmigungen und durften parken, wo es ihnen beliebte. Auch vor Einfahrten, auf Gehwegen, in der Fußgängerzone oder an Bushaltestellen und in Baustellen.

Der Polizeinovize vermied es hochzusehen, er hoffte inständig, dass die Kriminalisten nichts über seinen morgendlichen Aufenthalt ausgequatscht hatten. Die PI-Kollegen wussten alle, dass er nicht in der Holzerstraße wohnte und hätten sich gleich auf ihn gestürzt, wegen Freundin und so weiter.

»Hallo, Daniel, gut geschlafen?«, begrüßte ihn Akay mit breitem Grinsen.

Daniel fuhr zusammen und schaute sich um. Zum Glück war gerade niemand im Flur, nur der Egi ging neben Akay her. Als Daniel die versteinerte PHK-Miene sah, durchfuhr ihn ein Schreck allererster Güte, das Blut schoss ihm ins Gesicht. Der Egi wusste es, das konnte er in seinen Augen lesen! Ob der PHK schweigen würde? Und die Kripo Kempten? Daniel dachte über ein vorzeitiges Coming-out nach und griff nach seinem privaten Handy.

Egi rannte mit kurzem Nicken an ihm vorbei und verschwand in seinem Büro. Er schnappte sich einen Schmierzettel und schrieb darauf: »Annet + Justus: Freundschaft plus?«, und warf ihn in die Schublade.

Dann setzte er sich an seinen Schreibtisch und schrieb ausnahmsweise einmal eine Nachricht per E-Mail, Empfänger: Daniel Müller, Text: »Hallo, Daniel, gleich kommt Justus Fidler, bitte schick ihn in den Verhörraum. Danke! Egi«.

Egi stand auf und schlenderte mit hängenden Schultern in den Verhörraum. Als er eintrat, saß Akay schon dort und tippte wild auf seinem Notebook herum. Den schien die Sache mit Daniel überhaupt nicht aus der Fassung zu bringen, junge Generation halt: Langzeit-Single, Freundschaft plus, hetero-, homo-, bi- und/oder transsexuell, ständig online, allzeit bereit. Egi wurde klar, dass er auf die fünfzig zuging, bald drei Kinder haben würde, einen Hund hatte, und seit die Eltern sich in den Ruhestand verabschiedet hatten, sah er sie kaum noch und musste sich auch noch in jeder freien Minute um Uroma Bruni kümmern. Sein Leben war, wenn man es nüchtern betrachtete, so gut wie vorbei! Neidisch betrachtete er den Deutsch-Türken, dessen Attraktivität gerade von einem monströsen Bart überwuchert wurde. Dann klingelte plötzlich das Telefon vor ihm auf dem Tisch.

»Geh du mal dran, Egi, ich muss mir noch ein paar Punkte notieren«, bat der Bart.

Egi blickte auf das Display, es war Daniel. Egi griff zum Telefonhörer, räusperte sich und hauchte: »Ja, Daniel?«

»Du, Egi, der Justus Fidler ist jetzt da. Der kann doch nicht alleine hier durch den Flur gehen, und ich muss hier vorne bleiben. Holst du ihn bitte ab?«

»Klar«, meinte Egi und führte danach den Zeugen in den Verhörraum.

»Herr Fidler, wir haben den Eindruck, dass Sie uns bisher nicht alles verraten haben. Wir vermuten, dass Sie mehr Kontakt zu Annet Balder hatten, als Sie zugeben wollen«, warf ihm Akay vor. Als er sich den jungen Verkäufer näher ansah, fiel ihm auf, dass er dichtes braunes Haar hatte und recht muskulös wirkte. »Welche Art Beziehung pflegten Sie zu Annet Balder?«

»Wir hatten keine Beziehung. Ich sagte doch schon, ich habe mich nur um ihr Auto gekümmert. Sie hatte keinen Stellplatz, und ich habe es bewegt, damit es nicht einrostet.«

»Ah, verstehe«, meinte Akay. »Wie haben Sie das organisiert?«

»Als Annet letztes Jahr aus Kempten hierher gezogen war, hat sie sich das Auto gekauft. Es musste vom Autohaus abgeholt werden, da hat sie mich darum gebeten. Sie hat mitbekommen, dass ich gerade meinen alten Polo zu Schrott gefahren habe und wusste, dass ich ein Auto brauchte.«

»Es war ein Neuwagen, Herr Fidler, so ein Mini ist nicht gerade billig, über zwanzigtausend Euro«, merkte Akay an. »Den hat sie Ihnen einfach so überlassen? Ohne dass sie ein besonders vertrautes Verhältnis zueinander hatten?«

»Die hatte zu keinem ein besonders vertrautes Verhältnis, das war ja die Sache. Und die anderen haben sich halt nicht um ihre Probleme gekümmert.«

»Und Sie haben sich darum gekümmert?«, fragte Egi nach.

»Ja.«

»Warum?« Der PHK konnte es sich schon vorstellen.

»Weil Sie auf sie standen?«, griff Akay vor.

»Nein! Nicht auf sie. Ich fand das Auto geil«, gab Justus Fidler kleinlaut zu, schaute sich dabei genauestens seine ausgefransten Hemdsärmel an und zog ein paar störende Fäden heraus, die er unter den PI-Tisch fallen ließ.

Klasse, da haben wir ein paar DNS-Proben an dem Gewebe, dachte Akay.

»So ist das also, das Auto«, fasste er zusammen. »Und an dem Auto war sonst auch niemand interessiert?«

»Schon.«

»Wie schon?« Egi platzte bald der Kragen. »Jetzt rücken S' endlich naus damit!«

175

»Es ist so, ihr Nachbar Peter Post, der hat sie mal am Geschäft abgefangen. Er hätte das Auto gerne genommen, dann hätte es bei Annets Wohnung gestanden. Der Peter hat sich aber mit seinem Vermieter wegen der Garage gestritten, die konnten sich nicht einigen, weil die ständig vollgestellt war. Da habe ich ihr das Angebot gemacht, mich um das Auto zu kümmern. Aber wenn Sie mich fragen, der Peter war hinter Annet her, er hat ständig vor'm Geschäft rumgelungert und sie beschattet.«

»Auch noch dieses Jahr?«, wollte Akay wissen.

»Natürlich dieses Jahr, bis zu ihrem Tod hat der sie nicht in Ruhe gelassen. Manchmal ist sie sogar aus dem Geschäft raus, wenn sie ihn gesehen hat, und hat ihn angeschrien, er soll sich verziehen.«

»Sehr interessant«, meinte Akay und machte sich eine Notiz auf seinem Notebook.

»Warum haben S' uns das nicht gleich gesagt, letztens im Geschäft?«, wollte Egi wissen.

»Da hab ich nicht mehr dran gedacht.«

»Sagen Sie mal, Herr Fidler«, ging Akay dazwischen, »was treiben Sie denn für'n Sport, Sie sehen gut durchtrainiert aus.«

»Im Winter Ski und Snowboard, im Sommer Mountainbike, Klettern und Marathon.«

»Sehr gut«, lobte Akay und machte sich noch eine Notiz. »Halten Sie sich zur Verfügung, Herr Fidler! Wir werden Sie zu gegebener Zeit noch einmal herbitten.«

Als Justus Fidler gegangen war, sammelte Akay die Fäden aus Herrn Fidlers Ärmeln auf und steckte sie in eine Plastiktüte, die er per Eilboten nach Memmingen bringen ließ.

• • •

Nach einer kurzen Pause traf sich die Soko Breitachklamm im Konferenzraum, der Chefmeier hockte währenddessen wieder an seinem Schaltpult und hörte zu.

»Egi, schreib am Flipchart mit, wir müssen Ordnung in unsere Ermittlungen bekommen, jeden Tag erfahren wir etwas Neues, der Fall breitet sich immer mehr aus«, lamentierte Akay, der langsam den Überblick über die ganzen Oberstdorfer Übeltäter verlor. Gernot Weiß der Schweizer Exfreund aus Kempten, bewegte sich auf seiner Verdächtigenliste aktuell ins Abseits. Er brauchte dringend Input von den einheimischen Wissensträgern, um sich ein Bild von den weiteren Beziehungen der Toten machen zu können. Alleine waren die Kriminalisten hier aufgeschmissen, und die Zeit drängte. Er riss das alte Blatt ab, damit der PHK mit einer neuen Übersicht anfangen konnte.

Egi rollte mit den Augen, schon wieder am Flipchart kritzeln. Er war in der Schule ein Fünferkandidat in Kunst und Deutsch gewesen, und jetzt sollte er ständig diese blöden Übersichten malen. Er stand fluchend auf und griff sich einen Marker. Die Kripo Kempten wollte ihn offensichtlich systematisch fertigmachen.

»Notiere die Namen nebeneinander: Matthias Binder, Gernot Weiß, Peter Post, Justus Fidler«, ordnete Akay an und verschwieg den Pfarrer, von dem Gernot Weiß ihm und Silvia erzählt hatte, den wollte er sich für später aufheben.

Egi schmierte die Namen ans Flipchart und freute sich innerlich, dass die Kriminalisten noch nix von dem ominösen Pfarrer wussten, den ließ er in seinem PHK-Ärmel.

»Oben drüber schreib Annet Balder, und unter Matthias Binder schreib Brigitte Binder, dann verbinde die Pärchen mal mit Pfeilen und beschrifte sie«, forderte Akay.

»Du hast vor'n paar Tagen noch was vom Lohmeier gesagt«, kritisierte Rudi.

Das hatte der Akay ganz vergessen, das war ein Ablenkungsmanöver gewesen, um den PI-Deppen eine Beschäftigungstherapie zu verschaffen, da waren sie aber nicht drauf angesprungen. Jetzt wollte er die knappe Zeit nicht mehr mit solchen Manövern verschwenden, und meinte: »Nach dem Profiling von Silvia ist der wieder rausgefallen.«

Silvia nickte und himmelte seinen Bart an.

»Aha«, meinte Rudi. »Und was meinst dann zu dem Tue-Buße-Dings, was die Silvia rausgefunden hat?«

Der Chefmeier klatschte am Schaltpult in seinem Büro in die Hände. Der Rudi war heut gut drauf.

»Ach das, das lassen wir jetzt erst mal außen vor. Wir werden später analysieren, welcher Religion die Verdächtigen anhängen«, erläuterte Silvia.

Egi starrte die beiden Kriminalisten genervt an, drehte sich um und fing an zu malen.

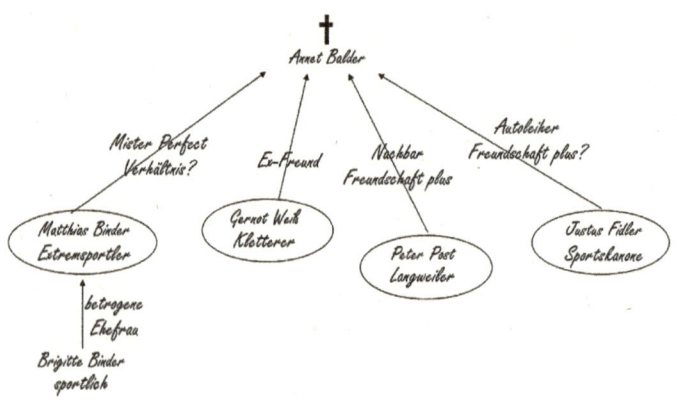

Egi, Rudi, Beate, Akay und Silvia betrachteten das Ergebnis.

»Wen von denen kennt ihr?«, wollte Akay von den PI-Leuten wissen.

»Keinen«, meinten Egi, Rudi und Beate gleichzeitig.

»Hat auch keiner von denen rote Haare«, fügte Rudi hinzu.

Die anderen schauten ihn verwundert an. Egi nutzte die Gelegenheit, ging zum Tisch zurück, riss eine Ecke Papier aus Rudis Block und notierte sich »Religionszugehörigkeit« darauf und steckte sich die Notiz in die Hosentasche.

»Das kann doch nicht sein, außer Gernot Weiß wohnen die alle hier. Wie könnt ihr die nicht kennen?«, ärgerte sich Akay.

»Sind halt Zugezogene«, rechtfertigte sich der PHK.

»Silvia?« Akay schüttelte den Kopf und forderte die Profilerin auf, eine Analyse vorzunehmen.

»Alle von ihnen haben ein Motiv«, urteilte Silvia. »Ich gehe davon aus, dass die vier Männer eine Affäre mit Annet Balder hatten. Mit Gernot Weiß und Peter Post hat sie nur gespielt und sie einfach sitzen gelassen. Justus Fidler hat sie ausgenutzt, er war ihr Autositter und bestimmt auch mehr. Ich habe mir das Band von seiner Befragung angehört. Ich kann mir nicht vorstellen, dass er nicht ihr Liebhaber war, er hat zu sehr abgeblockt und immer nur auf das Auto und zum Ende auf Peter Post verwiesen. Es ging ihm nicht um das Auto, es ist laut Tacho nur fünfundachtzig Kilometer bewegt worden, er hat es in dem halben Jahr kaum benutzt und auch nicht mehr vollgetankt. Die drei Herren wollten sich nicht von ihr trennen, sie waren alle enttäuscht und wütend. Sie wussten voneinander. Es wäre möglich, dass einer von ihnen der Mörder ist und die Tat den anderen in die Schuhe schieben will. Matthias Binder ist nicht zu durchschauen. Egal, ob er sich auf Annet Balder eingelassen hat oder nicht, sie ist ihm lästig geworden, er wollte sie loswerden. Vor allem weil er seine Frau und den komfortablen Lebensstil nicht verlieren will. Brigitte Binder ist eine Schlange, auch ihr würde ich einen Mord zutrauen.«

»Ich schlage vor, wir warten die endgültigen Ergebnisse von Köhler ab. Eventuell ergeben seine DNS-Analysen weitere Aufschlüsse über die letzten Tage im Leben der Annet Balder. Ihre benutzte Bettwäsche wird uns bestimmt einiges verraten. Wir werden uns den Rest des Tages mit den Käufern von Kühltruhen, Latsche-Ölen und Schweinehälften beschäftigen und sie mit den Fiat-Doblò-Fahrern abgleichen. Das sind über sechzig Seiten, die wir durcharbeiten müssen, wir teilen sie unter uns auf«, entschied Akay.

Den Sack-Träger mit den braunen Haaren verschwieg Akay genauso wie die Geheimliste mit den Perückenkäufern, die würde er alleine mit Silvia durchgehen. Vielleicht war es doch Gernot Weiß.

»Sehr guter Vorschlag, Akay«, stimmte Silvia zu. »Annet Balder hat mit ihrer Persönlichkeitsstörung jemanden derart in Bedrängnis gebracht, dass er sie umgebracht hat. Es wird viel Arbeit geben, aber mit den Käuferlisten werden wir den Täter dingfest machen können.«

Rudi rieb sich die Hände, Beate wäre lieber mal wieder im Außendienst tätig geworden, und Egi hätte Akay den Hals umdrehen können. Aber der PHK war froh, dass er die Sache mit dem Sacktransport durch die Fuggerstraße und die inoffizielle Perückensuche mitbekommen hatte, dem würde er privat mit Rudi nachgehen. Er schrieb sich noch eine Notiz »Perücke« und steckte sie in die Hosentasche.

. . .

Am Dienstagmorgen kam Lorenz Küpper, der Spusi-Leiter, mal wieder persönlich vorbei. Er hatte alle Ergebnisse der DNS-Analysen eingepackt und brachte den Bericht in den Konferenzraum zur Soko Breitachklamm. Den Obduktionsbefund vom Erich hatte er auch dabei. Die Memminger Kollegen hatten ihm das komplette Paket in die Hand gedrückt, er wohnte schließlich als Einziger von ihnen in Oberstdorf.

»Servus«, meinte der blonde Hüne, seine blauen Augen strahlten, als er Egi erblickte. »Ihr glaubt nicht, was ich herausgefunden habe.«

»Sag's uns!«, forderte Akay ihn auf.

»Wir haben auf dem Beifahrersitz des Minis Scheidensekret von Annet Balder vermischt mit Spermaspuren gefunden.«

»Na, das ist ja mal interessant. Weiter, Lorenz! Von wem stammt es?«, fragte Akay.

»Du hattest Köhler gestern Textilfäden geschickt, sie waren mit dem Namen Justus Fidler beschriftet. Der DNS-Abgleich hat ergeben, dass es von ihm stammt.«

Akay pfiff durch seine gespitzten Lippen. Die Atemluft konnte kaum durch den dichten Bart entweichen, es kam nur ein zischender Ton heraus.

»Wartet ab, es geht noch weiter. Ein Kissen aus ihrem Bett war das Tatwerkzeug, das wurde ihr auf Nase und Mund gepresst, bis sie ohnmächtig wurde, hatte Erich ja schon rausgefunden. In der Bettwäsche haben wir DNS von Matthias Binder und zwei anderen Männern gefunden. Von Peter Post und Gernot Weiß habt ihr uns noch keine Proben gegeben, die bräuchten wir dringend, auch wenn die jungen Männer keine Kühltruhe in ihren winzigen Wohnungen haben. Die haben uns alle Lügen aufgetischt, keiner von denen wollte eine sexuelle Beziehung zum Opfer zugeben. Dem müssen wir dringend nachgehen.«

»Viermal Freundschaft plus!«, entfuhr es Egi.

Lorenz sah ihn fragend an. Bevor er etwas erwidern konnte, meinte Akay: »Egi, ab ans Flipchart, wir brauchen eine neue Übersicht.«

Das war eine ganz üble Quälerei, der Akay machte das absichtlich, um den PHK vor den Anwesenden zu erniedrigen.

»Muss das sein?« Egi wollte sich drücken.

»Mach schon!«, entgegnete Akay. »Lorenz, ich werde die Proben von Peter Post und Gernot Weiß besorgen, du bekommst sie bis morgen. Ich warte noch auf eine Genehmigung dafür, die müsste gleich da sein, dann bestelle ich die beiden sofort her.«

Egi ging wie ihm befohlen zu dem verhassten Brett und nahm sich wieder einen Marker.

»Auf eine Genehmigung für die DNS-Proben von Justus Fidler hast auch nicht gewartet«, motzte Egi.

»Akay, damit wir die bei Gericht vorlegen können, müsstest du das noch regeln, sonst ...«, bemängelte Lorenz.

»Ja, ja. Lorenz, sprich langsam, damit Egi mitschreiben kann«, forderte Akay den Spusi-Leiter auf, der sich ein Grinsen nicht verkneifen konnte.

Nachdem Lorenz seinen Bericht beendet hatte, forderte Akay die anderen auf, die Ergebnisse aus ihren Listen-Recherchen und sonstigen Ermittlungen zu erläutern. Egis Arm schmerzte von der Malerei, er war froh, als endlich alle fertig waren.

Das sollte nun der aktuelle Stand sein. Aber wer war der Mörder? Der, der die meisten Minuspunkte unter seinem Namen stehen hatte?

Brigitte Binder	Matthias Binder	Gernot Weiß	Peter Post	Justus Fidler
betrogene Ehefrau	Extremsportler	Kletterer	Langweiler	Sportskanone
sportlich	Mister Perfect	Ex-Freund	Nachbar	Autoleiher
Latsche-Öl-Käuferin	Stalking-Opfer	keine XXL-Kühltruhe	Freundschaft plus	Freundschaft plus
	außereheliche Affäre	keine Sauna	keine XXL-Kühltruhe	keine XXL-Kühltruhe
keine XXL-Kühltruhe		kein Fiat Doblò	keine Sauna	keine Sauna
Sauna			kein Fiat Doblò	kein Fiat Doblò
kein Fiat Doblò				

Egi wurde nicht schlau draus.

Rudi unterbrach seine Gedanken: »Könntest bitte noch dazuschreiben, dass keiner von denen rote Haare hat?«

»Rudi, hör endlich auf mit dem Scheiß!«, rief Akay.

»Wennst meinst. Wirst noch sehen, was d' davon hast«, meinte Rudi beleidigt und blieb bei dem Entschluss, seine wichtigste Erkenntnis vom gestrigen Tag nicht vor der Kripo Kempten kundzutun.

Egi setzte sich an den Tisch, schrieb »rote Haare« auf einen Notizzettel und steckte ihn in die Hosentasche.

»Von denen hatte keiner 'nen Fiat Doblò und auch keine große Kühltruhe. Dat kann doch nich sein«, erkannte Beate.

»Sehr gut aufgepasst, Beate«, meinte Akay. »Aber die Binders haben eine Sauna und das Latsche-Öl. Matthias Binder hat nachweislich in Annet Balders Bett gelegen, obwohl er das immer bestritten hat.«

»Nur deshalb ist er kein Mörder. Alle anderen bleiben auch verdächtig«, gab Silvia zu bedenken. »Es bleibt die Frage, wie der Mörder die Leiche weggeschafft hat. Entweder hat derjenige es nicht selbst gemacht, oder er hat Kühltruhe und Auto von jemand anders benutzt.«

»Oder es war jemand ganz anderes«, sagte Rudi, er war sich sicher, dass die Kripo Kempten mit Egis Gekritzel nicht weiterkommen würde. Aber dem Egi würde er gleich etwas ganz Wichtiges hinter der Hand sagen.

»Da sind wir wieder bei dem Sack«, meinte Egi und erschrak. Er hatte laut gedacht, das hatte er gar nicht sagen wollen.

»Beim Sack?«, fragte Lorenz.

»Hast doch mal was von einer Zeugin erzählt, die sich bei der Kripo Kempten gemeldet und einen Mann mit Sack in'er Fuggerstraße gesehn hat, Akay«, erklärte Rudi, Egi hätte ihn dafür killen können.

»Stimmt«, meinte Akay, aber das Thema hatte er gar nicht auf den Tisch bringen wollen.

Jetzt fing der Lorenz auch noch an, darauf rumzureiten: »Das ist doch ein wichtiger Hinweis. Wann soll das gewesen sein?«

»Vor ein paar Wochen«, meinte Akay widerwillig.

»Das passt doch«, freute sich Lorenz. »Damit kann man was anfangen. Warum seid ihr denn so grantig deshalb?«

»Lass uns mit den wichtigen Dingen ...«, versuchte Akay, das Thema abzuwürgen.

»Warte, Akay, das ist wichtig«, unterbrach ihn Lorenz und begann in einer Mappe zu blättern. »Ich habe auch noch die Berichte aus der Gerichtsmedizin dabei. Der Erich hat sie mir mitgegeben. Hier steht es, er konnte den ungefähren Zeitraum festlegen, in dem Annet Balder eingefroren war. Es war circa ein Monat bei schätzungsweise minus zwanzig Grad Celsius, das haben ihm die Eiskristalle verraten, steht hier. Danach hat sie einige Stunden in der Sauna gelegen und wurde bei circa neunzig Grad Celsius teilweise wieder aufgetaut. Nur so weit, steht hier, dass Arme und Beine wieder bewegbar waren, das konnte er anhand des durch die Hitze aufgebrochenen, vereisten Körpergewebes erkennen. Vermutlich, damit sie in den Fiat Doblò verfrachtet werden konnte. Ihr innerer Rumpf war noch gefroren, als sie in die Breitach gelegt wurde.«

»Sehr gut«, meinte Akay. »Dann müssen wir jetzt herausfinden, wer drei bis vier Wochen, bevor Christian Berg sie in der Breitachklamm gefunden hat, bei ihr in der Wohnung war, um sie bewusstlos direkt aus dem Bett in einen Sack zu stecken.«

»Wie kann man das herausbekommen?«, fragte Lorenz.

»Frau Lohmeier«, antworteten Egi, Rudi und Beate.

...

Dienstagmittag hatte die Soko Breitachklamm eine Telefonsitzung mit dem Gerichtsmediziner Erich Engstein, er sollte ihnen die Ergebnisse seiner Obduktion von Annet Balders Leiche erläutern. Der Chefmeier hörte am Schaltpult mit und genoss dabei seinen Wurstsalat.

»Servus, Erich«, begrüßte ihn Egi. »Der Lorenz hat uns schon das mit den Eiskristallen erzählt, aber zu dem Rest konnte er nix sagen, er hat deinen Bericht noch nicht ganz gelesen. Was hast denn rausgefunden?«

»Erklär's verständlich«, bat Akay, damit die PI-Deppen das auch kapierten.

»Mach ich immer, Akay«, näselte Erich aus dem Telefonlautsprecher, er hatte wie immer ein verstopftes Riechorgan. »Wie bereits erwähnt, wollte der Mörder Annet Balder mit einem roten Kissen ersticken. Er war aber nicht erfolgreich damit, sie war nach seinem Angriff bewusstlos, aber nicht tot, das belegen die Blutergüsse, die sie in den Achselhöhlen hatte. Habe ich euch ja schon vor einigen Tagen erklärt.«

»Warum erzählst du es dann noch mal?«, fragte Akay.

»Weil es wichtig ist, Kollegen. Es geht nämlich noch weiter, wenn ihr mich nicht immer unterbrechen würdet! Ich kann nun sicher sagen, was die Todesursache war.«

»Wat denn?«, fragte Beate gespannt.

»Ruhig, Beate, wir sollen ihn doch nicht unterbrechen!«, riet Rudi.

»Pssst!«, machte der PHK.

»Sie ist erfroren, während sie bewusstlos war. Ihr Kreislauf war durch die Bewusstlosigkeit und die darauf folgende extreme Kälte heruntergefahren. Sie ist nachweislich lebendig eingefroren worden, wie wir wissen, auf einer Schweinehälfte.«

Der Chefmeier schnalzte in seinem Büro mit der Zunge und schob sich die nächste Gabel Wurstsalat in den Mund. Egi kam das Mittagessen wieder hoch, er musste es zum zweiten Mal runterschlucken. Beate hielt sich die Hand vor den Mund und holte sich ein Glas Wasser von einem Beistelltisch an der Wand. Rudi wollte das alles nicht glauben. Würde er jemals wieder ein Allgäuer Schnitzel essen können?

»Wir müssen endlich rausfinden, wo diese verdammte Schweinehälfte ist«, regte sich Akay auf. »Rudi, du hast doch gestern unbedingt die Liste mit den Verkäufen von Schweinehälften durcharbeiten wollen. Was ist dabei rausgekommen?«

Rudi krallte sich an den Armlehnen seines Stuhles fest, und stemmte seine Füße in den Teppichboden. Er sah aus, als hätte er gerade einen Stromschlag abbekommen. Antworten musste er trotzdem, alle schauten ihn erwartungsvoll an. »Das ist so, äh, gerade im letzten Monat gab's einen Engpass hier im Allgäu. Die Metzgerbetriebe hatten keine, äh, Schweinehälften im Angebot, haben nur die Kleinteile wie Filet, Schnitzel, Kotelett an die Supermärkte geliefert. Nur ein Schwein wurde von Metzger Presser in Sonthofen als zwei Hälften verkauft. Eine davon ging an den Partyservice *Heiß & Scharf*, die andere an einen Privathaushalt, per Barzahlung. Habe Metzger Presser angerufen, der hat ausgesagt, dass er den Mann nicht kannte, der sie bei ihm gekauft und abgeholt hat.«

Rudi geriet ins Schwitzen, hoffentlich war die Kripo Kempten damit zufrieden. Egi hatte gestern nicht mehr mit Rudi sprechen können. Bei dieser Nachricht lief es dem PHK nun heiß und kalt den Rücken herunter, üble Erinnerungen an die Schwiegermutter-Party kamen hoch. Der Chefmeier tupfte sich einige Räume entfernt den Mund mit einer Serviette ab, griff nach einer Butterbrezel und googelte parallel nach Metzger Presser.

»Konnte er ihn wenigstens beschreiben?«, fragte Silvia, die Kripo Kempten war mit dem Detailgrad von Rudis Ausführungen noch nicht zufrieden.

»Ja, schon«, antwortete Rudi und blätterte in seinen Aufzeichnungen.

Egi hatte es bisher erfolgreich verdrängt, aber jetzt zuckte plötzlich wieder das Bild eines abgetrennten Schweinekopfes durch seinen Kopf, dessen Augen starrten ihn immer noch Furcht einflößend an. Dem PHK wurde ganz übel.

»Und wie sah er aus, Rudi?« Silvia hatte keine Geduld mehr mit den PI-Deppen.

»Also, er meinte, der war groß, sportlich, hatte dichte braune Haare. Und, na ja, Metzger Presser hat, wie soll ich es sagen, gesehen, wie er dann weg ist mit'm ...« Rudi konnte nicht ruhig auf seinem Stuhl hocken, er rutschte herum, als würde er mit dem Hintern im Ameisenhaufen sitzen.

»Rudi, rück sofort mit der Sprache raus!«, rief Akay durch seinen dichten Bartwuchs hindurch, er vermutete, dass der Rudi hier wieder etwas verheimlichte.

»Er hat die Schweinehälfte, mit, äh, mit'm weißen Kastenwagen abgeholt, und der hat ein OA-Kennzeichen gehabt«, gab Rudi mit zittrigen Händen zu.

»Verdammte Scheiße, Rudi!« Akay schlug mit der Faust auf den Tisch, das Telefon machte einen Satz und landete einige Zentimeter vom ursprünglichen Standort entfernt. »Und wir sitzen hier stundenlang tatenlos rum!«

»Hahahaha«, hörte man ein schnupfiges Lachen aus dem Telefonlautsprecher tönen.

Aus Chefmeiers Büro konnte man durch die schallisolierte Tür ein gedämpftes Brüllen vernehmen.

...

Nachdem Akay sich an der frischen Bergluft wieder etwas beruhigt hatte, fuhr er mit Egi am Dienstagnachmittag noch einmal zu den Lohmeiers. Die dicke Berta öffnete, ihr Mann war nicht daheim.

»Also, bevor die Annet verschwunden war, ging's hier wochenlang zu wie im Taubenschlag«, sagte sie aus. »Jeden Tag haben Männer vor der ihrer Tür gestanden.«

»Kennen Sie die Männer?«, wollte Akay wissen.

Frau Lohmeier starrte auf seinen langen Bart, der bei ihrem letzten Treffen nur zu erahnen gewesen war. Sie überlegte, ob der echt war. Wie konnte der so rapide gewachsen sein?

»Bin mir nicht sicher«, antwortete sie verwirrt, sie konnte sich kaum auf seine Frage konzentrieren.

Egi erkannte ihre Verwunderung und versuchte die dicke Berta aus ihrer haarigen Gedankenwelt herauszureißen. Er hatte Fotos der Verdächtigen mitgebracht und zeigte sie ihr.

»Schauen S' mal, Frau Lohmeier, erkennen S' einen der Männer wieder?«

Akay hielt die Luft an, hoffentlich sagten ihr die Gesichter etwas. Frau Lohmeier musste kämpfen, um ihren Blick von seinem prächtigen Bart zu lösen. Sie schaffte es erst, als Egi sanft an ihrer fleischigen Schulter rüttelte. Sie riss sich zusammen und sah zu den Fotos.

»Ja, natürlich kenn ich die! Das ist der Gernot, ihr Ex, und das ist Justus aus'm Geschäft, wo sie geschafft hat. Den Namen von dem da kenn ich nicht, aber der war oft hier gewesen, monatelang hat der bei der geklingelt und ist stundenlang geblieben.«

Sie identifizierte also Matthias Binder, Gernot Weiß und Justus Fidler. Und Peter Post, Annet Balders Nachbar, hatte es sowieso ständig bei ihr probiert.

»Haben S' auch mal einige Wochen vor Annet Balders Tod des Abends einen Mann mit Sack hier vor'm Haus gesehen?«, fragte Egi.

Frau Lohmeier sah ihn empört an. »Mann mit Sack? Wie meinen S' denn das, Herr Kommissar?«

»Also, ich mein einen Mann mit Sack über der Schulter!«

»Ach so. Naa, hab ich nicht. Des Abends ess ich immer mit meinem Göttergatten im Wohnzimmer. Von da kann man nicht auf die Straße sehen«, bedauerte sie, erinnerte sich aber daran, dass sie schon mal einen Mann mit Sack in ihrem Garten hinter dem Haus gesehen hatte. Das war aber eine andere Geschichte, sie verschwieg es daher lieber.

»Sie haben uns damit trotzdem sehr geholfen, Frau Lohmeier«, lobte Egi, bevor sie sich wieder Akays Gesichtsbehaarung zuwenden konnte. »Sagen S' mal, waren denn noch andere Männer hier?«

»Ja, ihr Chef, der ... wie heißt der noch amal?«

»Alm-Öhi ... äh ... Fränzle Wollig«, ergänzte Egi. »Was wollt denn der hier?«

»Ich glaub, der hatt was mit ihr und Peter zusammen geschwätzt«, mutmaßte die dicke Berta. »Der Peter Post hat ja dem seine Kisten in seiner Garagenhälfte.«

»Ja, die Kisten. Ist der Peter Post grad daheim?«, wollte Egi wissen.

»Naa, der ist wieder mit dem roten Kastenwagen vom Wollig unterwegs, Kisten aus der Garage wegbringen.«

»Wir müssen noch einmal vorbeikommen, wenn er zurück ist, er muss uns den Inhalt der Kisten mal zeigen. Und die anderen Männer, was wollten die bei ihr?«, fragte Akay.

»Bei denen haben immer der ihre Bettfedern gequietscht«, enthüllte die aufmerksame Vermieterin.

...

Silvia checkte währenddessen gemeinsam mit Rudi in der PI Oberstdorf die Religionszugehörigkeiten der Verdächtigen Peter Post, Gernot Weiß, Justus Fidler, Matthias Binder und Brigitte Binder. In den angeforderten Kopien aus den Taufregistern wurden sie fündig: Alle waren getauft und trugen das Kürzel »RK«, sie waren dem Papier nach also römisch-katholischen Glaubens. Rudi war regelmäßiger Kirchgänger und konnte mit Sicherheit sagen, dass er die Herren ebenso wie die Dame niemals in der Kirche gesehen hatte. Konnten die einen religiösen Hintergrund für die Tat haben? Rudi glaubte nicht daran, die Silvia wollte die PI Oberstdorf bestimmt mit ihrem psychologischen Geschwafel nur auf eine falsche Fährte locken.

»Sag amal, Silvia, steckt da was Religiöses dahinter?« Rudi wollte es nun genau wissen.

»Bestimmt«, meinte Silvia und starrte dabei weiter auf die Kopien der Taufurkunden.

»Aber was soll das für ein Motiv gewesen sein?«

»Habe ich doch schon erläutert: Sie hat sich unsittlich verhalten. Der Täter wollte sie dafür bestrafen.«

»Aha. Aber besonders gläubig tun die mir alle nicht aussehen«, bemängelte Rudi ihre Theorie.

»Mensch, Rudi, was denkt ihr hier in eurer PI eigentlich? Dass die Mörder ihre Beweggründe offen zur Schau tragen? Natürlich verkriechen sie sich. Am besten findet ihr heraus, wer von ihnen fundamentale Ansichten vertritt. Wer in der Vergangenheit schon einmal in dieser Richtung aufgefallen ist. Das kann doch nicht so schwer sein!«

Silvia sprang auf und stolzierte hinaus. Sie hoffte, dass die PI-Deppen sich nun endlich in diesem Thema verrennen würden. Sie brauchte dringend mehr Freiraum für die eigenen Ermittlungen mit ihrem Bartträger.

. . .

Nach dem Gespräch mit der dicken Berta gingen Akay und Egi durch den Lohmeier'schen Vorgarten, als gerade Peter Post auf seinem Citybike heimkam. Er stellte es am Gartenzaun ab. Auf seinem Weg zur Haustür sah er einen Fremden.

»Herr Post, wo ist denn der rote Kastenwagen?«, fragte Akay.

»Was bist du denn für ein Borstentier?«, wunderte sich Peter Post und ging in einem großen Bogen an ihm vorbei. Als er hinter dem Kripobeamten den PHK Egi erblickte, drehte er sich noch einmal ungläubig nach Akay um. Dessen Bart maß mittlerweile unglaubliche zehn Zentimeter, zwei Zentimeter mehr als noch am Morgen, als er sich zur PI begeben hatte.

»Beamtenbeleidigung, Herr Post, das kommt nicht gut«, urteilte Akay mit strengem Blick, den man jedoch kaum in dem schwarzen Gesichtsteppich erahnen konnte.

»Entschuldigung, ich habe Sie gar nicht erkannt«, meinte der Angeklagte erschrocken.

»Herr Post, wo ist der rote Kastenwagen? Wem gehört er, und was genau transportieren Sie damit?«, wollte Akay wissen.

»Ich weiß nicht, was Sie meinen.«

»Sie wurden mehrfach mit dem Auto gesehen, auch wie Sie Kisten aus dem Kofferraum in Ihre Garage gestellt haben«, ergänzte Egi.

»Kann ich mir nicht vorstellen.«

»Was arbeiten Sie eigentlich?«, fragte Akay.

»Ich bin aktuell auf Suche.«

»Viel Erfolg dabei«, wünschte Akay. »Bekommen Sie denn Geld für Ihre Transportleistung mit dem Kastenwagen?«

»Nein, wie gesagt, ich habe aktuell kein Einkommen, ich bin auf Arbeitssuche.«

»Kann ich nicht glauben, Herr Post«, zweifelte Akay. »Sie arbeiten doch für jemanden. Wem gehört der rote Kastenwagen, mit dem Sie öfters unterwegs sind?«

»Ich weiß nicht, was Sie meinen. Ich gehe jetzt rein.«

»Nein, das werden Sie nicht tun«, entschied Akay. »Sie werden unsere Fragen beantworten und jetzt ihre Garage öffnen.«

»Haben Sie einen Durchsuchungsbeschluss?«

»Schon wieder diese Nummer?«, ärgerte sich Akay. »Nein, haben wir nicht. Aber wir können den recht schnell besorgen. Besser wäre es jedoch für Sie, wenn Sie die Garage freiwillig öffnen. Könnte bei der späteren Gerichtsverhandlung zu dem Mord an Annet Balder positiv für Sie ausgelegt werden.«

Peter Post trat von einem Fuß auf den anderen und blickte dabei angestrengt auf seine Sneakers, als würde er sie fragen, wohin sie denn jetzt gehen wollten. Man sah ihm an, dass er mit sich rang: Garage öffnen oder zulassen?

»Okay, ich mach sie auf. Aber das hat rein gar nichts mit Annet zu tun.«

Er kramte einen Schlüssel aus seiner Tasche, schloss das Garagentor auf und schwang es hoch. Der Blick war frei auf zig gestapelte Kisten, die die Größe von Umzugskartons hatten. Sie waren bedruckt mit Logos bekannter Hersteller von Sportartikeln.

»Aha, Sie handeln mit Berg-Equipment«, folgerte Akay. »Haben Sie ein Gewerbe angemeldet, Herr Post?«

»Nein, das gehört alles nicht mir! Ich habe damit nichts zu tun.«

»Warum steht's dann in Ihrer Garage?«, fragte Egi.

»Ich stelle es nur so lange hier unter, bis der, dem es gehört, wieder Platz dafür hat«, erklärte Herr Post.

»Wer soll das sein?«, wollte Egi wissen.

Akay ging in die Garage und fing an, einen der Kartons zu öffnen.

»Nein, das dürfen Sie nicht!«, rief Peter Post und stürzte sich auf die Kiste.

Plötzlich wurde die Haustür aufgerissen, und die dicke Berta schrie: »Was ist hier los?« Sie hatte ein Nudelholz in der Hand, das sie bedrohlich über ihrem Kopf schwenkte.

»Alles in Ordnung, Frau Lohmeier, wir sind noch da und kümmern uns um ihre zweckentfremdete Garage«, erklärte Akay.

Die dicke Berta ließ das Nudelholz enttäuscht sinken und ging widerwillig zurück ins Haus. Damit sie nichts verpasste, stellte sie sich in das benachbarte Gäste-WC und öffnete das Fenster.

»Um hier nicht den Faden zu verlieren, wem gehört die Ware, Herr Post?«, fragte Akay noch einmal.

»Mir nicht.«

»Wem dann?«, schrie Egi, ihm reichte die Verzögerungstaktik des Verdächtigen.

»Dem Wollig«, nuschelte Peter Post.

»Geht das auch lauter?«, fragte Akay.

»Dem Wollig«, rief die dicke Berta durch das Klofenster.

»Ja, dem Wollig! Seine Stauräume im Geschäft sind zum Bersten überfüllt«, gab Peter Post zu.

»Dann öffnen Sie jetzt eine der Kisten, damit wir sehen können, was darin ist«, befahl Akay.

»Das mache ich ganz bestimmt nicht! Das gehört dem Wollig, und ich geh da nicht dran.«

»Herr Post, wir besorgen uns innerhalb von fünfzehn Minuten einen Durchsuchungsbeschluss und öffnen die Dinger selbst«, entschied Egi und griff nach seinem Handy. »Vor Gericht geht es dann weiter«, fügte er noch hinzu.

»Warten Sie!« Peter Post ging hin und her, seine Stirn war krausgezogen, und er kratzte sich am Hinterkopf, dann blieb er stehen und sagte: »Ich mach sie auf.«

Peter Post nahm seinen Garagenschlüssel, stach ihn in das Paketklebeband und öffnete es mit einem Ratsch. Dann klappte er den Karton auf. Die zwei Ermittler schauten staunend hinein.

. . .

Die Soko Breitachklamm traf sich am späten Dienstagnachmittag noch einmal im Konferenzraum, um die Ergebnisse des Tages zusammenzutragen: Der Alm-Öhi lagerte gegen horrende Gebühr Kisten in Peter Posts Garage, der dafür eine Menge Schwarzgeld einstrich. Dem auswärtigen Geschäftetreiber wollte sonst niemand in Oberstdorf zusätzlichen Lagerraum zu dem gewünschten Zweck vermieten. Peter war sein inoffizieller Lagerarbeiter und fuhr mit dem roten Kastenwagen vom Alm-Öhi die Pakete hin und her, offiziell war der Post jedoch arbeitslos gemeldet.

»Um welche Ware geht es?«, fragte Silvia.

»Mangelware«, meinte Akay.

»Mangelware?«, wunderte sich Silvia.

»Ja, Kunden tauschen die defekte Ware um. Peter Post nimmt sie mit, versucht sie in seiner Garage zu flicken oder auch nicht. Dann verkauft der Wollig sie an den nächsten Kunden in der Hoffnung, dass der nichts davon merkt«, erklärte Akay. »Der hat B-Ware in seinem Geschäft, verkauft sie als A-Ware und führt dafür zwei Kassen, eine mit Umsatzsteuer auf den B-Ware-Preis, und eine für den steuerbefreiten

Restertrag. Den rechnet er täglich nach Kassenschluss aus und legt ihn in Kasse Nummer zwei.«

»Und das hat der Peter Post zugegeben?«, fragte Rudi.

»Klar, wir hatten ihn ja dran wegen Schwarzeinkünften. Da hat er lieber alle Karten auf den Tisch gelegt. Demnächst kommt eine gehörige Steuernachzahlung auf ihn zu, genauso wie auf den Wollig, zuzüglich Geldstrafe.«

»Kann es sein, dass die Annet Balder was davon wusste und daran beteiligt war oder den Peter damit erpresst hat?«, fragte Rudi. Er erinnerte sich, dass der Alm-Öhi sich laut der dicken Berta mit Annet und Peter getroffen hatte. »Das würde ihren hohen Lebensstandard erklären.«

»Peter Post hat das abgestritten, er hat uns gesagt, dass er das alleine durchgezogen hat«, antwortete Akay und ließ es auf sich beruhen, er wollte diese Spur lieber alleine weiterverfolgen. »Was habt ihr rausgefunden?«

»Wir wissen nun, dass alle Tatverdächtigen getauft und auf dem Papier katholisch sind. Sie haben es aber nie zur Kirche geschafft, meint Rudi, er hat sie dort nie gesehen«, erklärte Silvia. »Ob Gernot Weiß in Kempten regelmäßig den Gottesdienst besucht, ist nicht bekannt. Ich sehe aber immer noch das religiöse Motiv als ausschlaggebend an. Annet Balder lag in der Breitach, als hätte man sie ans Kreuz genagelt. Den Aufwand betreibt man nicht ohne Grund.«

»Stimmt, um die Ermittler auf eine falsche Spur zu locken«, ergänzte Egi, er konnte offenbar nur den PHK-Kopf darüber schütteln.

Akay hatte genug von dieser Diskussion und beendete das Meeting mit der Aufforderung an Beate, Peter Post und Justus Fidler für den nächsten Tag zur Abgabe einer Speichelprobe einzuladen. Alle fünf Verdächtigen sollten morgen noch einmal zu den Affären mit Annet Balder befragt werden.

»Eine Sache noch, Egi«, meinte Akay beiläufig, »Wer in Oberstdorf trägt noch den Nachnamen Huber?«

»Ich kenne alle Hubers in Oberstdorf, alles meine engste Familie.

Wir wohnen gemeinsam in einem Haus«, erwiderte Egi schroff. Er bekam es mit der Angst zu tun.

...

Als Egi daheim angekommen war, musste er sich in das Reich seiner hochschwangeren Löwin wagen. Dem PHK fehlte ja die Berechtigung, ohne Verdachtsmomente etwas bei den Behörden zu unternehmen, und er brauchte dringend eine Auskunft von seiner Tochter. Nachdem er seine hochschwangere Angetraute ins Bad hatte gehen hören, schlich er sich die Treppe hoch zu Bellis Kinderzimmer. Er ging an der offen stehenden Tür von Tommis Jugendzimmer vorbei und sah ihn in Jeans mit freiem Oberkörper vor dem Schrank stehen. Der sah ja mit seinen vierzehn Jahren schon aus wie ein junger Mann! Und er zog sich extra für die Musikschule um. Egi musste nun erst einmal hier ermitteln.

»Sag amal, Tommi, was machst eigentlich so in deiner Freizeit?«

»Weißt doch.«

Die Antwort war dem PHK zu knapp, daher fragte er weiter: »Wo willst denn jetzt hin?«

»Zum Blasinstrumente-Karussell, weißt doch.«

»Wer macht denn da noch so mit?«

»Kennst nicht.«

»Das kann doch nicht sein, Tommi. Sag schon!«

Tommi ging das Verhör auf die Nerven. Ihm war klar, was sein Vater wollte. Damit der endlich Ruhe gab, sagte er: »Die Susi Küpper ist auch da.«

»Ah, die Susi. Ihren Papa, den Lorenz, hab ich erst vor Kurzem gesehn, wir ermitteln grad zusammen.«

»Sehr interessant, Papi, aber ich muss jetzt los«, meinte Tommi, zog sich ein rot-schwarz kariertes Baumwollhemd mit einer schwarzen Weste über und stiefelte die Treppe hinunter.

Egi ging eine Tür weiter zu seiner Tochter und trat ein. Schnell schloss er die Tür, drehte sich um und stand mitten in einem Berg aus rosafarbenen Einhorn-Kuscheltieren, Elsa- und Anna-Puppen und Prinzessinnen-Kleidern, die alle auf dem Fußboden verteilt lagen. Er kämpfte sich durch die pinken Bodendecker und stellte sich neben seine Tochter, die gerade am Schreibtisch vor ihren Hausaufgaben saß und verträumt aus dem Fenster schaute. Sie zuckte zusammen, als sie ihn wahrnahm und fragte: »Wann ziehst wieder zu uns hoch, Papi?«

Das Gespräch lief in eine andere Richtung, als der PHK geplant hatte. »Bald, mein Schatz, bald«, antwortete er.

»Weißt eigentlich, dass der Tommi mit der Susi zusammen ist, Papi?«

»Was?«

»Der Tommi und die Susi, die gehen miteinand! Ich hab die auf'm Marktplatz knutschen sehen. Die Susi, Tochter vom Lorenz Küpper.«

Egi starrte seine Tochter an. Jetzt war ihm klar, was den Lorenz, den lieben Freund, zu der Schleimerei veranlasst hatte. Der sah sich schon als Tommis Schwiegerpapa auf Egis Sofa sitzen! Egis Nackenhaare stellten sich auf. Der PHK war jedoch wegen etwas anderem hochgekommen, er musste sich konzentrieren und dieses Teenie-Thema ein anderes Mal in Angriff nehmen.

»Schön, dass du mir das sagst, Schätzle, der Tommi erzählt ja nix. Aber eine andere Frage: Wie heißt der Junge, der in deiner Parallelklasse ist und neben dem Nase wohnt?«

»Der heißt Vincent Huber und hat rote Haare, Papi. Komisch, oder? Ich dachte wir kennen alle Hubers hier.«

»Das dachte ich auch. Und du bist dir ganz sicher dabei?«

»Ja, Papi, ganz sicher. Ist Mami deshalb sauer? Weil ... weil du mit einer anderen Frau noch ein Kind hast, das jetzt auch Huber heißt?«

Der PHK verlor seinen Gleichgewichtssinn, er geriet ins Straucheln, stieß mit dem Oberschenkel an Bellis Schreibtischkante. Er schrie auf vor Schmerz und überlegte fieberhaft, was seine Tochter da meinen könnte. Hatte er seine Frau Elli in den letzten Jahren betrogen? Was für ein depperter Gedanke, natürlich nicht! Daran müsste er sich doch erinnern. Oder hatte er einmal bei den feuchtfröhlichen Oberstdorfer Feierlichkeiten einen unbemerkten Fehltritt begangen? Schmarrn, da war er doch immer gemeinsam mit Elli gewesen, soweit er sich erinnern konnte.

»Nein! Wie kommst denn auf so was? Nein, mein Schatz, das hat was mit unseren Ermittlungen zu tun. Diese Hubers sind Zugezogene«, hoffte der PHK.

Egi bekam eine Gänsehaut. Auf welche Spur war die Kripo Kempten nur gestoßen?

· · ·

Egi hatte sich für den späten Dienstagabend zu einer Nachtschicht mit Rudi verabredet, um mit ihm seine Zettelwirtschaft aus der Sammelsurium-Schublade durchzugehen und zu sortieren. Beide konnten mit der Vorgehensweise der Kripo Kempten nix anfangen. Die Oberstdorfer blieben unter sich, warum sollte man da bundesweit und sogar in Österreich und der Schweiz nach Autos, Kühltruhen, Saunaöl und Schweinehälften ermitteln? Ein völlig absurder Ansatz, fand der PHK und öffnete besagte Schublade.

In der verbogenen Büroklammer steckten die alten Notizen mit Prio eins: »Latsche-Saunaöl«, »Einkommensverhältnisse«, »blauer Kies«, »Pfarrer«. Hinzu kamen die neuen Zettel aus Schublade und PHK-Hosentasche: »Sack!!!!«, »Mann mit braunen Haaren und Sack«, »Perücke«, »Religionszugehörigkeit«, »Annet + Justus: Freundschaft plus?«, »Perücke«, »rote Haare«. Der »Sack!!!!« landete im Reißwolf, da die nächste Notiz auch das Wort »Sack« enthielt. Die »Perücke« war doppelt, Egi konnte es nicht mehr nachvollziehen, und überhaupt hielt er die Sache mit dem Kunsthaar eine spinnerte Idee von den Kriminalisten, er schmiss beide Perücken in den Reißwolf. »Annet + Justus: Freundschaft-Plus?« folgte den Vorgängern auf direktem Wege in den Recyclingzyklus, Annet Balders Affären waren nun ausreichend bekannt und ausführlich auf dem depperten Flipchart verewigt, der Zettel war redundant.

»Rudi, damit schnappen wir den Mörder«, meinte Egi zuversichtlich und zeigte auf seine neu geordnete Zettelwirtschaft, die nun vor ihm auf dem PHK-Schreibtisch ausgebreitet war: »Latsche-Saunaöl«, »blauer Kies«, »Einkommensverhältnisse«, »Pfarrer«, »rote Haare«, »Religionszugehörigkeit«, »Mann mit braunen Haaren und Sack«. Dann legte er andächtig Uroma Brunis Skizze neben die verbliebenen Schnipsel. Rudi sah den PHK kopfschüttelnd an.

Egi betrachtete sein Ergebnis daraufhin noch einmal eingehend, dann meinte er: »Stimmt, Rudi, hast recht, das ergibt keinen Sinn«. Der PHK nahm den Zettel »Religionszugehörigkeit« und warf ihn ebenfalls in den Reißwolf, die Aufschrift lenkte nur vom Thema ab. Dann schrieb er drei neue Zettel: »Gefriertruhe«, »Kastenwagen« und »Schweinehälfte«, und legte sie dazu.

»So, nun passt's!«, meinte der PHK stolz.

»Wirklich?«

»Ja!«

»Wie meinst'n das jetzat?«, wunderte sich Rudi.

»Rudi, sei halt nicht so engstirnig, pass auf: Die rothaarige Annet Balder wurde ohnmächtig in einer Kühltruhe auf einer Schweinehälfte eingefroren, in einer Sauna mit Latscheöl aufgetaut, in einem Kastenwagen zur Breitachklamm gefahren, der wie ich mit meinem Dienstwagen auf dem blauen Kies gestanden hat. Der Täter ist ein Mann mit braunen Haaren, der die Leiche in einem Sack durch die Fuggerstraße getragen hat. Der Grund ist auf keinen Fall eine Affäre, sondern ihre dubiosen Einkommensverhältnisse. Das Ganze hat mit einem Pfarrer zu tun.«

»Welcher Pfarrer denn, Egi?«

»Na, das müssen wir jetzt rausbekommen. Rudi, mach dich an die Arbeit, geh alle Melderegister durch, die du finden kannst, von mir aus vom ganzen Allgäu. Ich will diesen Pfarrer endlich kennenlernen!«

»Und der weiße Kastenwagen mit dem OA-Kennzeichen, der bei Metzger Presser die Schweinehälfte abgeholt hat?«

»Das machen wir morgen, Rudi.«

Rudi, der bekennende Aktenwälzer, machte sich an die Arbeit und durchforstete alle zur Verfügung stehenden Melderegister und digitalisierten Archive, während Egi etwas Essbares organisierte. Als der PHK mit einer eigens für die PI-Beamten kreierten Spezialanfertigung, vier Allgäu-Burgern (Scheiben vom Rinderhackbraten mit Kraut und Bergkäse in Semmeln) und zwei Flaschen Weizenbier, aus der hippen In-Location *Café Bar Kaffeemühle* in Bahnhofsnähe zurückkam, grinste Rudi ihn an.

»Egi, ich hab was rausgefunden«, meinte er und lehnte sich zufrieden auf seinem Bürostuhl zurück.

»Was denn?«, fragte Egi erstaunt, während er die Burger auspackte und jeweils zwei auf einem Teller servierte.

Rudi griff nach seinem ersten Burger und erzählte, während er sich sein Mitternachtsschmankerl genüsslich einverleibte: »Da gibt's einen Pfarrer, der siebenmal versetzt wurde und jetzt in Oberstdorf lebt. Er ist einarmig und pensioniert.«

»Naa!« Egi schaute Rudi schmatzend an.

»Doch«, meinte Rudi mit vollem Mund.

Während Rudi die zwei Allgäu-Burger verdrückte, erzählte er, dass der Pfarrer in seiner Funktion als Seelsorger im Clinch mit einem seiner Gemeindemitglieder in Oberammergau unterlegen und von dessen führerlosem Traktor überrollt worden war, nachdem dessen Eigentümer ein Techtelmechtel zwischen seiner Angetrauten und dem fürsorglichen Pfarrer vermutet hatte und einige Monate später ein rothaariges Büble von ihr geboren worden war. Übrigens das einzige Kind des dunkelhaarigen Bauernpärchens, das bis dahin trotz unzähliger Paarungsversuche kinderlos geblieben war. Der Bauer vermutete aus diesem Grunde, dass ihm ein Kuckucksei untergeschoben worden war, das er trotz aller wideren Umstände willkommen hieß. Er hatte unbedingt einen Erben für seinen Hof gebraucht, auch wenn dieser nun rothaarig war. Das inoffizielle Kind des Pfarrers war mittlerweile zwei Jahre alt, zufrieden in der Bauernfamilie aufgenommen worden und hatte letztendlich zur frühzeitigen Pensionierung des anscheinend im hohen

Alter immer noch fruchtbaren Trostspenders geführt. Anders waren solche Fälle vom Klerus nicht zu regeln, Verhütung war ja von der katholischen Kirche verpönt. Der seitdem einarmige Pfarrer a. D. war daraufhin mit zweiundsechzig Jahren nach Oberstdorf umgesiedelt. Er hatte sich dort eine attraktive Hauswirtschafterin jenseits der Menopause gesucht, die nun mit ihm in seinem kleinen Häusle in der Finkenstraße lebte, hier war kein weiterer Nachwuchs mehr zu erwarten. In Oberstdorf wusste noch niemand von seiner bewegten Vergangenheit, die ihn quer durch Deutschland geführt hatte, daher konnte er sich sogar in der Kirche blicken lassen.

»Das ist ja der Wahnsinn, Rudi. Wo hast das denn alles rausgefunden?«

»In den Melderegistern, Zeitungsarchiven und in Foren, wo verschiedene Pfarrer und Kirchenleute über die Pensionierung geschwätzt haben. Ging ganz schön heiß her.«

»Mensch Rudi, bist ein hammerstarker Ermittler!«

»I weisch. Das ist also der Pfarrer, der vor vierundzwanzig Jahren die Annet Balder als Neugeborenes vor seiner Tür in Bad Hindelang entdeckt hat. Der heißt übrigens Huber, wie du, Egi!«

Dem PHK fiel das Essen aus dem Mund. »Nein, ein Pfarrer Huber in Oberstdorf? Bist sicher, Rudi?«

»Ja, Pfarrer a. D. Gebürtig tut der aus Memmingen stammen.«

»Deshalb hat mich der Akay nach Hubers in Oberstdorf gefragt. Der hat da auch was rausgefunden, Rudi. Und dieser Pfarrer hat ganz sicher die Annet Balder damals als Findelkind aufgenommen?«

»Ja, Egi.«

»Ein Pfarrer Huber ist mir noch nie begegnet. Aber wir sollten ihm jetzt einmal einen Besuch abstatten. Sehr gut gemacht, Rudi.«

Der PHK und der Polizeioberwachtmeister ließen die Kronkorken zischen und stießen an. Als Egi die Flasche an seine Lippen ansetzen wollte, hielt er inne. Er stellte den kühlen Gerstentrank ab, griff nach Uroma Brunis Skizze und drehte sie langsam herum. Auf der Rückseite sah er die kritzelige Kirche mit dem mickrigen Strichmännchen daneben. »Dö hös Höbbo«, hatte sie das Bildle kommentiert. Egi schlug sich mit der flachen Hand an die PHK-Stirn, während Rudi geräuschvoll neben ihm aufstieß.

· · ·

»Uroma Bruni, bist a klasse Beobachterin, gell?«, lobte Egi am nächsten Morgen. Er saß mit ihr am Frühstückstisch und schüttete gerade frische Bergmilch über ihre Haferflocken.

»Jo, jo«, bestätigte sie. »Mosch mi mo o ohiho Hühü!«

Egi verstand kein Wort und reichte ihr einen Löffel.

»O ohiho Hühü!«, protestierte sie und warf den Löffel zu ihm zurück. Er landete klirrend vor dem PHK.

»Magst lieber a Kässemmel?«

»Jo!«

Egi ging zum vergilbten Kühlschrank und öffnete die quietschende Tür. Wenn Mutter und Vatter von ihrer Wanderung im Kleinwalsertal zurückkamen, musste er dringend mit ihnen über eine neue Küche reden. Hinter ihm trommelte Uroma Bruni ungeduldig mit den Fingern auf den Tisch. Er hantierte an der Arbeitsplatte herum und kredenzte ihr endlich die gewünschten Kässemmeln. Ruckzuck verschwanden sie ihn ihrem Mund. Er schob ihren Müsliteller zu sich und langte zu.

»No mo, Ögi!«, forderte sie ihren PHK-Enkel auf.

Egi hatte erst drei Löffel Haferflocken verspeisen können, da stand er wieder auf und machte noch zwei Kässemmeln für sie. Dazu holte er ein Blatt Papier und einige Buntstifte. Dann versuchte er es noch einmal.

»Uroma Bruni, bist a klasse Beobachterin. Ich bräucht noch mal eine Aussage von dir für meine Ermittlungen.« Er zwinkerte ihr zu, als sie die letzten Happen Allgäuer Bergkäse genoss.

Uroma Bruni griff nach einem schwarzen Buntstift, legte sich das Papier zurecht und fragte: »Wösch, Ögi?«

»Wie sah denn der Pfarrer Huber aus, der in der Kirche neben dir saß?«

Uroma Brunis Augen fingen an zu glänzen. Sie setzte den Stift an und begann zu malen. Zuerst zwei Beine, darauf einen rundlichen Körper mit nur einem Arm. Dann hielt sie inne, legte den schwarzen Buntstift beiseite und griff nach einem roten. Damit malte sie einige Stoppelhaare auf den kleinen Kopf.

»Bist a klasse Beobachterin, Uroma Bruni«, wiederholte Egi und steckte das Blatt Papier in seine Hosentasche. Dann gab er ihr a dickes Busserl auf die Stirn und machte sich auf zur PI Oberstdorf.

• • •

Nach dem informativen Frühstück am Mittwochmorgen war Egi hervorragend auf die anstehenden Verhöre vorbereitet. Er wusste, dass er die Lösung des Falls mit seiner Zettelwirtschaft praktisch in Händen hielt, ihm fehlten nur noch die Zusammenhänge.

Die Ergebnisse von Matthias Binders DNS-Abgleich lagen schon vor. Brigitte Binder, Peter Post und Justus Fidler hatten gerade erst Wattebäuschle in ihren Mündern rotieren lassen, die in kleine Plastikröhrle gesteckt worden waren, die bereits auf dem Weg nach Memmingen waren.

»Egi, ich soll dir vom Akay ausrichten, dass bis auf Brigitte Binder alle Verdächtigen Schuhgröße 43 bis 44 haben«, jammerte Rudi angesichts der ständig wachsenden Verdächtigenzahl, als er den PHK im Flur begegnete. Egi erwiderte nichts.

»Noch was, Egi«, fuhr Rudi fort, als sie gemeinsam weitergingen. »Der Nico hat heute Morgen aus Memmingen angerufen, der hat was Neues rausgefunden. Der hat die Internetdaten analysiert, die zeigen, dass der Gernot Weiß nicht nur Annet Balders E-Mails gehackt hat, sondern auch ihr Facebook. Nico hat festgestellt, dass Annet Balder sich an den Tagen gar nicht selbst reingewählt hat, als die Pornotexte in Facebook an Matthias Binder gegangen sind. Gernot Weiß ist es gewesen, er hat die Texte aus der GMX-Cloud geklaut und in Annet Balders Facebook an Matthias Binder geschickt!«

Der PHK blieb stehen und schaute seinen Kollegen schmunzelnd an. Rudi überlegte, ob er das verständlich formuliert hatte.

»Was grinst denn so, Egi?«, fragte Rudi.

»Bald haben wir ihn«, meinte der PHK zuversichtlich und bog in einen der Verhörräume ab. Die Aufteilung war wie immer, die Kombination Egi mit Akay und Silvia mit Rudi hatte sich im letzten Jahr bewährt. Die unfreiwilligen Pärchen konnten sich nicht ausstehen und arbeiteten lieber getrennt voneinander. Ihre unterschiedlichen Spezialgebiete ergänzten sich jedoch hervorragend, hatte der Kripo-Boss in Kempten damals gelobt. Der Chefmeier war dabei beinahe wie eine Rakete an die Decke gegangen, er bearbeitete die Oberstdorfer Fehltritte lieber unter der Hand. Nun musste es aber so sein, die Verdächtigen wurden von den Ermittlern in die Zange genommen.

Aussagen und andere Lügen

Egi und Akay hockten vor Matthias Binder:

»Herr Binder, wir haben die Ergüsse ihrer Samenstränge in Annet Balders Bett gefunden. Und zwar nicht wenig. Wie kann das sein?«, fragte Akay.

Egis Gesicht wurde von einer Schreckensmiene erobert. Warum musste der türkische Kriminalist immer auf die harte Tour vorgehen?

»Äh ... was?«, meinte der überführte Eigentümer des genetischen Fingerabdrucks, seine Schreckensmiene war noch größer als die vom PHK.

»Mein Kollege meint, dass Sie nachweislich ein Verhältnis mit Annet Balder hatten. Wir haben Ihre DNS in Frau Balders Wohnung, genau genommen in ihrem Bett, gefunden«, erklärte Egi in milderer Version.

»Nun ja«, wand sich Matthias Binder im PHK-Netz. »Das war so ... also, wissen Sie, meine Frau darf das niemals erfahren, bitte. Deshalb hab ich es auch bisher nicht zugegeben. Ich war nur ein- oder zweimal bei Annet, habe mich ziemlich bald wieder von ihr getrennt. Sie war etwas seltsam.«

»Etwas seltsam? Herr Binder, laut psychologischem Gutachten litt sie unter einer Borderline-Persönlichkeitsstörung. Ihr extremes Verhalten ist jedem aufgefallen. Sie sind trotzdem mit ihr ins Bett gestiegen und sind sie dann nicht mehr losgeworden. Sie waren Annet Balders Stalking-Opfer. Sie wollte Sie für sich allein, Sie sollten sich scheiden lassen. Und Sie haben Annet Balder umgebracht, bevor ihre Frau etwas davon mitkriegen konnte.«

»Nein, nein, nein!« Matthias Binder sprang auf. »Ich gebe zu, dass ich eine kurze Affäre mit Annet hatte. Aber ich habe sie nicht umgebracht, das müssen Sie mir glauben!«

»Wir müssen gar nichts. Setzen Sie sich wieder, Herr Binder!«, befahl Akay.

»Herr Binder«, begann Egi, »wir möchten Ihnen ja gerne glauben, aber Sie lügen uns schon wieder an. Zeugen haben S' vor Ihrer Wohnung gesehen, monatelang sind S' dort ein und aus gegangen.«

Matthias Binder setzte sich und meinte resignierend: »Sie hat mich nicht in Ruhe gelassen. Immer wieder hat sie mich irgendwo abgefangen. Meine Jungs haben sie sogar mehrmals gesehen, weil sie sich vor die Sporthalle gestellt hat, wo ich die beiden vom Judo abgeholt habe. Meine Söhne haben mich schon gefragt, wer die Verrückte ist. Überall stand sie rum und hat mich beobachtet, verfolgt, ja, auch bedroht. Sie wollte sich nicht von mir trennen. Ich habe jedes Mal nachgegeben, bis sie eines Tages nicht mehr aufgetaucht ist. Da muss Annet tot gewesen sein. Ich war es aber nicht, wirklich!«

»Von wem haben Sie sich den weißen Fiat Doblò geliehen?«, fragte Akay.

»Ich habe mir keinen Fiat geliehen! Was soll die Frage?«

»Warum haben Sie Annet Balder so in der Breitach positioniert, als wäre sie an ein Kreuz genagelt?«, provozierte Akay ihn weiter und legte ihm das Foto von ihrem Fundort dazu vor.

Matthias starrte es mit weit aufgerissenen Augen an, in denen sich unverzüglich Tränen bildeten. »Ich war das nicht, bitte, hören Sie auf damit! So was würde ich nie tun! Ich hätte niemals gewollt, dass das mit ihr passiert.«

»War es Ihre Frau? Hat sie Annet Balder getötet, und Sie, Herr Binder, haben die Leiche in der Breitachklamm entsorgt, weil Ihre Frau das alleine nicht bewerkstelligen konnte? Sie sind kräftig, und Sie haben die passende Schuhgröße, die Spuren auf den Wegen belegen es. Haben Sie Annet Balder dorthin geschleppt?«, bohrte Akay weiter. Meistens brachen die Verdächtigen erleichtert ein, wenn man ihnen einen alternativen Schuldigen bot.

»Nein, ich habe das nicht getan. Und meine Frau hat rein gar nichts damit zu tun! Sie wusste wirklich nichts davon, glauben Sie mir bitte«, antwortete Matthias verzweifelt, die Tränen rollten nun in Bächen über seine Wangen. »Ich wollte es eigentlich nicht erzählen, weil es so lächerlich klingt: Annet hat immer gesagt, der Beelzebub hole sie irgendwann. Keine Ahnung, wer das ist, aber sie meinte, dass sie jemand töten wolle. Und das hat er auch getan.«

»Hören Sie auf mit solchen Geschichten!«, fauchte Akay.

»Wirklich, Herr Kommissar, es muss einer gewesen sein, den sie Beelzebub nannte!«

Rudi und Silvia hockten vor Brigitte Binder:

»Frau Binder, wir haben die DNS Ihres Mannes in Annet Balders Bett gefunden, um genau zu sein, sein Sperma. Und wir glauben, dass Sie davon wussten. Sie haben Annet Balder umgebracht, um Ihren Mann wieder für sich alleine zu haben, stimmt das? Sie haben sie erstickt, in einer Kühltruhe gelagert, sie in Ihrer Sauna wieder aufgetaut. Wir haben übrigens Latsche-Öl an der Leiche sichergestellt, das sie in einem Drogeriemarkt in Oberstdorf gekauft haben. Und später haben Sie Ihren Mann genötigt, die Leiche in der Breitachklamm abzulegen, um ihn mit in die Sache hineinzuziehen und ihm damit zu drohen, damit er endlich mit seinen zahllosen Affären aufhört«, begann Silvia das Verhör.

Rudis Gesicht wurde von einer Schreckensmiene erobert. Warum musste diese Psychotante aus Kempten immer auf die harte Tour vorgehen?

Frau Binders Augen weiteten sich. Rudi sah, dass sie ihre Hände zu Fäusten ballte, dann schaute sie aus dem Fenster und atmete tief durch. Nach einer kurzen Zeit der Besinnung antwortete sie mit kontrollierter Stimme: »Ich habe Annet Balder nicht umgebracht, Frau Stern. Ich kannte die Frau nicht. Ich habe erst von ihr aus den Nachrichten erfahren, da war sie schon tot.«

»Das glauben wir Ihnen nicht«, meinte Silvia.

»Nein, wirklich, Frau Binder, das können wir nicht glauben«, pflichtete Rudi ihr bei und erntete dafür einen zornigen Blick von Silvia. Daher fügte er schnell hinzu: »Wir haben doch schon beim letzten Verhör rausgefunden, dass Sie Annet Balders Facebook-Nachrichten an

Ihren Mann gelesen haben. Sie wussten, dass sie Ihren Mann im Internet ... äh ... verfolgt hat.«

Silvia rollte mit den Augen, sie sollte Rudi besser nicht mehr zu Wort kommen lassen.

»Falsch, Herr Ströber, ich habe das nicht zugegeben. Sie können nicht beweisen, dass ich diese schweinischen Nachrichten gelesen habe. Eine Kühltruhe haben wir nicht. Eine Sauna und Latsche-Öl haben hier Hunderte Leute. Wenn das Ihre einzigen Indizien sind. Ich habe die Balder nicht umgebracht. Oder haben Sie dafür irgendwelche handfesten Beweise?«

»Wir haben noch keine Beweise dafür, Frau Binder, aber jetzt haben wir Ihre DNS und werden alles akribisch untersuchen, das verspreche ich Ihnen«, giftete Silvia zurück.

»Tun Sie das, Sie werden nichts finden.«

»Kennen Sie jemanden, der einen weißen Fiat Doblò fährt?«, wollte Silvia von der betrogenen Ehefrau wissen.

»Nein! Was soll die Frage? Sie wissen anscheinend selbst nicht, wonach Sie suchen. Oder, Frau Stern?«

»Hat Ihr Mann sich vielleicht heimlich einen weißen Fiat Doblò zugelegt und ihn bei einem Freund untergestellt?«

»So ein Schmarrn! Sie können nicht mehr bei Verstand sein.«

»Sind S' gläubige Christin, Frau Binder?«, fragte Rudi, um die zwei Kampfhennen wieder auf Abstand zu bekommen.

»Ja. Fünftes Gebot: Du sollst nicht töten!«

Egi und Akay hockten vor Justus Fidler:

»Herr Fidler, unsere Kriminaltechnik ist sehr schnell, wir haben die Ergebnisse der DNS-Analyse bereits vorliegen«, log Akay, blätterte in seinen Unterlagen und verheimlichte dem Verdächtigen, dass sie seine Hemdsärmelfäden bereits vor einigen Tagen unerlaubterweise untersucht hatten. »Hier steht, dass Sie Sperma in Annet Balders Auto, dem Mini, hinterlassen haben. Erklären Sie uns das bitte!«

Justus Fidler rutschte auf seinem Stuhl herum und meinte: »Sie hat mir das Auto doch geliehen. Sie kennen das bestimmt, Herr Kommissar, wenn man Druck hat und kein Mädle zur Verfügung steht, dann macht man halt ...«

»Ich vergaß zu erwähnen, dass Ihr Sperma mit Annet Balders Scheidensekret vermengt war. Die verräterische Mischung klebte am Beifahrersitz, also erzählen Sie uns bitte nichts von Masturbation, Herr Fidler«, erklärte Akay und lehnte sich grinsend in seinem Stuhl zurück.

»Na gut, dann haben Sie mich jetzt erwischt«, grinste Justus zurück.

»Stimmt«, meinte Akay. »Sind Sie katholisch, Herr Fidler?«

»Ja.«

»Gehen Sie in die Kirche? Sind Sie gläubiger Christ?«

»Nein, meine Eltern haben mich katholisch taufen lassen. Ich glaube an nichts. Wir sind alle nur unbedeutende Staubkörner im Kosmos und folgen der Chaostheorie.«

»Sehr interessanter Ansatz«, meinte Akay und legte das Foto von Annet Balders Leiche in der Breitachklamm auf den Tisch, das ihre Arme und Beine ausgestreckt wie an einem Kreuz zeigte. »Sie sind ja sehr sportlich, Herr Fidler. Sie haben Annet Balder mit einem Kissen erstickt, sie eine Zeit lang in einer Kühltruhe gelagert und sie später in die Breitachklamm geschleppt. Schuhgröße 43/44 tragen Sie, passend zu den Spuren dort. Was war Ihr Mordmotiv?«, fragte Akay.

Schon wieder die harte Tour, Egi wäre beinahe vom Stuhl gefallen. Aber Justus ließ sich nicht beirren, auch wenn das Foto ihm im ersten Moment einen Stich versetzte.

»Es gibt kein Motiv, und eine Kühltruhe habe ich nicht. Wir hatten nur ein bisschen Spaß. Sie hatte irgendeinen verheirateten Freund, der sich nicht von seiner Frau trennen wollte. Und wenn er nicht da war, ist sie zu mir gekommen.«

»Ich nenne Ihnen ein paar Motive«, erläuterte Akay. »Sie hatte neben dem verheirateten Freund auch eine Beziehung mit ihrem Nachbarn, und es gab einen Ex-Freund in Kempten, der sie nicht gehen lassen wollte. Alles zusammen zu viele Sexualpartner, oder?«

»Stimmt, wenn man noch die Einstellungen der Fünfzigerjahre vertritt. Mir war's egal, ich wollte keine Beziehung mit der, die war verrückt.«

»Warum haben S' uns die ganze Zeit angelogen?«, wollte Egi wissen. Er vertrat noch die Einstellungen der Fünfzigerjahre, das war alles ein ungehöriger Graus für den PHK.

»Genau deshalb: Ich wollte nicht hier sitzen und mich für was rechtfertigen, das ich nicht getan habe. Außerdem hat sie ständig erzählt, dass der Beelzebub sie holen würde. Ich dachte halt immer, sie spinnt nur rum. Aber dann ist es doch passiert. Der Beelzebub ist bestimmt einer von ihren anderen Stechern, der sie gekillt hat.«

»Lenken Sie nicht ab, Herr Fidler! Haben Sie sich eigentlich noch von anderen Bekannten Autos geliehen, zum Beispiel einen weißen Fiat Doblò?«, fragte Akay.

»Nein, habe ich nicht. Fragen Sie besser den Beelzebub danach!«

Rudi und Silvia hockten vor Gernot Weiß:

»Herr Weiß, Ihr Studium in Kempten scheint Sie nicht zu erfüllen. Neben Ihrem Extremsport sind Sie auch noch recht viel im Internet unterwegs, hacken Accounts und versenden Nachrichten im Namen Dritter. Warum?«, warf Silvia dem Schweizer vor.

Schon wieder die harte Tour, Rudi wäre beinahe vom Stuhl gefallen.

»Was meinen Sie?« Gernot zuckte zusammen.

»Ich meine, dass Annet Balder ihre Nachrichten nur in Word vorgeschrieben und die Dokumente in der GMX-Cloud gespeichert hat, wie eine Art Tagebuch. Sie hat sie nie an Matthias Binder gesendet, sie war an den Tagen gar nicht online. Sie hat sich nur noch sehr selten bei Facebook angemeldet, bevor sie starb. Das waren alles Sie, Herr Weiß. Was haben Sie damit bezweckt? Haben Sie sie umgebracht, weil Annet Balder Sie verlassen hat, und wollten den Verdacht mit den Nachrichten auf Matthias Binder lenken?«

Gernot antwortete mit eisigem Gesichtsausdruck: »Das stimmt nicht, ich habe sie nicht umgebracht. Ich habe sie geliebt. Sie hat sich selbst in Schwierigkeiten gebracht, und ich wollte Sie schützen!«

»Schützen? Wie?«, hakte Silvia nach. »Indem Sie sie umbringen und von allem erlösen? Sie sind Bergsportler und hätten das Verschleppen in die Breitachklamm und die Flucht den steilen Abhang hinauf sehr gut bewerkstelligen können. Außerdem tragen sie Wanderschuhe in der Größe wie die Abdrücke, die wir auf den Wegen des Tatorts gefunden haben.«

»So war das nicht! Sie hat immer versucht, mich abzuwimmeln, weil ich ihr gesagt habe, dass dieser Trickski-Hengst der Falsche für sie ist. Er ist verheiratet und hat sie nur verarscht. Aber sie hat nicht lockergelassen, ist ihm jeden Tag hinterher. Er wollte sie loswerden, und sie hat mir ständig von einem Mörder erzählt, den sie Beelzebub nannte. Ich dachte, sie meint den Trickski-Hengst. Deshalb habe ich ihm die authentischen Nachrichten mit ihren stark wechselnden Gemütszuständen geschickt, damit er merkt, dass sie krank ist und von ihr ablässt. Ich wollte nur helfen und habe versucht, sie zu einer Therapie zu überreden. Damit ich endlich Ruhe gebe, ist sie dann auch wirklich zu einem Psychologen in Oberstdorf gegangen, aber irgendwann im April war sie verschwunden.«

»Da ist s' ermordet worden, Herr Weiß«, erklärte Rudi, der ihm fast glaubte. »Warum habe S' uns das nicht sofort verzählt?«

»Sie hätten mir nichts davon geglaubt, dem Ex-Freund, Verlassenen, Hacker. Ich glaube, dass dieser Beelzebub kein Hirngespinst von ihr war, es gibt ihn, und er hat sie umgebracht. Aber was hätten Sie bei dieser Geschichte von mir gedacht?«

»Sind Sie eigentlich religiös, Herr Weiß?«, fragte Silvia, statt ihm zu antworten, und legte ihm das Foto von Annet Balders Leiche in der Breitach vor, auf dem sie wie an einem Kreuz positioniert lag.

»Ja, ich bin streng katholisch erzogen worden. Ihr Mörder hat sich an Gottes Schöpfung versündigt«, meinte Gernot mit Hass und Tränen in den Augen.

Egi und Akay hockten vor Peter Post:

»Herr Post, Sie sind nicht gerade eine Sportskanone, tragen aber Schuhgröße 44, wie unser Mörder. Wie haben Sie es geschafft, Annet

Balder durch die Breitachklamm zu tragen und dort in den Fluten zu versenken?«

Immer noch die harte Tour, Egi hatte sich nun daran gewöhnt und lehnte sich zurück.

»Wie bitte?«, fragte Peter ungläubig, er war schließlich die Unschuld in Person.

»Hat Ihnen Herr Wollig nur den roten Kastenwagen geliehen? Oder fahren Sie auch manchmal einen weißen Fiat Doblò?«

»Nein, das tue ich nicht. Warum?«

»Sie wollten Annet Balders Freundschaft plus verlängern, sie hat Ihnen eine Abfuhr erteilt, da haben Sie sie umgebracht«, behauptete Akay.

»Nein!«, meinte Peter.

»Noch ein Motiv«, ergänzte Akay. »Annet Balder hat Sie erpresst, war vielleicht sogar an der B-Ware-Betrügerei beteiligt, die Sie mit Herrn Wollig durchgezogen haben. Sie wusste von den Kisten in Ihrer Garage, dafür gibt es Zeugen. Sie wollten die Erträge nicht mehr mit ihr teilen, mussten sie mundtot machen, sonst wäre alles aufgeflogen.«

»Sie ist jetzt mundtot, und es ist alles aufgeflogen«, erklärte Peter. »Es ist mir egal, was Sie von mir denken. Das Einzige, was ich verbrochen habe, ist nun rausgekommen, ich zahle Steuern nach und fertig. Mit dem Rest hab ich nichts am Hut. Fragen Sie lieber den Beelzebub!«

»Sakra! Wer ist das?«, fragte Egi und schlug mit der Faust auf den Tisch. Diesen verdammten Namen hatten sie nun hundertfach gehört, aber der PHK kannte keinen Beelzebub in Oberstdorf, das musste ein Zugezogener sein.

»Keine Ahnung.«

. . .

»Egi, Rudi, kennt ihr einen Beelzebub in Oberstdorf?«, fragte Akay die einheimischen Ermittler nach den Verhören.

»Nein! Hab ich noch nie gehört«, ärgerte sich Egi, der immer gemeint hatte, dass ihm alle Oberstdorfer Schandtäter bekannt wären.

»Rudi, weißt was davon?«

»Naa, Egi, wir müssen das irgendwie rausfinden«, meinte Rudi am Rande der Verzweiflung in gemäßigtem Allgäuerisch. »Vielleicht ein Auftragskiller oder Tatortreiniger? So ein kranker Mensch. Nicht, dass der noch amal zuschlägt.«

»Ja, das müssen wir tatsächlich rausfinden. Jetzt geht's aber erst einmal in die Breitachklamm. Egi, du kommst mit. Rudi, du setzt dich mit Silvia an die Verhörprotokolle und gleichst die Aussagen mit ihr ab«, ordnete Akay genervt an. Was nutzten ihm einheimische Ermittler, wenn die nix wussten?

»Ich muss noch aufs Klo«, meinte Rudi. Es graute ihm davor, etwas mit der Silvia gemeinsam zu machen.

»Ich auch«, sagte Egi. Es graute ihm davor, etwas mit dem Akay gemeinsam zu machen. Der PHK griff Rudi am Arm und zog ihn mit in die Herrenkabine.

»Die sind doch total deppert, die Kemptener«, urteilte Egi, als die beiden am Pissoir standen und sich laut plätschernd ihrer überschüssigen Körperflüssigkeiten entledigten. Plötzlich hörten sie Stimmen aus dem Flur.

»Rudi, stopp!«

»Was denn, Egi?«

»Hör auf zu pissen!«

»Hä?«

»Sofort aufhören, sonst klemm ich dir deinen Schniedel ab!«

»Also wirklich, Egi ...«

»Ruhe!«

»Nur weil du mal der Schnellere warst. Ich kann's auch fixer.«

»Jetzat hör schon auf, Rudi!«

Unter größter Anstrengung hielt Rudi seinen Urinfluss zurück, während Egi schon wieder einpackte. Dann hörte er, was der PHK meinte.

»Herr Weiß, bitte versuchen Sie sich genau an diesen Pfarrer zu erinnern. Wo lebt er jetzt? Was macht er heute? Hatte er einen Konflikt mit Annet Balder? Egal wie unwichtig es Ihnen erscheint, erzählen Sie alles, was Ihnen einfällt!«, hörten die zwei PI-Beamten Akay vor der Tür reden.

»Ich weiß nichts von ihm, Herr Kommissar. Nur das, was ich Ihnen bereits in Kempten erzählt habe. Er war mal in Füssen, Annet war da bei ihm gemeldet, und er musste ständig umziehen.«

»Denken Sie nach, Herr Weiß. Hat Annet Balder nicht doch noch mehr von ihm erzählt?«

»Nein, da war nichts. Hm, oder doch, warten Sie. Es ging um Frauengeschichten. Stimmt, er musste mehrmals seinen Dienstort wechseln, weil ihm Affären nachgesagt wurden. Annet fand das lustig, weil der Heilige Vater ja katholischer Pfarrer war, hat sie immer gesagt. Deshalb war er auch jahrelang nicht in Bayern, kam dann aber irgendwann zurück. Mehr weiß ich wirklich nicht.«

»Annet Balder verfügte über mehr Geld, als sie durch ihre Arbeit in dem Sportgeschäft von Herrn Wollig verdiente. Wissen Sie, wo das herkam? Hat dieser Pfarrer ihr regelmäßig etwas zugesteckt?«

»Ich habe keinen Schimmer, was ...«

Egi und Rudi hörten, wie sich Schritte entfernten und die Stimmen leiser wurden. Rudi hatte mittlerweile einen knallroten Kopf, er ließ es erleichtert wieder laufen, bis seine Blase restlos entleert war. Dann schloss er den Reißverschluss seiner Hose, ging zum Waschbecken und stellte sich neben einen zufrieden wirkenden Egi.

»Darf ich's Wasser anmachen und den Seifenspender drücken?«, fragte Rudi den PHK.

»Jetzat ja«, grinste Egi und griff zum Wasserhahn. »Und nimm dir heut Abend nix vor, wir fahren nach Dienstschluss zur Sparkasse.«

• • •

Egi und Akay standen in der Breitachklamm an der Stelle, wo Christian Berg Annet Balders Leiche in den Fluten erblickt hatte. Sie beobachteten am frühen Mittwochnachmittag, wie der Freeclimber Sebastian Seiler den gegenüberliegenden Abhang hinaufkletterte. Die Felsen waren schroff und steil, stellenweise von Moos und Gras bewachsen, und vereinzelt standen dem Kletterer in dem steilen Gelände ungebetene Büsche und Bäume im Weg. Aber er fand immer wieder Nischen und Vorsprünge, an denen er sich entlanghangeln konnte. Hin und wieder nutzte er sogar den hölzernen Bewuchs, um sich an stabil wirkenden Stämmen und Ästen weiter hochzuziehen. Es war immer noch feucht von der Schneeschmelze, und der Untergrund war rutschig. Einige Male hielten die Kommissare den Atem an, weil sie dachten, der Kletterer würde abstürzen und der nächste Tote sein, der in der Breitach läge. Dann würden sie ganz schön Ärger bekommen, entsprechend rasant war ihr Herzschlag. Sebastian Seiler fing sich zum Glück jedes Mal wieder, bewegte sich wie eine Spinne in ihrem wohlbekannten Netz und näherte sich dem sicheren Ziel. Oben erwarteten ihn bereits einige Leute von der Spusi, die zuvor die Umgebung untersucht hatten. Ihnen waren Schuhabdrücke in der bereits erfassten Schuhgröße des Täters und bunte Kunststofffasern an einem Baumstamm aufgefallen, die sie in kleine Plastiktüten gesteckt hatten. Als Sebastian Seiler bei ihnen ankam, applaudierten sie und vertieften sich in ein Gespräch mit ihm.

Akay griff nach seinem Smartphone und wählte eine Nummer.

»Was habt ihr gefunden?«, fragte er.

»Kunststofffasern. Herr Seiler meint, die könnten von einem Sicherungsseil stammen, das jemand hier um den Baum gewickelt hat.«

»Dann hat der das Ganze am Vortag vorbereitet, damit er die Leiche da ablegen und ungesehen verschwinden konnte«, vermutete Akay.

»Ja, sieht so aus. Nachdem er Annet Balder in die Breitach gelegt hat, wollte er auf dem Weg unten niemandem mehr begegnen. Deshalb ist er bestimmt hier oben raus.«

»Danke dir, Kollege«, meinte Akay und informierte Egi. »Das muss einer sein, der sich in der Breitachklamm bestens auskennt. Er hat diese Stelle gewählt, weil die Sonne hier schnell in die Schlucht kommt und die Leiche dadurch sofort auffällt. Vielleicht wusste er sogar, dass kurz nach ihm der Christian Berg hier reinkommen würde. Er hat sich vorher ein Seil von oben runtergelegt, damit er eine Sicherung hat. Er hat alles bis ins kleinste Detail geplant, Egi. Du kennst hier doch alle. Wer könnte das nur gewesen sein?«

»Das frage ich mich auch.« Auf jeden Fall nicht dieser einarmige Pfarrer Huber, dachte sich der PHK. »Was haben denn eure Nachforschungen mit den Kühltruhen-, Kastenwagen- und Saunalisten ergeben, Akay? Da muss doch mal langsam was bei rauskommen!«

. . .

Akay und Silvia hatten die PI-Deppen aus ihren eigenen Ermittlungen herausgehalten. Nachforschungen bei der Sparkasse Allgäu hatten der Kripo Kempten regelmäßige Bargeldeinzahlungen auf Annet Balders Girokonto gezeigt, seit Jahren mehrere Hundert Euro pro Monat, und zwar von einem Gerd Huber mit ständig wechselnden Wohnorten. Seit dem Jahr 2014 hatte sich der Betrag immer mehr gesteigert. Sie vermuteten, dass es sich bei dem Mann um diesen Pfarrer handelte, der Annet Balder bei sich aufgenommen und bei dem sie laut Gernot Weiß ihren Wohnsitz gemeldet hatte. Die Kirchenämter hatten aus unerklärlichen Gründen nach jedem Gemeindewechsel seinen Namen aus den Archiven gelöscht, daher war das Ganze bisher nur eine Vermutung.

. . .

Jetzt gingen die auch noch zur Sparkasse. Was der Raffer denen wohl alles preisgeben würde? Der kannte alle Zahlungsein- und -ausgänge von Annet. Und alles wusste der Beobachter darüber auch nicht. Er lief nervös vor dem Gebäude hin und her.

. . .

Egi wusste offiziell nichts, aber der PHK kannte den Sparkassenchef Detlev Raffer, er war ein alter Schulfreund seines Bruders Prof. Dr. Volker Huber. Nahezu jeder in Oberstdorf hatte ein Konto bei der Sparkasse, also wollte es Egi einfach mal beim Raffer versuchen. Nach der Kletterei in der Breitachklamm holte der PHK den Rudi in der PI ab und fuhr zusammen mit ihm beim Raffer vorbei. Die zwei Beamten betraten die Sparkassenfiliale in der Hauptstraße und wurden gleich von allen Angestellten erkannt. Sie nickten sich kurz zu, bevor Herr Raffer zu ihnen trat. Egi sprach den emsigen Geldverwalter auf Verdacht wegen eines Kontos von Annet Balder an.

»Sag mal, Detti, kennst die Annet Balder?«

»Schon, Egi, die hat hier ihre Bankgeschäfte gemacht.«

»Mmh, und bei dir gehen die Leut doch nei und naus, und eine Videoüberwachung hast auch, oder?«

»Na sicher, Egi, glaubst gar nicht, was hier manchmal für komische Vögel reinkommen.«

Rudi sträubten sich die Nackenhaare. Schon wieder so ein Ornithologe wie dieser Dr. Adalbert von Ponsberg?

»Naa, Detti, ich mein nicht die Touristen. Es geht allein um die zugezogene Oberstdorferin Annet Balder.«

»Egi, weißt, ich darf dir nichts von meiner Kundin erzählen. Oder hast so'n Lappen vom Richter?«

»Hab ich nicht, nur die Kripo Kempten. Hast denen schon was von ihr verzählt?«

»Musste ich, musste ich. Die war'n gestern hier und wollten wissen, wer ihr jeden Monat Geld überweist.«

»Saupack!«, rutschte dem PHK raus.

»Wie bitte, Egi?«

»Ah, nix, schon gut. Kannst mir nicht einen kleinen Hinweis geben, was d' denen offenbart hast, Detti?«

»Naa, kann ich nicht!«, antwortete der Filialleiter so laut, dass es alle gut hören konnten.

Detti schlurfte los, Egi und Rudi folgten ihm unauffällig. Sie verschwanden durch eine Tür mit der Aufschrift »Filialleiter D. Raffer«. Detti schloss fix ab und fing an, in einer Schublade zu kramen. Er holte einige CDs heraus, sortierte sie nach Datum, nahm eine, schob sie in sein Notebook, dann machte er einige gekonnte Mausklicks, und ein Fenster poppte auf.

Er meinte mit einem Augenzwinkern zu Egi und Rudi: »Ich geh dann mal naus an den Schalter, einer Mitarbeiterin helfen. Ihr könnt euch den Geldspender GERD HUBER mal in Ruhe ansehen.«

Egi musste grinsen. Rudi konnt's nicht fassen. Sie starrten gemeinsam auf Dettis Bildschirm, dort lief ein Film der Überwachungskamera. Gerd Huber war klein, kugelbäuchig, rothaarig und einarmig.

• • •

»So, Rudi, mach dich fix an die Arbeit. Such alles aus den Archiven raus, was mit diesem Gerd Huber zu tun hat. Wir müssen der Kripo Kempten zuvorkommen. Ich weiß nicht, was der Chefmeier sonst mit uns macht.«

»Isch scho klar, Egi.«

Egi ging aus seinem Büro raus, um sich einen Kaffee zu holen. Dazu musste er ungesehen bei der Beate vorbeigehen, damit die ihm nicht ihr ungenießbares Gesöff anbot. Er war endlos erleichtert, als er vorne an der Empfangstheke ankam, neben der der PI-Kaffeeautomat stand. Dort traf er Daniel, der sich gerade einen Kakao mit Milchschaum-Häuble fabrizierte. Egi schoss eine Hitzewelle ins Gesicht. Was sollte der PHK jetzt nur sagen? Ihn direkt auf seinen Freund ansprechen? Als Daniel nach seiner gefüllten Tasse griff und sich umdrehte, standen die beiden sich Aug' in Aug' gegenüber.

»Servus, Egi!«

»Servus, Daniel!«

»Holst dir an Kaffee?«

»Ja. Hast dir grad an Kakao gezogen?«

»Ja.«

Der Automat zischte, rappelte und dröhnte, bis er endlich anfing, den PHK-Kaffee auszuspucken. Egi hatte die Tasse mit seinen zittrigen

Händen etwas schief gestellt, das Gebräu lief zur Hälfte vorbei. Egi schnappte sich fix den halb gefüllten Kaffeebecher und marschierte los.

»Mach's gut, Daniel!«

Noch eine Hitzewelle in Egis Haupt. Ob der Kollege das eventuell falsch verstehen könnte?

»Ciao, Egi!«

Als Egi zurück ins Büro kam, strahlte Rudi ihn an: »Was bist'n so rot, Egi? Pass auf: Gerd Huber wohnt seit drei Monaten in der Finkenstraße in Oberstdorf, zusammen mit seiner Hauswirtschafterin Helga Gerstmann. Er hat einen Bruder namens Christof Huber, auch vor Kurzem nach Oberstdorf gezogen, in die Weststraße. Der hat wiederum einen Sohn, der Vincent Huber heißt und in die Parallelklasse deiner Tochter Belli gehen tut.«

»Das mit der Schule wissen wir ja schon. Aber in welchen Registern hast den Rest so schnell rausgefunden, Rudi?«

»Ich hab unseren Pfarrer angerufen. Der kennt den Gerd Huber a. D., weil der jetzt ja auch jeden Sonntag hier in die Kirche rennt und dem seine Lebensgeschichte verzählt hat. Aber die interessanten Punkte konnt der mir nicht sagen, fällt unter das Beichtgeheimnis.«

»Bist ein Hammerermittler, Rudi!«

Egis Telefon klingelte, die Beate war dran.

»Hallo, Schätzeken, ich hab ma für dich rumtelefoniert.«

»Schön, Beate. Hast was rausgefunden?«

»Sicha! Die Zeugen Gudrun Berthold, zugezogen aus Regensburg, und Holger Landmann, zugezogen aus Lörrach, hab ich erwischt. Die sachten, dat der Parkplatz an der Breitachklamm am fraglichen Montag zwischen achte und neune noch leer gewesen sei. Und die ham an irgend 'nem Abend auch den Mann mit'm Sack gesehen, der is von'er Fuggerstraße in die Weststraße abgebogen.«

»Da wohnt doch der Nase!«, rief Egi.

···

Und wieder eine Besprechung mit den Kriminalisten, Egi hing's zum Hals raus. Aber es gab wichtige Erkenntnisse aus Memmingen, der Bericht lag auf dem Tisch, und Akay trug ihn in der PI Oberstdorf vor. Der Chefmeier saß wie jeden Tag an seinem Schaltpult und hörte inoffiziell mit. Beate hockte auf seinem Schoß. Es war später Mittwochnachmittag, kurz vor Feierabend.

»Rudi, warum telefonierst du hinter unserem Rücken mit Erich?«, wollt Akay wissen.

»Hä?« Rudi sinnierte gerade über das anstehende Abendessen.

»Du hast mit Erich telefoniert und ihm diese Rote-Haare-Geschichte erzählt!«

»Ach so das. Warum schickt der Erich dann dir den Bericht?«, maulte Rudi.

Der Chefmeier spitzte in seinem Büro die Ohren.

»Weil ich der Ermittlungsleiter bin, Rudi! Und ihr sollt gefälligst unter meiner Leitung arbeiten, wann kapiert ihr das endlich?«, warf Akay ihm vor.

»Du wolltst ja nix von rote Haare hören!«, verteidigte Egi seinen PI-Kollegen.

Der Chefmeier klatschte einige Räume weiter in die Hände. Beate grinste ihn an.

»Lassen wir's gut sein, es ist ja was dabei herausgekommen. Rudi hat recht, auch wenn es vollkommen unnütz ist«, gab Akay widerwillig zu. »Erich hat Köhler ein paar Haare der Toten gegeben. Sie konnte auf Rudis Hinweis hin feststellen, dass Annet Balder schwarz gefärbte Haare hatte, ihre natürliche Haarfarbe war tatsächlich rot.«

»Prima«, lobte Egi.

Prima, dachte auch der Chefmeier. Beate hielt den Daumen hoch.

»Warum prima? Das bringt uns keinen Schritt weiter. Fast jede Frau färbt sich die Haare. Das war pure Zeitverschwendung. Und Geld kostet das auch, wenn du Erich solche Analysen machen lässt, Rudi. Das nächste Mal wird alles mit uns abgesprochen!«, forderte Silvia.

Egi und Rudi schwiegen. Auf Chefmeiers Stirn bildeten sich runzelige Falten, seine Mundwinkel bogen sich nach unten. Einen solchen Vorwurf wollte er nicht gelten lassen.

Rudi hatte Erich lange überreden müssen, diese Analyse durchzuführen, aber nachdem der PI-Beamte ihm die Hintergründe erklärt hatte, hatte der Gerichtsmediziner die Ermittlung der natürlichen Haarfarbe Annet Balders auch für notwendig erachtet. Im Bericht von Köhler waren die Vermutungen von Egi und Rudi zum Glück nicht mit aufgeführt, also wussten Silvia und Akay noch nichts darüber.

»Die Analyse der DNS-Proben der bisher Verdächtigen hat nichts weiter ergeben«, fuhr Akay fort und lief dabei auf und ab. »Sie waren weder an Annet Balders Leiche noch an den Fundstücken aus der Breitachklamm nachweisbar. Es gibt aber DNS-Spuren eines weiteren Mannes in ihrem Schlafzimmer und an ihrer Leiche, die wir noch nicht zuordnen können. Und dazu, Egi und Rudi, müssen wir euch noch etwas sagen.«

Akay setzte sich an den Tisch und griff nach einem weiteren Bericht. Silvia schaute sich ihre rosa manikürten Fingernägel an. Akay tippte im Sekundentakt mit dem rechten Zeigefinger auf den Pappdeckel der Mappe.

Der Chefmeier brüllte in seinem Büro: »Jetzal rück schon raus damit!«

Beate fuhr zusammen und rutschte von seinem Schoß. Gut, dass die Kripo Kempten das nicht gehört hatte.

Akay begann: »Wir habe etwas über einen pensionierten Pfarrer Gerd Huber rausgefunden, kommen aber mit den Ermittlungen nicht weiter. Er hat Annet Balder finanziell unterstützt. Nachdem sie aus dem Kinderheim ausgezogen ist, hat er ihr monatlich mehrere Hundert Euro überwiesen. Er wohnt seit Kurzem in Oberstdorf, wir haben ihn aber noch nicht angetroffen. Vielleicht ist er gerade auf Pilgerreise, meinte der Sparkassenleiter Raffer. Kennt ihr diesen Pfarrer?«

Egi rieb sich unter dem Tisch die Hände, der Raffer war echt a coole Sau. Der PHK meinte: »Müsst ich mal nachdenken.«

»Wie sieht der denn aus?«, fragte Rudi und konnte sich sein Grinsen kaum verkneifen.

»Keine Ahnung. Wir haben nur vom Sparkassenleiter Raffer die Kontoauszüge erhalten.«

»Ich muss mal meine Oma fragen, die kennt als Einzige alle Hubers dieser Welt«, frotzelte Egi.

»Hahahahaha«, lachte der Chefmeier am Schaltpult.

»Tu das, Egi«, bat Akay den PHK, alleine kam die Kripo Kempten hier zu keinem Ergebnis. »Wir gehen jetzt folgendermaßen vor: Silvia wird ab sofort in der PI bleiben und sich nur noch mit dem Profiling der Verdächtigen beschäftigen. Auch damit, ob ein Pfarrer diesen Mord begangen haben könnte und was ihn dazu hätte bringen können. Sie wird darüber hinaus alle Verhöre analysieren, um herauszubekommen, wer dieser Beelzebub ist. Wir, Egi und Rudi, werden uns auf den verschwundenen Geistlichen konzentrieren!«

· · ·

Der PHK kannte alle Rothaarigen in Oberstdorf. Er war sich sicher, dass keiner von denen zu solch einem Verbrechen fähig wäre. Egi fragte sich, wie viele Rothaarige es noch in der näheren Umgebung gäbe. Das war ja eher eine recht seltene Haarfarbe, also strengte er sein Hirnkästle an und kam zu einem ersten Ergebnis. In der Seniorenwohnanlage *Oberstdorfer Gold-Residenz*, in der immer noch die letztes Jahr von ihm verhafteten Ganovenzwillinge lebten, hatte er während der Ermittlungen eine Rothaarige am Empfang kennengelernt. Sie war damals schwanger gewesen. Bestimmt hatte sie ihr Kind jetzt bereits zur Welt gebracht. Ob es auch rote Haare hatte? Hatte die Familie etwas mit dem rothaarigen Pfarrer Huber zu tun?

Als Egi mit Rudi am frühen Mittwochabend vor der Oberstdorfer Pfarrrkirche St. Johannes Baptist am Marktplatz vorbeiging, um zu schauen, ob der ominöse Pfarrer a. D. sich dort aufhielt, lief ein rothaariger Junge an ihnen vorbei. Der PHK wusste gleich, dass er kein Oberstdorfer Bub war, die Grundschulkinder kannte der PHK alle, bis auf den rothaarigen Vincent Huber. War dies der zugezogene GSO-Schüler, der nun in Bellis Parallelklasse ging? Er hatte rote Haare wie der pensionierte Pfarrer Huber. Konnte das Zufall sein? Egi sprach den Kleinen an und zeigte ihm seinen Dienstausweis.

»Sieh mal, junger Mann, ich bin ein echter Poilzeihauptkommissar. Kannst ja ganz schön schnell laufen. Wie alt bist denn?«

»Schon sieben, Herr Kommissar! Und ich habe eine kleine Schwester, die ist noch nicht mal eins. Da bin ich jetzt der große Bruder.«

»Wirklich? Wer ist denn eure Mama?«

»Meine Mama heißt Ilka, und mein Papa Karsten. Und du bist ein ganz echter Kommissar?«

»Ja, sicher. Hast ja meinen Dienstausweis gesehen.«

»Klaro, Kommissar Huber, voll cool. Das erzähl ich morgen in der Schule.«

»Ist deine Mama denn jetzt daheim mit'm Baby?«

»Ja, die kann nicht mehr in der Seniorenresidenz arbeiten. Aber nächstes Jahr will sie zurück. Wir müssen unsere Eigentumswohnung ja noch abbezahlen.«

Egi musste grinsen. Und Egi wusste nun, dass der Kleine der Sohn von der rothaarigen Empfangsdame der *Oberstdorfer Gold-Residenz* war. Aber was wollte der Junge hier?

»Wie heißt d' eigentlich? Und was machst allein bei der Kirche?«, wollte der PHK wissen.

»Ich heiße Marc Gerhardt und wohne in Sonthofen. Meine Mama bringt mich manchmal hierher, weil wir den Pfarrer Huber so gut kennen. Der ist echt nett. Ich darf immer bei ihm essen, seine Hausfrau kocht so lecker. Mama hat dann mehr Zeit, meine Schwester Emily zu stillen, einzukaufen und daheim aufzuräumen. Und der Pfarrer spielt dann mit mir. Der hat ja den gleichen Nachnamen wie du!«

»Stimmt, sehr aufmerksam, Marc.«

»Und ich habe noch einen Onkel Christof. Der hat eigentlich auch rote Haare wie mein Cousin, der Vincent. Mit dem bin ich jetzt verabredet. Die wohnen da hinten.«

»Egi, können wir endlich amal gehen?«, schaltete sich Rudi ein. Er verkannte die Wichtigkeit der Unterhaltung und wollte die Sache nicht noch weiter verzögern. Heute Abend gab es zu Hause wieder Schweinshaxe. Und er wollte nicht zum x-ten Male alles seinem dreißigjährigen Sohn überlassen, der immer noch unter seinem Dach lebte.

»Ja, Rudi. Jetzt lass mich halt mal, das ist wichtig!« Immer diese Drängelei von Rudi. Egi ärgerte sich, denn Marc verabschiedete sich plötzlich, und der PHK hatte noch nicht gefragt, warum der Kleine »eigentlich rote Haare« gesagt hatte. Ob Onkel Christof Huber sich sein Haupthaar färbte? Eventuell braun? Und trug er hin und wieder Säcke auf der Schulter?

»Ciao, Kommissar Huber! Ich fahre jetzt mit meinem Fahrrad zu Vincent. Bis bald!«

»Viel Spaß, Marc!«, rief Egi ihm nach.

Säuerlich sah er Rudi an. Der bemerkte nicht, dass er dem PHK die inoffizielle Befragung des Jungen versaut hatte. Er hätte ihn nämlich sehr gern noch gefragt, wer denn sein und Vincents Opa war.

• • •

Am Mittwochabend saß Egi in seinem Büro. Er hatte darauf bestanden, nach Feierabend mit Rudi zurück zur PI zu fahren, um sich noch einmal die Liste der Fiat-Kastenwagenhalter aus Oberstdorf anzusehen. Ihm fiel darin die Weststraße ins Auge. Da wohnte doch jemand. Wer war das noch? Er ging rüber zu Rudi, dem Aktenwälzer.

»Sag mal, Rudi, kannst dich erinnern, wer noch in'er Weststraße wohnt?«

»Sicher, Egi. Christof Huber, der Bruder vom roten Pfarrer Huber, und Fillip Nase, der Fahrzeughalter mit'm ...«

»Rudi, du kommst sofort mit«, befahl Egi.

Christof Huber, der Bruder von Pfarrer Huber, wohnte in der Weststraße in Oberstdorf und hatte einen Nachbarn mit weißem Fiat Doblò ohne Heckfenster! Egi war wie vom Blitz getroffen, da musste es Zusammenhänge geben. Nachdem er die ganzen auswärtigen Rothaarigen aufgetan hatte, war er sich sicher, endlich auf der richtigen Spur zu sein. Er schnappte sich seinen Polizeioberwachtmeister für die nächste verdeckte Ermittlung.

Der PHK konnte nicht mit seinem Dienstwagen fahren, da er gerade seine Winterreifen gegen Sommerreifen tauschen ließ. Also musste Rudi heute mit seinem Privatwagen ran, einem dunkelblauen Dreier-BMW von 1995. Griesgrämig saß dieser auf dem Fahrersitz und schlich behäbig durch Oberstdorf. Sein Fuß wurde immer schlaffer, der Kontakt zum Gaspedal verringerte sich nach und nach. Es war 19:20 Uhr. Er trauerte bereits jetzt der Schweinshaxe hinterher, die seine Frau heute zubereiten wollte. Nun würde sie alleine mit seinem gefräßigen Sohn vor den riesigen Portionen sitzen, die eigentlich für drei gute Esser reichen könnten. Es würde nichts für Rudi überbleiben.

»Egi, können wir das nicht morgen machen?«, fragte er ohne Aussicht auf Erfolg.

»Nein, das ist unglaublich wichtig, Rudi. Jetzt stell dich nicht so an! Wir sind doch schon gleich dort. Du bist spätestens um 21:00 Uhr wieder daheim.«

»Das isch zu spät, Egi.« Rudi war am Verzweifeln.

»Wennst so weiterfährst, bestimmt!«

Egi konnte es nicht erwarten, sich die Sachlage näher anzusehen. Wie konnte das mit dem Fiat Doblò gelaufen sein? Vielleicht war es ja auch völlig zusammenhangslos. Aber es war auch möglich, dass der Mörder dem Nase sein Auto gefahren hatte. Der PHK musste es unbedingt herausbekommen.

Endlich waren sie da. Als der PHK bereits die Hoffnung auf ein erfolgreiches Einparkmanöver verloren hatte, stellt Rudi seinen Wagen nach dem vierten Anlauf doch noch rückwärts in eine sechs Meter lange Parklücke am Straßenrand. Sie mussten einige Schritte laufen, dann standen sie vor dem Haus mit der geöffneten Garage. Darin befand sich ein weißer Fiat Doblò ohne Heckfenster. Egi hatte schon wieder ein Problem. Rudi war ja mit Silvia schon einmal hier gewesen, es gab nun keinen triftigen Grund den Fahrzeughalter wiederholt zu behelligen, und einen Durchsuchungsbeschluss hatten sie erst recht nicht. Außerdem brannte kein Licht im Haus, bestimmt war niemand daheim. Egi musste sich das Auto aber dringend noch einmal ansehen, und Hausfriedensbruch wollte er so kurz vor seinem Ermittlungserfolg nicht begehen.

»Sag mal, Rudi, hast deine Spiegelreflexkamera mit'm Teleobjektiv dabei?«

»Sicher, Egi. Die hab ich immer dabei. Als Hobbyfotograf muss man stets bereit sein, wenn einem ein gutes Objekt vors Rohr kommen tut. Gestern zum Beispiel war ein ganz toller Reg–«

»Rudi, hol das Teil!«

Rudi holte das Teil, obwohl er sich nicht sicher war, ob sein Vorgesetzter noch alle beisammenhatte. Er übergab die Kamera zögerlich an Egi, schaltete sie aber vorher lieber selbst ein, er wollte nicht, dass der PHK an den Knöpfen herumfummelte. Egi griff danach, blickte durch das teleskopartige Rohr und war enttäuscht.

»Also, Rudi, so ein Riesenrohr bringt ja rein gar nix. Was ist denn da der Vorteil zu meiner Handykamera?«

»Handy? Bist total spinnert jetzat? Ist zu wenig Licht hier, Egi. Vor allem wenn du da in die dunkle Garage glotzen tust. Wären wir mal besser morgen gefahren. Und was soll das eigentlich alles?«, wollte Rudi wissen.

»Rudi, du hattest doch auch mal so einen Mega-Scheinwerfer mit Akku. Ist der zufällig auch in deinem Auto?«

»Ja, der isch aah im Auto.«

»Hol ihn!«

• • •

Sakra! Was trieben die da mit der Kamera?

...

Rudi schüttelte den Kopf. Am liebsten säße er jetzt vor seiner Schweinshaxe, aber stattdessen ging er zu seinem Auto und holte einen Mega-Scheinwerfer mit Akku. Auch diesen überreichte er Egi.

»Ja, wie soll ich denn das jetzt machen? In der einen Hand die Kamera und in der anderen diese Monsterlampe? Du nimmst den Scheinwerfer, Rudi!«

»Und wo soll ich hinleuchten, Egi?«, fragte Rudi am Ende seiner Geduld.

»Na, auf den Fiat natürlich, du Depp«, brüllte Egi.

Eine ältere Dame, die die beiden schon einige Zeit von der anderen Straßenseite aus beobachtet hatte, ging jetzt resolut zu ihnen herüber, fuchtelte mit ihrem Krückstock in der Luft herum und meinte: »Was treiben S' denn da bei dem Nase vor'm Haus? Ich ruf jetzt die Polizei!«

»Wir sind die Polizei«, schrie Egi, drehte sich zu ihr um und hielt ihr seinen Dienstausweis unter den Riechkolben, der auch nicht gerade filigran war. Am liebsten hätte er noch seine Dienstwaffe gezogen, ließ es aber sein. »Verschwinden S', Sie behindern unsere Ermittlungen, Frau Busch!«

Die alte Dame erkannte jetzt erst den PHK Egi Huber. Das war der Sohn vom alten Huber, der verpachtete dem Schwager ihres Schwiegersohnes die Felder am Moorweiher. Der alte Huber hatte zwei Söhne, die beide aufs Verderben keine Bauern hatten werden wollen: Egi Huber war Polizeihauptkommissar, und der jüngere Volker Huber Chefarzt für Gynäkologie. Was sollten die beiden also mit den Feldern anfangen? Gar nix, seitdem der alte Huber nicht mehr selbst mit'n Traktor drüberfuhr.

Egis Ermittlungen wollte die alte Dame in keinem Fall behindern, die Uschi verzog sich unerwartet schnell mit ihrer hölzernen Gehhilfe um die nächste Ecke. Dabei grübelte sie, was der Nase wohl wieder angestellt hatte. Der hatte doch vor drei Monaten erst zusammen mit seinem neuen Nachbarn ein krummes Ding mit gepanschtem Weizenbier für Dieters Kneipe abgezogen, dieser Nachbar pflegte Kontakte zum Gastronomie- und Hotelleriegewerbe. Den Polizeiapparat hatten die zwei dabei geschickt umgangen, der grantige Chefmeier und seine Truppe hatten bis heute keine Ahnung davon. Auch wussten die PI-Leute nicht, dass mittlerweile ganz Oberstdorf den PI-Leiter Erwin Bachmeier »Chefmeier« nannte.

»Muss das denn sein, Egi?«, fragte Rudi.

»Ja, Sakra. Halt endlich den Scheinwerfer auf die Garagen!«

Rudi tat wie ihm geheißen und bestrahlte den im Licht weiß glänzenden Kastenwagen vom Nase, dem Mann mit dem großen Zinken in der Gesichtsmitte. Ein Außenstehender hätte diese Szene äußerst amüsant finden können, wie der Rudi da leuchtete und der PHK mit einem Teleobjektiv aus circa zwanzig Metern Entfernung ein Kraftfahrzeug mit fünfzigfacher Vergrößerung betrachtete. Aber der Nachbar vom Nase, Christof Huber, der auf Geheiß seiner Ehefrau gerade wieder einmal den Müll herausbrachte, fand das gar nicht lustig. Ihm war der Schrecken darüber regelrecht ins Verbrechergesicht geschrieben. Daher hechtete er nach Entledigung der miefenden Tüte fix wieder zurück ins traute Heim.

Egi bekam nichts davon mit. Rudi noch weniger. Der PHK kämpfte mit dem Megazoom. Er fand die kleinen blauen Kiesel, die sich in das Reifenprofil des Kastenwagens gebohrt hatten, wesentlich interessanter als die zwielichtigen Nachbarn vom Nase und schoss ein paar Fotos. Der flüchtige Müllträger kam ungesehen davon.

Nun hatte Egi schon wieder ein Problem. Er durfte das Grundstück vom Nasenmann nicht betreten, wollte aber unbedingt so ein Kieselsteinle haben. Egi fiel ein, dass er ja noch einen Trumpf im PHK-Ärmel hatte. Er zückte sein Handy und wählte eine Nummer.

»Kannst den Scheinwerfer ausmachen«, sagte er an Rudi gerichtet. »Ah, schönen guten Abend, Herr Lohmeier. Ich hätt da eine kleine Bitte an Sie ... Wie, Sie haben keine Zeit? Sie hatten den Flachbildfernseher einer Ermordeten in Ihrer Garage stehen, also haben S' jetzt auch gefälligst Zeit für mich! Und zwar sofort, sonst muss ich das doch noch an die Staatsanwaltschaft weitergeben.«

Eine Minute später stand der fettige Lohmeier neben ihm.

»Also, Herr Lohmeier, Sie machen's genauso wie mit'm Fernseher«, ordnete Egi an. »Sie betreten unerlaubterweise dieses Grundstück und entwenden mit der Pinzette hier einige blaue Kieselsteinle aus'n Autoreifen dahinten in der Garage und stecken sie in dieses Säckle. Ich konfisziere es dann als Diebesgut.«

Herr Lohmeier schaute Egi perplex an und öffnete seinen Mund für eine verneinende Ansprache.

»Nicht fragen, machen!«, befahl Egi. »Rudi, film das mal mit deiner Kamera, damit wir darlegen können, dass wir den Täter auf frischer Tat ertappt haben. Keine Angst, Herr Lohmeier, so ein Kieselsteinle hat keinen Wert. Aufgrund von Geringfügigkeit haben S' nix zu befürchten. Natürlich nur unter der Voraussetzung, dass Sie Stillschweigen bewahren, sonst müssen wir die Fernseher-Akte noch einmal öffnen.«

Lohmeier starrte den PHK mit offenem Mund an, kam aber zu dem Schluss, dass eine Verweigerung sinnlos sein würde, und marschierte los. Nach getaner Arbeit übergab der zukünftig noch schweigsamere Lohmeier das gefüllte Plastikbehältnis an Egi und zischte: »Von dem Fernseher will ich jetzt aber nie wieder was hören!«

. . .

Es war Donnerstagmorgen, Akay plante die weiteren Ermittlungen. Er nahm sich vor, mit Egi zusammen die Verdächtigen in der Weststraße abzuklappern. Rudi sollte währenddessen alleine durch die Fuggerstraße ziehen und die Anwohner nach dem Verdächtigen mit dem Sack fragen. Silvia verblieb in der PI Oberstdorf und kämpfte sich durch die aufgezeichneten Verhöre, in der Hoffnung, den Täterkreis weiter eingrenzen zu können.

Rudi machte sich auf den Weg von der PI zur Fuggerstraße. Er ging heute zu Fuß, da der nahe Bahnhof in der Früh bereits Massen an

Wochenendtouristen ausgespuckt hatte, die sich nun wie eine Flut über Oberstdorf ergossen. In diesem Getümmel ohne Verluste mit einem Streifenwagen durch die engen Straßen und Gassen zu fahren und ohne Karosserieschaden zwischen den auswärtigen Fußgängern einzuparken, war nahezu unmöglich. Also schlenderte Polizeioberwachtmeister Ströber durch die Hauptstraße und beobachtete das emsige Treiben der Geschäftlhuber, die ihre Warenangebote für die anstürmenden Touristen in den Auslagen drapierten, die Ladentüren und Fenster putzten und vor dem Eingang fegten.

• • •

Was ging denn der Ströber zu Fuß durch Oberstdorf? Er folgte ihm ungesehen.

• • •

Nach zwanzig Minuten erreichte er die Fuggerstraße und begab sich zur ersten Haustür. Er drückte den Klingelknopf, und Elvira Rotter öffnete ihm die Tür.

»Grüß Gott, Elvi, ich müsst dich mal kurz befragen«, begrüßte er die Hauseigentümerin mit einem Händeschütteln.

»Hat der Ulli was angestellt?«, fragte sie erschrocken.

Sie hatte sich heute Morgen am Frühstückstisch gewundert, dass ihr Mann immer noch nicht aufgestanden war. Er hatte ungefähr fünfzig Dezibel lauter geschnarcht als in einer üblichen Nacht. Ein eindeutiges Indiz dafür, dass er einen Großteil der Nachtstunden in der Kneipe vom Dieter um die Ecke verbracht haben musste. Sie hatte es nicht mitbekommen, da sie bereits vor neun während einer Rosamunde-Pilcher-Schmonzette eingenickt war. Früher hatten sie nur einen Fernseher im Wohnzimmer stehen gehabt, und sie war oft um zwei oder drei des Nachts auf dem Sofa hochgeschreckt, geweckt von schreienden, barbusigen Damen mit Peitsche in der Hand, die sie zu Ferngesprächen unter horrend teuren Telefonnummern aufgefordert hatten. Sie war dann hastig in ihr Bett geflüchtet und hatte mitbekommen, dass der Ulli manchmal noch gar nicht drinlag. Heute bereute sie zutiefst, dass sie vor einigen Jahren einen modernen Zweitfernseher im Schlafzimmer aufgestellt hatten, der sich schon vor Mitternacht von allein ausschaltete. Ihr Nickerchen wurde so nicht mehr unterbrochen, und sie schlief bis zum Morgen durch. Das hatte der Ulli entschieden, wohlweislich, weil er damit sicherstellen konnte, dass seine Elvi ab da nicht mehr mitbekommen würde, wann er nach Hause kam.

»Naa, Elvi, mit'm Ulli hat's nix zu tun«, beschwichtigte Rudi sie. »Es geht um einen mittelgroßen Mann mit braunem Haar, der vor einigen Wochen mit'm Sack hier bei euch vor'm Haus vorbeigegangen ist. Muss am frühen Abend gewesen sein, es war schon dunkel. Hast ihn vielleicht gesehen?«

»Ach, Rudi, das meinst. Sicher, den seh ich jede Woche.«

»Aah, tatsächlich?«

»Ja!«

»Und was siehst da genau jede Woche?«

»Das ist der neue Nachbar vom Nase, ein Zugezogener. Der liefert dem Dieter immer Eiswürfel für seine Kneipe.«

»Aah so.«

»Genau, und wenn der grad kein Auto hat, macht der das zu Fuß, weißt?«

»Verstehe. Und wann hat der kein Auto?«

»Also seine Frau und er tun ja im Baugeschäft *Villa Kuntergrau* in Sonthofen schaffen, aber zu unterschiedlichen Zeiten. Da nimmt s' sich halt den Wagen, so ein roter Flitzer, weißt? Und er geht zu Fuß. Die ham nur den einen.«

»Verstehe. Und wie groß ist so ein Eiswürfelsack?«

»Schon groß, Rudi. Kennst ja dem Dieter seine Kneipe, da ist immer was los. Der braucht jeden Tag Nachschub. Sind schon ein paar Kilo, der Sack ist da fast so groß wie sein Träger.«

»Verstehe. Und macht das nur der neue Nachbar vom Nase?«

»Naa, Rudi. Der Nase hilft dem Dieter aah öfters, ist ja sein Schwager. Der hat so ein' weißen Kastenwagen, den verleiht der aber oft und holt die Säcke alleweil mal zu Fuß. Und der Dieter trägt sie aah manchmal selbst. Und der Neffe von seiner Frau Gisela aah, der hat noch keinen Führerschein und macht's immer zu Fuß. Und zwei, drei Kumpel von dem helfen aah manchmal. Und die haben alle braune Haare, Rudi.«

»Verstehe, verstehe!« Rudi sah vor seinem geistigen Auge, wie sich der Verdächtigenkreis ins Unermessliche aufblähte. Braunhaarige Männer mit Eiswürfelsack tanzten um ihn herum und lachten diabolisch. »Jetzat sag mir doch mal, Elvi, von wo tragen die denn die Eiswürfel her? Wo kann man denn so viele hier fußläufig kaufen?«

»Na, von dem fettigen Lohmeier, Rudi.«

»Hä?«

»Der hat ja keine gescheite Arbeit. Der vermietet ein paar Wohnungen und macht den ganzen Tag Eiswürfel in seinem Schuppen hinten im Garten. Für den Dieter.«

»Naah!«

»Doch!«

...

»Herr Nase, geben Sie endlich zu, dass Sie Annet Balder umgebracht und ihre Leiche in der Breitachklamm versenkt haben!«, warf Akay dem verdächtigen Mann mit dem großen Riechkolben vor.

»Ich hab gar nix!«

»Doch haben Sie, Herr Nase. Ich bin mir sicher, dass wir in Ihrem Kastenwagen DNS der Toten nachweisen können.«

Herr Nase erstarrte mit seiner Schaufel in der Hand, riss die Augen auf und fixierte etwas Unsichtbares im Allgäuer Lüftle. Egi und Akay hatten ihn in seinem Vorgarten angetroffen, als er gerade die Erde für ein neues Blumenbeet umgegraben hatte. Jetzt konnte man ihm in seiner gebückten Haltung ansehen, dass sein Herz einen Schlag ausgesetzt hatte und ein langwieriger Sondierungsprozess in seinem Hirn startete.

»Wir werden Ihren Fiat Doblò abholen und untersuchen lassen, Herr Nase.«

»Da haben S' gar kein Recht dazu!«, brüllte der Nasenmann und richtete sich wieder auf.

»Doch, haben wir. Ihr Auto wurde von mehreren Zeugen auf dem Parkplatz vor der Breitachklamm gesehen. Da sind wir uns jetzt sicher«, log Akay.

Herr Nase stieß seine Schaufel in die Erde und stützte sich mit der einen Hand auf deren hölzernem Griff ab, mit der anderen hob er sein altes Das Höchste-Cappy an, um seine Hirnwindungen kurz durchzulüften. Er hatte stoppelige braune Haare.

»Ich verleih mein Auto halt oft.«

»Gegen Entgelt?«

»Naa!«

»Führen Sie ein Fahrtenbuch?«

»Naa!«

»Es kommt gleich ein Abschleppwagen, wir nehmen es mit«, drohte Akay.

»Naa! Das dürfen S' nicht!«

Just in diesem Moment kam ein Abschleppwagen vorgefahren und hielt direkt vor Nases Gartenzaun. Dem blieb der Mund offen stehen. Der Fahrer stieg aus und betätigte außen einen roten Hebel, mit dem er einen großen Greifarm in Bewegung setzte. Langsam fuhr dieser hoch, öffnete seine Metallkrallen und schwenkte behäbig Richtung Nases weißem Kastenwagen, der heute in der Einfahrt vor der Garage parkte.

• • •

Scheiße! Ein Abschlepper! Sein Herzschlag setzte einen Schlag aus.

• • •

Herr Nase ließ seine Schaufel fallen und rannte los. Dabei fuchtelte er wild mit den Armen in der Luft herum und schrie: »Haaaalt, das dürfen S' nicht!«

Der PHK ahnte, dass Akay dem Nase mit dieser Aktion nur einen Schrecken einjagen wollte. Es war klar, dass sie noch keine Genehmigung hatten, den Kastenwagen gegen den Willen des Eigentümers mitzunehmen. Es lag nichts gegen ihn vor. Fast nichts.

»Doch, das dürfen wir«, rief Egi und hielt unverhofft etwas mit seiner Hand hoch. »In diesem Tütle haben wir blaue Kieselsteinle, Fillip, äh ... Herr Nase.«

Der Angesprochene blieb abrupt stehen und wandte sich dem PHK zu: »Was soll das sein?«

»Kieselsteinle mit blauer Markierungsfarbe, die es in dieser Form nur auf dem Parkplatz an der Breitachklamm gibt«, triumphierte Egi.

Nun blieb Akay der Mund offen stehen. »Woher hast du die, Egi?« zischte er.

»Bin gestern mit dem Rudi hier entlanggegangen, da sind die aus'm Profil vom Reifen gefallen. Dahinten, da stecken immer noch welche drin«, flüsterte Egi. Um Akays aufkommenden Vorwurf gleich im Keim zu ersticken fügte er hinzu: »Heut Morgen war's so stressig in der PI, da hab ich's vergessen zu sagen.«

Akay sah ihn ungläubig an. Fillip Nase war das Entsetzen ins Gesicht geschrieben. Plötzlich wurde er umgänglicher.

»Lassen S' uns doch neigehen«, schlug er vor.

Der Kriminalist machte eine Handbewegung zu dem Abschleppmann, die ihn innehalten ließ. Der Greifarm verharrte auf halbem Wege in einer unschlüssigen Position. Die beiden Ermittler traten ins Haus, passierten die Nasen-Galerie im Flur und folgten dem Verdächtigen in sein Wohnzimmer. Egi und Akay setzten sich auf ein beiges Plüschsofa, dessen beste Zeiten längst vergangen waren. Heute fiel es nur noch durch abgewetzten Stoff, Risse an den Kanten und verschiedenfarbige Flecken auf dem Bezug ins Auge.

»Es ist so«, begann der Nase, »ich krieg's nimmer zusammen, wem ich an dem Tag das Auto geliehn hab. Es war auf jeden Fall nass im Kofferraum. Es hat vielleicht der Dieter wieder mal Eiswürfel damit geholt.«

»Es waren keine Eiswürfel, Herr Nase, es war die tote und zum Teil tiefgefrorene Annet Balder, die darin gelegen hat«, stellte Akay klar.

Fillip Nase bekam eine Gänsehaut bei der Vorstellung. Seine Gesichtszüge entglitten ihm. »Naa, das darf nicht sein«, würgte er hervor.

»Doch, Fillip, so ist's leider«, bedauerte ihn Egi, der wie Akay leider noch keine handfesten Beweise für seine Behauptung vorweisen konnte.

»Herr Nase, der Abschleppwagen wartet draußen. Vor Gericht macht es einen besseren Eindruck, wenn Sie uns das Auto freiwillig übergeben. Sie beteuern, dass Sie Annet Balder nicht umgebracht haben, also haben Sie auch nichts zu befürchten«, lockte Akay ihn.

»Dann nehmen S' den Wagen halt mit«, schluchzte Herr Nase und grübelte fieberhaft, wie er das seinem Mäusle erklären sollte.

»Gute Entscheidung«, meinte Akay und rief den Abschleppmann mit seinem Handy an. Kurz darauf hörte man draußen den Greifarm rumpeln und quietschen.

Dem Fillip traten Tränen in die Augen, er vergrub sein Gesicht in den dreckigen Händen.

»Nächste Frage, Herr Nase«, fuhr Akay fort. »Kennen Sie jemanden mit dem Spitznamen Beelzebub?«

Fillip Nase schoss vom Sofa hoch und schrie: »Naaaahh!«

· · ·

Als Egi wieder hinausgegangen war, klingelte das PHK-Handy. Rudi meldete sich mit folgenden Worten: »Du, Egi, der Nachbar vom Nase, der Nase, der Dieter, der Neffe von dem seiner Frau und dem seine Kumpels schleppen regelmäßig Eiswürfelsäcke durch die Fuggerstraße zu Dieters Kneipe in der Weststraße. Die tun alle braune Haare haben!«

»Naa, das glaub ich jetzt nicht«, erwiderte Egi.

»Halt dich fest, die Eiswürfel kommen vom fettigen Lohmeier, Egi!«

»Naa, ich fass es nicht«, dem PHK wurde schwindelig. Er beendete das Gespräch und meinte zu Akay: »Wir müssen jetzt noch nebenan klingeln.«

»Hatte ich sowieso vor«, grunzte Akay, er hatte nicht vergessen, dass ihm Egi die blauen Steine vorenthalten hatte.

Am Nachbarhaus war kein Türschild angebracht. Auf der Klingeltaste klebte ein gelber Zettel mit der Aufschrift »Defekt, bitte klopfen!«.

Akay hämmerte an die Tür. Es tat sich nichts. Akay hämmerte erneut, dieses Mal etwas kräftiger, das Schloss drohte zu zerbersten. Endlich konnte man von innen Schritte hören. Die Tür wurde einen Spalt geöffnet, eine Kette hing davor.

»Ja, bitte?«, fragte ein kleiner, runder Mann Anfang sechzig durch den schmalen Schlitz. Er umklammerte mit seiner linken Hand den Türgriff.

»Kripo Kempten, machen Sie die Tür auf«, ordnete Akay an und hielt dem erschrockenen Mann seinen Dienstausweis hin.

Die Tür schloss sich wieder, es folgte Kettenrasseln, dann öffnete sie sich ganz. Vor Egi und Akay stand ein älterer Herr mit rotem Haar, ihm fehlte der rechte Arm. Dem PHK ging gleich ein Licht auf, Akay noch nicht.

»Was machen Sie denn hier, Hochwürden?«, rutschte es Egi heraus.

»Hochwürden?! Du kennst ihn doch!«, warf ihm Akay vor.

»Naa! Hab ihn nur gleich erkannt«, rechtfertigte sich Egi.

»Wie denn, wenn du ihm noch nie begegnet bist? Ihr kennt doch alle, die hier wohnen. Du hast mich wieder angelogen!«, begründete der misstrauische Akay seinen Vorwurf.

»Das stimmt überhaupt nicht, Akay. Der Rudi hat halt gestern noch rausgefunden, dass der nur ... äh ... nur mit dem linken Arm was machen kann!«

»Wer's glaubt!«, brummte Akay.

Der pensioniert Pfarrer Huber sah verwundert von einem zum anderen. Er hatte keine Ahnung, wovon die beiden sprachen.

»Wie kann ich Ihnen denn helfen?«, fragte er.

»Hochwürden, sagen S' doch amal, wo sich Ihr Bruder grad auf-
hält«, fragte Egi und biss sich erneut auf die Lippen.

»Woher weißt du, dass er einen Bruder hat?«, fing Akay gleich wieder an.

»Der Rudi hat mit unserem Gemeindepfarrer gespro–«

»Lass es gut sein, Egi. Ich glaube dir kein Wort«, erzürnte sich Akay
nun noch mehr und wandte sich dem Pfarrer a. D. zu. »Wir möchten
Ihnen gerne ein paar Fragen stellen, wenn es recht ist.«

»Natürlich. Was möchten Sie denn wissen?«

»Warum halten Sie sich hier auf, Herr Pfarrer?«, begann Akay.

»Das ist das Haus meines Bruders. Ich bin hier, weil sein Sohn gleich
aus der Schule kommt. Seit ich pensioniert bin, passe ich nachmittags
auf ihn auf.«

»Wie heißen Ihr Bruder und sein Sohn?«

»Mein Bruder heißt Christof Huber, und mein Neffe Vincent.«

Akay war sich sicher, dass das keine Neuigkeiten für Egi waren, so
wie der neben ihm von einem Fuß auf den anderen trat. Der Kriminal-
beamte schluckte seinen Ärger über die PI-Deppen hinunter und konzentrierte sich auf den endlich aufgefundenen Pfarrer a. D.

»Wir ermitteln im Fall der ermordeten Annet Balder. Sie haben
bestimmt davon gehört?«

»Ja, das habe ich. Eine sehr traurige Geschichte. Sie war so jung. Wer
tut so etwas nur?« Der Pfarrer wirkte tief betroffen, richtete seinen Blick
nach unten und bekreuzigte sich.

»Das versuchen wir herauszufinden, Herr Pfarrer. Wo hält sich Ihr
Bruder jetzt auf?«

»Er schafft für das Baugeschäft Villa Kuntergrau in Sonthofen. Er ist
dort Fahrer.«

»Wann kommt er zurück?«

»Erst nach sechs. Meine Schwägerin arbeitet auch dort, an der
Kasse. Sie kommen dann beide heim.«

»Kannten Sie Annet Balder?« Akay formulierte die Frage scharf, um eine auswertbare Reaktion des Pfarrers hervorzurufen.

»Ähm, äh ... ja, a bissle.«

»A bissle? Was heißt denn das?«, fragte der Deutsch-Türke.

»Ich hab sie vor fünfundzwanzig Jahren als Findelkind vor meiner Tür gefunden«, gab der Pfarrer a. D. gemäß des achten Gebots zu: Du sollst nicht falsch gegen deinen Nächsten aussagen.

Davon hatte Akay keine Ahnung gehabt, die Nonnen aus dem Kinderheim hatten diesen Punkt vernachlässigt. Die Hintergründe waren kirchenrechtlich zu brisant gewesen und nicht für die Ohren der Kriminalpolizei geeignet. Der Name des Pfarrers war ohnehin nirgendwo in den Akten vermerkt gewesen, also hatten sie es den Ermittlern schlichtweg verschwiegen. Der türkischstämmige Kriminalist begann nun zu schwanken, seine üppigen Barthaare stellten sich auf, als hätte er in eine Steckdose gefasst. Es war ihm nicht möglich, die weitreichende Bedeutung dieser Worte auf die Schnelle zu erfassen. Dem Egi war's schon bekannt, er schaute in den strahlend blauen Allgäuhimmel.

Akay fasste kriminalfachmännisch zusammen: »Sie und die Familie Ihres Bruders wohnen seit einigen Monaten in Oberstdorf, so wie Ihr Findelkind Annet Balder! Und genau hier wird sie getötet? Erklären Sie mir das!«

»Jetzat greif Hochwürden doch nicht so an, Akay!«, forderte Egi. Der Großstädter schien keinen Respekt vor der katholischen Geistlichkeit zu haben.

Der wusste aber von Gernot Weiß, dass die katholische Geistlichkeit hin und wieder ihren menschlichen Bedürfnissen nachging, genauso wie den fleischlichen Gelüsten. Er betrachtete den Pfarrer a. D., der in dieser prekären Situation mit seinem einen Arm etwas verloren wirkte. Akay wollte herausbekommen, wie einem geweihten Kirchenmann so etwas Brutales widerfahren konnte: »Wie haben Sie ihren rechten Arm verloren?«

Das wiederum wusste der Egi auch schon, er zuckte schuldbewusst zusammen.

»Ich habe eine Bauernfamilie in Oberammergau seelsorgerisch betreut. Dort bin ich auf dem Feld spazieren gegangen, als der führerlose Traktor vom Bauer mich von hinten überrollt hat. Ich war in Gedanken, habe ihn nicht gehört.«

Der damals noch aktiv im Dienst tätige Pfarrer behielt für sich, dass er unter Missachtung des neunten Gebotes gehandelt hatte: Du sollst nicht begehren deines Nächsten Frau. Der PHK wusste, wie Pfarrer Huber der Bauernfamilie seelsorgerisch zu einem rothaarigen Hoferben verholfen hatte, schwieg aber erst einmal. Würde er dem Akay jetzt alles auftischen, was er von Rudis Undercover-Ermittlungen gehört hatte, würd's erst wieder Diskussionen geben.

»Kann ich mir schlecht vorstellen, Herr Pfarrer«, beurteilte Akay die hanebüchene Aussage. »Ich möchte Sie bitten, heute um 18:30 Uhr gemeinsam mit Ihrem Bruder und Ihrer Schwägerin zur PI Oberstdorf zu kommen. Wir möchten Ihre Aussagen zu dem Fall Annet Balder aufnehmen. Hier ist meine Karte. Kommen Sie pünktlich!«

»Du, Akay, ich muss dir noch dringend was sagen«, merkte Egi an, als die beiden gemeinsam zum Kripo-Kempten-Dienstwagen zurückgingen.

»Wieder was vom Rudi, das er schon vor Tagen in einem Archiv rausgefunden hat?«, warf ihm Akay vor.

»Naa, der hat's erst grad von der Elvi Rotter gehört und hat mich angerufen.«

»Schieß los, Egi.« Akay sah ihn auffordernd an.

»Lass deinen Dienstwagen noch mal stehen, und wir gehn in die Fuggerstraße, zum Lohmeier.«

»Was willst du denn bei dem?«

»Der macht illegale Eiswürfel.«

Akay zog seinen Autoschlüssel aus der Hosentasche.

»Egi, pass auf, du kümmerst dich um die illegalen Eiswürfel vom Lohmeier, und ich fahre schon mal zur PI zurück und rede mit Silvia. Ich muss ihr vor den Verhören heute Abend noch schnellstens von Pfarrer

Huber erzählen, damit sie sich entsprechend vorbereiten kann. Sie wird dieses verlogene Huber-Pack in die Knie zwingen«, versprach Akay und setzte sich in sein Auto.

Egi nickte ihm zu und schlenderte mit zufriedener Miene in die Fuggerstraße, wo Rudi bereits vor dem Lohmeier'schen Anwesen auf ihn wartete.

»Wie bist denn den Akay losgeworden?«, fragte er den PHK.

»Der wollt nicht mit zum Lohmeier«, grinste Egi.

Rudi klatsche in die Hände.

»Herr Lohmeier, was treiben S' in Ihrem Schuppen?«, bellte Egi den Eiswürfelproduzenten an. Sie standen zum ersten Mal in dessen Garten, der aus einer Kleewiese und einer buschigen Hecke an der Grundstücksgrenze bestand. Mittendrin stand ein aus alten Holzlatten zusammengeschusterter Verschlag mit einem schiefen Fenster und einer krummen, vermoderten Tür. Unter dieser führte ein schwarzes Stromkabel zum Wohnhaus hinüber.

»Was soll ich da drin schon treiben? Geh halt da nei, wenn ich mal meine Ruh haben will«, lamentierte der Lohmeier herum. Er wurde kritisch von seinem angetrauten Eheweib beäugt. Die dicke Berta stand hufscharrend an der Terrassentür. Egi hatte sie nur mit größter Mühe davon abhalten können, mit zu dem Schuppen zu kommen.

»Dann schließen S' mal auf, Herr Lohmeier«, forderte Egi den Eiswürfel-Dealer auf.

»Warum?«

»Wir wollen da neisehen!«, begründete Egi sein Vorhaben.

»Wenn's sein muss.«

»Ja, muss sein«, bestätigte Rudi.

Lohmeier kramte in der ausgebeulten Tasche seiner braunen Cordhose und griff nach einem Schlüsselbund. Er zog es heraus, und Egi staunte über die circa dreißig Schlüssel, die daran hingen. Der PHK fragte sich, zu welchen weiteren unangemeldeten Lohmeier'schen Gewerben hinter verschlossenen Türen diese dienten. Zielsicher fingerte Lohmeier einen kleinen Schlüssel hervor und öffnete damit das

Vorhängeschloss. Als dessen Bügel zur Seite sprang, schwenkte die krumme Holztür ohne weiteres Zutun auf.

Egi und Rudi schauten in die dunkle Hütte. Dort stand vor dem schiefen Fenster ein verbogener Holztisch, auf dem mehrere helle Plastiksäcke lagen, davor befand sich ein Holzstuhl mit unterschiedlich langen Beinen, auf dem einige Päckchen mit Kabelbinder ruhten. Auf der anderen Seite war eine riesige Kühltruhe, die ihren Strom aus dem schwarzen Kabel bezog. Auch sie zierte ein Vorhängeschloss. Die Ermittler traten näher heran und starrten auf die summende Weißware.

»Öffnen«, sagte Egi mit pochendem Herzen.

Wieder fingerte Lohmeier einen Schlüssel von seinem Bund hervor, schloss auf und hob den Kühltruhendeckel hoch. Egi und Rudi spürten ihren pulsierenden Blutzyklus in den Adern, als sie hineinsahen. Darin lagen viele Eiswürfelschalen und daneben zwei große Säcke mit fertig verpackten Eiswürfeln. Als der PHK den Blick in die rechte obere Ecke der Kühltruhe richtete, schnürte es ihm den Hals zu. Dort klebte ein abgerissenes Schweineohr.

»Herr Lohmeier, wir müssen Sie zur PI mitnehmen!« Egi erinnerte sich an seinen Hochdeutsch-Ordner, als er diesen Satz mit rauer Stimme aussprach. Die Elli wäre stolz auf ihn gewesen, hätte sie ihn gehört.

...

Akay saß immer noch im Kripo-Kempten-Dienstwagen, er hatte den Motor noch nicht gestartet. Als Egi um die Ecke verschwunden war, war Akay wieder ausgestiegen und hatte sich den Zettel angesehen, der hinter seinem Scheibenwischer geklemmt hatte. Nachdem er ihn gelesen hatte, war er zurück ins Auto gestiegen, um seinen Puls wieder in einen Normaltakt zu bekommen. Dann klappte er den Zettel erneut auf und las den mit PC und Drucker erstellten Text noch einmal:

Wenn du Drecksack nicht sofort die Ermittlungen einstellst, ist die Blonde an deiner Seite Vergangenheit!

Akay konnte es nicht einsehen, sich von einem Kerl namens Beelzebub drohen zu lassen. Er prägte sich den Text ein, verwarf jeden Gedanken an kriminaltechnische Untersuchungen des Papiers, zerriss es, stieg wieder aus, warf die Schnipsel durch die Schlitze eines Gullideckels und fuhr zurück zur PI Oberstdorf. Er erzählte niemandem davon, dass er ebenfalls Ziel dieses Irren geworden war.

...

»Frau Lohmeier, was wissen S' über die Tätigkeiten Ihres Mannes«, fragte Rudi schaudernd. Er saß zusammen mit Silvia vor der dicken Berta.

»Nix, der tut einfach nix schaffen. Der hängt nur daheim rum, und ich kümmere mich um die Wohnungsvermietungen und bekoche ihn. Wenn ich Glück hab, räumt er mal die Spülmaschine ein.«

»Hat Ihr Mann kein Einkommen?«, fragte Silvia mitleidig.

»Naa, der hat zwei linke Hände.«

»Was macht er denn in seiner Gartenhütte?«

»Davon weiß ich nix, der schließt die immer ab. Ich hab keinen Schlüssel dafür.«

»Frau Lohmeier, Sie haben eine hervorragende Beobachtungsgabe. Erzählen Sie uns nicht, dass Sie nichts von seinen Machenschaften mitbekommen haben«, redete ihr Silvia ins Gewissen.

»Das wären nur Spekulationen, ich weiß ja nicht, worum es geht. Da waren halt viele Männer, die er ständig zum Schuppen mitgenommen hat. Da sind s' dann mit'm Sack wieder raus. Was drin war, fragen S' mich nicht.«

»Haben S' ihn denn nicht gefragt?«, wunderte sich Rudi.

»Naa, der ist nicht sehr gesprächig, erzählt mir aus Prinzip nix. Und ich hab schon genug am Hals.«

»Hat Ihr Mann schon mal eine Schweinehälfte gekauft?«, wollte Silvia wissen.

»Ich weiß nicht, was mein Mann so alles außerhaus treiben tut.«

Silvia wurde einmal mehr bewusst, warum sie bisher keine Ambitionen verspürt hatte zu heiraten.

...

»Herr Lohmeier, ich will jetzt wissen, woher das Schweineohr stammt!«, schrie Akay.

Egi zuckte wieder zusammen, der Akay wandte immer brutalere Verhörmethoden an.

»Das Ohr ist schon uralt!«, rief der fettige Lohmeier. »Und s' ist kaa Verbrechen, ein Schwein in die Kühltruhe zu legen. Ich hab's ja nicht selbst umgebracht.«

»Wo hatten S' das her?«, frage Egi.

»Vom Metzger Presser in Sonthofen.«

Den Namen hatte Akay schon einmal aufgeschnappt. »Wie haben Sie das Schwein zu sich nach Hause bekommen?«

»Hab mir den Kastenwagen vom Nase geliehen.«

Akay konnte diese ganzen Namen nicht mehr hören, er hätte kotzen können. Er fragte angewidert: »Wann war das?«

»Vor zwei Jahren.«

»Vor zwei Jahren? Verarschen Sie uns nicht!« Akay verlor langsam die Kripo-Fassung.

»Doch, scho. Das Schwein hab ich zerlegt und mit meiner Frau gegrillt, vorletztes Jahr im Sommer.«

»Sie lagern ein Schwein in der Kühltruhe, reißen ihm das Ohr ab, und das klebt dann zwei Jahre da drin? Und nebendran machen S' Eiswürfel für eine Kneipe?«, fragte Egi ungläubig.

»Warum nicht?« Gegenfrage vom Lohmeier.

Egi beschloss, nie wieder auf ein Weizen zum Dieter zu gehen. Aber bald wäre sein PHK-Lotterleben sowieso vorbei, sein drittes Kind würde bald zur Welt kommen. Stilleinlagen kaufen, Fläschchen vorbereiten, Windeln wechseln, Spucktücher waschen, Zufütterung planen, eine hysterische Ehefrau und bockende Teenager, ein großer Graus waren diese PHK-Zukunftsaussichten.

»Welche Schuhgröße tragen S'«, wollte der PHK noch wissen, nachdem er sich wieder gefangen hatte.

»Sechsundvierzig.«

Egi sah unter dem Tisch nach und glaubte ihm, an den Füßen konnte man anscheinend auch zunehmen. Dann fragte er noch ohne Aussicht auf Erfolg: »Kennen S' einen Beelzebub?«

»Wollen S' mich verschaukeln?«

Akay wollte einen Schlussstrich ziehen und drohte: »Herr Lohmeier, zurück zum Schweineohr, die Gerichtsmedizin hat es schon auf dem Tisch liegen. Bald wissen wir, wie alt es ist und wie lange es bei ihnen eingefroren war.«

»Bravo! Dann kann ich endlich heimgehen«, meinte Lohmeier.

• • •

»Herr Huber, Ihr Bruder war als Pfarrer tätig und hat vor fünfundzwanzig Jahren ein Findelkind vor seiner Tür entdeckt. Es handelte sich bei dem Baby um Annet Balder. Was wissen Sie darüber?«

Silvia und Rudi waren wieder dran. Frau Lohmeier hatten sie ergebnislos entlassen, sie wartete vorne beim Daniel auf ihren Mann. Bei diesem Huber-Zeugen sollte es anders ausgehen.

»Nix.«

»Er hat Ihnen nichts davon erzählt?«

»Naa.«

»Wissen Sie, ob er später noch Kontakt zu Annet Balder hatte?«

»Naa.«

»Haben Sie die Frau einmal kennengelernt?«, versuchte Silvia es weiter.

»Nicht, dass ich wüsst.«

»Wie gut kennen Sie Ihre Nachbarn?«

»Gar nicht.«

»Haben Sie nicht mit Familie Nase oder Lohmeier zu tun gehabt?«, Silvia versuchte ihm immer mehr Nährboden für seine Lügen zu geben. Bisher hatte er kein einziges Mal wahrheitsgemäß geantwortet.

»Naa.«

»Wie würden Sie Ihr Verhältnis zu Ihrem Bruder beschreiben?«

»Hä?«

»Er kümmert sich immerhin um Ihren Sohn, während Sie und Ihre Frau arbeiten. Haben Sie ein enges Verhältnis?«

»Naa.«

»Sind S' gläubiger Christ?«, unterbrach Rudi Silvias depperte Fragerei.

»Hin und wieder.«

»Sehr gesprächig sind S' nicht«, warf ihm Rudi vor und war kurz davor aufzugeben.

Christof Huber lehnte sich vor und sprach: »Doch, ich verzähl Ihnen mal was, spitzen S' die Ohren: Mein Bruder, der feine Pfarrer, nagelt alles, was dem vors Rohr kommt. Überall, wo der herzieht, sprießen rothaarige Bälger aus der Erde, und keiner will's gewusst haben. So sieht das aus im Kirchenstaat! Und jetzt sag ich nix mehr ohne Anwalt.«

· · ·

»Frau Huber, wer ist eher zu einem Mord fähig, Ihr Mann oder Ihr Schwager?«

Egi konnte diese Art von Verhören nicht mehr ertragen. Er wünschte sich, dass sein Bruder, der Chef-Gynäkologe, anrufen und ihm mitteilen würde, dass er dringend zur Niederkunft seiner Frau Elli herbeieilen sollte.

»Keiner von beiden! Was denken Sie denn? Wir sind eine Familie, die strikt nach christlichem Glauben lebt!«

»Davon habe ich schon gehört«, kommentierte Akay zynisch. »Wo war Ihr Mann am Montagmorgen?«

»Auf dem Weg zur Arbeit beim Baugeschäft *Villa Kuntergrau* in Sonthofen. Zusammen mit mir, ich schaffe da auch.«

»Das ist eine Lüge«, warf Akay ihr vor und versuchte sie mit einer haltlosen Behauptung aufzumischen. »Zeugen haben ihn am Montagmorgen auf dem Parkplatz an der Breitachklamm gesehen, mit dem weißen Kastenwagen Ihres Nachbarn Fillip Nase.«

»Das kann nicht sein, Herr Kommissar! Der Fillip hat den Wagen am Montag selbst gebraucht. Mein Mann ist wie immer mit mir zur Arbeit.«

Das war doch mal ein Anfang, der Nase hatte am Montag seinen Wagen selbst gebraucht. Ausgesagt hatte er aber, dass er den ganzen Tag mit seiner Frau im Garten verbracht hätte. Wer von den ganzen Lügnern sagte nun die Wahrheit?

»Welche Schuhgröße trägt Ihr Mann?«, wollte Akay noch von ihr wissen.

»Vierundvierzig. Warum?«

»Und Herr Nase?«, versuchte Akay herauszubekommen.

»Woher soll ich das denn wissen?«

»Kennen S' den Beelzebub?«, fragte Egi, obwohl er die Antwort schon kannte.

»Nie gehört.«

...

Die Kripo Kempten suchte immer noch nach einem Mann, dessen DNS in Annet Balders Wohnung und an ihrer Leiche gefunden worden war. Immerhin hatte Erich Engstein herausgefunden, dass Lohmeier nicht gelogen hatte, was das Alter des Schweineohrs betraf. Die Eiskristalle hatten ihm verraten, wie lange es eingefroren gewesen war: Es waren mehr als zwei Jahre gewesen. Noch wichtiger aber war, dass die Schweineohr-DNS nicht mit der der Schweinefasern an Annet Balders Leiche übereinstimmten. Lohmeier war damit entlastet, es ging von vorne los. Erich hatte noch einen zweiten Bericht über den Kastenwagen vom Nase geschickt, der einige interessante Neuigkeiten enthielt.

Akay stand schon wieder im Konferenzraum der PI Oberstdorf und leierte diese Erkenntnisse vor der Soko Breitachklamm herunter, als Beate hinkend hereinstürmte.

»Dat glaubt ihr nich«, rief sie aufgeregt. Sie hielt einige Blätter hoch und keuchte: »Erich hat die nächsten Ergebnisse gefaxt: Pfarrer Huber is der Vatter von Annet Balder!«

Alle starrten sie an. Es herrschte ein ungläubiges Schweigen an den Tischen. In Egis Hirnkästle ratterte es. Ein ungeheuerlicher Gedanke formte sich zu einer unfassbaren Tatsache: Der Bub Vincent Huber war der Cousin von dem kleinen Marc Gerhardt, den Egi mit Rudi vor der Kirche getroffen hatte. Das hatte Marc zumindest behauptet. Er war der Sohn der rothaarigen Ilka Gerhardt aus Sonthofen. Christof Huber und Pfarrer Gerd Huber hatten keine weiteren Geschwister. Annet Balder, die Gerd Hubers Tochter gewesen war, hatte keine Kinder gehabt. Wenn also Vincent Huber und Marc Gerhardt Cousins waren, dann musste Ilka Gerhardt auch eine Tochter von dem Pfarrer a. D. sein!

»Egi, Schätzeken, geht's dir nich gut? Bist ganz blass ums Näsken!«, meinte Beate besorgt.

»I brauch a Wasser«, erklärte der PHK, stand auf und ging in sein Büro. Er malte seine Erkenntnisse zum Stammbaum der Pfarrersfamilie auf ein Blatt Papier und legte es in seine Sammelsurium-Schublade.

Dann stand er auf, drehte sich noch einmal um, steckte sich den Schmierzettel doch lieber in seine Hosentasche und kehrte zurück in den Konferenzraum. Sollte er den Kriminalisten sagen, was er nun über diese rothaarige Bande wusste?

Dem Mörder auf der Spur

Der Chefmeier hatte genug, er wollte nicht länger untätig an seinem Schaltpult verharren. Das dauerte ihm alles zu lang, und Ergebnisse waren nicht in Sicht, die Kripo Kempten war einfach unfähig. Würde die PI Oberstdorf allein ermitteln können, hätten sie den Täter längst geschnappt. Er schaltete seine Abhöranlage aus, stampfte durch den Flur und polterte in den Konferenzraum. Die Soko Breitachklamm hielt inne und starrte den schnaufenden Platzhirsch an.

»Ich will sofort eine Wahlgegenüberstellung!«, brüllte er in den Raum, dass keiner einen Widerspruch wagte.

Die Soko Breitachklamm erhob sich geschlossen. Akay hatte Bedenken, hier als Lachnummer rauszugehen, daher ließ er den PI-Leiter gewähren. Der hatte schließlich die Wahlgegenüberstellung verlangt, und wenn danach immer noch kein Täter identifiziert wäre, könnte der Kriminalist das Versagen auf den Chefmeier schieben.

· · ·

So ein Scheiß. Er saß immer noch hier in der PI fest. Die würden ihn noch einmal befragen. Die ließen nicht locker. Er musste jetzt unbedingt cool bleiben.

· · ·

Egi und Rudi liefen los, um die Verdächtigen wieder einzusammeln. Sie teilten sie in zwei Gruppen auf, von denen die Ermittler vermuteten, dass sie sich nicht kannten, und schleusten sie durch die Flure. Als Erstes stellten sie alle zugezogenen Hubers mit einem Nummernschildle in der Hand in einer Reihe in den Höllenraum, wie Egi ihn nannte, die hier identifizierten Verbrecher waren meist auf sicherem Wege ins Fegefeuer.

In dem schlauchförmigen Zimmer hing eine in Zentimeter einge-teilte Messleiste an der Wand, die dem Betrachter die Körpergröße des davorstehenden Verdächtigen preisgab. Der Zeuge befand sich hinter einem Einwegspiegel, nur er konnte hindurchsehen, für den potenziel-len Mörder war er nicht zu erkennen. Nun ließen Egi, Akay und Silvia die Verdächtigen der anderen Gruppe nach und nach in den Zeugen-raum eintreten. Rudi passte im Flur auf, dass alle ordnungsgemäß hin-ein- und hinausgingen und keiner verschwand. Egi empfing sie innen an der Tür und schloss diese hinter jedem ab. Es waren Gernot Weiß, Justus Fidler, Peter Post, Fillip Nase, die Lohmeiers, Matthias und Bri-gitte Binder, die zuerst ein Nümmerle aus der verdächtig erscheinenden Huber-Riege ziehen sollten. Dort standen Pfarrer Gerd Huber, sein Bru-der Christof Huber und dessen Ehefrau Alba Huber.

Akay fragte jeden einzelnen Zeugen: »Wer von den dreien ist der Beelzebub?«

Silvia beobachtete die Reaktionen der acht Zeugen und notierte sich Stichpunkte auf ihrem Smartphone.

Alle zuckten mit den Schultern, bis auf Fillip Nase, Justus Fidler und Gernot Weiß, sie zuckten am gesamten Körper.

Dann lief alles noch einmal andersherum. Die Verdächtigen Gernot Weiß, Justus Fidler, Peter Post, Fillip Nase, die Lohmeiers, Matthias und Brigitte Binder stellten sich mit einem Nummernschildle in einer Reihe hinter die Glasscheibe in den Höllenraum. Die drei zugezogenen Hubers wurden gefragt: »Wer von denen ist der Beelzebub?«

Alle zuckten am ganzen Körper und schwiegen.

Die ganze Bagage wurde wieder abgeführt und getrennt in unter-schiedlichen PI-Zimmern zwischengeparkt.

»Dieser verdammte Beelzebub!«, schrie Akay im Zeugenraum, als der Chefmeier eintrat und das Ergebnis der Wahlgegenüberstellung abfragen wollte. »Ihr PI-Leute kennt doch alle in Oberstdorf. Warum deckt ihr einen Mörder?«

»Wir decken keinen Mörder, Akay!«, schnaufte der Chefmeier.

»Wennst dich mal rasieren würdest, könntest sehen, dass wir den auch finden wollen!«

»Chef, ich hab mal einen Vorschlag«, begann Egi, er wollte hier unbedingt als Sieger hervorgehen.

»Was?!«, keifte der Chefmeier zurück.

»Wir setzen die alle zusammen in unseren Konferenzraum und diskutieren gemeinsam aus, wer der Beelzebub ist. Die werden sich irgendwann selbst beschuldigen. Und dann haben wir ihn.«

»So machen wir's«, brüllte der Chefmeier. Er umging damit die Entscheidungsgewalt vom Akay und marschierte mit hochgezogenen Schultern los zum Konferenzraum.

Silvia protestierte, als sie ihn weggehen sah: »Ihr seid verrückt! So was verstößt gegen alle Regeln moderner Verhörmethoden. Bei Agatha Christie war das vielleicht noch anwendbar, aber doch nicht ...«

Keiner hörte ihr zu. Egi rannte hinter dem Chefmeier her und flüsterte: »Chef, wenn ich nur einen Durchsuchungsbeschluss für die ganzen Häuser kriegen könnt. Vor allem bei den zugezogenen Hubers will ich mal rein, die haben alle rote Haare!«

»Kannst vergessen, Egi. Der Kripo-Leiter haut uns schon genug auf die Finger. Ohne den Akay läuft da nix mehr!«, schnaufte der Chefmeier.

Akay hatte dieses Gespräch zwischen dem Chefmeier und Egi nicht mitbekommen. Er hatte die gleichen Bedenken wie Silvia, aber er ließ den PI-Leiter gewähren. Der Chefmeier hatte schließlich das gemeinsame Zeugenverhör verlangt, und wenn danach immer noch kein Täter identifiziert wäre, könnte Akay das Versagen erneut auf den Chefmeier schieben.

Rudi wurde an das Fax gesetzt. Wenn der Erich oder die Köhler etwas Neues übermitteln sollten, konnte er es fix herüberbringen. Beate vertrat den Daniel an der Empfangstheke. Daniel wurde als Wache vor der Tür des Konferenzraumes postiert. Alle elf Verdächtigen befanden sich nun darin und saßen in Kreisform auf ihren Stühlen. Gernot Weiß, Justus Fidler, Peter Post, Fillip Nase, die Lohmeiers, Matthias und Brigitte

Binder, Pfarrer Huber, Christof Huber und Alba Huber hockten da mit gesenkten Köpfen und schauten sich ihre Füße an. Bis auf Brigitte Binder, Alba Huber und den Lohmeiers hatten alle Schuhgröße 43/44.

Akay stand zusammen mit Silvia vorne am Flipchart, an dem noch Egis Gekritzel hing. Der PHK lehnte an der rechten Wand, neben ihm saß der Chefmeier auf einem Sessel an der Tür. Der PI-Leiter schaute sich die unsympathische Runde an. Was doch für ein Pack hier in Oberstdorf eingezogen war. Für den Chefmeier ein Grund, die Gemeindegrenzen schließen zu lassen, aber dann sähe es schlecht aus mit den Millionen, die die Auswärtigen hier ausgaben. Er schob den leise aufkommenden Gedanken beiseite, dass er ja selbst mit seiner Frau aus dem kulturell Lichtjahre entfernten Franken ins Allgäu gekommen war.

»Fast alle von Ihnen sind Zeugen«, begann Akay. »Einer ist ein Mörder. Und den werden wir jetzt aus diesem Stuhlkreis rauspicken. Bevor wir das nicht geschafft haben, verlässt niemand von Ihnen diesen Raum.«

»Denken Sie daran«, drohte Silvia und versuchte mit allen ihr zur Verfügung stehenden Mitteln das ungeliebte Spiel vom Chefmeier mitzuspielen, »der Beelzebub ist unter Ihnen. Er hat eine junge Frau getötet und ihre Leiche auf bestialische Art und Weise eingefroren, in einer Kühltruhe gelagert, zum passenden Zeitpunkt in einer Sauna wieder aufgetaut und in der Breitachklamm abgelegt. Und zwar in einer Position, als wäre sie an ein Kreuz genagelt worden. Sie sollte sühnen für ihre begangenen Sünden. So etwas kann nur ein vollkommen krankes Hirn zustande bringen. Noch mal, denken Sie daran, dieser Beelzebub sitzt unter Ihnen. Er hat Angst und Schrecken in Oberstdorf verbreitet. Und wenn Sie ihn nicht entlarven, dann könnten Sie sein nächstes Opfer sein. Er kennt nun alle Zeugen und wird Sie bestrafen, wie er Annet Balder mit dem Tod bestraft hat. Ich bin Profilerin und kann Ihnen versichern, er wird keinen von Ihnen verschonen.«

Es herrschte betroffenes Schweigen. Man sah die Anwesenden mit angsterfüllten Mienen auf ihren Stühlen hocken, einige mit gefalteten

Händen, andere mit verschränkten Armen, als könnten sie sich so vor dem Beelzebub schützen.

•••

Verdammter Stuhlkreis! Cool bleiben, cool bleiben!

•••

Pfarrer Huber ergriff das Wort: »Möge Gott seiner verirrten Seele gnädig sein.«

»Möge der Teufel ihn holen«, fügte sein Bruder Christof Huber hinzu.

»Christof, bitte«, merkte seine Frau Alba Huber an und legte ihm ihre Hand auf den Arm.

Die Situation wirkte wie eine Irrfahrt durch die Geisterbahn. An jeder Ecke standen Halbtote und griffen mit knochigen Fingern nach den Seelen der Unschuldigen. Keiner konnte entkommen, weil das Eingangstor des grausigen Fahrgeschäfts verschlossen war. Aber wer war hier überhaupt unschuldig? Einige von den anwesenden Zeugen mussten diesen Beelzebub gedeckt haben, da war sich Egi sicher. Und so schlecht fand er Silvias Ansprache in diesem Zusammenhang gar nicht. Er schaute in die Runde. Herr Lohmeier sah verunsichert aus, aber sein Gesichtsausdruck zeugte nicht von Betroffenheit. Hier setzte der PHK als Erstes an.

»Herr Lohmeier, was wissen S' über den Beelzebub?«

Lohmeier rutschte auf seinem Stuhl etwas tiefer, als wollte er sich verstecken. Er schien überrascht, dass er als Erstes angesprochen worden war. Sein Gesicht zeigte eine Unschuldsmiene.

»Hab nie von dem gehört, glauben S' mir.«

»Ich glaube meinem Mann«, mischte sich die dicke Berta ein. »Mein Mann ist zu fett und zu faul, um mit so einem Geschäfte zu machen. Und wenn's nicht ums Geld geht, macht der gar nix.«

»Das sehe ich auch so. Bitte verlassen Sie beide den Raum«, entschied Egi plötzlich.

Akay und Silvia tauschten perplexe Blicke aus. Aber bevor jemand etwas erwidern konnte, waren die zwei übergewichtigen Lohmeiers unerwartet beschwingt mit ihren aus dem Raster fallenden Schuhen zur Tür gehuscht. Der am Ausgang thronende Chefmeier stand von seinem Sessel auf. Er war mindestens so dick wie der Lohmeier und ein hohes Tier in Oberstdorf, daher blieben die zwei ehrfurchtsvoll vor ihm stehen und schauten ihn fragend an. Er würdigte sie eines strengen Blickes, trat einen Schritt zur Seite, öffnete die Tür und ließ sie wortlos passieren. Draußen stand Daniel mit der Hand am Holster. Der Chefmeier nickte ihm zu, und die zwei liefen leichtfüßig zum PI-Ausgang. Heute Abend würden sie seit Jahrzehnten einmal wieder eine Flasche Schampus öffnen und gemeinsam anstoßen.

Der Chefmeier schloss die Tür und setzte sich. Akay und Silvia konnten sich nicht erklären, anhand welcher Tatsachen die Lohmeiers von den PI-Deppen als unschuldig eingestuft worden waren, aber nun war es zu spät. Sie machten einfach weiter, mit den Leuten hier war eine konstruktive Zusammenarbeit unmöglich.

Akay verwies auf Egis Flipchart-Gekritzel: »Wie Sie hier alle erkennen können, verfügt keiner von Ihnen über die notwendigen Gegebenheiten, die dem Verbrechen zugrunde liegen. Keiner von Ihnen hat eine Sauna, eine große Kühltruhe und einen weißen Kastenwagen. Wir gehen daher davon aus, dass mehrere von Ihnen zusammengearbeitet oder sich zumindest unwissentlich unterstützt haben müssen. Sie, Herr Nase, besitzen den Kastenwagen, mit dem Annet Balders Leiche transportiert wurde. Ich habe kurz vor diesem Verhör die Ergebnisse der Untersuchung aus Memmingen erhalten.«

Herr Nase rutschte vor Schreck von seinem Stuhl, sprang auf und ließ sich wieder darauf zurückfallen.

»Ich ... ich ... verleihe das Auto oft, fast an alle, die hier sitzen. Auch an den Lohmeier!«

»Das wissen wir«, antwortete Egi fix, damit ihm keiner einen Vorwurf wegen der entlassenen Lohmeiers machen konnte. »Wir haben die DNS aller hier sitzenden Zeugen. Unsere Analysen zeigen, dass Herr Nase, Herr Christof Huber, Herr Lohmeier und Herr Post damit gefahren sind.«

»Herr Post, Sie haben immer bestritten, dass Sie sich das Auto geliehen haben«, warf Akay Annet Balders Nachbarn und Freundschaft-plus-Kandidaten vor.

Der Angesprochene war vom Schlag getroffen. Er hatte damit gerechnet, dass man ihm das nie nachweisen könnte, er hatte den Wagen ausschließlich mit Handschuhen gefahren.

»Ja, das stimmt, ich hab ihn mir aber nicht geliehen«, redete sich Peter Post heraus. »Das war eine Fuhre Eiswürfelsäcke, die ich für den Lohmeier übernommen und an Dieters Kneipe geliefert habe, weil der Neffe von Fillip Nases Frau krank geworden war. Das war gar nicht geplant gewesen.«

Akay schüttelte den Kopf. Wenn dieser Fall erledigt wäre, wollte er nie wieder nach Oberstdorf kommen.

»Machen wir mal mit Ihnen weiter, Herr Nase, Sie scheinen mir hier eine Schlüsselrolle zu übernehmen«, griff Silvia ein. »In Ihrem Wagen wurde eine Leiche transportiert. Sie sind höchst verdächtig. Wenn Sie nicht selbst der Mörder gewesen sein wollen, wer war es dann?«

»Ich weiß nix davon«, heulte Fillip Nase mit gerötetem Riechorgan. »Wenn ich's wüsst, würd ich's doch sagen!«

Silvia sah ihm an, dass er es wusste, aber sich nicht traute, den Mörder zu entlarven. Sie versuchte es ihm leichter zu machen: »Dann sagen Sie uns doch mal, wen der hier Anwesenden Sie nicht kennen.«

Das machte es dem Fillip nun überhaupt nicht leichter. Jeden, den er kannte, würde er mit seiner Antwort als potenziellen Mörder hinstellen. Er sah sich schon tot in der Kiste liegen. Das war eine der grausamsten Fragen, die ihm je von einer Frau gestellt worden war, und ihm waren schon viele dieser Art an den Kopf geschleudert worden.

Der Kastenwageneigentümer dachte scharf nach, welchen der ihm

Unbekannten er als mutmaßlichen Mörder mit einbeziehen sollte, und log: »Diesen Mann und seine Frau dahinten kenn ich nicht.«

Er meinte Matthias und Brigitte Binder, die erleichtert aufatmeten. Damit hatte Fillip Nase den Verdächtigenkreis ausreichend groß gehalten, so konnte ihm hoffentlich nichts passieren.

»Ich kenne hier ehrlich gesagt keinen«, gab Brigitte Binder daraufhin an.

»Ich auch nicht«, meinte ihr Mann Matthias.

»Ihr seid die größten Lügner, die mir je im Leben begegnet sind!«, schrie Gernot Weiß sie an.

»Ich kenne die Jungs hier, die mit Annet zusammen waren, aber den Herrn Nase und die Familie Huber hab ich noch nie gesehen«, gab Justus Fidler zu Protokoll.

»Für mich gilt das Gleiche«, platzte es aus Peter Post heraus.

Gernot Weiß hatte mit seiner Beschuldigung auf sich aufmerksam gemacht und wurde gleich dafür gestraft.

»Herr Weiß, was ist mit Ihnen?«, fragte Egi. »Welche der hier anwesenden Zeugen kennen Sie?«

Gernot Weiß richtete sich auf, bevor er sprach: »Ich kenn Herrn und Frau Binder. Annet war ihre Marionette, sie haben sie systematisch fertiggemacht. Matthias hat sie jeden Tag gevögelt, wenn Brigitte arbeiten war. Sie ist abends auf dem Heimweg oft bei Annet vorbei oder hat sie angerufen und ihr gedroht, sie solle die Finger von ihrem tollen Mann lassen, sonst würde ihr was passieren.«

»Woher wissen Sie das? Und warum haben Sie das nicht schon früher ausgesagt, Herr Weiß?«, wollte Silvia wissen.

»Ich habe nichts davon erzählt, weil Sie dann mich verdächtigt hätten, ich bin Annet fast jeden Tag gefolgt. Ich habe sie vor den Binders beschützt, bin ihr, so oft es ging, nach, damit sie nicht irgendwo alleine war. Matthias und Brigitte haben mich oft dabei erwischt und haben sich dann verzogen. Bis zum nächsten Mal.«

»Aber, Herr Weiß, wie ...« Weiter kam Akay nicht.

»Ich sage Ihnen jetzt, warum ich die Texte von Annet Balder wirklich an Matthias Binder geschickt habe!«

»Warum?«, fragte Egi.

Es war mucksmäuschenstill im Raum, alle blickten gebannt auf Gernots Mund. Der PHK hoffte, dass der Beelzebub nun aufspringen und dem Zeugen den Hals umdrehen würde. Aber der Mörder blieb sitzen und gab sich nicht zu erkennen.

»Ich habe Matthias die von Annet geschriebenen Texte geschickt, weil ich ab einem bestimmten Zeitpunkt wusste, dass seine Ehefrau alles von ihm kontrolliert, auch seinen Facebook-Account. Den habe ich nämlich auch gehackt und konnte sehen, dass sie online war, als Matthias gerade irgendwo mit Annet unterwegs war. Brigitte wusste ja anfangs nichts von seiner Affäre mit Annet. Ich habe die Texte abgeschickt, weil sie das alles lesen und ihren untreuen Mann dazu bringen sollte, sich von Annet zu trennen. Er hat aber das Gegenteil gemacht, er war dann noch schärfer auf sie. Der findet es geil, seine Frau mit seiner Fremdgeherei zu quälen, und springt jede an, die er kriegen kann.«

»Du verlogenes Schwein!«, schrie Matthias Binder ihn an. Seine Frau Brigitte schaute beschämt zu Boden. Ihr Mann richtete sich auf und ging auf Gernot zu.

»Stopp!«, schaltete Akay sich ein, schlüpfte in den Stuhlkreis und stellte sich wie ein Schrank vor dem Trickskiläufer-Fahrer auf. Die Bärte der beiden berührten sich. Aber nicht nur die türkische Gesichtsbehaarung war prächtiger als die des Allgäuers. Akay war einen Kopf größer als sein Gegenüber, und unter seinem eng anliegenden Kripo-Hemd spannte er deutlich sichtbar seine durchtrainierten Muskelpakete an. Matthias wirkte mickrig neben dem Kriminalbeamten.

Akay hauchte ihm zu: »Hier bleibt jeder auf seinem Stuhl sitzen, Herr Binder.«

Matthias Binder trottete zurück zu seinem Stuhl und setzte sich mit hängendem Kopf. »Gernot lügt, der hat Annet nicht beschützt. Ich habe ihn höchstens zweimal gesehen, der weiß überhaupt nicht, wo, wann und warum ich mich mit ihr getroffen habe. Außerdem ist Annet jetzt tot. Was soll das für ein Schutz von ihm gewesen sein, Herr Kommissar?«

Gernot Weiß atmete durch, um seinen Adrenalinspiegel wieder etwas zu senken. Dann fuhr er fort: »Ihre Sache, wem sie nun glauben, Herr Kommissar. Die anderen hier sind mir auf jeden Fall noch nie begegnet. Ich lebe in Kempten und war nur in Oberstdorf, um Annet zu schützen und dazu zu bringen, von Matthias Binder abzulassen und zum Psychologen zu gehen.«

Das hörte sich sehr vernünftig an, urteilte der PHK. Egi entschied: »Herr und Frau Binder, Sie können gehen.«

Diese Entscheidung traf Matthias und Brigitte völlig unerwartet, sie schauten sich an und lächelten. Die zwei sprangen auf, hatten weniger Respekt vor'm Chefmeier als ihre Vorgänger, die Lohmeiers, und öffneten die Tür. Daniel sah sie streng an, Egi gab ihm ein Zeichen, der Türsteher trat zur Seite und schloss die Pforte wieder, als die Binders gegangen waren.

»Egi, ganz ehrlich, du hast sie nicht mehr –«, begann Akay seine demütigende Ansage, als auf einmal die Tür wieder aufgerissen wurde.

Rudi stand plötzlich da mit einem Fax in der Hand, das er zuerst dem Chefmeier präsentierte. Endlich hatte Köhler der Soko Breitachklamm ihre nächsten Ergebnisse zukommen lassen. Egi, Akay und Silvia liefen hinüber, stellten sich neben ihn und überflogen die Zeilen. Egi stockte der Atem. Akay nahm das Blatt an sich, und jeder kehrte an seinen Platz zurück. Daniel schloss die Tür. Rudi eilte wieder zum Fax. Der Chefmeier grunzte Unverständliches auf seinem Sessel.

»Fahr fort, Egi«, meinte Akay und schaute sich das Fax noch einmal genauer an. Egis depperte Entscheidung über die Binders war schon vergessen.

Egi musste erst einmal seine PHK-Gedanken sammeln, bevor er weitersprechen konnte. Er musste einen passenden Übergang finden, also sprach er: »Herr Weiß, Annet Balder wurd in der Breitachklamm so positioniert, als wär s' an ein Kreuz genagelt, mit ausgestreckten Armen und Beinen. Ihr Mörder hat s' eingefroren, damit er das alles in Ruhe planen konnt. Warum hätt Herr Binder das tun sollen?«

»Keine Ahnung, der spinnt halt. Und dass sie da nackt lag, das passt zu dem.«

Das fand der Egi auch. Aber der Rest passte ihm nicht.

»Könnt's sein, Herr Weiß, dass sie den Matthias als Mörder hinstellen wollen, es aber jemand anders war?«

»Ich möchte, dass Annets Mörder ins Gefängnis wandert. Mehr nicht. Und ich kann mir jetzt nur den Matthias vorstellen.«

»Sind Sie gläubig?«, fragte Silvia Gernot Weiß.

»Ja, hab ich Ihnen doch schon gesagt.«

»Wer von Ihnen hier ist noch gläubiger Christ?«, wollte Silvia von der illustren Runde wissen.

Die Familie Huber hob geschlossen ihre Hände. Justus Fidler und Peter Post ließen die Unterarme weiter auf ihren Oberschenkeln ruhen.

Silvia trat zu dem Stuhlkreis und entfernte die vier unbesetzten Stühle der Lohmeiers und der Binders.

»Ich möchte Sie alle bitten, jetzt näher zusammenzurücken, damit diese Lücken geschlossen werden.«

Zögerlich fingen die Zeugen an, ihre Stühle umzustellen. Silvia bezweckte, die Konflikte durch die körperliche Nähe der Zeugen weiter voranzutreiben. Sie mussten jetzt nur aufpassen, dass der Beelzebub nicht plötzlich aufsprang und jemanden killte. Falls der Beelzebub nicht gerade schon den Raum verlassen hatte und draußen weitermordete. Als alle wieder saßen, herrschte Schweigen. Die Zeugen sahen unschlüssig von einem zum anderen. In dem engen Stuhlkreis war es nun kaum mehr möglich, den Blicken der anderen auszuweichen. Silvia war zufrieden und ließ sie drei Minuten schmoren. Dann nickte sie Akay zu. Egi hielt sich zurück, da der Inhalt des Faxes seine PHK-Knie hatte weich werden lassen. Den nächsten Part wollte er auf keinen Fall übernehmen.

»Unser Forensiker hat uns gerade das letzte Puzzlestück geliefert.

Wir wissen jetzt, von wem die unbekannte DNS stammt, die wir in Annets Wohnung und an ihrer Leiche gefunden haben.«

Akay machte eine theatralische Pause, bevor er das Ergebnis preisgab. Alle hielten den Atem an. Nur der Chefmeier zog lautstark seinen ihm lästig gewordenen Naseninhalt hoch.

»Die DNS konnte eindeutig dem pensionierten Pfarrer Gerd Huber zugeordnet werden!«

Alba Huber entfleuchte ein Schreckensschrei. Christof Huber lächelte. Peter Post, Justus Fidler und Gernot Weiß sahen den Pfarrer a. D. fassungslos an. Fillip Nase lief der Schweiß in Bächen von der Stirn in den Hemdkragen. Egis Haut kribbelte, als wäre er an offenen Stromkabeln angeschlossen. Der Chefmeier rülpste und schüttelte den Kopf über dieses zugezogene Pack. Er stand auf und verließ den Raum.

»Ich kann Ihnen das erklären«, flüsterte der Geistliche mit geschlossenen Augen.

»Dann schießen Sie mal los, Pfarrer Huber«, forderte ihn Akay auf.

Egi hechtete rüber zum Akay, der nur zwei Meter von ihm entfernt stand. Er fischte fix einen seiner Schmierzettel aus der Hosentasche, seine Stammbaum-Zeichnung vom Pfarrer a. D., und reichte sie dem Kriminalisten. Akay sah ihn daraufhin erstaunt an. Der PHK wollte heute keine Ermittlungsergebnisse mehr zurückhalten, die Sache wurde ihm jetzt doch zu heiß.

»Annet hat mich in den letzten Monaten ...«, begann der Pfarrer a. D. guten Willens.

»Stopp, Herr Pfarrer«, unterbrach ihn Silvia. »Für die Anwesenden, die es noch nicht wissen«, auch sie machte jetzt eine dramatische Pause, bevor sie weitersprach. Die Anwesenden hingen an den kirschroten Kripo-Lippen. Akay las währenddessen das PHK-Geschmiere.

»Pfarrer Huber ist gemäß unseren DNS-Untersuchungen Annet Balders Vater!«, klärte Silvia die Zeugenriege auf.

Alba Huber entfleuchte ein Schreckensschrei.

»Hahahaha«, lachte Christof Huber.

Peter Post, Justus Fidler und Gernot Weiß sahen den Pfarrer a. D.

fassungslos an. Fillip Nases Hemd war nun vollkommen nass geschwitzt. Egis Haut kribbelte immer noch, als würden ihm dreihundert Volt durch den Körper fließen. Akay hielt Egi den Daumen hoch. Der Chefmeier kehrte unsicheren Schrittes in den mittlerweile stickigen Konferenzraum zurück und zog eine deutliche Enzianwolke hinter sich her.

»Bitte, bitte, Sie dürfen das nicht falsch verstehen«, jammerte der des Zölibatsbruchs überführte Geistliche. »Das war ein Fehltritt, den ich vor über fünfundzwanzig Jahren begangen habe. Ich kann Ihnen allen versichern, dass ich dafür ausreichend –«

»Herr Pfarrer hat noch weitere Kinder«, unterbrach ihn Akay und zeigte Silvia den PHK-Schmierzettel. »Er hat noch eine dreißigjährige Tochter in Sonthofen und einen zweijährigen Sohn in Oberammergau.«

»Hahahaha«, lachte Christof Huber nun noch lauter.

»Zwei Enkelkinder hat er auch schon«, kam Silvia zum bitteren Ende.

Christof Huber klatschte Beifall. Alba Huber rammte ihm ihren Ellbogen in die Seite. Peter Post, Justus Fidler, Gernot Weiß und Fillip Nase waren unfähig, ihre Körpersprache unter Kontrolle zu halten, sie zitterten vor dem vermeintlichen geistlichen Beelzebub, der bedrohlich vor ihnen saß. Erst zeugte der verbotene Kinder, und dann killte er die. Vielleicht zitterten sie aber auch vor anderen unschönen Folgeschäden, die ihnen aufgrund ihrer eigenen Machenschaften drohten. Egi konnte kaum noch an sich halten, am liebsten hätte er diesen schäbigen Pfarrer Huber in Ketten gelegt, gerädert, geteert, gefedert und danach auf die Streckbank gelegt. Der Chefmeier zückte seinen Flachmann aus der Jackentasche und gönnte sich einen kräftigen Schluck. Er war froh, dass wenigstens nicht alle von der dreckigen Pfarrersbagage ihren Wohnsitz bei ihm in Oberstdorf hatten. Die waren im ganzen Allgäu eine Plage.

»Ich hab große, sehr große menschliche Fehler begangen«, erklärte sich der Pfarrer a. D. »Ja, die Annet war meine Tochter. Ihre Mutter hat s' als Baby einfach vor meiner Tür abgestellt, ich hab mich mein ganzes Leben lang um sie gekümmert. Und als s' vor einigen Monaten anfing, mir zu erzählen, dass der Beelzebub sie holen würd, musst ich nach Oberstdorf ziehen. Ich wollt herausfinden, wer das ist, und sie vor einem Unglück bewahren. Im März sagte sie, es sei bald so weit. Eines Abends hat s' mich angerufen und gesagt, ich müsse sofort zu ihr kommen. Ja, ich war in ihrer Wohnung, und ja, ich hab sie auch berührt. Ich hab ihr auf ihren Wunsch den letzten Segen erteilt und sie von ihren Sünden freigesprochen. Das war der Abend, an dem s' ermordet wurd. Aber als ich ging, da lebte Annet noch, das müssen S' mir glauben!«

Pfarrer Huber brach in Tränen aus und verbarg sein Gesicht in den sündigen Händen.

· · ·

Aufgeregt rannte Nico durch den Flur auf Daniel zu. Der Polizeinovize kannte den IT-Spezialisten aus Memmingen nicht.

»Was willst hier?«, fragte Daniel das unvorteilhaft gekleidete Mannsbild.

»Ich bin Nico von der IT-Forensik. Ich muss da rein zum Akay, sofort!«

Der Egi hatte ja nur gesagt, dass Daniel keinen rauslassen dürfte. Der Nico wollte rein, das sollte also kein Problem darstellen. Daniel ließ ihn passieren.

»Was willst hier?«, fragte der Chefmeier den unerwarteten Ankömmling im Lotterdress.

»Ich bin Nico von der IT-Forensik. Ich muss dem Akay was sagen, sofort!«

Es war auch das erste Mal, dass Egi Nico sah, er hatte ihn bisher nur am Telefon gehabt. Er war ein schlaksiger, blasser, blonder Mann Ende zwanzig mit ungepflegtem Stoppelbart. Sein weißes T-Shirt in Größe XS hing wie ein Sack an ihm herunter, und unten schauten zwei in enge schwarze Jeans gehüllte Beine heraus, dünn wie Besenstiele. Eindeutig Kellerkind, dachte der PHK.

Nico schlurfte zu Akay herüber und flüsterte ihm etwas ins Ohr.

Dann drückte er ihm eine durchsichtige Plastiktüte mit einem kleinen schwarzen Kasten und einer CD in die Hand. Egi hatte das Kästle schon einmal gesehen, und zwar beim Lohmeier in der Garage.

»Mein Kollege konnte die externe Festplatte von Annet Balder wiederherstellen und ein Datenträgerabbild davon erzeugen«, erläuterte Akay. »Er hat mir soeben erzählt, was er darauf gefunden hat. Wir werden uns das jetzt einmal gemeinsam ansehen.«

Akay ging zu dem großen Fernseher, der an der PI-Wand hinter ihm hing. Er war eigentlich für Videokonferenzen angebracht worden, jetzt aber schob Akay die CD in sein Notebook und verband dieses mit dem Fernseher. Egi staunte darüber, was heute technisch alles möglich war.

»Danke, Nico, du kannst wieder gehen. Nimm die Festplatte wieder mit«, forderte Akay ihn auf.

Nico zog enttäuscht wieder ab. Er hatte gehofft, dass er das Finale des Kreuzverhörs mit ansehen dürfte. Seiner Ansicht nach war der Videofilm an Brisanz nicht zu übertreffen.

Der Fernseher schaltete sich ein. Alle schauten gebannt auf das erscheinende Bild mit dem eingeblendeten Datum 13. April 2018. Es zeigte ein Haus. Egi erkannte die vier Wände von Christof Huber. Wer auch immer der Filmemacher gewesen war, er bewegte sich auf das Haus zu, ging durch den Vorgarten und dann links an der Hauswand entlang. Als er am Garten angekommen war, schwenkte er nach rechts und ging zu einem offen stehenden Fenster, aus dem hin und wieder weiße Gardinen herausflatterten. Die Kamera wurde vor einen Gardinenspalt gehalten und stellte sich mit etwas Verzögerung auf die dunkleren Lichtverhältnisse im Wohnzimmer ein. Man erkannte zwei Personen, die an einem Tisch saßen. Es waren Christof Huber und sein Bruder, der Pfarrer.

»Sieh zu, dass Annet damit aufhört! Die schmeißt unser ganzes Geld zum Fenster raus. Unser Erbe löst sich in nichts auf, wenn die so weitermacht«, schimpfte Christof.

»Die arme Seele versucht, sich ein erträgliches Leben aufzubauen.«

Ich bin ihr verpflichtet und stehe ihr weiter bei, Christof. Ich kann sie nicht fallen lassen.«

»Fallen lassen? Wie deppert bist du eigentlich? Die erpresst dich. Merkst du das nicht?«

»Nein, nein, nein, Christof, das kann man nicht Erpressung nennen. Sie war bei einem Psychologen, und der hat gesagt, wenn s' sich ein warmes, sicheres Nest baut und das Leben im Schwarm lernt, dann wird s' auch Geborgenheit verspüren.«

»Was war denn das für ein Depp? Und für das warme, sichere Nest braucht s' einen Mercedes, eine neue Eigentumswohnung und Unmengen an Bargeld? Lass dich nicht verarschen, Gerd!«

Christof stand auf und beugte sich zu seinem Bruder hinunter. »Ein katholischer Pfarrer mit drei Kindern, das ist ihre Einkommensquelle, nicht das warme Nest, in dem sie mit ihrer Familie hocken kann. Wenn die zum Allgäuer Anzeiger geht, bist du fertig.«

»Das hat s' so nie gesagt«, rechtfertigte der Kindsvater seine Brut. »Sie hat mich nur davor gewarnt, dass ich mich mit meiner Hilfe nicht zu auffällig verhalten soll, damit's keiner mitbekommt.«

»Dass ich nicht lache, die hat dich damit erpresst. Und sie wollte nur nicht, dass ich merke, wie viel Geld du ihr in den Arsch steckst.«

»Die Familie Huber verfügt seit mehreren Generationen über ein beachtliches Vermögen, das haben unsere Ermittlungen ans Licht gebracht«, ergänzte Akay. Er hielt den Film an und fuhr fort: »Die Großeltern von Pfarrer Huber und seinem Bruder Christof Huber väterlicher- und mütterlicherseits besaßen mehrere Hotels im Ostallgäu, in Füssen und Augsburg, die immer noch von ihren Nachkommen betrieben werden. Christof Huber hat sich mit der Sippe zerstritten, erhält aber als Anteilshaber monatliche Erträge aus den Hoteleinkünften. Nur Pfarrer Huber hat einen geistlichen Karriereweg eingeschlagen, hat also so gut wie nichts zur familiären Geldvermehrung beigetragen. Aber einer seiner unehelichen Abkömmlinge hat einen nicht unbeachtlichen Teil des Vermögens verschlungen.«

Die Anwesenden wandten ihren Blick wieder stumm zum Fernseher, als Akay den Film weiterlaufen ließ. Die Zeugen schienen Angst vor den nun folgenden Bildern zu haben, sie hockten mit zusammengezogenen Schultern auf ihren Anklagestühlen in der Hoffnung, dass der Film nicht mehr allzu lange dauern würde und kein weiterer von ihnen darin auftauchte. Mit fortschreitender Laufzeit würden immer mehr Schandtaten zur Sprache kommen, das war allen klar.

Trotz der Hochspannung dachte der PHK daran, den Raum zu verlassen. Egi verspürte einen enormen Druck auf seiner Blase. Er musste dringend austreten, sonst würde ihm bei der nächsten kriminellen Wendung des Films die Inkontinenz drohen.

Der PHK verließ das Zimmer und begab sich zu den WCs. Als er wieder in den Flur trat, fiel ihm auf dem Rückweg zum Konferenzraum ein, dass er, Rudi und Beate heute wieder Hochdeutsch-Unterricht bei Hans Kurz hatten. Egi ging fix zum Eingangsbereich, dort hörte er bereits die hochdeutsche Stimme. Ausnahmsweise saß heute die Beate am Empfangstresen, der Daniel musste ja Wache vor der Tür der Zeugenfolterkammer schieben. Der Deutschlehrer war gerade in ein Schwätzken mit der Beate vertieft, als der PHK zu ihnen trat.

Egi teilte dem Deutschlehrer mit: »Herr Kurz, heut können S' hier keinen Unterricht geben.«

»Herr Huber, bitte, das geht aber wirklich besser«, kritisierte Herr Kurz Egis Aussprache.

»Ja, i weiß, aber wir haben dringende Ermittlungstätigkeiten im Fall Annet Balder. Diese zugezogenen Leut sind a Graus für ganz Oberstdorf!«

Hans Kurz schnappte nach Luft, er war ja selbst ein Zugezogener, und zwar aus Norddeutschland wie der amtierende Oberstdorfer Bürgermeister. Dann meinte der in der Weststraße wohnende Deutschlehrer im Spaß: »Das denke ich allerdings auch! Ist einer der Verdächtigen nicht dieser Beelzebub, aus der Weststraße, der des Nachts durch die Gassen schleicht und sein ungeheuerliches Unwesen in Oberstdorf treibt?«

Beate lachte über Hans Kurz' Witz. Egi traf der Schlag. Was wusste denn der Kurz davon? Und warum war ihm bekannt, wo der Beelzebub wohnte?

»Herr Kurz, was haben S' grad gesagt?«

»Beelzebub …«

Der PHK sah nicht mehr, wie Herr Kurz ihm zuzwinkerte, machte eine Kehrtwende, ließ den Deutschlehrer verdattert zurück und rannte los. Er lief am Daniel vorbei zum Konferenzraum und rief dem Türsteher zu: »Daniel, entsichere deine Waffe und lass hier bloß keinen raus!«

Daniel griff zu seinem Holster.

Der Film lief immer noch. Die Miene des Chefmeiers glich der eines Schreckgespenstes. Er hing schräg auf dem Sessel und hielt seinen leeren Flachmann in Händen. Egi wollte gar nicht wissen, was sich die Huber-Brüder in dem Video alles an den Kopf geworfen hatten. Der PHK stellte sich neben die geschlossene Tür und sah zum Fernseher. Er gestikulierte wild in Akays Richtung, aber niemand beachtete ihn.

Auf dem Flatscreen erhielt Christof Huber gerade in seinem Wohnzimmer eine priesterliche Ohrfeige.

»Du mischst dich nicht weiter in meine Vater-Tochter-Beziehung ein! Du verstehst rein gar nichts von Annets Nöten. Ich regle das ab sofort allein.«

»Dann nimm auch nur das Geld aus deinem Klingelbeutel dafür und nicht das vom Hotelkonto!«, schrie Christof Huber seinen Bruder an und rieb sich die von dem Schlag gerötete Wange.

In dem Moment betrat Alba Huber das Wohnzimmer und fuhr die beiden Streithähne an: »Hört endlich auf damit, man kann euch bis draußen auf die Straße hören!«

Hinter ihr stand Gernot Weiß, der die Huber-Brüder hasserfüllt ansah.

»Wenn ihr Annet nicht bald von ihrem Schicksal erlöst, dann tue ich es!«, drohte er mit einem vom Zorn verzerrten Antlitz.

»Kein Wunder, dass man euch bis draußen schreien hört, ihr Deppen habt das Fenster offen stehen«, bemängelte Alba.

Dann erblickte auch Gernot das geöffnete Fenster. Er hastete los, um es zu schließen. Als er die einen Spaltbreit auseinanderklaffenden Gardinen zur Seite schob, um den Fensterflügel zu schließen, schrie er auf. Der erwischte Filmemacher stolperte zurück, das Bild wackelte so sehr, dass man nichts mehr erkennen konnte. Er schien zu flüchten. Nur die Stimmen verrieten die Gefahr der nun folgenden Situation. Aus dem Geschrei der Huber-Sippe trat eine laute Männerstimme hervor, bevor der Film endete: »Bleib stehen und rück die Kamera raus, sonst bist du tot!«

· · ·

Daniel hörte lautes Geschrei aus dem Konferenzraum, dann folgte ein die PI-Grundmauern erschütterndes Poltern. Er vermutete, dass die Inneneinrichtung gerade zerkleinert wurde. Daniel zog seine Dienstwaffe aus dem Holster und positionierte sich breitbeinig vor der Tür. Sobald sie auffliegen würde, wäre er bereit für seinen ersten Kampf im Polizeidienst.

Statt der sich öffnenden Tür hörte er von innen, wie die Fenster geöffnet wurden. Und zwar nicht mit den dafür vorgesehenen Griffen, er vernahm zerberstende Glasscheiben und konnte akustisch wahrnehmen, wie die Splitter auf Fensterbank und Fußboden prasselten. Dann wieder lautes Geschrei und Gestampfe. Die Geräusche entfernten sich.

Nun flog endlich die Tür auf. Daniel richtete seine Dienstwaffe auf den Flüchtenden, ließ sie aber wieder sinken, als er ihn erkannte. Vor ihm stand der Chefmeier. Sein Haarkranz war vollkommen zerzaust, seine Krawatte hing schief, und ihm lief der Speichel am Kinn herunter.

»Wo sind die anderen alle?«, fragte Daniel den PI-Leiter.

»Die schind zum Fenschter nausch«, lallte der Chefmeier.

Daniel sah in den Konferenzraum. Er war total verwüstet. Fillip Nase lag mit blutendem, etwas schräger als sonst stehendem Riechorgan auf dem Boden und jammerte. Peter Post und Justus Fidler hockten zusammengekauert in einem offen stehenden Schrank am Ende des Raumes. Drei Fenster waren zerbrochen, an einem hing ein Busch langer schwarzer Barthaare in den am Rahmen verbliebenen Glasbruchstücken. Daniel rannte los.

• • •

Christof Huber, Alba Huber, Pfarrer Gerd Huber, also die Familie, die strikt nach christlichem Glauben lebte, und der streng katholisch erzogene Gernot Weiß flüchteten durch Oberstdorf. Jeder wählte eine andere Richtung. Eine gute Entscheidung, denn den Ermittlern fehlte der vierte Mann. Sie ließen Alba Huber außen vor.

Egi entschied sich, Pfarrer Huber zu verfolgen, da er der langsamste war, verlor ihn aber nach fünfhundert Metern. Der PHK war von den aktuellen Strapazen im Huber'schen Mehrgenerationenhäusle dermaßen gestresst, dass er keine Kraft mehr in den Beinen hatte.

Silvia versuchte hinter Christof Huber herzurennen, aber nach der dritten Straßenecke brach ein Absatz ihrer Stöckelschuhe ab und sie gab auf.

Akay blieb nur der sportliche Gernot Weiß, aber selbst der durchtrainierte Kriminalist blieb erfolglos, da der Schweizer Student im letzten Moment in einen anfahrenden Ortsbus sprang und sich zwischen den Touristen vor dem Verfolger versteckte.

Was sie alle nicht wussten: Daniel Müller war vor einigen Sekunden ebenfalls aus der PI Oberstdorf herausgestürmt und hatte sich als Einziger Gedanken über den möglichen Zielort der Flüchtigen gemacht, so wie er es vor Kurzem erst auf der Polizeischule gelernt hatte. Er lief los Richtung Westen und forderte drei Streifenwagen für seine Destination an.

Egi, Akay und Silvia kehrten atemlos zur PI zurück, sie trafen sich bei Beate am Empfangstresen.

»Wat is denn mit euch passiert?«, fragte sie erschrocken, als sie die niedergeschlagenen Ankömmlinge erspähte.

»Ist scheiße gelaufen, Beate«, rekapitulierte Egi.

Als der PHK Akay neben sich treten sah, fuhr ihm der Schreck durch die Glieder.

»Akay! Hast den Gernot nicht erwischt, weil dich unterwegs noch halb rasiert hast?«, fragte er ihn.

»Halt's Maul!«, fauchte Akay und verschwand Richtung WC.

Silvia sah ihm mitleidig hinterher, sie hatte ihm vorher noch ungesehen ihre Nagelschere aus der Kripo-Handtasche zugesteckt.

»Sag mal, Silvia, wo wir jetzt mal in Ruhe schwätzen können«, begann Egi. »Könntest uns nicht fix einen Durchsuchungsbeschluss für das Christof-Huber-Anwesen besorgen?«

»Längst erledigt, Egi. Die Spusi hat während der Verhöre das Haus auseinandergenommen. Ich habe schon den Bericht auf mein Smartphone geschickt bekommen. Im Keller steht eine große Kühltruhe, und im Nebenraum ist eine Sauna, die nach Latsche-Öl duftet.«

»Ah so, schön, dass ihr's schon erledigt habt«, bedauerte Egi. »Leider sind nur die Verdächtigen entkommen, so a Scheiß aber auch.«

»Du Egi, der Daniel is eben los. Der hat drei Streifenwagen angefordert. Vielleicht kann der ja wat reißen«, tröstete Beate.

»Drei? Wohin denn?«, fragte Egi.

Bevor Beate antworten konnte, kroch der angeschlagene Chefmeier um die Ecke und legte Egi die Hand auf die Schulter.

»Egi, guten Job gemacht. Der Türke hat's endlich kapiert und sich die Gesichtswiesen entfernt«, lobte er seinen PHK.

· · ·

Die Haustür war nur angelehnt, jemand hatte in der Hektik vergessen, sie zu schließen. Daniel schlich hinein, lehnte sie wieder an und verzog sich in die nächste dunkle Ecke. Er hielt den Atem an, um zu horchen, ob jemand im Haus war. Er vernahm Geräusche, die aus Richtung der

Kellertreppe kamen. Er verließ die dunkle Ecke und drückte sich in eine Garderobennische nahe den Stufen. Er hörte ein Schaben und Zischen, wie von Streichhölzern, die gerade angezündet wurden.

»Das klappt so nicht, musst Zeitungspapier reinlegen, du Depp«, hörte er ein männliches Flüstern.

»Versuchs doch selbst, wennst's besser kannst«, war die forsche Antwort. »Ich geh nüber und versuchs am Holz.«

Schritte schallten hoch und dann wieder ein Schaben und Zischen. Danach hörte Daniel ein Kramen unter sich, darauf folgte Knistern von Papier. Und wieder Schritte, dann ein Schaben und Zischen. Er löste sich aus seinem schattigen Versteck und lugte die Kellertreppe hinunter. Unten war eine schwere Holztür. Er schwebte nahezu lautlos die Stufen hinunter, griff um die Tür herum, zog den Schlüssel ab, schloss die Pforte zur Freiheit und verriegelte sie. Dann hastete er die Treppe hinauf, verließ das Haus und lief einmal um das Gebäude herum. Hinten rechts entdeckte er eine außen liegende Kellertreppe. Neben dem Haus lagen einige Holzbretter. Er schnappte sich davon einen Arm voll und trabte die Stufen hinab. Er verkeilte mehrere Bretter so hinter der Türklinke, dass die Tür von innen nicht mehr geöffnet werden konnte. Er hatte registriert, dass die Kellerfenster alle vergittert waren, darum musste er sich also nicht mehr kümmern.

Daniel ging wieder vor das Haus und setzte sich auf eine Bank im gepflasterten Vorgarten. Nach zwei Minuten fuhren drei Streifenwagen um die Ecke und parkten vor dem Haus von Christof Huber. Daniel sprang auf und lief seinen Kollegen entgegen. Es waren welche darunter, die er gar nicht erwartet hätte: Egi, Rudi, Akay und Silvia.

»Die warten alle im Keller auf uns«, grinste Daniel sie an.

»Klasse, Daniel«, lobte Egi den Polizeinovizen, klopfte ihm auf den Rücken und vergaß dabei dessen Knutscherei vor dem Haus in der Holzerstraße.

»Los, Egi, wir beide gehen jetzt da rein«, forderte der stoppelbärtige Akay den PHK auf.

»Hast gesehen, Egi? Dem sein Bart hängt jetzt am Fenster bei uns im Konferenzraum«, flüsterte Daniel in das PHK-Ohr.

Egi lachte lauthals los, dann flüsterte er zurück: »Ruf schnell die Beate an, die soll den da rausziehen und einrahmen.«

Daniel nickte mit breitem Grinsen, zog sein Smartphone aus der Jackentasche und verschwand um die Ecke.

Egi folgte Akay zur Haustür. Die Kollegen Rudi, Silvia und einige Streifenpolizisten verteilten sich um das Haus herum und sicherten alle Türen und Fenster. Ein Entkommen war hier nicht mehr möglich.

Egi und Akay schritten bewaffnet die Kellertreppe hinab. Es roch nach verkokeltem Holz, und unten sahen sie Qualm aus dem Türrahmen aufsteigen. Sie hörten wildes Pochen an der verschlossenen Tür, dann lautes Geschrei.

»Lasst uns endlich hier naus, sonst ersticken wir!«

»Hilfe! Hört uns denn keiner?«

»Schließt sofort die Tür auf!«

· · ·

»Daniel hat die Huber-Bagage und den Schweizer also im Haus eingesperrt? Und jetzt sitzen die wieder hier?«

»Ja, Chef«, antwortete Egi.

»Und wer von denen ist der Mörder, Akay?«, fragte der Chefmeier den Kripobeamten, weil er ahnte, dass sein PHK diese Frage nicht beantworten konnte.

»Das werden wir jetzt gemeinsam rausfinden«, antwortete Akay, weil er einen drohenden Misserfolg nicht alleine vor seinem Boss, dem Kripo-Leiter in Kempten, verantworten wollte.

»Dann haut endlich nei«, polterte der Chefmeier, er vergaß immer mehr seinen fränkischen Dialekt.

Rudi ging mit Silvia in Verhörraum 1, Egi und Akay in Verhörraum 2. Der PHK dachte im Flur über die Geschehnisse in Christof Hubers Haus nach. Dort hatten die Verdächtigen versucht, die Kühltruhe und die Sauna in Brand zu setzen, in der Hoffnung, Annet Balders DNS damit zerstören zu können. Die Spusi hatte jedoch längst alle Geweberückstände der Toten eingesammelt, ihre Sachen gepackt und sich nach Memmingen aufgemacht, bevor die Verdächtigen das Haus gestürmt hatten. Unklar war aber immer noch, welcher der vier Video-Filmstars nun der Mörder Annet Balders war. Und warum Gernot Weiß bei den zugezogenen Hubers ein und aus ging. Woher kannten die sich? Und was trieben die zusammen in Oberstdorf, ein Schweizer Student und eine Allgäuer Pfarrers- und Hoteliersfamilie?

...

»Herr Weiß, welche Beziehung pflegen Sie zur Familie Huber? Und fangen Sie erst gar nicht an, uns Märchen zu erzählen.« Silvia sah ihn streng an, er war mitschuldig daran, dass Akay einen großen Verlust erlitten hatte, auch wenn sein Bart übermorgen wieder in voller Pracht stehen würde.

»Ich kenne Pfarrer Huber aus der Kirche, er hat den Pfarrer in Kempten oft vertreten, als der in Afrika war.«

»Sie haben uns aber zigmal erzählt, dass Sie den Pfarrer, bei dem Annet Balder gemeldet war, nicht kannten!«

»Ja, weil Sie mir dann alles angehängt hätten. Machen Sie ja jetzt auch. Ich soll jetzt der Mörder sein, oder was?«

»Wir verdächtigen Sie, weil Sie uns von Beginn an nur belogen haben. Angeblich wussten Sie von nichts. Und jetzt stellt sich heraus, dass sie Annet Balder beschattet haben, Familie Binder kannten und Hausfreund der Hubers waren. Erklären Sie uns das!«, verlangte Silvia.

»Da gibt's nichts mehr zu erklären, Sie wissen ja jetzt alles.«

»Was haben S' im Keller der Hubers zu schaffen gehabt?«, fragte Rudi.

»Ich war nie bei denen im Keller.«

»Doch, waren S'! Und zwar an der Kühltruhe und in der Sauna, das haben unsere Spezialisten in Memmingen schon rausgefunden.

Genauso können s' nachweisen, dass Annet Balders Leiche in Christof Hubers Kühltruhe und Sauna gelegen hat«, log Rudi, denn noch lagen ihnen die Ergebnisse nicht komplett vor.

Silvia war froh, dass Rudi das rausgehauen hatte, so musste sie in dieser Angelegenheit nicht von der Wahrheit abweichen. Zum Glück war's wie alle Verhöre auf Band.

»Kann sein, dass ich da mal was aus der Kühlung geholt hab, war da zwei- oder dreimal essen. In der Sauna hab ich im Winter auch mal gehockt.«

»Sie meinen doch nicht, Herr Weiß, dass wir das glauben«, schüttelte Silvia den Kopf. »Sagen Sie endlich die Wahrheit!«

Rudi zog unter dem Tisch sein Handy aus der Gesäßtasche, sodass der Schweizer Student nichts davon mitbekam, und tippte eine Telefonnummer. Es klingelte das Telefon im Verhörraum. Rudi stand auf und ging dran.

»Ströber. Ah ja, weiß Bescheid, Egi.«

Rudi legte wieder auf und setzte sich Gernot Weiß gegenüber. Silvia konnte nicht fassen, was sie beobachtet hatte, ließ ihn aber gewähren. Er hatte bereits des Öfteren Tricks dieser Art angewandt, die unverständlicherweise zum Erfolg geführt hatten.

»Herr Weiß, das war mein Kollege aus Verhörraum 2«, erklärte Rudi, lehnte sich vor und schaute Gernot Weiß in die Augen.

»Und?« Herr Weiß wurde etwas blass um die Nase.

»Christof Huber hat ausgesagt, dass Sie Annet Balder mit einem Kissen erstickt haben.«

Gernot Weiß sprang auf und versuchte zur Tür zu kommen, aber der davorstehende Wachmann nahm ihn direkt in Empfang, riss ihn zu Boden und legte ihm Handschellen an.

»Ich wollte sie nur von ihrem Leid erlösen. Ihr Leben war nicht mehr lebenswert, glauben Sie mir, es war kein Mord, sie ist jetzt im Paradies!«, schrie Gernot Weiß, und Rudi erinnerte sich an die Worte von Dr. Adalbert von Ponsberg: »Es war ein Gnadenstoß.«

...

Das Telefon klingelte, Egi stand auf und ging dran: »Huber!«

»Rudi hier. Der Gernot Weiß hat's gestanden, Egi.«

»Ah ja, weiß Bescheid, Rudi.«

Egi legte auf und setzte sich wieder.

»Herr Huber, das war mein Kollege aus Verhörraum 2.«

»Und?«

»Gernot Weiß hat soeben ausgesagt, dass Sie Annet Balder mit einem Kissen erstickt haben.« Egi wollte das Ganze andersherum aufziehen, und abchecken, wie die Reaktion von Christof Huber darauf wäre.

»Hahahah, der Depp war's doch selbst.«

»Woher wissen S' das?«

»Hat er mir verzählt.«

»Warum?«

»Wie, warum? Er hat's mir halt verzählt!«

»Er hat Ihnen gegenüber zugegeben, dass er Annet Balder umgebracht hat? Warum sollte ein Mörder das tun?«, zweifelte der PHK.

Akay hielt sich vorsichtshalber im Hintergrund. Er hatte noch keine Ergebnisse vom Erich, was Christof Hubers Kühltruhe und Sauna betraf. Sollte Egi doch allein mit seinen Behauptungen ins Verderben rennen. Waren alles Pluspunkte für Akay.

»Er hat's halt gesagt.«

Egi blätterte in irgendwelchen Papieren herum, die vor ihm lagen, und meinte: »Die Forensik hat Annet Balders DNS in Ihrer Kühltruhe und auch in Ihrer Sauna gefunden, Herr Huber. Sie haben ihre Leiche also bei sich gelagert und sie mit dem Kastenwagen von Ihrem Nachbarn Fillip Nase in die Breitachklamm geschafft.«

»Schwachsinn, hab ich nicht.«

»Wir glauben nicht, dass Gernot Weiß der Mörder ist, er hat den Kastenwagen nicht gefahren. Sie waren's, weil Ihr Bruder seiner Tochter so viel Geld überwiesen hat und Sie Ihr Familienerbe gefährdet sahen!«, versuchte Egi es, um sicherzustellen, dass es wirklich Gernot Weiß gewesen war. Manchmal kam's zu unglaublichen Umständen, wo einer den anderen deckte. War in einer kleinen Gemeinde wie Oberstdorf ja auch normal.

Akay rollte mit den Augen, es war einfach nicht möglich, mit der PI Oberstdorf ein vernünftiges Verhör zu führen. Die nahmen forensische Ergebnisse vorweg, logen Zeugen an und redeten wirres Zeug. Nur weil die PI-Deppen so unfähig waren, hatten sie bisher nichts zustande bekommen. Der Kriminalist wagte einen neuen Ansatz: »Was hat Gernot Weiß in Ihrem Haus zu schaffen gehabt? Was hat er damit gemeint, als er in Ihrem Privatfilm sagte, wenn Sie es nicht tun, würde er Annet Balder von ihrem Schicksal erlösen? Raus mit der Spra–«

Egi hatte etwas Zeit nachzudenken, während Akay seine unnützen Fragen stellte. Unversehens warf er seine PHK-Stirn in Falten. Dann schrie er plötzlich dazwischen: »Wo ist eigentlich das Schwein aus Ihrer Kühltruhe?!«

Akay sprang mit deutlicher Temperaturerhöhung auf, sein Teint war rot statt mediterran. Der Stuhl kippte hinter ihm um. Das Scheppern des Stahlgestells hallte durch den Raum. Akay riss den Mund auf, um loszubrüllen. Es reichte ihm, er musste jetzt endlich etwas Verwertbares aus dem braun gefärbten Rotschopf herausbekommen.

Christof Huber meinte: »Hab ich verkauft. Warum?«

»An wen?«, kreischte Egi und sah dabei recht verzweifelt aus. Es bestand ja die Möglichkeit …

»An den Partyservice *Heiß & Scharf*. Eigentlich wollte ich es selbst grillen, ich konnte aber ein gutes Geschäft damit machen.« Wenn es nicht um Mord ging, war Christof Huber gesprächiger. »Denen war das eigene Schweinefleisch angebrannt, und ihr Metzger hatte nicht mehr ausreichend auf Lager. Sie brauchten dringend neues für eine Geburtstagsfeier in der Nähe vom Moorweiher, für so 'ne alte Kleinwalserta–«

Egi presste sich die Hand vor den Mund und rannte los. Er rannte zum Wohle seiner PHK-Kleidung, rempelte den verdutzten Rudi vor Verhörraum 1 an, bog um mehrere Ecken. Egi schmiss einige Türen auf, bis er endlich in der Kabine stand. Er konnte sich gerade noch über die Kloschüssel beugen, bevor es ihm zwischen den Fingern herausspritzte.

...

»Wer war's denn jetzt, sakra!«, brüllte der Chefmeier in seinem Büro und schüttete ein letztes Gläsle Enzian in sich rein.

Weil der Konferenzraum noch nicht renoviert war, mussten alle vor seinem Schaltpult antanzen. Zum Glück erkannte die Kripo Kempten nicht, dass es eine Abhöranlage beheimatete.

Egi erklärte: »Das war ganz schön verzwickt, Chef, aber weil der Rudi wieder einen seiner genialen Tricks angewendet hat, konnten wir's rausfinden! Gell, Akay?«

Akay wäre am liebsten jetzt schon auf dem Weg zurück nach Kempten gewesen. Er hielt es hier nicht mehr aus.

Rudi erzählte seinen Part: »Gernot Weiß hat Annet Balder wirklich in ihrer Wohnung mit dem roten Kissen bedroht. Er hat's nicht mehr ertragen können, wie die mit dem umgegangen ist. Hat ihn abblitzen lassen und sich mit zig anderen Herrschaften eingelassen, obwohl er's gut mit ihr meinte. Er wollt sie erlösen und hat s' mit'm Kissen ersticken wollen. Er dacht, s' wär tot, und ist nach Kempten zurück.«

Der Chefmeier schaute auf sein Schaltpult. Gerne hätte er jetzt alles zurückgespult und sich die Verhöre noch einmal angehört. Er hatte einfach das Fädle verloren.

»Und das hat der Christof Huber vor ihrer Wohnung gesehen«, führte Egi die Geschichte fort. »Er war auf dem Weg zu ihr gewesen, weil er s' umbringen wollt, konnte dabei Gernot Weiß durchs Schlafzimmerfenster beobachten, ist, als der weg war, hoch und hat Annet Balder halb bewusstlos gefunden. Dann hat er zum roten Kissen gegriffen, sie noch mal damit erstickt, sie im Bettbezug zu sich heimgetragen und eingefroren. Er wusste, dass Gernot Weiß sich für ihren Mörder halten würde. Christof Huber hat Gernot Weiß später erzählt, dass er sie tot aufgefunden und für ihn beseitigt hat. Chef, stell dir das mal vor, der Gernot Weiß hat das geglaubt! Christof Huber hat sich als Tatortreiniger angeboten, hat sich dazu total vermummt, deshalb haben wir seine DNS nirgends gefunden. Und als Gegenleistung für seine Leichenentsorgung sollte Gernot Weiß keinem davon erzählen, dass sein Bruder, der Pfarrer Gerd Huber, Annet Balders Vater ist! Aber der Christof Huber hat s' so in die Breitach gelegt, als wär s' ans Kreuz genagelt worden, damit alle denken, der Pfarrer a. D. wär's gewesen. Der wollt seinen Bruder im Gefängnis sehen, weil der so viele erbberechtigte Kinder und Enkel hat.«

Der Chefmeier schloss die Augen und sehnte sich heim.

Rudi schloss: »Christof Huber ist der Beelzebub! Auch wenn der Pfarrer den Titel ebenfalls verdient hätt. Ich hab heut, als ich so lang am Fax saß, noch mal nachgeforscht. Der Pfarrer Huber ist gar kein echter Pfarrer! Hab seine Mutter angerufen, die hat heulend zugegeben, dass ihr Sohn Gerd Huber nicht im Hotel arbeiten durft, sein Vater hat's verboten, weil sein Abkömmling immer die weiblichen Gäste angegraben hat. Der musst dann katholische Theologie studieren, hat sein Studium aber nicht gescheit abgeschlossen, ist durch die Prüfung gefallen. Gerd Huber hat damals aber trotzdem die Priesterweihe vom Bischof erhalten, weil er seine Unterlagen gefälscht hat. Sein Vater hätt ihn sonst enterbt.«

Die umstehenden Kollegen lachten. Der Chefmeier öffnete die Augen wieder, sah einen nach dem anderen an. Er hatte den ganzen Ausführungen nicht folgen können und kippte nun endlich sein Gläsle Enzian. Während die alpenländische Spirituose wohlig warm durch seine Kehle gluckerte, klingelte sein Telefon. Er schaute auf das Display und verzog sein PI-Leiter-Antlitz. Er erkannte die Nummer vom Kripo-Kempten-Boss.

· · ·

Daniel Müller stand vor dem PI-Eingang und wartete darauf, dass ein gelber Motorroller in den Hof fuhr. Egi, Rudi und Beate standen auch draußen neben dem Chefmeier. Der verabschiedete gerade die Kripo Kempten, nachdem deren Boss ihm wieder am Telefon versichert hatte, wie genial die beiden Teams miteinander gearbeitet hatten. Nirgendwo sonst im Allgäu würden die Verbrechen so fix aufgeklärt wie in Oberstdorf. Das könnte nur daran liegen, dass sein bester Mann Akay Tok mit der sensationellen Profilerin Dr. Silvia Stern solch grandiose Unterstützung von Chefmeiers lokalem Team erhalten würde. Dem Chefmeier wäre es dabei beinahe hochgekommen, er hatte ja auch einiges an Enzian intus.

Als Akay und Silvia gerade gehen wollten, knatterte eine gelbe Vespa um die Ecke und hielt direkt vor'm Daniel. Der Fahrer zog seinen Helm ab und erntete einen innigen Kuss von dem Polizeinovizen. Hinter den Fenstern drückten sich viele Polizisten die Nase platt, andere kamen sogar heraus, um sich das unerwartete Coming-out einmal näher anzusehen.

Egi erschrak im ersten Moment wieder, als er die Männerlippen aufeinandertreffen sah, aber dann keimte ein Gedanke in ihm auf. Der Mann auf dem Motorroller trug eine Menge Mimikfalten zur Schau, er musste über fünfzig sein. Das hatte der PHK bei der Knutscherei in der Holzerstraße gar nicht erkannt. Vielleicht war's ja nur Daniels Vater ...

»Sugar Daddy«, kommentierte Akay die Umstände.

Die umstehenden Kollegen grinsten. Egi lief knallrot an. Daniel zog sich seinen Helm über, setzte sich hinten auf die Vespa und umschlang seinen nun offiziellen Lebensgefährten. Die PI-Kollegschaft johlte und applaudierte.

»Wart amal, Daniel!«, brüllte der Chefmeier plötzlich.

Alle hielten inne und erwarteten ein Donnerwetter. Schwulitäten direkt vor der PI Oberstdorf, dass alle Passanten es von der Straße aus sehen konnten, bestimmt würde der PI-Leiter den Daniel jetzt feuern!

»Gut gemacht, Daniel. Nächst' Mal kannst vielleicht die Empfangstheke wieder der Beate überlassen und mit'm Egi und Rudi rausfahren«, brummte der Chefmeier, drehte sich um und ging zurück in seine PI.

Epilog

Im Allgäu, da gibt'sch fesche Buben,
drücken mächtig auf die Tuben.

Mag's Äußeres noch so herrlich sein,
fall nit auf die Blender rein.

Sind's doch nur wie du und ich,
hinterherzusteigen lohnt sich nich.

Viele stehen in derer Schlange an,
wovor man dich nur warne kann.

Am Ende liegst kalt erwischt,
in des Baches eis'ger Gischt.

Mausetot, das ist nit schön,
könnt's dir doch viel besser gehn.

Drum hüt' dich vor solche Mannsbilder,
daheim beim Olle lebt's sich milder.

»Mensch, Uroma Bruni, kannst scho feine Gedichtle reimen«, meinte Egi stolz, als er die Uroma endlich ins Bett bringen konnte. Sie traf bei jedem seiner Fälle die richtigen Wörtle, fand der PHK. »Aber der Mörder war ja nicht der Ski-Schönling. Es war ihr Onkel.«

Egis Handy klingelte, wieder mit diesem grässlichen, viel zu lauten Ton. Er musste Akay nächstes Mal unbedingt fragen, wie er das ändern könnte. Sakra, den Akay wollte er doch gar nimmer sehen, so weit käm's noch! Er ärgerte sich so sehr über diesen fehlgeleiteten Gedanken, dass er gar nicht auf das Display schaute, bevor er sich meldete, sonst hätte er gesehen, wer anrief.

»Huber!«

»Hier auch Huber, Prof. Dr. Volker Huber, Bruderherz! Egi, es geht los! Komm sofort zur Entbindungsstation«, riet ihm der Chefarzt für Gynäkologie der Klinik Immenstadt.

Der PHK raste mit Blaulicht los. Zwei Stunden später saß Egi neben einer versöhnlich gestimmten Elli im Bett und hielt stolze 4030 Gramm feinsten Huber'schen Genpool im Arm.